Charlotte Jacobi

DIE PATISSERIE AM MÜNSTERPLATZ

Zeitenwandel

R

PIPER

Mehr über unsere Autoren und Bücher:
www.piper.de

Wenn Ihnen dieser Roman gefallen hat, schreiben Sie uns unter Nennung des Titels »Die Patisserie am Münsterplatz – Zeitenwandel« an *empfehlungen@piper.de*, und wir empfehlen Ihnen gerne vergleichbare Bücher.

Von Charlotte Jacobi liegen im Piper Verlag vor:
Elbstrand-Saga:
Band 1: Die Villa am Elbstrand
Band 2: Sehnsucht nach der Villa am Elbstrand
Band 3: Sturm über der Villa am Elbstrand

Die Kuchenkönigin von Straßburg:
Band 1: Die Patisserie am Münsterplatz – Zeitenwandel
Band 2: Die Patisserie am Münsterplatz – Schicksalsjahre
Band 3: Die Patisserie am Münsterplatz – Neuanfang

Die Douglas-Schwestern

FSC
www.fsc.org
MIX
Papier aus verantwortungsvollen Quellen
FSC® C083411

Originalausgabe
ISBN 978-3-492-31648-4
März 2021

Redaktion: Kerstin von Dobschütz
Satz: Eberl & Koesel Studio GmbH, Krugzell
Gesetzt aus der Adobe Garamond
Druck und Bindung: CPI books GmbH, Leck
Printed in the EU

ÜBERSICHT DER WICHTIGSTEN FIGUREN

In der Patisserie Tritschler

Ida Tritschler (* 2. November 1874 in Stuttgart), Backwarenverkäuferin

Oskar Tritschler (* 23. Februar 1873 in Stuttgart), ihr Bruder, Student der Rechtswissenschaften

Elise Tritschler, geborene Nägele (* 11. Juli 1853 in Sindelfingen), ihre Mutter, Backwarenverkäuferin

Franz Tritschler (* 7. April 1850 in Stuttgart), Großbäcker, ihr Vater

Albert Tritschler (* 13. Juli 1830 in Bad Cannstatt), pensionierter Bäckermeister, ihr Großvater väterlicherseits

Ulrike »Rickele« Tritschler, geborene Deuschle (* 25. Februar 1834 in Kirchheim unter Teck), Alberts verschollene Frau

Xavier Castanet (* 12. August 1854 in Colmar), Hausdiener

Gaston Leroc (* 14. Mai 1844 in Paris), Koch

Antoinette Nanty (* 4. Juli 1845 in Weghäusel bei Straßburg), Hausdame

Amélie Chabas (* 29. April 1873 in Rambouillet), Bedienung, Tochter des Obstlieferanten

Hélène Aubert (* 30. August 1871 in Colmar), Verkäuferin in der Konditorei, Tochter eines Barbiers

Kurt »Kurtle« Teufel (* 8. Mai 1875 in Untertürkheim), Bäckergeselle

In der Patisserie Picard

Lucien Picard (* 9. September 1872 in Straßburg), Biologiestudent, Konditorsohn

Jacques Picard (* 23. März 1848 in Weghäusel), Feinbäcker, Patriarch, Kriegsinvalide

Claire Picard, geborene Goldschmidt (* 29. Juni 1853 in Nantes), seine Frau

René Picard (* 14. Dezember 1873 in Straßburg), Luciens Bruder

Denise Picard, geborene Schneegans (* 21. August 1871 in Sainte-Marie-aux-Mines), seine Frau

Marcel Picard (* 19. Mai 1889 in Niederbronn-les-Bains), der gemeinsame Sohn

Natalie Berger (* 1. Januar 1872 in Sainte-Marie-aux-Mines), Denises Jugendfreundin und einstige Gesellschafterin

Bernadette Picard, geborene Schwab (* 1. September 1828 in Neuhof), Jacques' Mutter, Försterwitwe

Marie Picard (*24. Januar 1850 in Weghäusel), Kunstmalerin, Jacques' Schwester

Aaron Goldschmidt (*25. März 1830 in Straßburg), Claire Picards Vater, pensionierter Kreditgeber

Geraldine Rolland, geborene Marais (* 11. September 1848 in Metz), Köchin

Paulette Girod (* 27. August 1850 in Guebwiller), Kindermädchen

Bertrand Strohmeier (* 11. September 1856 in Metz), Bäckermeister der Patisserie Goldschmidt

Sonstige

Maximilien »Le Prof« Fouché (* 12. Februar 1834 in Metz), einstiger Hochschulprofessor für Architektur, inzwischen wohnsitzlos

Wolfgang Busch (* 11. September 1840 in Berlin), Küster des Straßburger Münsters, einst Soldat der preußischen Armee

Joséphine Martinet, geborene Errard (* 11. Juli 1810 in Straßburg), Witwe eines Großbäckers, Ehrenmitglied der Bäckerinnung

PROLOG

August 1870

So, wie im Märchen das Lebkuchenhaus der Hexe Hänsel und Gretel geradezu magisch anzog, lockte in Straßburg die Schaufensterscheibe der Patisserie in der Krämergasse beim Münster. Fasziniert und sehnsüchtig betrachtete die siebzehnjährige Claire Goldschmidt die dahinter ausgestellten Leckereien: gelbbraune Rührkuchen in Form eines Turbans – Kougelhopfs – lagen neben kleinen hellbeigen Gebäcktalern, die Anisbredle genannt wurden und deren Form an Champignonköpfe erinnerte. Dann gab es noch dunkles Weihnachtsbrot mit getrockneten Birnen und anderen Früchten, das man hier im Elsass als Berewecke bezeichnete. Daneben sah Claire mit Mandeln und kandierten Kirschen verzierte, dunkelbraun glänzende, rechteckige Lebkueche und ganz hinten Schnekekueche: glasierte, schneckenförmig gerollte Spulen aus Hefeteig, welche mit gemahlenen Mandeln und Haselnüssen gefüllt waren.

Die dunkel gelockte junge Frau ließ ihren Blick suchend über die Auslagen schweifen, und schließlich fand sie das Gebäck, nach dem sie gesucht hatte: Puits d'amour, Liebesbrunnen. Sie lächelte verträumt. Einen solchen kleinen Vulkan aus Blätterteig, Butter, Puderzucker und Marmelade hatte ihr vorige Woche Pierre, einer der hundert zurzeit hier in

Straßburg stationierten Matrosen aus Marseille, geschenkt – zusammen mit dem Versprechen: »Irgendwann verjagt die Metzer Armee diesen Preußen von Werder mitsamt seinen gottverdammten Truppen. Dann kauf ich dir einen Ring.«

Claire hatte das süße Stückchen mit dem hübschen jungen Marseiller geteilt, und noch heute, drei Tage später, lief ihr bei der Erinnerung an die Köstlichkeit das Wasser im Mund zusammen. Das Herzklopfen, das sie dabei verspürte, rührte allerdings eher daher, dass sie an die leidenschaftlichen Küsse des Mannes denken musste, der ihr das Gebäck geschenkt hatte.

Ganz in diesen Erinnerungen versunken, vergaß Claire vollkommen ihren Vater Aaron und zuckte erschrocken zusammen, als er nun in ihrem Rücken sagte: »Lass dich nicht von dem Anblick täuschen, der Süßkram da drinnen ist gut neun Monate alt und staubtrocken.«

Der vollbärtige Vierzigjährige stützte sich auf einen Gehstock und trug eine kreisförmige Mütze aus Stoff, eine sogenannte Kippa – die traditionelle Kopfbedeckung männlicher Juden.

»Madame Martinets Gatte hat kurz vor Weihnachten der Schlag getroffen. Nach seinem Tod wurde die Patisserie überstürzt geschlossen, und sie konnte sich nicht mehr durchringen, sie wieder zu eröffnen«, erklärte Aaron seiner Tochter.

Eigentlich waren sie mit Madame Martinet zur Vertragsunterzeichnung verabredet, doch die alte Dame ließ auf sich warten. Claire sah sich in vager Sorge um. Wo blieb die Witwe nur? Hoffentlich würde sie ihren Vater nicht versetzen. Claires Mutter war zwar schon vor elf Jahren gestorben, doch das Geld reichte auch für sie beide nicht aus. Kaum ein Schuldner war angesichts der Kriegsnot in der Lage oder willens, Aaron Goldschmidt, der ein privates Kreditinstitut betrieb, die Zinsen zu bezahlen. Die kinderlose Feinbäckerwitwe Joséphine Martinet allerdings hatte versprochen, ihm zur Begleichung ihrer Schulden die Patisserie ihres verstorbenen Mannes zu überschreiben. Wenn sie Claires Vater nun aber ebenfalls im Stich ließ, wären sie ruiniert und müssten Hunger leiden.

Sie blickte die Gasse zum Münsterplatz hinauf – doch die war menschenleer.

»Hoffentlich hat Madame Martinet es sich nicht anders überlegt. Bei dem ständigen Feuer der Feinde traut sich ja niemand auf die Straße«, murmelte Claire besorgt.

Die letzte Nacht war schrecklich gewesen. Die Bomben der Belagerer hatten in mehreren Stadtteilen gleichzeitig gezündet, über hundert Häuser waren durch die Geschosse beschädigt und teilweise zerstört worden. Oft schafften es Feuerwehrleute und Zivilisten nicht mehr, die Feuersbrünste rechtzeitig zu löschen. Da die Brandstätten für die Angreifer nachts bestens zu sehen waren, schickten die Preußen bisweilen weitere Geschosse in die Richtung. So trafen sie oft auch Menschen, die herbeigeeilt waren, um die Flammen zu löschen. Zahlreiche Straßburger waren deshalb ihrer Hilfsbereitschaft zum Opfer gefallen.

Claires Liebster hatte ihr anvertraut, dass er und seine Kameraden von den Straßburger Befehlshabern viel zu wenig Munition zur Verfügung gestellt bekamen, um angemessen reagieren zu können. »Unsere feinen Herren Offiziere rationieren uns auf fünfzehn Schuss pro Tag und Geschütz. Der reine Hohn!«, hatte Pierre sich beklagt.

»Da kommt sie doch«, stellte Claires Vater in diesem Augenblick erleichtert fest. »Madame Martinet hat keine Angst.«

Er deutete mit dem Kinn die Rue Mercière hinab: Aus Richtung des Place Gutenberg kam eine resolute sechzigjährige Dame mit blondweißem Dutt und eleganter schwarzer Kleidung auf sie zu. Sie war *petite,* wirkte jedoch äußerst energiegeladen, hatte einen forschen Schritt und funkelnde Augen. Der Gefechtslärm in der Nähe des Stadtwalls schien sie in der Tat nicht zu beunruhigen.

»Madame Martinet«, rief Aaron Goldschmidt hocherfreut und küsste der älteren Dame die mit einem Seidenhandschuh überzogene Rechte. »Schön, dass Sie es gewagt haben. Darf ich Ihnen meine Tochter Claire vorstellen?«

»Bonjour, Madame«, entgegnete die Jüngere mit scheuem Lächeln.

»Mein lieber Monsieur Goldschmidt, Ihre Tochter ist eine wahre Schönheit«, befand die Patissierswitwe und mutmaßte schmunzelnd: »Wenn die Konditorei Ihnen gehört, kommen bestimmt viele junge Männer als Kunden. Die werden aber kaum einen Blick für das leckere Gebäck übrig haben.«

Aaron lachte, doch Madame Martinets Gesichtsausdruck verdüsterte sich, als ihr Blick zum Liebfrauenmünster schweifte. Der Dachstuhl rauchte nach dem Bombenangriff der vorigen Nacht immer noch.

»Heilige Mutter Gottes«, murmelte die Witwe, die im Gegensatz zu ihren beiden jüdischen Besuchern katholischen Glaubens war, und bekreuzigte sich. Claire erinnerte sich schaudernd daran, dass in der vergangenen Nacht Flammen aus dem Dach der gigantischen, bisher so unzerstörbar wirkenden Kathedrale weithin sichtbar in den Nachthimmel gestiegen waren.

»Wie können Christenmenschen nur ein Gotteshaus bombardieren?«, empörte sich Joséphine Martinet. »Auch eines der großen Fenster ist zerstört – ein Kunstwerk zu Ehren Gottes – für immer verloren.«

Doch dann wandte sie den Blick entschlossen wieder ihrem

Kreditgeber Aaron Goldschmidt und dessen Tochter zu. »Nun, man darf trotzdem nicht aufgeben, irgendwie müssen wir ja eine Zukunft planen, nicht wahr?«

Mit diesen Worten zückte sie ihren Schlüsselbund, um den Laden zu öffnen. Sie seufzte wehmütig. »Es ist lange her.«

Als die drei die Bäckerei betraten, sah Claire Staubpartikel in den Strahlen der Abendsonne tanzen. Auch am leicht muffigen Geruch war unschwer zu erkennen, dass das Haus viele Monate leer gestanden hatte. Aus der Nähe betrachtet, war die Staubschicht auf den ausgetrockneten Leckereien deutlich sichtbar.

Madame Martinet bat ihre beiden Besucher, an einem Tisch im Cafébereich Platz zu nehmen, und zauberte einen Vertrag aus ihrer Handtasche.

»Sie sind sich absolut sicher?«, vergewisserte sich Aaron und sah die alte Dame prüfend an.

Madame Martinet nickte. »Sie haben meinem Mann und mir so oft die Haut gerettet, wenn es eine finanzielle Durststrecke gab. Ich bin sechzig und mag mich nicht mehr hinter die Verkaufstheke stellen. Sie sind zwanzig Jahre jünger. Mit Ihrer zauberhaften Tochter an Ihrer Seite und dem richtigen Personal in Backstube und Verkauf – da könnten Sie es schaffen. Dann wird hieraus wieder die Perle des Viertels, die unsere Feinbäckerei einst war. Außerdem ist es doch Ehrensache, dass man seine Schulden begleicht.«

»Das sieht leider nicht jeder so«, entgegnete Claire bitter.

Madame Martinet nickte ernst und folgte dem Blick der Tochter auf Aarons Gehstock. Manche Menschen schlugen den Mann, dem sie Geld schuldeten, lieber halb tot.

»Ich hoffe, die Patisserie läuft so gut wie früher«, brach die Witwe das betretene Schweigen. »Dann müssen Sie sich keine Sorgen mehr um zahlungsunwillige Schuldner machen.«

Sie zückte einen altmodischen Federhalter und trug in geschwungenen Lettern unter dem Vertrag das Datum ein: »Donnerstag, den 25. August 1870«.

Patisserie Goldschmidt, dachte Claire, während nach Madame Martinet auch ihr Vater die Übertragungsurkunde unterzeichnete. Das klang wie das Versprechen einer leuchtenden und sicheren Zukunft.

Doch noch bevor die Tinte auf dem Vertrag getrocknet war, durchschlug mit fürchterlichem Krachen ein schwerer Granatsplitter die Schaufensterscheibe, die daraufhin laut klirrend in sich zusammenfiel. Der Splitter prallte an der Rückwand ab, wo er ein stattliches Loch zurückließ, und landete dann direkt vor Claires Füßen. Wunderbarerweise blieben sie unverletzt.

Doch die Leckereien in der Auslage waren von den Scherben der zerstörten Schaufensterscheibe überhäuft, einige waren von besonders großen Splittern aufgespießt worden. Zitternd starrte Claire auf dieses skurrile Bild. Es schien ihr wie der Vorbote einer düsteren Bedrohung.

TEIL I

April bis Juni 1893

1

Der Duft, der aus der Backstube drang, strömte verführerisch durch das ganze Haus, schlich sich in Ida Tritschlers Nase und weckte die Bäckerstochter aus ihren Träumen. Es musste also nach fünf Uhr in der Früh sein, kombinierte sie, denn um diese Uhrzeit ging das rege Treiben in der Backstube los. Vor ihrem inneren Auge sah sie die Köstlichkeiten vor sich, die unten bald aus dem Ofen geholt würden. An jedem anderen Tag hätte sich die schlanke Achtzehnjährige noch einmal in ihrem wohlig weichen Daunenbett umgedreht und weitergeschlafen.

»Meine Tochter soll nie so früh aufstehen müssen wie ich in ihrem Alter«, pflegte ihr Vater Franz immer zu sagen und hatte dieses Versprechen auch stets gehalten. Er selbst stand mittlerweile seinerseits nur noch dann vor dem Hahnenschrei auf, wenn er den jungen Bäckersburschen wieder einmal zeigen wollte, dass er für sie da war – und, obgleich inzwischen zum Großbäcker aufgestiegen, noch immer einer von ihnen. Mittlerweile besaß er hier in Stuttgart drei Backwarengeschäfte und brütete am Tage in seinem Bureau über den Geschäftsbüchern und der Umsetzung neuer Ideen. Im Fall von Franz Tritschler hatte Handwerk wirklich goldenen Boden, seiner Familie fehlte es an nichts, der Wohlstand schien gesichert.

Ida hätte also nicht aufstehen müssen, aber heute wollte sie es. Denn dieser Montag, der 10. April 1893, würde der vorerst letzte Tag in ihrem geliebten Elternhaus in der Stuttgarter Innenstadt sein. Ihr Vater hatte beschlossen, dass sie ins Elsass ziehen würden, als er gehört hatte, dass in der Nähe des Straßburger Münsters ein Geschäft mit einer dreistöckigen Wohnung darüber frei geworden war. Dort wollte er nun einen Neuanfang wagen. Und Ida, ihr zwei Jahre älterer Bruder Oskar und ihre Mutter sollten mit dem französischen Koch und der Haushälterin schon einmal vorfahren und die Wohnung beziehen, während der Vater noch die letzten Angelegenheiten in Stuttgart erledigte. Das neue Geschäft in Straßburg würde dann am 1. Mai eröffnen.

Nach der Morgentoilette begab sich Ida frisch gewaschen und nach ihrer geliebten Douglas-Himmelsseife duftend hinunter in die Küche. Dort war der Koch der Familie, Monsieur Leroc, bereits mit dem Aufbrühen von Kaffee beschäftigt. »Bonjour, Mademoiselle Ida«, begrüßte er sie fröhlich. Er wirkte noch immer ein wenig jugendlich, obwohl sein blondes Haar an den Schläfen bereits ergraute und Ida wusste, dass er nächstes Jahr sein fünftes Lebensjahrzehnt abschließen würde. Sie hatte sich von Kindesbeinen an nur auf Französisch mit ihm unterhalten, ihrem Vater war nämlich daran gelegen, dass sie und ihr Bruder zweisprachig aufwuchsen. Deshalb hatte er neben dem Koch auch den Hausdiener und die Haushälterin aus dem Reichsland Elsaß-Lothringen angeheuert, die nicht nur das dort verbreitete Alemannische, sondern eben auch die einstige Feindessprache beherrschten. Warum ihr Vater als gebürtiger Stuttgarter das Französische derart liebte, hatte Ida nie so ganz verstanden, denn vier Jahre vor ihrer Geburt hatte er im Krieg gegen die Franzosen kämpfen müssen – und dabei den kleinen Finger der linken Hand eingebüßt. Sie wusste nicht genau, wie es dazu gekommen war, Franz Tritschler sprach nicht gern über jene Zeit. Neugierige Kinderfragen zum Verlust des Fingers hatte er stets nur vage mit der Aussage abgetan, andere hätten damals Schlimmeres verloren, er sei »insgesamt gut davongekommen«.

Ida wusste, dass ihr Vater bereits kurz nach Ende des Deutsch-Französischen Krieges 1871 versucht hatte, als Bäcker im nunmehr deutschen Straßburg Fuß zu fassen. Doch ihre Mutter Elise hatte dem Töchterchen einst anvertraut, dass der Hass gegen die Deutschen seinerzeit noch zu groß gewesen war und viele Elsässer den Wechsel der Nationalität ihrer Stadt nur schwer akzeptieren konnten. Der Vater habe das Geschäft bald aufgeben müssen und stattdessen in seiner Heimatstadt Stuttgart einen Neuanfang versucht – mit wesentlich größerem Erfolg.

»Zum Glück«, hatte die Mutter lächelnd gesagt, »sonst hätten wir uns ja nie kennengelernt. Und dann gäbe es dich und deinen Bruder nicht.«

Eigentlich war es also erstaunlich, dass ihr Vater, der in vier Tagen immerhin schon dreiundvierzig werden würde, dem Elsass trotz seiner drei gut laufenden Bäckereien hier in der Schwabenmetropole noch einmal eine Chance geben wollte. Aber gerade weil er nach dem Krieg in Straßburg gescheitert war, wollte er es nun wohl noch einmal wissen. »Wenn ich es jetzt nicht tue, bin ich zu alt für ein Abenteuer«, hatte er gesagt.

Und auch seine Familie hatte Lust auf dieses spannende Wagnis verspürt. Ida und deren Mutter würden wie in Stuttgart beim Verkauf helfen; ihr Bruder Oskar hingegen wollte an der Kaiser-Wilhelm-Universität in Straßburg ein Studium der Rechtswissenschaften beginnen.

»Einen Schluck Kaffee?«, bot der Koch an, doch Ida schüttelte ihre braunen Locken und fragte ihn, ob ihr Vater schon munter sei.

»Ja, er ist unten bei den Bäckern«, informierte Gaston Leroc sie.

Die Backstube befand sich im Erdgeschoss hinter den Verkaufsräumen. Hier war der Geruch der frischen Brezeln natürlich noch stärker. Ida wurde von ihrem Vater mit einem Lächeln begrüßt. »Na, Kleines, schon aufgeregt?«, erkundigte er sich.

Sie nickte. »Gestern Abend habe ich endlich den Koffer zubekommen. Oskar musste sich dafür draufsetzen.« Liebevoll strich sie ihrem Vater etwas Mehl aus dessen welligem, blondem Haar.

»Wir werden Sie sehr vermissen, Fräulein Tritschler«, sagte Kurtle, der sommersprossige Bäckergeselle, während er eine weitere Ladung Brezelteiglinge in die Natronlauge tunkte.

Ida war nicht verborgen geblieben, dass der junge Rotschopf ein wenig in sie vernarrt war, sie selbst war hingegen noch nie verliebt gewesen. Sie sah in Kurt auch eher einen plötzlich in die Höhe geschossenen Knaben als einen Mann.

»Das ist lieb, Kurtle«, sagte sie höflich und fügte diplomatisch hinzu: »Mir wird das alles hier ebenfalls fehlen, da bin ich mir sicher.«

»Es gibt auch in Straßburg viel Schönes«, erinnerte der Vater.

»Das weiß ich doch«, bestätigte Ida. »Aber meine Freundinnen werde ich schon vermissen.«

Im September vor sieben Jahren hatte Großbäcker Franz Tritschler der Familie sein geliebtes Elsass bereits bei einer Reise gezeigt. Das Mädchen erinnerte sich noch genau daran, wie er sie zum ersten Mal den dort traditionellen Kougelhopf hatte kosten lassen. Das war ein wunderbar flauschiger Rührkuchen mit Rosinen darin. Und sogar der deutsche Kaiser war in jenem Jahr in Straßburg gewesen! Ida und ihre Familie hatten damals Wilhelm I. und dessen Gefolge mit eigenen Augen aus dem dortigen Universitätspalast kommen sehen.

»Des isch so a Unverschämtheit«, ertönte plötzlich eine schrille Frauenstimme aus dem Verkaufsbereich und riss Ida aus ihren Erinnerungen.

»Das klingt nach Frau Brandalise«, erkannte sie sogleich und eilte nach vorn.

Seit ihrem Abschluss der zehnten Klasse mit dem Einjährigen arbeitete Ida auf eigenen Wunsch als Verkäuferin in der elterlichen Bäckerei und hatte ein gutes Gespür für die Kunden entwickelt. Ihre freundliche Art kam bei allen bestens an, selbst schwierige Menschen verstand sie um den Finger zu wickeln. Und Frau Brandalise gehörte ohne Zweifel zu den besonders schwierigen. Die stets nobel gekleidete Arztgattin war anspruchsvoll und launisch – und an diesem Morgen eine der ersten Kundinnen in der gerade erst geöffneten Bäckerei.

Hilde, das neue Verkaufsmädchen, war merklich überfordert beim Umgang mit der resoluten Dame, die im Zorn immer ins Schwäbische verfiel.

»Einen wunderschönen guten Morgen, Frau Doktor«, rief Ida beim Betreten des Verkaufsbereichs. »Ist etwas nicht zu Ihrer werten Zufriedenheit?«

»Däs jonge Ding secht, 's gäb no koine Mohnweckle«, empörte sich die Ältere.

»Das ist richtig, aber ich bringe sie Ihnen gern vorbei, sobald sie fertig sind«, bot Ida ihr freundlich an. »Dürfte keine halbe Stunde dauern. Möchten Sie zunächst Ihre Brezeln mitnehmen?«

»Ja, drei Stück bitte«, knurrte Frau Doktor etwas besänftigt und in distinguiertem Hochdeutsch.

Ida wusste, dass Frau Brandalise im Grunde nur von Langweile geplagt wurde und deshalb beim geringsten Anlass aufbrauste. Ihr Mann war als Arzt oft bis in die Nacht beschäftigt und hatte selten Zeit für sie. Der gemeinsame Sohn war bereits erwachsen und aus dem Haus, um seinerseits Medizin in Tübingen zu studieren – seither war seine Mutter noch einsamer. Für Ida gehörte es dazu, sich solche Eigenarten der Kundschaft zu merken – und sie beim Verkauf in eine angenehme Plauderei zu verstricken.

»Ihrem Herrn Sohn geht es gut im Studium? Zum Glück ist er so ein schlauer Kopf«, sagte Ida, während sie die Brezeln verpackte.

»Ja, das ist er wahrhaftig«, stimmte Frau Brandalise zu und konnte ein stolzes Lächeln nicht unterdrücken.

Nachher, wenn sie ihr die Mohnbrötchen bringen würde, wollte Ida der Dame empfehlen, mal wieder einen ihrer legendären Wohltätigkeitsbälle zugunsten der Armen zu organisieren. Dann war sie für eine Weile mit etwas Sinnvollem beschäftigt.

Als die Arztfrau gegangen war, bedankte sich Hilde. »Ob ich je so gut mit den Kunden umgehen kann wie Sie?«

»Das werden Sie bestimmt«, versicherte Ida. »Sie müssen ihnen nur eine Weile lang zuhören, dann kommt das ganz von selbst.«

»Wenn ihr davon nicht vorher ein Ohr abfällt«, mischte sich Idas Bruder, der aus dem Hinterzimmer in den Verkaufsbereich gekommen war, ins Gespräch.

»Geduld ist nicht jedermanns Sache«, erwiderte Ida und grinste Oskar an.

Er war hochgewachsen, äußerst muskulös, hatte wie sein

Vater gewelltes blondes Haar und spöttisch funkelnde blaue Augen. Hilde war nicht die einzige junge Frau, die bei Oskars Anblick weiche Knie zu bekommen schien.

»Bist du bereit, Schwesterchen?«, fragte er. »Um zwölf Uhr soll es losgehen.«

»Ja, ich will nur noch eben Frau Brandalise ihre Mohnbrötchen vorbeibringen und zu Großvater fahren, mich verabschieden«, antwortete sie.

»Das wird nicht nötig sein«, ertönte nun eine tiefe Stimme aus Richtung der Ladentür.

»Großväterle!«, rief Ida.

»Wir können uns nachher hier verabschieden«, sagte der grauhaarige Mann. »Ich werde nämlich alles überwachen, damit nach eurem Fortgang kein Durcheinander ausbricht.«

»Es ist so schade, dass du uns nicht begleiten magst«, meinte Ida bedauernd.

Sie ahnte, dass ihr Großvater hinter der ruppigen und oft etwas großspurigen Fassade bisweilen recht einsam sein musste. Seine Frau, Idas geliebte Großmutter Ulrike, war vor neun Jahren plötzlich fortgezogen – und keiner der Erwachsenen hatte dem Mädchen den Grund dafür nennen wollen. Jedoch waren alle offenbar sehr böse auf die alte Dame gewesen. Da vor drei Jahren Idas Großmutter mütterlicherseits gestorben war, dachte sie immer häufiger daran, was wohl aus Oma Ulrike geworden war. Gerade wegen des doppelten Verlusts hätte sie ihren Großvater in Straßburg gern mit dabeigehabt.

»Einen so alten Baum verpflanzt man nicht. Außerdem: Spätestens im Juli seid ihr wieder hier – zu meinem dreiundsechzigsten Geburtstag«, entgegnete Großvater Albert. »Das habe ich deinem Herrn Papa schon gesagt. Und bis dahin übernehme ich hier das Ruder.«

Oskars Grinsen wurde breiter. »Dann wird ja nichts schiefgehen, und wir können in aller Ruhe die Reize des Elsass erkunden.«

Ida wusste, dass ihr Bruder sein Studium gleich übermorgen antreten durfte. Um die Möglichkeit zu studieren beneidete sie ihn. Mädchen war es ja nicht einmal vergönnt, die Hochschulreife abzuschließen. Sie selbst hätte es spannend gefunden, sich mit den Mechanismen der Wirtschaft genauer zu beschäftigen. Wie machte man möglichst viele Kunden zufrieden? Das war ja auch das, was sie an der Arbeit in der Bäckerei am meisten interessierte.

»Wenn du auf die Damen im Elsass anspielst, junger Mann«, legte Albert Oskars Worte aus, »die sind, so sagt man, in der Tat eine Reise wert. Das wird dein Vater dir gewiss bestätigen. Mit dem habe ich jetzt noch ein paar Wörtchen zu wechseln.«

Mit einem schelmischen Grinsen machte sich der Alte auf den Weg in die Backstube zu seinem Sohn.

Ida und ihr Bruder sahen sich erstaunt an.

»Was meint Großvater denn damit?«, wunderte sich Ida.

»Wahrscheinlich, dass Papa da drüben ein Liebesleben hatte, bevor er Mama kennengelernt hat«, mutmaßte Oskar schulterzuckend.

Er zog einen Brief aus seiner Jackentasche. »Den hat er mir gegeben. Ich soll ihn gleich morgen früh bei einer alten Bekannten von ihm im Straßburger Stadtteil Petit France abgeben«, erklärte er.

Ida las den Namen der Adressatin: Madame Joséphine Martinet. Eine leise Unruhe stieg in ihr auf. War diese Dame der Grund dafür, dass ihnen ihr Vater nie offenbart hatte, weshalb er das Elsass derart liebte? »Wer sie wohl ist?«

»Komm doch morgen einfach mit zu ihr, wenn du so neugierig bist«, schlug Oskar grinsend vor.

*

Am frühen Nachmittag saßen Ida, Oskar, ihre Mutter Elise, die Hausdame und der Familienkoch im Zug nach Karlsruhe. Von dort aus sollte es dann nach Straßburg weitergehen. Monsieur Leroc hatte für alle belegte Brote zubereitet, Oskar machte sich über seinen Anteil her, noch ehe der Zug aus dem Stuttgarter Bahnhof gefahren war.

»Nachher hast du Hunger, und es ist nichts mehr da«, mahnte ihn die blond gelockte Mutter.

»Ach, es wird wie immer sein«, winkte Oskar ab. »Ihr lasst mir was von eurer Portion übrig.«

»Da könntest du sogar recht haben«, meinte Ida. »Ich habe viel zu viel Reisefieber, um was zu essen.«

»Bist du sehr traurig, Stuttgart zu verlassen?«, erkundigte sich Elise Tritschler.

»Ein wenig, aber andererseits freue ich mich, noch einmal ein richtiges Abenteuer zu erleben – bevor ich verheiratet werde«, entgegnete ihre Tochter augenzwinkernd. »Und du?«

Elise schmunzelte. »Ich bin auch froh, noch mal was anderes zu Gesicht zu bekommen – bevor ich alt werde.«

Die zierliche Bäckersgattin mit ihrem Stupsnäschen und den veilchenblauen Augen wurde zwar im Sommer schon vierzig, lächelte nun jedoch sehr mädchenhaft. »Zum Glück kann man auch im fünften Lebensjahrzehnt den Menschen noch leckere Dinge verkaufen.«

»Du wirst mit hundert noch alle glücklich machen«, prophezeite Ida. »Die Elsässer genauso wie die Stuttgarter.«

»Ein bisschen mulmig ist mir schon«, gab Elise zu. »Was, wenn die Straßburger uns Deutsche noch immer hassen?«

Hausdame Nanty, die aus dem Elsass stammte, nickte ernst. »Es waren damals schon sehr schlimme Verluste und Zerstörungen.« Ihr Blick verfinsterte sich, und sie sah aus dem Fenster, offenbar in ihren Erinnerungen versunken. Ida tauschte einen beklommenen Blick mit ihrer Mutter.

Antoinette Nanty war siebenundvierzig Jahre alt, und in ihre rote Lockenmähne mischten sich bereits die ersten weißen Strähnen. Sie stammte aus Weghäusel südlich von Straßburg, war aber bereits kurz vor Idas viertem Geburtstag nach Stuttgart in den Haushalt der Tritschlers gekommen. »Zu Hause gab es zu viele dunkle Erinnerungen an den Krieg«, hatte sie Ida einst anvertraut. »Die haben leider auch meinen Bruder auf die schiefe Bahn gebracht.«

»Wie kam es eigentlich zu diesem Krieg?«, fragte Ida nun.

»Ach, der Prinz Leopold von Hohenzollern-Sigmaringen hat damals um den spanischen Thron kandidiert. Damit war die französische Regierung nicht einverstanden. Die wollten nicht von allen Seiten von Hohenzollern eingekesselt werden«, erinnerte sich ihre Mutter. »Der Prinz zog seine Kandidatur dann zwar zurück, die Franzosen stellten jedoch weitere Forderungen. Davon wollte König Wilhelm aber nichts wissen. Und das wiederum hat den französischen Kaiser Napoleon dermaßen empört, dass er Preußen den Krieg erklärte. Das war im Juli 1870.«

»Als wir vor sieben Jahren in Straßburg waren, habe ich nichts von Hass gegen uns mitgekriegt«, meinte Oskar, sein Käsebrot mampfend.

Damals hatte die Familie »Schdroosburi«, wie die Einheimischen die Stadt auch nannten, bei strahlendem Sommersonnenschein verlassen. Doch heute schien die Eisenbahn sie direkt in ein Frühlingsgewitter zu bringen. Dunkle Wolkenberge türmten sich vor ihnen auf, Blitze zuckten.

Als sie abends um acht Uhr angekommen waren und aus ihrem Waggon stiegen, goss es wie aus Eimern. Dennoch fand Ida die Zeit, die imposante hohe Halle des Straßburger Zentralbahnhofs mit ihren Säulen zu bewundern und zwei Fresken zu betrachten, die den Ankommenden entgegenblickten. Die erste Abbildung zeigte die Überführung der Reichskleinodien durch Friedrich Barbarossa auf die Burg Hagenau. Auf dem zweiten Fresko war Wilhelm I. bei einer Straßburg-Reise im Jahr 1877 zu sehen. Mädchen in elsässischer Tracht reichten ihm den Ehrenwein. Ida hatte den Eindruck, dass dem Kaiser diese Region seines Reichs besonders am Herzen lag. Sie wusste, dass Wilhelm Straßburg 1879 erneut besucht hatte; und beim dritten Besuch 1886 war sie selbst ebenfalls in der Stadt gewesen.

»Es wird ja immer noch gebaut«, stellte sie erstaunt fest, als sie die Bahnhofshalle verließen. »Das war vor sieben Jahren auch schon so.«

»Der Baubeginn war sogar bereits vor fünfzehn Jahren«, erzählte auf dem Weg zu den Kutschen Gaston Leroc, der während der Eisenbahnfahrt ungewöhnlich schweigsam gewesen war. »Und obwohl das Ding hier schon vor zehn Jahren eingeweiht wurde, sind sie immer noch nicht fertig damit.«

»Unser schöner alter Kopfbahnhof wurde im Krieg schwer beschädigt«, erinnerte sich Mademoiselle Nanty traurig. »Die Deutschen haben ihn danach zwar zunächst unter militärischen Gesichtspunkten wiederaufgebaut, aber 1874 dann ganz abgerissen.«

Vor dem Gebäude angekommen, verteilten sich die Reisenden auf zwei Kutschen; Ida saß mit Monsieur Leroc und Oskar in der einen, eine weitere bestiegen ihre Mutter Elise und die Hausdame.

»Mademoiselle Nantys Mutter starb 1870 bei der Bombardierung des alten Bahnhofs«, verriet der Koch den Tritschler-Geschwistern voller Mitleid im Blick, während der Kutscher das Gefährt durch den strömenden Regen in Richtung Münsterviertel lenkte. »Deshalb wollte sie damals auch nicht zum Kaiserbesuch mitkommen. Es hätte ihr doch zu wehgetan, in ihrer Heimatstadt dem deutschen Herrscher zuzujubeln.«

»Verstehe«, meinte Oskar. »Ich hatte mich schon gewundert. Ihr Vater wohnt hier doch in einem Vorort.«

Ida befürchtete, dass ihre Mutter recht hatte: Wenn selbst die gutmütige Mademoiselle Nanty es wegen der schlimmen Kriegserinnerungen nicht ertrug, den deutschen Kaiser zu sehen, gab es auch unter den übrigen älteren Elsässern vielleicht noch Hass auf die Eroberer.

Schließlich hielt die Kutsche an, und Ida sah durchs Fenster in den Regen hinaus. Der selbst bei Nacht und Unwetter malerische Münsterplatz wurde von der gigantischen, über hundertvierzig Meter hohen Kathedrale dominiert, die von zahlreichen, teilweise vier- bis fünfstöckigen Reihenhäusern umgeben war. Auffallend waren die steilen Dächer mit bis zu vier Dachgeschossen.

Hausdiener Xavier Castanet war schon vor zwei Wochen angereist, um alles für ihre Ankunft vorzubereiten. Zum Glück hatte er das Eintreffen der Fahrzeuge bemerkt und stürmte nun mit zwei großen Regenschirmen aus dem schmalen Fachwerkgebäude am Münsterplatz, in dessen Erdgeschoss die Feinbäckerei und das Café entstanden.

»Monsieur Castanet, Sie schickt der Himmel«, rief Elise dankbar, während sie die Kutscher bezahlte.

»Schön, dass Sie endlich da sind«, freute sich der Diener, ein drahtiger Enddreißiger mit Glatze.

Sie eilten zum Eingang, und Ida bemerkte, dass die Häuser rund um die Kathedrale dicht an dicht standen, so, als wollten sie sich aneinander festhalten. Ihr eigenes Fachwerkhaus und das links neben ihnen, über dessen Schaufenster auf einem Holzschild »Barbier Aubert« stand, schienen fast ineinander verwachsen zu sein.

In der dreigeschossigen Wohnung über den Räumen der Patisserie empfing die Neuankömmlinge eine angenehme Wärme.

»Danke, dass Sie vorgeheizt haben«, freute sich Ida. »So ist es richtig gemütlich hier drin.«

»*Zu* gemütlich, mir fallen die Augen zu.« Oskar gähnte und ließ sich auf eine elegante Chaiselongue fallen. Der Vater hatte sich die barocken Möbel offenbar einiges kosten lassen.

Ida sah durch das Fenster hinaus auf das mächtige Münster im nächtlichen Regen. Welche Abenteuer sie hier wohl erwarten würden? Gleich morgen früh wollte sie mit ihrem Bruder die Stadt erkunden. Unter anderem war ja geplant, der mysteriösen alten Bekannten ihres Vaters den Brief vorbeizubringen, den er Oskar mitgegeben hatte.

Ida war gerade im Begriff, die Vorhänge zuzuziehen und das scheußliche Wetter damit endgültig auszusperren, als sie eine dunkle Gestalt mit Regenschirm bemerkte, die unten auf dem verlassenen Münsterplatz stand und zu ihr hinaufstarrte. Die Patissierstochter sah genauer hin und erkannte, dass es sich um einen Mann handelte, der auf der linken Seite eine Armprothese trug.

Fröstelnd drehte sie sich zu ihrer Familie um: »Da draußen lungert ein Mann herum und beobachtet uns.«

Doch als Oskar und ihre Mutter zu ihr ans Fenster traten, um ebenfalls hinauszusehen, war der Fremde verschwunden.

2

He, Ida!«, drang die Stimme ihres Bruders sanft in ihr Bewusstsein. »Seit wann schläfst du länger als ich?«

Sie öffnete benommen die Augen, richtete sich auf und sah Oskar verschlafen an. »Wie viel Uhr ist es denn?«

Sie stellte fest, dass er bereits fertig angekleidet war und seine besten Schuhe trug.

»Zehn nach neun. Ich gehe los und bringe dieser geheimnisvollen Dame Papas Brief. Danach werde ich mir meine Universität anschauen und ein paar Unterschriften ableisten. Eigentlich wolltest du doch mit?«

»Das will ich noch immer!«, rief Ida und sprang im Nachthemd aus dem Bett.

»Ich schicke dir Mademoiselle Nanty herauf, damit sie dir mit den Haaren und dem Korsett hilft«, schlug ihr Bruder vor. Eigentlich war es unschicklich, dass ein Mann über so etwas sprach, doch Oskar hatte stets eine diebische Freude daran, seine Schwester mit anzüglichen Worten ein wenig zu ärgern. »Heute Morgen war übrigens schon die erste unserer hiesigen Ladenverkäuferinnen da. Sie wollte sich Maman vorstellen. Sie heißt Amélie Chabas – und ich kann dir sagen: Was die Schönheit der Frauen hier betrifft, da hat Großvater nicht übertrieben.« Er grinste zufrieden und schob ein klischiertes »Oh, là, là« nach.

Ida seufzte. Es stand zu befürchten, dass ihr Bruder in Straßburg eine ähnliche Spur gebrochener Mädchenherzen hinterlassen würde wie in Stuttgart. Sie bedauerte es, Amélies Besuch verpasst zu haben – schließlich würde sie ab 1. Mai mit der jungen Verkäuferin zusammenarbeiten. Ärgerlich auf sich selbst runzelte sie die Stirn. Die Reise mit den vielen neuen Eindrücken gestern musste sie doch mehr ermüdet haben als gedacht.

Sie eilte zu ihrem Waschtisch und sah sich dabei in ihrem neuen Zimmer um, das sie nun zum ersten Mal bei Tageslicht in Augenschein nehmen konnte. Ihr gefiel, was sie sah. Die von ihr ausgesuchten Möbel waren laut Monsieur Castanet erst letzten Freitag geliefert worden und denen in ihrer Stuttgarter Schlafstube nicht unähnlich. Einige Erinnerungsstücke waren auch bereits vor ihr hier eingetroffen: etwa die vor drei Jahren aufgenommene Familienfotografie, die Vater und Mutter, Großvater Albert, Oskar und sie selbst vor ihrer Stammbäckerei am Stuttgarter Rathausplatz zeigte. Außerdem hing an der Wand ihr heiß geliebtes Gemälde eines Schutzengels, der ein Geschwisterpaar sicher durch einen Wald geleitete. Ja, dachte Ida zufrieden, auch hier konnte man sich heimisch und wohlfühlen.

Wenig später ging sie neben Oskar durch das malerische Quartier des Tanneurs zu der Adresse, die auf dem Brief ihres Vaters stand. Das im Westen der Altstadtinsel gelegene einstige Gerber- und Müllerviertel war von engen Gassen und Fachwerkhäusern geprägt, von denen sich manche mitsamt ihren bunten Blumenkästen in den Kanälen des Flusses Ill spiegelten.

»Weißt du eigentlich, warum man den Stadtteil hier ›La Petite France‹ nennt?«, fragte Ida ihren Bruder. »Klein-Frankreich – das ergibt ja eigentlich keinen Sinn.«

»Keine Ahnung«, gab Oskar zu. »Auf jeden Fall muss es früher, als die Gerber hier noch tätig waren, bestialisch gestunken haben.«

Das konnte Ida sich vorstellen. Sie hatte einmal in Stuttgart beim Ledergerben zugeschaut, und der strenge Geruch war äußerst unangenehm gewesen.

»Die meisten Fachwerkhäuser hier haben schon zwei- bis dreihundert Jahre auf dem Buckel«, wusste ihr Bruder. »Sie sind zu den großen Dachböden hin offen, dort wurde früher das Leder getrocknet.«

Schließlich waren sie an der Adresse von Madame Joséphine Martinet eingetroffen. Sie gehörte zu einem zweistöckigen Fachwerkhäuschen, das direkt am Ill-Kanal gegenüber vom berühmten Maison des Tanneurs stand. Ida klingelte, und eine kleine Dame mit schneeweißem Dutt öffnete ihnen.

»Madame Martinet?«, vergewisserte sich Oskar.

»Die bin ich«, sagte die Frau, die zu Idas Erleichterung bereits um die achtzig Jahre alt sein musste. Ihr Gesicht war, wie Ida fand, jedoch noch immer von großer Anmut. »Und Sie müssen Oskar sein. Sie sehen Ihrem Vater unfassbar ähnlich.«

»Genau, und das ist meine Schwester Ida«, stellte er vor.

»Freut mich. Wenn Fränzle von Ihnen geschrieben hat, habe ich mir immer ein kleines Mädchen vorgestellt, keine so schöne Frau«, kicherte sie. »Möchten Sie auf eine Tasse Kaffee und ein Stück Kougelhopf mit hereinkommen?«

»Ich muss leider zur Universität, ein paar Formulare unterzeichnen«, entgegnete Oskar bedauernd. »Ein anderes Mal gern.«

»Ach, dann gebe ich Ihnen den Kuchen einfach mit. Junge Menschen müssen doch kräftig essen. Treten Sie bitte ein – ganz kurz.«

Im Haus roch es angenehm nach Vanille. Ida sah sich neugierig in der holzgetäfelten Wohnstube um, die so niedrig war, dass Oskar den Kopf ein wenig einziehen musste. Überall gab es Fotografien von Bäckern in Backstuben oder vor ihren Geschäften. Auf einer entdeckten die Geschwister auch Madame Martinet und Franz Tritschler, als er in Oskars Alter gewesen war. Nun fiel Ida wieder ein, dass ihr Papa einst von einer alten Mentorin in Straßburg erzählt hatte.

»Sie haben meinem Vater mit seiner ersten Bäckerei geholfen?«, erkundigte sie sich, als die greise Dame aus der Küche zurückkehrte. In ihrer Hand hielt sie die in Butterbrotpapier verpackten Kuchenstücke.

Madame Martinet nickte. »Nach dem Tod meines Mannes wurde ich zum Ehrenmitglied der Bäckerinnung gewählt. So konnte ich dem jungen Franz Räumlichkeiten besorgen. Leider gab es damals noch sehr viel Hass gegen die Deutschen. Richtig erfolgreich wurde er deshalb ja erst in Stuttgart.«

Oskar nickte.

»Ich freue mich so, dass er nun erneut sein Glück bei uns versucht«, sagte die alte Dame und reichte ihnen die Kuchenstücke.

»Der Kougelhopf duftet himmlisch, vielen Dank«, sagte Ida höflich.

»Lassen Sie ihn sich schmecken.«

»Vielen Dank. Wissen Sie eigentlich, wie der Name Kougelhopf entstanden ist?«, erkundigte sich Ida, obwohl sie ahnte, dass ihr Bruder nicht begeistert über diese weitere Verzögerung sein würde. »Das frage ich mich schon, seit ich ein kleines Mädchen bin. Früher dachte ich immer, es hätte etwas mit hüpfenden Kugeln zu tun.«

Madame Martinet lächelte. »Auch eine schöne Idee«, fand sie. »Manche sagen, der Name leite sich von der Kapuze der Kapuziner ab, die heißt nämlich Gugel. Und so, wie die Kapuze einen Kopf verhüllt, verhüllt die Kuchenform, die Gugel, den Kuchen, bis man sie lupft, also hochhebt.«

»Dann müsste es ja Gugel-Lupf heißen«, kicherte Ida.

»Wissen Sie denn, wer den Kougelhopf erfunden hat?«, fragte Madame Martinet.

»Natürlich, das waren die Österreicher«, mischte sich Oskar ins Gespräch. »Und nach Frankreich kam der Gugelhupf, weil Maria Theresia ihrer Tochter Marie-Antoinette das Rezept für den Kuchen an den Versailler Hof schickte. Die hatte nämlich schlimmes Heimweh. Da aber diese Köstlichkeit nicht nur der Königin vorzüglich schmeckte, wurde der Kuchen schnell im ganzen Land sehr beliebt. Das hat mir ein Bäcker aus Wien erzählt, der unseren Vater mal in Stuttgart besucht hat.«

Joséphine Martinet konnte ein Schmunzeln nicht unterdrücken. »Ich befürchte, der Herr hat Ihnen einen Bären aufgebunden.«

Oskar sah sie verdutzt an, und die alte Dame erläuterte: »Das kann schon deshalb nicht stimmen, weil man auch Gugelhupf-Kuchenformen aus dem siebzehnten Jahrhundert gefunden hat, also lange vor Marie-Antoinette.«

»Ach so?« Ida war erstaunt. Davon musste sie unbedingt ihrem Vater berichten.

»Hier erzählt man sich eine ganz andere Version«, erklärte Madame Martinet. »Die Heiligen Drei Könige sollen einst ihre Rückreise im Elsass unterbrochen haben. Die Bewohner von Ribeauvillé haben die weit gereisten Gäste herzlich empfangen, und diese waren so dankbar, dass sie ihnen etwas backten. Und nun raten Sie mal, was?«

»Einen Gugelhupf?«

»Genau, ein Gebäck in Form eines Turbans«, bestätigte sie.

»Stimmt«, gab Ida zu. »Ein bisschen sieht ein Gugelhupf aus wie ein Turban.«

»Bis auf den Schlot in der Mitte«, lachte die Witwe. »In Ribeauvillé sind sie sehr stolz auf diese Geschichte. Jeden zweiten Sonntag im Juni wird deshalb ein Fest begangen – die Fête du Kougelhopf.«

»Das klingt schön«, rief Ida. »Da muss ich unbedingt einmal hin.«

»Es ist sehr zu empfehlen«, sagte Madame Martinet und fügte dann selbstbewusst hinzu: »Aber einen Gugelhupf, der so schmeckt wie meiner, werden Sie dort nicht finden.«

Als die Tritschler-Geschwister nach gut zwanzig Minuten vor dem imposanten Hauptgebäude der Universität ankamen, hatte Oskar seine großen Kuchenstücke bereits vertilgt. »Madame Martinet hatte recht, schmeckt kolossal gut«, mümmelte er und leckte sich die Finger ab.

Ida hingegen hatte den Kuchen schon wieder vergessen. Sie bewunderte, wie schon knapp sieben Jahre zuvor, den Prunkbau, der mit seinen vier Säulen und der ausladenden Eingangstreppe einem Palast glich. Hier hatte sie seinerzeit den Kaiser gesehen!

»Mit reinnehmen kann ich dich leider nicht«, meinte Oskar bedauernd.

»Das ist nicht schlimm«, erwiderte seine Schwester rasch. »Damit habe ich ja gar nicht gerechnet. Ich setze mich dort auf die Bank und beobachte ein wenig die Menschen.«

»Gut, ich beeile mich da drinnen. Wir haben ohnehin nicht so viel Zeit. Um zwölf will Maman mit uns den Verkaufsbereich begutachten«, verkündete Oskar und hastete in Richtung Eingang.

Kaum war ihr Bruder im Gebäude verschwunden, bemerkte Ida einen bärtigen alten Mann in lumpiger Kleidung, der über den Platz vor der Universität schlurfte. Er war offenbar obdachlos, zog allerlei Unrat in einem Leiterwagen hinter sich her. Als er gerade den Eingang passierte, kamen drei Studenten aus dem Gebäude und gingen dann die Treppe vom Portal hinunter. Sie musterten den Obdachlosen abschätzig. Einer von ihnen, ein großer, schlaksiger Kerl, ging unvermittelt wütend auf ihn los. »He, Alter, verschwinde hier!«, rief er auf Deutsch. »Diese Universität ist unserem Kaiser gewidmet, du gottverdammter Clochard!«

»Die darf nicht durch so was wie dich besudelt werden«, stimmte sein tumb wirkender, muskulöser Kommilitone zu.

Ida bemerkte die Angst des alten Mannes, der zwar versuchte davonzueilen, aber so schlecht zu Fuß war, dass er stolperte. Sie unterdrückte einen erschrockenen Schrei, als der Obdachlose nach zwei weiteren Schritten zu Boden fiel. Zu allem Übel trat nun der dritte Student nach dem Alten.

Von unbändigem Zorn gepackt, sprang Ida von der Bank auf. »He! Hören Sie sofort auf damit!«

In diesem Moment tauchte scheinbar aus dem Nichts ein hochgewachsener, sportlich wirkender junger Mann mit dunklem Haar und schönem Gesicht auf. Bevor Ida recht einordnen konnte, was geschah, hatte er sich schützend zwischen den Obdachlosen und den nach ihm tretenden Studenten gedrängt. Als der nach dem Hochgewachsenen schlagen wollte, wich dieser ihm immer wieder geschickt aus – fast erinnerte seine Reaktion an einen Tanz, der den Zorn des Angreifers ins Leere laufen ließ. Auf diese Weise brachte der Dunkelhaarige unmerklich zunehmend Abstand zwischen den alten Clochard und seine Angreifer. Doch es dauerte nicht lange, bis die sich von ihrer Überraschung erholt hatten und begannen, den jungen Mann einzukreisen. Im nächsten Moment schlugen und traten sie zu dritt brutal auf ihn ein. Der Retter des Obdachlosen hatte allein keine Chance.

Sie werden ihn umbringen, dachte Ida entsetzt. Ohne sich wirklich im Klaren zu sein, was sie eigentlich tat, griff sie nach einem größeren Ast, der unter einem Baum lag, und hastete zu den kämpfenden Männern hinüber.

Dort holte sie weit aus und drosch dem Muskulösen, der auf den inzwischen mit blutiger Nase zu Boden gegangenen jungen Mann einschlug, mit voller Wucht auf den Hinterkopf. Mit einem Schmerzensschrei ging er in Deckung. Als ihm sein schlaksiger Kumpan zu Hilfe eilen wollte, stieß ihm der Obdachlose, der mittlerweile wieder aufgestanden war, seinen Leiterwagen vor die Beine, sodass er darüber stolperte und der Länge nach hinfiel. Dem jungen Retter des Clochards gelang es, nunmehr von den beiden anderen befreit, den dritten Angreifer, einen etwas korpulenten Rotschopf, zu überwältigen und ihm den Arm auf den Rücken zu drehen. Dieser schrie vor Schmerz und Angst auf. Der Muskulöse sandte Ida einen hasserfüllten Blick, doch sie wedelte drohend mit dem Ast.

»Verschwinde besser, du Dreckskerl!«, fauchte sie. »Mein Verlobter ist seit unserem letzten Streit auf einem Auge blind.«

Der Clochard hatte währenddessen einen antik wirkenden Säbel aus dem Berg von Unrat auf seinem Leiterwagen gezerrt – und hielt ihn, als wisse er genau, wie man damit umging.

»Ich war 1870 im Husarenregiment«, knurrte er in gebrochenem Deutsch.

Die drei Angreifer wechselten einen beunruhigten Blick und stoben Sekunden später in Richtung Innenstadt davon.

Der Alte ließ den Säbel sinken und lächelte seinen beiden Rettern zu.

»Ich danke Ihnen«, sagte er gerührt auf Französisch. »Dass sich jemand für einen einsetzt, so etwas erfährt unsereins nicht oft – noch dazu von zwei so vornehmen jungen Leuten.«

»Mir müssen Sie nicht danken«, versicherte der hochgewachsene Jüngling grinsend. »Mein Auftritt als heldenhafter Retter ging ja gründlich daneben. Sie waren da wesentlich beeindruckender, Mademoiselle.«

Bewundernd deutete er eine Verbeugung in Idas Richtung an und fragte dann etwas unsicher: »Haben Sie wirklich Ihrem Verlobten ein Auge ausgestochen?«

Ida lachte auf, schüttelte den Kopf und antwortete ihrerseits auf Französisch: »Ich habe gar keinen Verlobten. Die Geschichte mit dem Auge habe ich aus einem Schauerroman.«

»Das freut mich«, meinte der Fremde mit den – wie sie fand – ungemein sinnlichen Lippen. »Also beides. Mein Name ist übrigens Lucien Picard.«

»Ida Tritschler.« Sie sprach ihren Namen offenbar so deutsch aus, dass er erkannte: »Oh, Sie sind Deutsche. Ihr Französisch ist perfekt. Leben Sie schon länger in Straßburg?«

Sie schüttelte den Kopf. »Wir sind erst gestern Abend hergezogen, aber ich hatte in Stuttgart drei gute Französischlehrer im Haus. Es tut mir leid, dass meine Landsleute hier so frech waren«, entschuldigte sie sich und wandte sich an den Obdachlosen. »Geht es Ihnen denn wieder gut, Monsieur?«

Der Alte, der die Unterhaltung zwischen den beiden jungen Menschen mit einem sanften Schmunzeln verfolgt hatte, nickte und zog seinen Hut. »Nochmals herzlichen Dank, die Herrschaften. Alles Glück dieser Erde für Sie beide! Ich empfehle mich besser, bevor es meinetwegen noch mehr Ärger gibt.«

»Schönen Tag noch, Monsieur Le Prof«, wünschte Lucien Picard.

Als der Clochard mit seinem Wägelchen davonging, sah Ida Lucien erstaunt an. »Monsieur Le Prof? Kennen Sie den Herrn?«

»Kennen ist zu viel gesagt«, erläuterte er. »Wir unterhalten uns manchmal kurz, wenn ich ihm etwas Geld spendiere. Le Prof ist sein Spitzname. Es gibt aber in der Tat Gerüchte, dass dieser Herr einmal ein angesehener Professor war. Mit etwas Pech und Teufel Alkohol kann wohl jeder sein geregeltes Leben verlieren.«

Ida fragte sich, was den Mann wohl derart aus der Bahn geworfen haben mochte. Doch – wie sie es von ihrem Umgang mit den Konditoreikunden gewohnt war – wechselte sie gegenüber Lucien Picard nun zu einem für ihn angenehmen Thema: »Studieren Sie hier?«

Lucien bejahte. »Biologie.«

»Wie aufregend«, kommentierte Ida. »Ich fand die Arbeit von Naturforschern schon als Kind wahnsinnig spannend. Flora und Fauna untersuchen – draußen in der Schöpfung und in einem Labor … den Geheimnissen des Lebens auf der Spur.«

»Genau das hat mich hierhergebracht«, bestätigte Lucien. »Die Neugier, diese Rätsel zu lösen. Allerdings ist das Studium selbst leider oft öde Paukerei. Das kann einem schon manchmal die Laune verhageln.«

»Die verhagelte Laune hat man den drei Angreifern vorhin ja deutlich angemerkt«, entgegnete Ida schmunzelnd.

»Nun, die Kerle waren allerdings aus der Rechtswissenschaft«, stellte Lucien richtig. »Na ja, aber auch für die drei Idioten gibt es noch Hoffnung. Schließlich haben Quallen ja auch sechshundertfünfzig Millionen Jahre ohne Gehirn überlebt.«

Ida musste spontan lachen. »Mein Bruder fängt bald ebenfalls mit Jura an. Mit solchen Kommilitonen wird er wohl nicht viel Freude haben.«

»Ach, keine Sorge, Gerüchten zufolge soll es auch nette Rechtswissenschaftler geben«, meinte Lucien grinsend.

Wie aufs Stichwort kam in diesem Augenblick Oskar aus dem Universitätsgebäude. Er sah den gut aussehenden Fremden an der Seite seiner Schwester etwas konsterniert an.

»Ich habe mich eigens für dich beeilt«, sagte er. »Aber wie ich sehe, ist dir nicht langweilig gewesen.«

»Das kann ich nun wirklich nicht behaupten«, entgegnete Ida und wechselte einen vielsagenden Blick mit Lucien. »Das ist Monsieur Picard. Biologie. Monsieur Picard, das ist mein Bruder Oskar. Ein Beispiel für die Netten in der Rechtswissenschaft.«

Die Männer nickten sich zu, und Oskar fragte seine Schwester: »Wollen wir dann unseren Laden unter die Lupe nehmen?«

»Ach, stimmt, das hatten wir ja als Nächstes vor«, fiel Ida mit Bedauern wieder ein. Zu gern hätte sie noch länger mit dem schmucken Lucien Picard geplaudert.

»Auf Wiedersehen, Fräulein Tritschler«, sagte dieser nun auf Deutsch, und es schmeichelte ihr, dass sie auch bei ihm ein wenig Enttäuschung über das abrupte Ende ihres Gesprächs festzustellen glaubte.

»Das hoffe ich«, entgegnete sie aufrichtig und machte sich mit ihrem Bruder auf den Weg. Wenn sie ein Mann wäre, sie hätte spontan um ein Rendezvous gebeten. Aber hatte sie nicht stets darüber geschimpft, dass die Frauen so viel weniger Rechte hatten als das sogenannte starke Geschlecht? Warum eigentlich sollte sie sich nicht über die Konventionen hinwegsetzen, wenn sie die angenehme Plauderei gern fortsetzen wollte? Also drehte sie sich um und rief: »Monsieur

Picard!«, während Lucien in exakt dieser Sekunde rief: »Fräulein Tritschler!«

Beide mussten erneut schmunzeln.

»Ja?«, fragte sie, doch er erwiderte: »Sie zuerst, bitte!«

»Ich wollte fragen, ob Sie unser angenehmes Gespräch einmal fortsetzen möchten«, sagte sie und spürte zu ihrem Unmut, dass sie errötete. Als sie den Satz ausgesprochen hatte, klang er für sie, als werfe sie sich Lucien Picard an den Hals. Zumal der sonst so offene Oskar sie irritiert von der Seite musterte. Hatte sie sich gerade bis auf die Knochen blamiert? Doch zu ihrer Erleichterung schien der junge Franzose sich über ihren Vorschlag sehr zu freuen.

»Genau darum wollte ich Sie eben auch bitten«, gestand er. »Ich könnte Ihnen unsere Labore zeigen, wenn es Sie interessiert.«

»Und wie«, beeilte sich Ida zu sagen. »Wann würde es Ihnen denn passen?«

»Ich richte mich ganz nach Ihnen«, strahlte Lucien. »Wären Sie denn morgen früh um zehn Uhr verfügbar? Wir könnten uns hier an dieser Bank treffen.«

Ida nickte freudig. »Gern.«

»Dann ist es also ausgemacht. Ich freue mich sehr, Fräulein Tritschler.«

»Ich mich auch, Monsieur Picard.«

»Es schickt sich aber nicht, dass du dich ohne Begleitschutz mit einem unverheirateten Mann triffst«, erinnerte Idas Bruder grinsend, als sie außer Hörweite des Biologiestudenten waren.

Sie lachte auf. »Aber mit einem *verheirateten* Mann ginge das, oder wie? Und war bei deinen Treffen mit den diversen jungen Frauen in Stuttgart jemals ein Anstandswauwau dabei?«

Oskar schüttelte versonnen den Kopf. Bei der Erinnerung an diese schönen Stunden konnte er nicht umhin zu lächeln. »Nein, das wäre ja furchtbar gewesen.«

»Na siehst du«, entgegnete Ida.

»Aber ich wusste ja auch, dass ich keine der Damen bedränge«, gab Oskar, nun etwas ernster, zu bedenken. »Was, wenn dieser Picard euer Alleinsein missbraucht – und du dem großen Kerl dann hilflos ausgeliefert bist?«

»Das wird er nicht«, entgegnete Ida. »Ich habe genauso viel Menschenkenntnis wie die Stuttgarter Fräuleins, die dir vertraut haben.«

Dieser Vergleich schien Oskar nicht zu beruhigen. Aber Ida nahm es nur noch am Rande wahr. Sie stellte fest, dass die Vorstellung, von Lucien Picard in der Einsamkeit eines Biologielabors ungefragt geküsst zu werden, aufregend prickelte. Es war schon merkwürdig: In Stuttgart hatten die Avancen der Burschen sie völlig kaltgelassen, es war einfach keine seelische Verbindung zustande gekommen. Doch bereits an ihrem ersten Morgen hier im Elsass lernte sie einen Mann kennen, bei dem das ganz anders war. Sie musste an die Worte des Großvaters denken – der hatte nur teilweise recht gehabt. Nicht nur Straßburgs *Frauen* waren eine Reise wert.

3

Wunderschön«, freute sich Ida.

Sie stand mit Mutter Elise und Oskar in ihrem neuen Geschäft am Münsterplatz. Es roch noch nach Holz, Tapetenkleister und frischer Farbe. Die Scheiben der Warenkästen funkelten mit den goldgerahmten Spiegeln, die an der Wand hingen, und dem sauber gebohnerten Kachelfußboden um die Wette.

Im Café neben dem Verkaufsbereich luden weich gepolsterte Bänke und Stühle in halbrunden Nischen an runden Holztischen zum Verweilen ein. Die für das Elsass typischen rot-weiß karierten Tischdecken und die holzgetäfelten Wände unterstrichen die gemütliche Atmosphäre.

»Ich kann mir schon vorstellen, wie sich die Gäste hier über unsere Köstlichkeiten hermachen«, freute sich Ida.

In diesem Augenblick klopfte eine Frau von außen gegen die Scheibe des Cafés.

»Ich gehe«, sagte Ida rasch und eilte zur Eingangstür.

Davor stand eine schöne, nobel gekleidete Frau mit dunklem Haar. Sie mochte etwas jünger als Idas Mutter sein. Der Blick ihrer dunklen Augen war so durchdringend, dass Ida ganz unsicher wurde. »Wir öffnen leider erst am 1. Mai, Madame.«

»Ich wollte nur das hier vorbeibringen«, sagte die Fremde

und reichte der Bäckerstochter Brot, Salz und eine Münze. »Ein Willkommensgruß. Meinem Mann gehört die Patisserie Goldschmidt dort drüben. Ist Ihr Vater nicht da?«

»Nein, er reist erst nächste Woche an«, entgegnete Ida. »Aber meine Mutter ist ...«

»Dann komme ich einfach noch mal wieder«, unterbrach die Dame sie mit einem bemühten Lächeln, machte auf dem Absatz kehrt und stolzierte davon.

»Wer war es?«, fragte Oskar, der gerade konzentriert ein neues Kassenbuch anlegte, ohne aufzusehen.

»Eine Madame Goldschmidt«, antwortete seine Schwester nachdenklich. »Von der Patisserie um die Ecke. Als sie gehört hat, dass Vater noch nicht da ist, hatte sie es recht eilig, wieder zu verschwinden.«

»Erstaunlich, dass sie uns willkommen heißen will«, wunderte sich ihre Mutter und musterte das Brot und das Salz in Idas Händen. »Wir werden ja Konkurrenz für ihre Patisserie sein.«

»Ja«, bestätigte Oskar und sah grinsend vom Kassenbuch auf. »Da würde man eher erwarten, dass sie uns die Scheibe einschlägt.«

Ida konnte sich nicht erklären, warum, aber aus irgendeinem Grund beschlich sie bei dem Gedanken an die Fremde ein mulmiges Gefühl.

*

In der Nacht hatte Ida vor Aufregung wegen des bevorstehenden Rendezvous kaum schlafen können. Sie war sehr früh aufgestanden, um sich von Mademoiselle Nanty die Haare richten zu lassen. Bisher hatte sich die Bäckerstochter nicht daran gestört, dass noch nicht ihre gesamte Garderobe angekommen war. Aber heute verfluchte sie die Verzögerung. Das zartblaue, blütenbestickte Kleid, das ihre Augen so gut zur Geltung brachte, wäre für den heutigen Anlass perfekt gewesen – aber das befand sich noch auf dem Weg von Stuttgart hierher. Seufzend musterte sie die dürre Auswahl in ihrem Schrank und wählte schließlich ein waldgrünes Kleid aus, das ihre ohnehin schon schmale Taille gekonnt in Szene setzte. Sie nahm es heraus, hielt es vor sich und nickte beim Blick in den Spiegel zufrieden. Durch die zarte Stickerei in einem helleren Grünton wirkte es zwar elegant, aber nicht zu auffallend für einen Besuch im Universitätslabor.

Mademoiselle Nanty half ihr beim Ankleiden und machte sich dann daran, Ida zu frisieren. Normalerweise plauderte sie während der Morgentoilette gern mit der Hausdame, aber heute war sie zu aufgeregt, um auch nur einen Ton herauszubringen. Antoinette Nanty störte sie nicht. Sie hatte ein feines Gespür für die jeweilige Stimmungslage ihrer jungen Herrin. Konzentriert kämmte sie Idas Haare zu einer halb geflochtenen, halb gesteckten Frisur und freute sich schließlich: »Ihre Haare sitzen heute besonders gut.«

Auch Ida gefiel, was sie sah. »Sie sind ein Schatz, Mademoiselle Nanty.« Sie liebte die Frau, als gehöre sie zur Familie – und küsste sie nun dankbar auf die Wange.

Ida war froh, dass ihr Bruder noch in den Federn lag. So blieben ihr weitere ironische Mahnungen und Sticheleien erspart.

Eine halbe Stunde zu früh traf sie vor der Universität in der Neustadt ein – und stellte zu ihrem Erstaunen fest, dass Lucien dennoch bereits auf »ihrer« Bank saß.

Er strahlte bei ihrem Anblick, und sie verspürte augenblicklich ein aufgeregtes Kribbeln im Bauch. Zu ihrer Erleichterung wirkte der junge Picard seinerseits etwas nervös; ihn schien ihr Rendezvous also ebenfalls nicht kaltzulassen.

»Guten Morgen, Mademoiselle Tritschler«, begrüßte er sie mit einem galanten, auf ihre Seidenhandschuhe gehauchten Kuss. »Schön, Sie zu sehen. Wenn ich das sagen darf: Sie sehen bezaubernd aus. Und Ihr Bruder ist nicht als Anstandsbegleitung mitgekommen«, stellte er erleichtert fest.

Sie kicherte. »Nein, es wäre ihm sicher lieber gewesen, aber die Chance hat er verschlafen.«

»Dann zeige ich Ihnen unser Labor also exklusiv«, freute sich Lucien. »Wollen wir aufbrechen?«

Wenig später betrachtete Ida fasziniert eine Amöbe durch ein glänzendes Mikroskop. Lucien erklärte ihr dazu die Fakten über den Einzeller: »Dieses Wechseltierchen ist nicht mal einen halben Millimeter groß.«

»Wovon ernährt sich so ein winziges Lebewesen denn?«, erkundigte sich Ida.

»Von Bakterien und noch kleineren Einzellern«, antwortete er. »Die fängt es mit seinen Scheinfüßchen.«

Ida sah vom Mikroskop in Luciens grüne, braun gesprenkelte Augen und bewunderte seine schön geschwungenen Brauen. »Unglaublich, wie viel dem menschlichen Auge verborgen bleibt.«

Er lächelte. »Und doch wird man manchmal ganz unverhofft mit einem wunderschönen Anblick überrascht.«

Diese Lippen! Ida hatte Mühe, sich aus seinem Bann zu lösen.

»Apropos schöner Anblick«, sagte er schließlich. »Wenn Sie vorgestern erst angekommen sind – waren Sie dann schon auf dem Turm der Kathedrale?«

»Nein, kann man da denn hinauf?«, wunderte sie sich.

»Man kann«, erwiderte Lucien. »Und wir sowieso – Herr Busch, der Küster, ist ein alter Freund meines Vaters.«

Ida lächelte bei der Vorstellung, noch mehr Zeit mit Lucien verbringen zu können. »Dann würde ich mir das sehr gern anschauen.«

»Hätten Sie etwas dagegen, wenn wir einen Umweg über das Gerberviertel machen?«, bat er. »Bei der Prügelei gestern ist meine Taschenuhr leicht beschädigt worden. Der Uhrmacher meinte, sie sei heute schon fertig.«

Ida hatte nichts dagegen, ganz im Gegenteil. Da das Petit France zwei Kilometer entfernt war, würden sie eine ganze Weile zusammen unterwegs sein. »Gern.«

»Was macht Ihre Familie denn in Straßburg?«, erkundigte sich der Biologiestudent auf ihrem Weg zum Gerberviertel.

»Mein Vater hat in Stuttgart drei Konditoreien. Und nun will er es auch hier in Straßburg wagen«, antwortete Ida.

Er sah sie erstaunt an. »Na, so ein Zufall. Meine Familie besitzt ebenfalls eine Patisserie.«

Ida war nicht minder verblüfft – und auch ein wenig beunruhigt: Wie würde er auf die Tatsache reagieren, dass die Tritschlers als Mitbewerber in die Stadt gekommen waren?

Doch Lucien zeigte keine Spur von Verärgerung oder Missfallen, stattdessen erzählte er gut gelaunt: »Wenn es nach meinem Vater ginge, würde ich irgendwann meinem jüngeren Bruder bei der Leitung helfen.«

»Aber das wollen Sie nicht?«, vergewisserte sich Ida, die erleichtert war, dass Lucien die Konkurrenz durch ihre Familie offenbar nicht zu stören schien.

Er schüttelte den Kopf. »Nein, würden *Sie* das denn wollen? Sich ein Leben lang mit Gebäck zu beschäftigen?«

»Ach, im Verkauf arbeite ich schon gern. Ich mag es, den Kunden ihre Wünsche zu erfüllen, sie mit unseren gebackenen Träumen ein bisschen glücklicher zu machen«, entgegnete Ida.

»Gebackene Träume … Wie Sie das sagen, klingt es sogar ganz schön, das Konditorgeschäft«, gab Lucien zu. »So habe ich das noch nie gesehen, auch wenn unsere Familie damit sehr erfolgreich ist. Unsere Patisserie beliefert alle Hotels der Gegend mit Leckereien, und der Bürgermeister geht bei uns ein und aus.«

Ida war beeindruckt. Von Mademoiselle Nanty wusste sie, dass die Wahl Otto Backs zum Bürgermeister vor sieben Jahren von großer Bedeutung für die bessere Verständigung zwischen der elsässischen und deutschen Bevölkerung gewesen war. Wenn dieser hohe Herr im Hause Picard verkehrte, musste das Ansehen der Familie wirklich enorm sein.

»Ich wollte von jeher lieber die Welt bereisen und Flora und Fauna erforschen«, fuhr Lucien fort. »Ich bin zwar der Erstgeborene, aber zum Glück will mein Bruder die Patisserie übernehmen. Er hat auch schon geheiratet und einen Stammhalter gezeugt. Deshalb wird man mir wohl die Abenteuer gönnen.«

»Das klingt so aufregend. Schade, dass man Frauen keine Abenteuer gönnt«, erwiderte Ida seufzend. »Die enzige Bildung, die man ihnen zugesteht, ist die Vorbereitung darauf, eine möglichst gute Mutter und Ehefrau zu sein.«

Er sah ihr erneut in die Augen. »Ach, es gibt bestimmt auch manchen Ehemann, der sich freut, wenn sich seine Frau selbst verwirklicht.«

Das hatte er gewiss nur gesagt, um ihr ganz allgemein Mut zu machen. Aber Ida konnte nicht umhin, sich vorzustellen, wie *er* in einer Ehe seiner glücklichen Angetrauten die Verwirklichung ihrer Träume gönnen würde. Aus Angst, Lucien könne ihre Gedanken erahnen, wechselte sie das Thema: »Mein Bruder und ich haben uns gefragt, warum man dieses Viertel La Petite France nennt.«

Lucien kannte die Antwort: »Ich habe mal gehört, das ginge auf das sechzehnte Jahrhundert zurück. Da stand hier ein Krankenhaus, in dem wurden … bestimmte Krankheiten behandelt. Damit hatten sich die Straßburger Söldner der französischen Könige angesteckt. Eine davon nannten die Deutschen seinerzeit die ›Franzosenkrankheit‹, und so wurde daraus irgendwann La Petit France.«

»Was war das für eine Krankheit?«, hakte Ida arglos nach.

Lucien druckste ein wenig herum und nuschelte dann: »Na ja, scheinbar haben die französischen Soldaten in den italienischen Kriegen nicht nur gekämpft, sondern auch … Frauen getroffen. Ähm … von dieser Art ist diese Franzosenkrankheit.«

Ida verstand noch immer nicht. »Frauen? Aber was soll das für eine Krankheit sein?«

Lucien wirkte resigniert, anscheinend hielt er es für sehr unangemessen, das nun Folgende vor einer Dame auszusprechen, aber was blieb ihm angesichts ihres Insistierens anderes übrig? »Na ja, der medizinische Name für diese Seuche ist wohl … äh …« Er senkte die Stimme. »Syphilis.«

»Oh, aha.« Ida errötete augenblicklich. Durch ihren scheinbar harmlosen Themenwechsel waren sie nun bei Geschlechtskrankheiten angelangt. Na wunderbar!

Sie war froh, dass Lucien rasch auf etwas Unverfängliches zu sprechen kam. »Werden Sie denn in Ihrem Geschäft in erster Linie schwäbische Backspezialitäten verkaufen?«

»Natürlich dürfen Wibele, Laugenbrezeln und -brötchen nicht fehlen. Aber mein Vater macht auch Linzer Torte und Frankfurter Kranz sehr gut. Und den hier typischen Kougelhopf liebt er ebenfalls.«

»Ah, dann habe ich einen Ratschlag für Sie. Stammt von meinem Herrn Papa. Viel habe ich mit der Bäckerei ja nicht am Hut, aber das konnte ich mir merken«, sagte Lucien und fuhr fort: »Legen Sie die Rosinen für den Kougelhopf vor dem Backen ein paar Stunden in Himbeergeist ein – zumindest für die erwachsenen Kunden.«

»Ich werde es meinen Vater ausrichten«, meinte Ida. »Danke sehr.« Eine Viertelstunde nachdem sie Luciens reparierte Taschenuhr abgeholt hatten, kamen sie vor dem imposanten Münster an. Ida hoffte, dass niemand von der Familie und dem Personal ihren Begleiter und sie vom Haus aus zwischen den Passanten entdecken würde.

Das Liebfrauenmünster – oder die Cathédrale Notre-Dame, wie sie auf Französisch hieß – war vom zwölften bis zum fünfzehnten Jahrhundert aus rosa Vogesensandstein gebaut worden, davon hatte Ida bereits bei ihrem ersten Besuch gehört.

»Die Kathedrale wirkt ja ein wenig asymmetrisch. Das liegt daran, dass der südliche Turm nie fertiggestellt wurde«, referierte Lucien. »Der Boden war durch die vielen Überschwemmungen nicht allzu fest. Ein weiterer Turm hätte den Baugrund wohl zu sehr belastet. Ein Erdbeben in Basel 1356 hat die Sorgen dann noch verschärft.«

»Ach so.« Ida sah an dem Monumentalgebäude hinauf.

»Der Nordturm ist ja über hundertvierzig Meter hoch«, erinnerte sie sich an die Worte ihres Vaters.

»Das stimmt«, bestätigte Lucien. »Bis vor zwanzig Jahren war das Münster sogar das höchste Bauwerk der Menschheit. Der romanische Vierungsturm wurde im Deutsch-Französischen Krieg vor zwanzig Jahren schwer beschädigt – preußisches Artilleriefeuer. Dombaumeister Gustave Klotz hat ihn durch den neuen Turm ersetzt – der ist noch größer als der alte. Sollen wir uns jetzt auf die Aussichtsplattform hochwagen?«

Ida nickte unternehmungslustig, und die beiden machten sich auf den Weg zum südlichen Turmfundament, von dem aus eine enge, steinerne Wendeltreppe nach oben führte. Die Stufen waren streckenweise voller Taubendreck, wie Ida feststellen musste. Als sie endlich oben auf der Plattform ankamen, wo trotz des Sonnenscheins ein erstaunlich kühler Wind wehte, waren beide außer Atem.

Ida sah sich begeistert um. »Was für eine unfassbare Aussicht! Wie hoch sind wir jetzt?«

»Sechsundsechzig Meter«, antwortete Lucien. »Auch Voltaire und der junge Goethe haben diesen Aufstieg gemacht und ihre Namen hier eingeritzt. Den Nordturm kann man sogar noch bis kurz unter der Turmspitze besteigen. Da über den Umgang zwischen den Ecktürmchen geht es rauf.«

Aber schon der Blick hier von der Plattform aus reichte weit über die Stadtgrenzen hinaus. »Das dort im Osten ist der Schwarzwald«, führte Lucien aus. »Da im Westen und Norden sind die Vogesen und der Odilienberg.«

Er stand so dicht neben Ida, dass sie den Stoff seines Jacketts an ihrem Arm spüren und seinen Duft wahrnehmen konnte.

Sie versuchte, ihr starkes Herzklopfen zu ignorieren.

»Und der dort im Süden?«

»Das ist der Kaiserstuhl. Und dahinten in der Ferne das Jura.«

»Guten Tag«, ertönte es plötzlich hinter ihnen auf Deutsch.

Die beiden fuhren herum und erblickten einen untersetzten, rundlichen Mann. Er war sogar etwas kleiner als Ida und hatte sich das wenige Haar mit Pomade quer über die Glatze geklebt.

»Herr Busch!«, rief Lucien erfreut. »Darf ich Ihnen eine neue Freundin vorstellen? Das ist Ida Tritschler aus Stuttgart.

Ihre Familie wird am 1. Mai unten am Platz eine Patisserie eröffnen. Ida, das ist Herr Busch, der Küster des Münsters.«

Täuschte sie sich, oder war der Kirchenwart bei dem Namen »Tritschler« erschrocken zusammengezuckt?

Ida sah ihn fragend an, doch da packte Herr Busch schon ihre Hand und sagte: »Tritschler, ein schöner Name. Kommt einem gleich vertraut vor. Willkommen über den Dächern von Straßburg. Sie scheinen unsere Aussicht zu genießen.«

»O ja, das tue ich«, bestätigte die junge Deutsche.

»Haben Sie sich denn auch unsere astronomische Uhr schon angeschaut?«, fragte der Küster.

»Noch nicht«, erwiderte Ida.

»Dann würde ich mich gern als Führer anbieten«, sagte der Kirchenwart. »Wenn Sie sich hier oben sattgesehen haben.«

»Das sollten Sie sich auf keinen Fall entgehen lassen«, empfahl Lucien verschwörerisch.

Nach dem nicht minder beschwerlichen und schwindelerregenden Abstieg über eine weitere Wendeltreppe führte Herr Busch sie in den südlichen Querhausarm der Kathedrale, wo sich rechts vom Altarraum eine unfassbar prachtvolle, achtzehn Meter hohe astronomische Uhr befand – ein bunt bemaltes und mit schönen Skulpturen geschmücktes Wunderwerk der Technik! Ida sah fasziniert daran hinauf.

»Jede Viertelstunde wird von einem Engel angeläutet«, erklärte Lucien, »zur vollen Stunde wendet der Engel rechts neben ihm ein Stundenglas.«

»Die Uhr zeigt die Bahnen von Erde und Mond an – und die der Planeten Merkur bis Saturn. Dazu dreht sich ein Rad mit den Wochentagen und ihnen zugeordneten Planeten. Zum Mittwoch gehört der Merkur«, ergänzte der Kirchenwart.

»Am erstaunlichsten aber ist das Räderwerk. Es läuft in der

Silvesternacht ab und errechnet das Basisdatum für die beweglichen Feiertage«, wusste Lucien. »Ein Teil der Uhr bildet die Präzession der Erdachse nach – eine Umdrehung in über fünfundzwanzigtausend Jahren. Sie ist auch weltweit der einzige Zeitanzeiger, der dreizehn Uhr schlägt.«

»Das ist wirklich erstaunlich, ich …« Mitten im Satz hielt Ida inne. Rechts hinter dem riesigen Chronometer befand sich – vermutlich für Wartungszwecke – ein vergitterter Zugang. Ein Augenpaar leuchtete dort im Dunkeln. Ohne Zweifel: Da kauerte ein Lebewesen. Vorsichtig näherte sich Ida dem Tier.

4

»Miau!«, hallte es fiepend und fast ein wenig vorwurfsvoll durch die Kirche.

Bei dem kleinen Wesen, das Ida hinter der astronomischen Uhr entdeckt hatte, handelte es sich um ein winziges getigertes Kätzchen.

»Ja, wer bist du denn?« Sie kniete neben dem Tier nieder, das instinktiv Vertrauen zu ihr zu haben schien. Es maunzte erneut, schlängelte sich an einer Eisenstange der Tür vorbei und rieb sich dann schnurrend an Idas Hand. »Sie scheint Hunger zu haben.«

»Sie ist ein Er, ein Katerchen«, berichtigte Küster Busch. »Der kleine Ausreißer ist offenbar seiner Mutter und den Geschwistern davongelaufen.«

»Wie süß er ist!« Ida nahm den Kleinen auf den Arm.

»Wollen Sie ihn haben?«, fragte der Küster hoffnungsvoll. »Ich habe den Wurf Schreiner Bernauer abgenommen, der wollte die Kleinen ertränken.«

»Was?«, rief Ida entsetzt. »Wie kann er es wagen?«

»Ja, mein Herz war auch zu weich, diese Vorstellung zu ertragen«, gab der Kirchenwart zu. »Aber fünf Kätzchen und die Mutter – das ist dann doch etwas zu viel für meine bescheidene Küsterwohnung.«

»Dann nehme ich ihn«, sagte Ida spontan zu.

»Sind Sie sicher?«, vergewisserte sich Lucien. »Wird Ihr Vater das erlauben?«

»O ja, das wird er«, meinte sie lächelnd. »Erstens verjagt so ein Kater Mäuse aus der Backstube. Und außerdem hat ein Bäcker aus Schwaben eine Grunddankbarkeit gegenüber Katzen.«

»Wieso das?«, fragte Lucien.

»Nun, weil diese Tiere der Legende nach eine Rolle bei der Erfindung der Brezel gespielt haben«, erzählte Ida.

»Wirklich?«, wunderte sich Lucien.

»Der Sage nach soll der Uracher Hofbäcker Frieder über den Grafen Eberhard gelästert haben«, führte Ida aus. »Als dem das zu Ohren kam, beschloss er Frieders Hinrichtung.«

»Das ist aber eine drakonische Strafe«, befand Küster Busch.

Ida nickte. »Seine verzweifelte Ehefrau eilte ins Schloss und bat Eberhard um Gnade für ihren Mann. Der Graf ließ sich erweichen und gab Frieder noch eine Chance. Er sollte frei sein – aber nur unter einer Bedingung, und die war fast unerfüllbar. Er musste innerhalb von drei Tagen ein Gebäckstück erfinden, durch das dreimal die Sonne scheint – und das dem Grafen besser schmecken würde als alles, was er kannte. Nur dann wäre Frieder gerettet! Erst am dritten Tag fiel dem armen Hofbäcker etwas ein, und er machte sich an eine Schlinge aus leicht salzigem Hefeteig. Graf Eberhard war nämlich bekanntermaßen kein ›Süßer‹. Angeblich fiel Frieders Blick dann auf seine Frau, die hatte die Arme vor der Brust verschränkt. Davon inspiriert schlang Frieder den Teig so: eine dickere ›Wurst‹ in der Mitte als ›Körper‹, die dünneren seitlichen Enden stellten die Arme dar. Diese dünnen Ärmchen legte er verschränkt übereinander. Durch die drei sich ergebenden Öffnungen konnte die Sonne scheinen!«

»Heureka!«, rief Lucien grinsend. »Und wie kam nun die Katze ins Spiel?«

»Die trieb sich öfter bei Frieder in der Backstube herum, in der Hoffnung, etwas zu naschen zu bekommen«, berichtete Ida weiter. »Sie hatte neben dem Ofen geschlafen. Als der Hofbäcker den aber anfeuerte, vertrieb die Hitze das Tier. Es sprang ausgerechnet aufs Backblech – und schon purzelten die geschlungenen Teigstücke in einen Eimer mit heißer Lauge. Den hatte die Bäckersgattin da vorher abgestellt, wollte damit Fisch und Suppe würzen. Drama! Die Frau fauchte die Katze an, der Frieder seine Frau. Die beschwor ihn: Back sie alle, wie sie sind! Schließlich drängte ja die Zeit. Zur Verzierung schnell ein paar Körner grobes Salz darauf – und rein ins Backrohr. Später staunte das Bäckerpaar nicht schlecht, denn das Gebäck war durch die Lauge herrlich braun geworden und in der Mitte hell aufgesprungen und weich wie ein Weckle. Die Ärmchen aber waren knusprig. Dem Grafen schmeckte das hervorragend. Frieder ließ seinen Herrn dann den Namen für das Gebäck selbst aussuchen. Dessen Frau, Prinzessin Barbara, kannte das lateinische Wort für Ärmchen – bracchia – und Brazula für zwei verschlungene Hände. Der Graf erklärte dem geretteten Hofbäcker, er erwarte für den nächsten Tag einen ganzen Korb voll ›Braze‹ zum Vesper im Schloss!«

Der Küster klatschte in die Hände. »Was für eine schöne Geschichte!«

»Allerdings ist sie in jedem Fall nur eine Sage«, hatte Ida von ihrem Großvater erfahren. »Es gab nämlich schon im Jahr 1111 ein Bäckerwappen mit Brezeln drauf – also lange vor dem ollen Eberhard.«

Inzwischen hatte das Katerchen ihre Schultern erklommen und sah sich neugierig um. »Hat der Kleine denn schon einen Namen?«, wandte sie sich an Küster Busch.

Er schüttelte den Kopf. »Nein, ich kam noch nicht dazu.«

»Dann heißt du ab jetzt Astro«, sagte sie und küsste das schnurrende Tier auf die Nase. »Schließlich habe ich dich unter einer astronomischen Uhr gefunden.« Nachdem sie das beeindruckende Uhrwerk mit seinen vielen Zahnrädern besichtigt hatten, schenkte der Kirchenwart Ida zum Transport von Astro einen Katzenkorb mit Griff und verschließbarem Türchen. Sie verabschiedete sich mit einem herzlichen Händedruck von Küster Busch, und Lucien bot ihr an, sie noch bis vor die Tür der Patisserie zu bringen. Kaum hatten sie jedoch das Münster verlassen, rief jemand in scharfem Ton seinen Namen.

Ida drehte sich um und sah einen vornehm gekleideten, jungen Mann mit sorgsam gescheiteltem dunklem Haar auf sie zustürmen. Er war etwa einen Kopf kleiner als Lucien, aber recht muskulös. Als er bei ihnen angekommen war, musterte er Ida aus grün funkelnden Augen von oben bis unten. Offenbar gefiel ihm, was er sah, denn er bleckte seine weißen Zähne zu einem breiten Grinsen. Sein Blick war Ida unangenehm, sie wich ihm aus.

»Sag mal, Lucien, wieso treibst du dich bitte schön in aller Seelenruhe in der Gegend herum?«, wandte er sich schließlich an ihren Begleiter. »Hast du vergessen, dass um dreizehn Uhr der Bürgermeister zu Besuch kommt? Papa hat dir doch dreimal gesagt, dass er die *ganze* Familie dabeihaben will!«

»Mist«, fluchte Lucien. »Daran hab ich wirklich nicht mehr gedacht.«

»Das kommt davon, wenn man nur die Biologie im Kopf hat.« Der Mann, von dem Ida annahm, dass es sich um den von Lucien erwähnten jüngeren Bruder handelte, zwinkerte ihr zu.

»Geh schon mal vor, René«, bat Lucien gereizt, »ich möchte mich noch in Ruhe verabschieden.«

»Mach's kurz!«, forderte René ihn auf und ging nach einer etwas spöttisch wirkenden Verbeugung über den Münsterplatz in Richtung Krämergasse davon.

»Das ist Ihr jüngerer Bruder?«, vergewisserte sich Ida. »Der Geschäftstüchtige?«

»Genau der«, bestätigte Lucien und fügte etwas verstimmt hinzu: »Ich hätte gern den schönen Vormittag mit Ihnen in Ruhe ausklingen lassen. Ab morgen bin ich nämlich auf einer Exkursion mit meinem Biologieprofessor. Wir kommen erst in zwei Wochen zurück.«

Ein Gefühl großer Enttäuschung versetzte Ida einen Stich. »Oh, wie schade. Wo geht es denn hin?«

»Nach Partenkirchen in Bayern«, antwortete Lucien. »Nicht gerade zu vergleichen mit den Forschungsreisen, die Alexander von Humboldt gemacht hat. Aber es müssen ja nicht immer gleich die Tropen sein. Die Regenmoore in Bayern sind auch ganz besondere Lebensräume.«

Ida war es ganz recht, dass Lucien nicht weiter als bis nach Bayern fuhr, sonst würde seine Rückkehr nur noch länger dauern. »Untersuchen Sie dort Pflanzen oder Tiere?«

»Beides«, sagte er, erfreut über ihr Interesse. »Man findet in diesen Regenmooren faszinierende Arten. Die Tiere haben sich den extremen Bedingungen angepasst: nasser, saurer, fast nährstoffloser Boden. Es gibt fleischfressende Pflanzen, schwimmende Spinnen – und sogar Reptilien, die ihre Jungen lebend gebären.«

»Vielleicht mögen Sie mir ja nach Ihrer Rückkehr erzählen, was Sie alles entdeckt haben«, bat sie.

Er sah sie mit spürbarer Zuneigung an und streichelte kurz ihre Wange. »Das werde ich sehr gern.«

Sein Handrücken fühlte sich wunderbar an und weckte die Sehnsucht nach mehr. Doch das wäre natürlich unschicklich gewesen – zumal in der Öffentlichkeit.

Lucien sah etwas nervös in Richtung Krämergasse, in der sein Bruder verschwunden war. »Soll ich Sie noch rasch zu Ihrer Patisserie hinüberbringen?«, bot er höflich an. Doch so verlockend sein Angebot auch war – Ida schüttelte den Kopf. »Nein, Sie dürfen keinen Ärger mit Ihrer Familie bekommen. Unser Geschäft ist doch gleich dort drüben, das schaffe ich gut allein.«

»Dann bleibt mir nur noch, auf Wiedersehen zu sagen. Ich melde mich, sobald ich zurück bin – wenn ich darf«, versprach er.

»Sie müssen!«, platzte es aus Ida heraus.

Lucien nickte lächelnd und küsste zum Abschied ihre Hand. Dann eilte er sichtlich schweren Herzens in die Krämergasse – nicht, ohne sich noch zweimal umzudrehen und zu winken.

Als er um die Ecke verschwunden war, ging Ida seufzend über den Münsterplatz zur Patisserie hinüber. Bei dem Gedanken, Lucien Picard nun vierzehn Tage lang nicht zu sehen, verschlechterte sich ihre Laune drastisch.

*

April, April, der macht, was er will – die alte Bauernregel schien dieses Jahr besonders gut zu passen. Nach sonnigen Tagen mit nahezu sommerlichen Temperaturen war es über Nacht plötzlich grau, trüb und kühl geworden. Und am späten Vormittag ging ein Regenschauer sogar in Graupel über. Ida fröstelte, als sie durch das Wohnzimmerfenster zum fast menschenleeren Münsterplatz hinübersah. Lucien war erst fünf Tage fort, neun weitere standen ihr also noch bevor. Warum wirkte ohne ihn nur alles so dermaßen langweilig? Sie hatte vor ihrem Kennenlernen doch stets etwas Interessantes zu tun gefunden.

Da betrat Oskar den Raum und ließ sich auf das Sofa fallen.

»Wären wir bloß in Stuttgart geblieben«, knurrte er.

»Welche Laus ist dir denn über die Leber gelaufen?«, wunderte sich Ida. Bis gestern war ihr Bruder fast unerträglich fröhlich gewesen, hatte ständig gepfiffen und gesungen – nicht schön, aber penetrant. Zum Glück hatte er zumindest nicht auch noch zu seinem geliebten Akkordeon gegriffen. In Stuttgart war er damit oft stundenlang am Üben gewesen, was sie bisweilen zur Weißglut gebracht hatte.

»Ach, es geht um Amélie«, seufzte er.

Ida wusste, dass er sich gestern Abend mit der hübschen Verkäuferin getroffen hatte. Oskar war geradezu euphorisch darüber gewesen, dass sie seiner Bitte um ein Rendezvous zugestimmt hatte. Sie konnte ihn verstehen, sie hatte sich selbst bereits mit der jungen Frau angefreundet und war begeistert von deren Humor und freundlichem Wesen.

»Hast du ihr etwa Hoffnungen gemacht – und jetzt gibt es Ärger?«, befürchtete seine Schwester.

»Ich ihr?«, rief er erbost. »Wohl eher umgekehrt.«

Er sprang auf. »Sie hat mich geküsst – aber danach meinte sie, wir sollten besser einfach nur Freunde bleiben. Für mehr reichten ihre Gefühle nicht aus. Aber man könne sich so wunderbar mit mir unterhalten. Ich sei ein wirklich feiner Kerl. *Ein wirklich feiner Kerl!* So eine Abfuhr habe ich zuletzt bekommen, als ich ein pickliger Schulknabe war.«

»Na ja, aber so ähnlich hast du ja auch die Mädchen abgefertigt – nachdem du ihnen Hoffnungen gemacht hast«, erinnerte Ida ihn. »Du meinst doch selbst immer, dass man von vielen Töpfen kosten sollte, bevor man sich für eine Köchin entscheidet. Und dass es gut ist, gleich zu sagen, wenn nach dem Ausprobieren die Gefühle eben doch nicht reichen.«

»Das war etwas ganz anderes«, schnauzte Oskar.

»Ja«, meinte Ida und konnte sich ein Schmunzeln nicht verkneifen. »Diesmal bekommst du den Korb, die letzten fünf Mal waren es die Mädchen.« Zumindest waren es fünf Fälle, von denen sie erfahren hatte, die Dunkelziffer mochte noch höher sein.

»Du findest also, ich habe es verdient, dass ich so behandelt werde?«, vergewisserte sich ihr Bruder.

An seinem drohenden Tonfall bemerkte sie, dass es nun besser war, vorsichtig zu sein, denn ihr stand gewiss nicht der Sinn nach einem Streit unter Geschwistern.

»Ich will, dass du glücklich wirst«, entgegnete sie also diplomatisch und nahm versöhnlich seine Hand. »Es wäre schön, wenn *alle* glücklich sein dürften.«

Was Lucien in diesem Augenblick wohl machte? Untersuchte er gerade ein seltenes Insekt oder eine fleischfressende Pflanze? Oder war es in Bayern noch kälter als hier – lag vielleicht sogar Schnee? Waren die Berge sehr hoch in diesem Partenkirchen? Hoffentlich passte er auf sich auf!

Plötzlich waren Geräusche und Stimmen aus dem Ladenbereich zu hören. Ida und ihr Bruder sahen sich erstaunt an. Da Konditorei und Café noch nicht eröffnet waren, sollte sich dort eigentlich niemand aufhalten.

Im nächsten Moment kam Mademoiselle Nanty außer Atem ins Wohnzimmer gestürzt. »Ihr Herr Papa ist bereits eingetroffen«, rief sie strahlend.

Sofort waren die Geschwister besser gelaunt. Dass ihr Vater

schon heute – vier Tage früher als angekündigt – nach Straßburg gekommen war, freute beide enorm.

Ida stürmte Oskar hinterher, die Treppe hinunter und in die Konditorei, wo der mit einem wadenlangen, hochgeschlossenen und sehr eleganten Mantel bekleidete Franz Tritschler zwischen drei Koffern, seiner Frau Elise und Koch Leroc stand.

»Papa, wie schön!« Sie fiel ihrem Vater um den Hals und atmete den vertrauten Geruch nach Vanillezucker und seinem Rasierwasser ein.

»War in Stuttgart denn schon alles für deine Abreise vorbereitet?«, erkundigte sich Oskar, nachdem er den Vater mit einer Umarmung und einem kräftigen Schulterklopfen begrüßt hatte.

»Ach, ihr kennt doch euren Großvater«, winkte Franz ab. »Der führt jetzt ein strenges Regiment. Einen anderen General neben sich kann er nur schwer ertragen.«

Franz Tritschlers Kinder, seine Ehefrau und der Koch mussten lachen. Das war in der Tat typisch für Albert!

»Na, was meint ihr?«, fragte der Vater. »Sollen wir uns zusammen mal überlegen, was wir am Tag der Eröffnung alles im Sortiment haben wollen?«

»Au ja«, freute sich Ida, und Oskar fügte hinzu: »Du kannst dir nicht vorstellen, wie langweilig es hier bei dem Mistwetter war.«

*

Franz Tritschler hatte beschlossen, dass die Patisserie durch sein verfrühtes Eintreffen in Straßburg bereits am kommenden Freitag, den 21. April, eröffnet werden könne – also gut eine Woche vor dem eigentlich geplanten Termin am 1. Mai. Er schaffte es mit seinem Enthusiasmus, die gesamte Familie und das Personal zu Höchstleistungen zu motivieren. Das schlechte Wetter war bereits am Tag nach seiner Ankunft vergessen, und alle arbeiteten mit Feuereifer daran, das große Ereignis zu einem unvergesslichen Tag zu machen.

Elise war mit Mademoiselle Nanty unterwegs, um Stoffblumen zu besorgen, mit denen sie die Schaufenster und Tische im Café verzieren wollten, Ida brütete mit ihrem Vater über einem alten Buch mit Kuchenrezepten.

»Dieses wertvolle Werk hat mir damals nach dem Krieg Madame Martinet geschenkt«, erzählte er. »Da ist so manche vergessene Köstlichkeit drin.«

»Der vollkommene Conditor«, las Ida. *»Anweisung alle Arten Zuckerwerk, Macaronen, Dragees, Pastillen, Marzipan, Conserven, Marmeladen, Compots, Gelees, Marsellen, Fruchtsäfte, Gefrornes, desgleichen feines Backwerk und Pasteten zu verfertigen; Früchte in Zucker oder Branntwein einzumachen; Liqueurs, Cremes, Huiles und Ratafia's zu destilliren; auch Chocolate, Kaffee, Thee, Bavaroise, Limonade, Orgeade, Citronelle, Sorbets, Punsch, Cardinal und Bischof zubereiten.«*

Fasziniert blätterte sie in den vergilbten Seiten.

»Süße Macaronen«, las sie vor. *»Man brühe ein Pfund süße Mandeln in siedendem Wasser, schütte sie hierauf in kaltes, worin sie nur ein paar Minuten bleiben …«* Murmelnd vertiefte sie sich weiter in das Buch, und vor ihrem geistigen Auge tauchten immer mehr kulinarische Wunderwerke auf. Gern hätte Ida hier wieder einmal selbst etwas gezaubert. Der Verkauf machte ihr zwar großen Spaß, aber die Backstube war für sie ebenfalls ein verlockender Spielplatz – den man ihr als Frau allerdings meist vorenthielt. Aber andererseits konnte ihr ihr Vater doch selten etwas abschlagen. Ob sie vielleicht doch einmal …? Das eine oder andere Experiment …

Sie blätterte weiter. Besonders faszinierend fand sie das Kapitel über Pralinen.

Da fiel ihr Luciens Rat mit den Rosinen wieder ein. Lächelnd sah sie auf. »Ich habe auch noch einen Ratschlag. Beim Kougelhopf kann man die Rosinen zuvor eine Nacht lang in Himbeergeist einlegen.«

Franz sah seine Tochter erstaunt an. »Steht das in dem Buch?«

»Nein, das hat mir der Sohn eines Patissiers verraten«, sagte sie und hoffte, nicht zu erröten.

Zu ihrer Erleichterung kam in diesem Moment Oskar aus dem Bureau, wo er über den Geschäftsbüchern und Bestelllisten gebrütet hatte. »Du hast ja wirklich einiges vor zur Eröffnung. Meinst du, die eine Bedienung im Café und deine beiden neuen Meister reichen dafür aus?«, fragte er.

Franz schüttelte den Kopf. »Ab morgen greift Hélène deiner Mutter und Ida hinter der Verkaufstheke unter die Arme; das ist die junge Tochter von Barbier Aubert im Nachbarhaus. Sie hat bisher in einer Bäckerei am Stadtrand im Verkauf gearbeitet. Amélie kann dann im Café bedienen, ihren Humor werden die Gäste dort lieben. Und in der Backstube bekommen Pierre und Emmanuel ja Hilfe von unserem neuen Lehrling«, erwiderte der Vater. »Außerdem habe ich drei Kollegen im Ruhestand angesprochen. Richtig alte Hasen! Sie sind bereit, uns bis zur Eröffnung ebenfalls zu unterstützen.«

»Und natürlich lässt du es dir auch nicht nehmen, dich für den Anlass selbst in die Backstube zu stellen«, mutmaßte Ida.

Er lächelte ihr liebevoll zu. »Ganz richtig, meine Kleine. Das mit dem Himbeergeist machen wir, gute Idee!«

Ida freute sich. Dadurch, dass Luciens Ratschlag bei der Eröffnung Berücksichtigung fand, fühlte sie sich, als sei ihr Schwarm zumindest im Geiste mit dabei. Bald hatte sie immerhin die Hälfte seiner Exkursionszeit hinter sich gebracht. In gut einer Woche würde sie ihn endlich wiedersehen!

Als Oskar wieder im Bureau verschwunden war, klopfte ein blonder Mittdreißiger mit gepflegtem Schnauzbart und Regenschirm an die Scheibe.

»Bertrand«, rief der Vater erfreut.

Er eilte zur Ladentür, schloss auf, und die beiden Männer begrüßten sich mit einem herzlichen Schulterklopfen.

»Idale, das ist Bertrand Strohmeier«, sagte Franz. »Er hat damals in meiner ersten Bäckerei mitgearbeitet. Und von ihm kam die Nachricht, dass hier am Münster ein Haus mit Laden frei wird.«

»Du hast ihn uns schon mal vorgestellt – als wir vor sieben Jahren das letzte Mal zu Besuch in Straßburg waren«, erinnerte sie den Vater.

»Das stimmt«, sagte Bertrand Strohmeier. »Aber damals warst du noch viel, viel kleiner. Jetzt siehst du ja …« Er griente Ida dümmlich-erfreut an, was ihr ähnlich unangenehm war wie die Blicke von Luciens Bruder René vor einer Woche. »Ja, du bist richtig erwachsen geworden.«

»Komm, Bertrand, ich lade dich auf einen Himbeergeist ins Bureau ein«, schlug der Vater vor und führte seinen Freund ins Hinterzimmer.

Ida wollte gerade die Ladentür wieder verschließen, da bemerkte sie, dass ein hochgewachsener Mann davorstand.

»Es tut mir leid, wir öffnen erst übermor…«, setzte sie an zu sagen, doch als sie in das lächelnde Gesicht des Mannes blickte, unterdrückte sie mit Mühe einen erfreuten Schrei: »Monsieur Picard!«

Lucien war zurück!

5

»Guten Abend, liebes Fräulein Tritschler«, begrüßte Lucien Ida und nahm seinen eleganten Zylinder ab. »Ich bin soeben heimgekehrt – und wollte gleich nach Ihnen sehen.«

»Wie lieb. Kommen Sie doch bitte herein, Sie werden ja ganz nass!«

Lucien trat ein und sah sich um. »Schön haben Sie's hier.«

»Danke. Sollte die Exkursion nicht eigentlich noch eine Woche dauern?«, versicherte sich Ida. »Ging alles gut?«

»Anfangs ja, aber dann wurde das Wetter immer schlechter. Erst sind wir täglich durch den Matsch gewatet, irgendwann lag sogar Schnee, dann ging gar nichts mehr.«

»Das hatte ich schon befürchtet. Dieses Partenkirchen liegt ja recht hoch.«

»Genau«, bestätigte Lucien. »Und als dann mein Professor krank wurde, haben wir ihn überredet, die Exkursion früher abzubrechen. So kann er sich in Ruhe zu Hause von seiner Frau aufpäppeln lassen. Und ich muss nicht noch eine weitere Woche darben.«

Ida lächelte geschmeichelt. »Sie haben gedarbt?«

Lucien nickte. »Es war hier gerade so spannend geworden, als ich abfahren musste.« Er sah sie vielsagend an.

Sie errötete und sagte rasch: »Dann können Sie ja übermorgen zu unserer Eröffnung kommen, wenn Sie möchten!«

»Natürlich möchte ich«, entgegnete Lucien. »Wie geht es denn unserem kleinen Katerchen?«

»Großartig«, sagte Ida und freute sich, dass er von »unserem« sprach. »Astro fühlt sich hier schon wie zu Hause. Sein Lieblingsplatz ist am Kachelofen. Wollen Sie ihn sehen? Er wäre bestimmt entzückt.«

Wenig später saßen Ida und Lucien zusammen im Wohnzimmer. Sie hatte ihnen einen Tee zubereitet, und er streichelte den kleinen Astro, der schnurrend auf seinem Schoß lag.

»Der fühlt sich hier offenbar pudelwohl«, meinte er.

»Und das, obwohl er ein Kater ist«, scherzte Ida.

Sie konnte es kaum fassen. Ihr Schwarm, den sie so vermisst hatte, saß nun leibhaftig in ihrem neuen Zuhause.

In diesem Moment knurrte hörbar sein Magen.

»Haben Sie Hunger?«

Er nickte etwas verschämt. »Ich bin heute tatsächlich noch nicht recht zum Essen gekommen.«

»Unser Koch hilft gerade unten im Laden, aber ich könnte uns etwas zubereiten. Ich habe auch noch nichts gegessen.«

»Dann komme ich aber mit in die Küche, wenn Sie erlauben«, bat er. »Ich habe so lang auf Ihren Anblick verzichtet.«

»Ich ja auch auf den Ihren«, wagte Ida zu sagen. »Deshalb freue ich mich, wenn Sie mir Gesellschaft leisten.«

Sie schnappten sich ihre Teetassen und machten sich auf den Weg in die Küche, die zum Hinterhof hinaus lag.

»Wie wäre es mit Bratkartoffeln, Speck und Spiegeleiern?«, schlug sie vor, nachdem sie sich ein Bild von den Vorräten gemacht hatte. »Es sind noch gekochte Kartoffeln da, das geht dann am schnellsten.«

»Mir läuft schon das Wasser im Mund zusammen«, gestand er.

Und während sie die Pellkartoffeln schälte und in Scheiben schnitt, erkundigte er sich: »Die Eröffnung soll nun übermorgen stattfinden? Man hat mir verschiedene Termine genannt.«

»Das liegt daran, dass mein Vater sie vorverlegt hat. Manche wissen schon davon, andere nicht«, erklärte Ida, während sie etwas Butter in die Pfanne strich. »Aber sie soll in der Tat schon übermorgen stattfinden.«

Astro war dem jungen Paar empört miauend gefolgt – und beobachtete die beiden nun neugierig und schnüffelnd bei der Zubereitung des Essens.

»Es schmeckt hervorragend«, lobte Lucien, als sie schließlich am Küchentisch beisammensaßen und aßen.

»Danke«, murmelte Ida und bemerkte, dass sie selbst den Geschmack der Bratkartoffeln und des Spiegeleis kaum wahrgenommen hatte – zu sehr war sie damit beschäftigt gewesen, seinen Anblick und die stille Harmonie zwischen ihnen zu genießen.

Draußen wurde der Regen wieder stärker, der Wind klatschte ganze Lachen an die Scheibe.

»Bei so einem Wetter finde ich es in einer warmen Wohnung immer besonders gemütlich«, sagte Ida und gab Lucien einen Nachschlag Bratkartoffeln auf den Teller.

»Das geht mir genauso«, bestätigte er. »Mein Vater hat ja schon vor meiner Geburt die Straßburger Patisserie seines Schwiegervaters übernommen. Aber davor lebte er mit seiner Familie südlich von Straßburg im Nachtwald bei Weghäusel. Mein Großvater war dort Förster, meine Großmutter und Tante Marie leben noch immer im Forsthaus.«

»Nachtwald, das klingt geheimnisvoll. Weghäusel«, wiederholte Ida nachdenklich. »Ich glaube, unsere Hausdame kommt von dort. Sie hat mich eingeladen, mit ihr einmal den Hof ihres Vaters zu besichtigen.«

»Das sollten Sie unbedingt tun. Die Besuche bei meiner Großmutter Bernadette waren der schönste Teil meiner Kindheit. Ganz gleich, bei welchem Wetter, in dem alten Forsthaus fand ich es immer gemütlich. Wir saßen beim Frühstück beisammen, und im Herbst sah der Nachtwald oft ganz märchenhaft aus, wenn er so nebelverhangen war.«

»Und dort ist Ihr Interesse an Zoologie und Botanik erwacht?«, mutmaßte Ida.

Lucien nickte. »Mein Großvater zeigte mir, wie viel Leben in so einem Forst existiert.« Er atmete durch und schob den leer gegessenen Teller von sich. »So, jetzt bin ich wirklich satt, es war köstlich, ganz herzlichen Dank.«

Ida schickte sich an, das Geschirr abzuräumen. »Ich spüle es rasch. Unser Koch bestünde zwar bestimmt darauf, das zu erledigen, aber er hat gerade genug anderes zu tun.«

»Dann helfe ich Ihnen«, bot Lucien an und erhob sich.

Sie spülte das Geschirr, und er trocknete ab, während Astro um ihre Beine strich und sich schnurrend daran rieb.

Da fiel Ida eine Gabel hinunter, klirrend landete sie auf dem Terrazzoboden, und das Katerchen machte einen erschrockenen Satz zur Seite.

»Entschuldige, Astro«, sagte Ida und ging gleichzeitig mit Lucien in die Hocke, um nach der Gabel zu greifen. Die Berührung seiner Hände war wie elektrisierend. Ihre Gesichter waren nun so dicht beieinander, dass sie glaubte, seinen Atem zu spüren – Idas Herz raste. Er sah ihr tief in die Augen und küsste sie sanft auf die Wange.

»Entschuldigen Sie«, murmelte er dann mit rauer Stimme. »Das war vielleicht nicht ganz angemessen.«

Spontan griff sie nach seinem Gesicht und küsste ihn auf den Mund. Er erwiderte diese Zärtlichkeit auf eine Art und Weise, die ihr wohlige Schauer über den Rücken jagte. So etwas hatte sie noch nie gefühlt. Sie versanken völlig in ihrem Glück – bis sich lautstark jemand räusperte. Ida zuckte von Lucien zurück und sprang mit der Gabel in der Hand auf.

»Monsieur Leroc«, erkannte sie und spürte, wie sie unter dem amüsierten Blick des Kochs errötete. »Entschuldigen Sie, dass ich in Ihrem Reich gewildert habe, aber mein Gast hatte Hunger. Und ich auch.«

»Ja, manchmal überkommt es einen«, entgegnete Leroc schmunzelnd. »Ich müsste allerdings einen Imbiss für die fleißigen Menschen unten im Laden zubereiten.«

»Natürlich, wir sind schon fort«, haspelte Ida, die nun zu ihrem Ärger auch noch zu schwitzen begann und obendrein feststellte, dass sie die Gabel die ganze Zeit über drohend auf den Koch gerichtet hatte. Hastig legte sie das Besteck auf dem Küchentisch ab.

»Es tut mir leid, in welche Situation ich Sie da eben gebracht habe«, wisperte sie beschämt, als sie mit Lucien in den Flur entkommen war.

»Wenn, dann müsste ich mich entschuldigen. Aber ich geniere mich nicht.« Lucien sah sie liebevoll an. »Dafür war es viel zu schön.«

»Fand ich auch«, murmelte sie mit gesenktem Blick.

»Dann hoffe ich, wir bekommen bald wieder die Gelegenheit dazu, Ida.« Er sprach ihren Vornamen so zärtlich aus, dass sie hätte dahinschmelzen können. »Nun werde ich mal meine Familie aufsuchen, die haben mich nach der Rückkehr ja noch gar nicht gesehen. Aber ich freue mich auf das Wiedersehen bei der Eröffnung übermorgen. Und ich würde auch gern deinen Vater kennenlernen.«

Es freute sie, dass er es offenbar ernst genug mit ihr meinte, um bei ihrem alten Herrn vorstellig werden zu wollen.

Er küsste zum Abschied ihre Hand, wie er es schon einmal getan hatte. Aber diesmal trug sie keine Handschuhe, und seine Lippen streiften sogar sanft ihre Haut. Sie hatte gar nicht geahnt, wie erregend diese alltägliche Geste sein konnte!

*

Am Tag vor der Eröffnung herrschte in der Backstube Hochbetrieb. Franz Tritschler, seine drei Meister, zwei Gesellen und der Lehrling backten, was das Zeug hielt, und Ida sah ihnen eine Weile lang zu. Es begeisterte sie immer wieder aufs Neue, dass hier beim Backen alles funktionierte wie ein Uhrwerk und perfekt aufeinander abgestimmt war. Zunächst feuerte der Vater eigens den riesigen, mit Schamott ausgekleideten Steinbackofen an. Backraum und Feuer waren nicht voneinander getrennt, was bedeutete, dass der Ofenraum zunächst mit Reisig und Holz befeuert wurde. Anschließend wurde die Glut mit einem Aschekratzer entfernt und der Ofen mit einem nassen Sack gesäubert. Ida wusste, als Nächstes würde ihr Vater überprüfen, ob die Temperatur richtig war. Dazu legte er vier Kornähren auf einen hölzernen Brotschieber, der »Backesschoß« genannt wurde, und bewegte ihn durch den Ofen. Als er sie wieder herauszog, waren die Ähren schwarz, ein Zeichen dafür, dass es im Inneren noch zu heiß war. Erst als Franz braune Kornähren aus dem Ofen holte, hatte der die richtige Temperatur für die Teigwaren, die als Erste gebacken werden mussten: Bei zweihundertsiebzig Grad waren die Flammkuchen sowie die Vollkorn- und Roggenbrote dran. Durch die anfangs starke und dann langsam abfallende Hitze wurde das Brot außen besonders knusprig, während es innen zart und weich blieb. Die Kruste war nun geschlossen, und damit blieb viel Feuchtigkeit im Inneren des Laibs erhalten. Es folgten die Weizenmischprodukte und dann, als die Hitze auf zweihundertzwanzig bis hundertachtzig Grad abgefallen war, die süßen Backwaren.

Während des stundenlangen fieberhaften Arbeitens kamen immer neue Köstlichkeiten aus der Backstube: Es gab Apfelkuchen in fünf verschiedenen Zubereitungen, Eclairs aus Brandteig mit Vanillefüllung, Makronen, Pralinen aus edelster Schokolade und Marzipan, Bienenstich, Rotwein- und Rumkuchen sowie Elsässer Eistorte mit Baiser – all diese herrlichen Köstlichkeiten waren ein wahrer Augenschmaus. Natürlich durfte auch der Kougelhopf in verschiedenen Formen und Ausführungen nicht fehlen, war er doch *die* Straßburger Gebäckspezialität schlechthin. Ida war inzwischen wieder ihrer Mutter und Mademoiselle Nanty beim Schmücken der Schaufenster und Auslagen behilflich.

»Hast du die Rosinen in …«, setzte Ida an, zu ihrem Vater herüberzurufen, doch er unterbrach sie sogleich grinsend: »Ja, für eine Version haben wir die Rosinen in Himbeergeist getränkt.«

In diesem Augenblick kam Monsieur Leroc aus dem Wohnbereich in den Laden hinunter und näherte sich dem Vater. »Kann ich Sie kurz sprechen, Monsieur Tritschler?«

»Natürlich.«

Der Vater setzte sich mit dem Familienkoch an einen der Tische. Ida sah immer wieder unsicher zu den beiden hinüber – hoffentlich ging es bei dem Gespräch nicht um den Kuss, dessen Zeuge Leroc gestern Nachmittag geworden war. Ihr Bruder, der an der Ladentheke mit der neuen amerikanischen Registrierkasse stand und Preisschilder beschriftete, war jedoch nah genug am Tisch der Männer, um zu hören, was sie sagten. Als er mit den Schildern zum Schaufenster kam, wandte sie sich mit gesenkter Stimme an ihn: »Hast du mitbekommen, was Vater und Monsieur Leroc da besprechen?«

»Es geht um Quiche und Suppe für morgen«, sagte Oskar achselzuckend. »Schließlich wollen manche Eröffnungsgäste zur Abwechslung auch gern was Deftiges.«

Ida seufzte erleichtert auf. Offenbar schien Monsieur Leroc kein Interesse zu haben, sie wegen des Kusses zu verpetzen. Sie wollte, dass ihr Vater die Möglichkeit erhielt, Lucien bei der Eröffnung morgen unvoreingenommen kennenzulernen.

*

Als der große Tag gekommen war, schien Petrus beweisen zu wollen, dass er es gut mit der Familie Tritschler meinte. Die Sonne strahlte von einem stahlblauen Himmel, und es war auch endlich wärmer geworden. Obwohl es in Straßburg einige Patisserien gab, hatte sich schon in den Morgenstunden vor der Eröffnung eine große Menschenmenge vor dem Haus der Tritschlers versammelt.

»So viele Menschen«, rief Mademoiselle Nanty, als sie durch das Schaufenster blickte, und fügte beunruhigt hinzu: »Wie sollen wir die nur alle zufriedenstellen?«

»Wie immer einen nach dem anderen«, schlug Amélie vor, die sich auf die Herausforderung sogar zu freuen schien.

Oskar warf der schönen Frau einen sehnsüchtigen Blick zu, was seiner Schwester nicht verborgen blieb.

»Bist du schon aufgeregt wegen der Rede?«, versuchte sie ihn von seiner unerwiderten Zuneigung für Amélie abzulenken.

»Nein«, brummte er. »Ich übersetze ja bloß, die eigentliche Leistung muss Papa erbringen.«

Franz hatte beschlossen, sich auf Deutsch und Französisch

an die Eröffnungsgäste zu wenden, was selbst im Reichsland Elsaß-Lothringen völlig ungewöhnlich war. Deutsch war seit Kriegsende auch hier die Amtssprache, und in Straßburg hatte der Großteil der Bevölkerung ohnehin von jeher Niederalemannisch gesprochen. In der Stadt an der Ill war der Elsässer Dialekt – anders als im Landesteil Lothringen – also mit dem Deutschen verwandt. Selbst die anfangs skeptischen katholischen Teile der elsaß-lothringischen Bevölkerung akzeptierten allmählich die unter Führung des protestantisch geprägten Preußen zustande gekommene Wiedervereinigung mit Deutschland. Aber als gebranntes Kind wollte Franz auch jene beschwichtigen, die sich in der nunmehr über zwanzig Jahre dauernden deutschen Herrschaft benachteiligt fühlten und in denen der alte Hass noch schwelte.

Da seine Kinder ja zweisprachig aufgewachsen waren, sollte Oskar die Rede des Vaters übersetzen. Zu gerne hätte Ida selbst für den Vater übersetzt, aber der männliche Erbe hatte eben bei allem Vorrang.

Als Franz nun jedoch die Ladentür öffnete und mit Oskar vor die Menschenmenge trat, um seine Ansprache zu halten, wartete eine Überraschung auf Ida. Ihr Vater schwärmte nämlich nicht nur von der großen Backtradition des Elsass, in die er sich verliebt und die ihn hergelockt habe, von der großen Hilfe der vielen Einheimischen – jeder seiner Bäcker wurde einzeln erwähnt – und der Unterstützung durch seinen Sohn. Nein, er dankte auch den Frauen in seiner Familie: »Meiner wunderbaren Frau Elise, die immer für alle ein offenes Ohr hat, und meiner klugen Tochter Ida. Sie versteht jeden Kunden besser als ich alter Brötchenmacher, und von ihr stammt das schöne Wort ›gebackene Träume‹. Meine beiden Herzdamen werden Ihnen kostenlose Probiererle servieren. Und nun willkommen in der Welt der gebackenen Träume!«

Als Oskar auch dies übersetzt hatte, mit einem liebevollen Lächeln in Richtung seiner Mutter und Schwester, brandete Applaus auf, und Ida wischte sich gerührt die Augen. Auch wenn sie als Frau nicht vorne stehen und sich ans Publikum wenden dufte, so hatte ihr Vater ihre Leistungen nun doch öffentlich gewürdigt.

Sie bekamen die riesige Gästeschar besser in den Griff als befürchtet. Während Ida und ihre Mutter draußen eine Kostprobe nach der anderen verschenkten, herrschte auch im Café und an der Verkaufstheke reges Treiben. Idas Vater musste am Eingang immer neue Kunden begrüßen. Als die kleine Dame mit Krückstock und weißem Haarknoten, die Ida und Oskar kürzlich kennengelernt hatten, vor der Patisserie auftauchte, ließ Franz alle anderen Gäste stehen und eilte auf sie zu. »Madame Martinet, welche Ehre, dass Sie heute hier sind«, freute er sich und führte sie zum Probierstand. »Elise, das ist Madame Martinet, sie hat mir nach dem Krieg das alte Backbuch geschenkt und Räume für meine erste Bäckerei besorgt. Madame Martinet, das ist meine Frau, meine Kinder kennen Sie ja bereits. Sie müssen mir unbedingt sagen, was Sie von unserem Kougelhopf halten.«

Die Dame nahm sich neugierig ein Stück des Kuchens mit den in Himbeergeist getränkten Rosinen. Sie kaute, schmeckte und nickte anerkennend. »Franz, c'est merveilleux«, sagte sie strahlend.

Am Gesichtsausdruck ihres Vaters merkte Ida, wie erleichtert er zu sein schien – offenbar war das Urteil dieser Frau für ihn wie eine Prüfung gewesen. Sie lächelte der Dame gerade zu, als diese plötzlich grob zur Seite gestoßen wurde. Ein zorniger, grau melierter Mittvierziger drängelte sich nach vorn und blieb vor dem Hausherrn stehen. Erschrocken erkannte Ida an seiner Armprothese, dass es sich um jenen Mann handelte, der am Abend ihrer Ankunft vom Münsterplatz aus in ihre Wohnung gestarrt hatte.

Mit seiner unversehrten Rechten riss er nun ein Stück Kougelhopf vom Teller und probierte es. »Rosinen mit Himbeergeist, aha«, schnauzte er wütend. »Auch das haben Sie uns nachgemacht! Warum verkaufen Sie keine schwäbischen Spezialitäten, Tritschler? Müssen Sie unser Sortiment bei Goldschmidt eins zu eins kopieren und uns die Kunden wegnehmen?«

»Ich habe keine Ahnung, was Ihr Sortiment ist, ich ...«, begann Franz, wurde jedoch sofort von dem Kriegsversehrten unterbrochen: »Wissen die Leute hier, was Sie im Krieg dieser Stadt und ihren Bewohnern angetan haben?«

Ein Raunen ging durch die Menge.

»Verschwinden Sie, sofort!«, knurrte Idas Vater zornesrot.

Oskar trat drohend an die Seite des Fremden.

»Ja, ich gehe«, sagte der Versehrte. »Aber Sie werden hier keine Freude haben, das verspreche ich Ihnen. Und irgendwann werden Sie verschwinden wie eine lästige Grippe.«

Auf seinem Weg durch die Menge stieß er mit einem hochgewachsenen jungen Mann zusammen: Lucien! Wie schön er sich für die Eröffnung herausgeputzt hatte – eleganter Frack, Seidenkrawatte und Zylinder. Idas Liebster schien den Mann mit der Armprothese zu kennen: »Was machst du denn bei der Konkurrenz?«, fragte Lucien erstaunt und fügte dann zu ihrem Entsetzen hinzu: »Papa?«

6

Ich wollte gerade gehen«, knurrte der Kriegsversehrte, der sich soeben als Luciens Vater entpuppt hatte. »Und das rate ich dir auch, Junge. Ganz schlechte Gesellschaft hier. Ideendiebe, Spione und Kriegsverbrecher!«

Mit grimmigen Gesicht machte der Patissier auf dem Absatz kehrt und stapfte los. Eingeschüchtert wichen die anderen Gäste ihm aus.

Ida befürchtete, ihr Schwarm könne der Aufforderung seines Vaters folgen, und eilte zu ihm.

»Willkommen«, sagte sie etwas hilflos.

Er sah sie besorgt an. »Mein Vater hat wohl eine üble Szene gemacht?«

Dem konnte Ida nicht widersprechen. »Besonders wütend war er, weil wir den Ratschlag mit dem Himbeergeist umgesetzt haben.«

»Ich bin wirklich nicht auf die Idee gekommen, dass ihn das stören könnte. Tut mir leid«, entschuldigte sich Lucien.

»Sagtest du nicht, deinem Vater gehöre eure Patisserie? Er meinte, er komme von Goldschmidt drüben, aber dein Name ist doch Picard«, wunderte sich Ida.

»Das stimmt«, bestätigte er. »Mein Vater hat unsere Konditorei von meinem Großvater mütterlicherseits übernommen. Deshalb heißt sie Goldschmidt und nicht Picard.«

Auf diese Aussage hin kam Ida eine weitere Erkenntnis. »Deine Mutter … ist das eine schöne Frau mit dunklen Locken – noch recht jung aussehend?«

»Ja«, bestätigte Lucien erstaunt. »Wieso?«

»Sie war kürzlich hier, hat uns Brot und Salz zur Begrüßung gebracht. Sie scheint meinen Vater auch zu kennen.«

Er sah sie verwundert an. »Wirklich?«

»Ida!«, rief Franz Tritschler in diesem Moment mit scharfer Stimme. »Ich bräuchte dich hier, bitte!«

Sie zuckte zusammen. In diesem Ton hatte ihr Vater noch nie mit ihr gesprochen – und schon gar nicht in der Öffentlichkeit. Ein Indiz dafür, wie sehr ihn der unerfreuliche Zwischenfall aufgewühlt hatte. Und nun plauderte seine Tochter auch noch derart angeregt mit dem Sohn des Störenfrieds!

»Entschuldige mich, ich muss Probiererle verteilen«, sagte sie hastig. »Schau dich doch in Ruhe um.«

»Was hast du mit dem Sohn vom Picard zu schaffen?«, raunte Franz, sobald seine Tochter ihren Platz am Stand wieder eingenommen hatte.

»Er ist sehr freundlich und studiert an Oskars Universität«, entgegnete sie trotzig.

Sie bereute ihren Satz augenblicklich, denn nun winkte Franz seinen Sohn zu sich. Der schlängelte sich geschickt durch das Gewimmel der Eröffnungsgäste zu seinem Vater.

»Junge, geh rüber zu deinem Studienkollegen da und sag ihm, dass er gehen soll!«, befahl der Feinbäcker. »Er ist der Sohn von diesem Picard.«

»Der ist gar nicht in meinem Studiengang«, erwiderte Oskar unbehaglich. Als hätte er geahnt, dass sie gerade von ihm sprachen, setzte sich Lucien in Bewegung und kam auf den Probierstand zu.

Franz stieß ein unwilliges Knurren aus. »Was bildet der sich ein?«, zischte er, und Ida hoffte inständig, dass ihr Schwarm die unfreundlichen Worte nicht gehört hatte. Aber auch der Gesichtsausdruck ihres Vaters sprach Bände. Er schien den jungen Mann mit seinen Blicken erdolchen zu wollen, was dieser allerdings nicht bemerkte – oder geflissentlich ignorierte, da war sich Ida nicht sicher.

»Das sieht sehr verführerisch aus. Darf man kosten?«, fragte Lucien und deutete auf den Tisch mit den Backwaren.

»Natürlich«, beeilte sich Ida zu sagen.

Lucien entschied sich für ein Stück Frankfurter Kranz, und es schien ihm zu schmecken. »Hm, köstlich«, lobte er.

»Mein Vater meint, Sie möchten bitte gehen«, sagte Oskar leise. Er brachte den Satz kaum über die Lippen, und es war ihm deutlich anzumerken, wie schwer es ihm fiel, jemanden zu verjagen, der sich so höflich benahm – und ihm obendrein ausgesprochen sympathisch war.

Da kam Hilfe von unerwarteter Seite. Die alte Madame Martinet wandte sich an Lucien, den sie zu Idas Erstaunen duzte: »Du musst unbedingt auch den Kougelhopf kosten, Lucien, der ist ganz wunderbar.«

»Madame Martinet«, erkannte er sie nun erfreut und küsste ihr galant die Hand. »Wie schön, Sie wiederzusehen.«

Die alte Dame drehte sich zu Idas Vater um und sagte: »Nicht wahr, jeder höfliche Gast sollte die Chance bekommen, diese Köstlichkeit zu probieren?«

Franz nickte merklich verstimmt. Seiner alten Mentorin konnte er wohl nicht so leicht widersprechen. Er zwang sich sogar zu einem Lächeln, was aber gründlich misslang und eher einer Grimasse glich.

»Hm, der Kougelhopf ist tatsächlich noch besser«, bestätigte Lucien der alten Patissierswitwe. »Aber das Innere des Gebäudes schaue ich mir vielleicht lieber an, wenn es einmal etwas weniger überfüllt ist.«

Ida vermutete, dass er so diplomatisch war, um weiteres Aufsehen zu vermeiden. »Ich melde mich«, raunte er ihr zu.

»Das wäre schön.« Sie lächelte scheu.

Dann zog er den Zylinder, um sich galant vor Madame Martinet zu verbeugen und – ein bisschen tiefer – auch vor Ida selbst. Schon war er entschwunden. Ida sah ihm wehmütig nach. Das Treffen hatte sie sich wirklich anders vorgestellt.

»Sie werden ihn wiedersehen«, riss Madame Martinet sie aus ihren Gedanken.

Ida sah sie erstaunt an. War ihr die Sehnsucht so deutlich anzumerken?

»Egal, welche Widerstände es gibt«, flüsterte ihr die Alte zu. »Liebe ist wie das Wasser. Weich, aber unaufhaltsam.«

Und verschwörerisch fügte sie hinzu: »Ich bin sonst nicht abergläubisch, aber als junges Mädchen habe ich meinem Schwarm eine kandierte Blüte geschenkt – und mir hat es Glück gebracht. Er blieb für immer bei mir.«

»Echte Blüten – zum Essen?«, vergewisserte sich Ida.

»O ja, gewiss«, bestätigte die alte Dame. »Gebrannte Pomeranzenblüte nennt sich das. Sie finden das Rezept in dem Buch, das ich Ihrem Vater einst geschenkt habe. Fragen Sie ihn danach.«

Ida bedankte sich strahlend. Zuckerblumen. Was Lucien wohl sagen würde, wenn sie ihm eine Blüte, die er als Biologe so liebte, kandieren würde?

*

Auch wenn Lucien sich in der Patisserie von Idas Familie zusammengerissen und gute Miene zum bösen Spiel gemacht hatte: Der Eklat zwischen ihren Vätern und Franz Tritschlers offensichtliche Ablehnung ihm gegenüber saßen ihm tief in den Knochen. Während der Tage ohne Ida hatte er nämlich ununterbrochen an sie gedacht. Ihm war klar geworden, dass er sich bis über beide Ohren in sie verliebt hatte. Wie oft war er von seiner Familie gefragt worden, wann er es endlich seinem jüngeren Bruder gleichtue und heirate. Aber Ida war die erste Frau, mit der er liebend gern sein ganzes Leben verbringen wollte. Das ging allerdings nur schwer, wenn ihre Väter einander so feindselig gesinnt waren. Daher war er ausgesprochen schlecht gelaunt, als er auf das Haus in der Krämergasse zusteuerte, in dessen Erdgeschoss die Feinbäckerei Goldschmidt beheimatet war. Durch die beiden Schaufenster sah er, wie sich sein Vater im Cafébereich angeregt mit der rundlichen Mademoiselle Girod unterhielt, dem Kindermädchen seines kleinen Enkelsohns Marcel. Wahrscheinlich empörte er sich bei ihr über die Tritschlers, mutmaßte Lucien. Da er keine Lust auf eine Begegnung mit seinem Vater und die gewiss damit einhergehende Standpauke hatte, schlich er sich rasch in den Gang zur Haustür. Im Treppenhaus empfingen ihn Zwielicht und der vertraute Geruch nach Bohnerwachs und frisch Gebackenem. Oben in der Wohnung traf er auf seine einundzwanzigjährige Schwägerin Denise, die gerade mit einem Buch in der Hand aus der Bibliothek kam.

»Wieso bist du schon zurück?«, wunderte sich die zierliche, blonde Frau. »Du hattest dich doch so auf die Eröffnung gefreut.«

»Es gab Probleme. Papa hat eine Szene gemacht … Er scheint Idas Vater abgrundtief zu hassen«, berichtete Lucien bedrückt. So schwierig sein Verhältnis zu seinem jüngeren

Bruder auch war, zu dessen fragil wirkender Ehefrau hatte er von Anfang an Vertrauen gefasst. »Ich habe gerade noch mitbekommen, dass er ihm Vorwürfe gemacht hat – nicht nur wegen des ähnlichen Kuchensortiments. Er hat gesagt, Tritschler habe im Krieg etwas Schlimmes angestellt.«

»Das trifft auf die meisten Belagerer zu«, entgegnete Denise ruhig.

»Da magst du recht haben. Aber das ist noch nicht alles. Ida hat erzählt, dass ihr Vater und meine Mutter sich ebenfalls zu kennen scheinen, von früher«, berichtete Lucien weiter. »Maman hegt aber offenbar keinen Groll gegen Tritschler. Jedenfalls hat sie zum Einzug Brot und Salz vorbeigebracht.«

»Was damals während und nach der Belagerung wirklich passiert ist, das ist für uns schwer herauszufinden«, meinte Denise. »Keiner spricht gern über so schlimme Zeiten. Manches bleibt vielleicht besser für immer ein Geheimnis.«

Lucien nickte seufzend. »Ida und ich werden den alten Streit wohl ausbaden müssen. Ihr Vater scheint seinen Hass auf mich zu übertragen. Und bei Papa brauche ich in nächster Zeit auch nicht mit Ida aufzukreuzen.«

»Das klingt schon sehr ernst. Bist du dir ganz sicher, dass sie es wert ist, all den Ärger auf sich zu nehmen?«, hakte Denise nach. »Du hast sie ja im Grunde heute erst zum dritten Mal getroffen.«

»Ja, es ist seltsam. So wie mit ihr ist es mir bei noch keinem Mädchen gegangen«, entgegnete Lucien. »Ich habe nicht den leisesten Zweifel, dass sie genau die Richtige für mich ist.«

»Aber selbst wenn man am Anfang völlig hingerissen ist, kann es irgendwann ein böses Erwachen geben«, murmelte Denise bitter.

Lucien wusste, dass seine Schwägerin schon länger sehr unglücklich mit seinem herrschsüchtigen Bruder war.

Er drückte tröstend die Hand seiner Schwägerin, die er im Laufe der fast fünf Jahre, die sie bereits hier bei den Picards lebte, so lieb gewonnen hatte wie eine Schwester. »René ist jung und ehrgeizig, aber im Grunde liebt er dich wirklich.« Davon war er in der Tat überzeugt. Er versuchte immer, das Beste in seinem Bruder zu sehen.

Denise sah ihn zweifelnd an. »Wenn du meinst … Was hast du denn als Nächstes vor mit deiner Ida?«

»Auch wenn wir dadurch die Probleme mit unseren Familien vor uns herschieben – ich würde am liebsten erst mal heimlich mehr Zeit mit ihr verbringen. Danach habe ich bestimmt alle Kraft der Welt für den Kampf mit unseren Vätern.«

»Dann tu das doch!«, riet Denise ihm. »Ärger zu vermeiden ist nichts Verwerfliches – wenn man die Möglichkeit dazu hat.«

»Leider wird ihr Vater Ida wohl keinerlei Zeit mit mir gönnen«, gab Lucien zu bedenken.

In diesem Moment begann der kleine Marcel in der Kinderstube zu weinen.

Denise blickte hilflos drein und rief: »Mademoiselle Girod!«

Doch Lucien wusste ja, dass das Kindermädchen seine Schwägerin nicht hören konnte. »Sie ist bei Papa im Café unten.«

Denise wirkte auf diese Aussage hin fast ein wenig verzweifelt. Es war ihm schon öfter unangenehm aufgefallen, dass seine hübsche Schwägerin ihrem Söhnchen gegenüber überfordert und sogar etwas distanziert wirkte. Anfangs hatte ihn das gewundert, denn sie hätte ihr Kind seinerzeit im vierten Monat um ein Haar verloren. Und als der Kleine später doch noch wohlbehalten zur Welt gekommen war, schien es für die erleichterte und dankbare Denise das größte Geschenk gewesen zu sein. Sogar René hatte ein paar Tränchen vergossen vor Freude über den Stammhalter.

»Ich schau nach ihm«, bot Lucien an, der an seinem Neffen einen Narren gefressen hatte.

»Danke«, hauchte Denise erleichtert und verschwand mit ihrem Buch in ihrem und Renés Schlafzimmer.

Lucien begab sich in die Kinderstube, wo der kleine Blondschopf sein Mittagsschläfchen gehalten hatte und nun bitterlich weinte.

»Onkel Lucien!«, rief er verzweifelt und streckte die Ärmchen nach ihm aus.

Der »Kuschelonkel«, wie ihn der Vierjährige oft nannte, nahm den Knaben liebevoll auf den Arm. »Was ist denn los, Marcel?«

»Ich hab geträumt«, brachte der Kleine schniefend hervor. »Da war ein böses Tier im Zimmer.«

Lucien zückte das Stofftaschentuch mit seinen Initialen und wischte Marcel das Näschen ab. »Tiere sind nie böse«, beruhigte er ihn. »Die müssen bloß essen, wenn sie Hunger haben, genau wie wir. Aber uns Menschen lassen sie in Ruhe, wenn wir nicht in ihr Revier eindringen. Und hier im Haus gibt es gar keine Tiere.«

»Aber ich wünsche mir einen Hund zum Geburtstag«, erinnerte ihn der Kleine.

Lucien lächelte. »Das habe ich nicht vergessen.«

»Ich hab jetzt keine Angst mehr«, meinte Marcel. »Wann zeigst du mir die Rehe und die Hirsche bei der Urgroßmutter? Das hast du versprochen.«

»Stimmt, das habe ich«, gab der Kuschelonkel zu, und ihm fiel etwas ein. Hatte Ida nicht gesagt, die Hausdame der Tritschlers stamme ebenfalls aus Weghäusel und habe sie dorthin eingeladen?

Erst als es Mitternacht schlug, lag Ida endlich erschöpft in ihrem Bett. Sie ließ den anstrengenden Tag Revue passieren: Bis nach Sonnenuntergang hatten sich Menschen vor dem Gebäude, in Laden und Café gedrängelt, und nahezu sämtliche Köstlichkeiten waren ausverkauft. Abends hatte der Vater sich herzlich bei allen bedankt, die hässliche Episode mit seinem Konkurrenten Picard schien er vergessen zu haben.

Ida aber dachte natürlich weiterhin daran. Wie sollte, wie konnte es mit Lucien und ihr nun bloß weitergehen? Verzweifelt vergrub sie ihr Gesicht im Kissen, da hörte sie, wie etwas gegen ihr Fenster schlug. Und dann wieder: Klack! Sie richtete sich in ihrem Bett auf. Noch mal! Da warf doch jemand Steinchen gegen die Scheibe! Sie eilte zum Fenster, öffnete es und sah hinaus in die Nacht. Unten auf dem Münsterplatz stand eine hochgewachsene Gestalt. »Ida«, zischte eine ihr lieb gewordene Stimme – Lucien!

»Komm kurz an die Tür!«, bat er so leise, dass sie seine Worte mehr erahnen musste, als sie hören zu können.

Sie nickte hastig, schloss das Fenster wieder, warf ihren Morgenmantel über und schlich sich auf den Flur hinaus. Für einen Augenblick dachte sie daran, wie ungebührlich und wirr ihr offenes, hüftlanges Haar aussehen musste, aber sie wollte Lucien nicht noch länger warten lassen und ihn der Gefahr einer Entdeckung aussetzen.

Als sie so geräuschlos wie möglich durch das Treppenhaus zur Seitentür geeilt war und aufgeschlossen hatte, stand er mit entzücktem Blick direkt vor ihr. Sie unterdrückte den Wunsch, ihm einfach in die Arme zu fallen und ihn zu küssen.

»Ich wollte den Tag nicht mit dem unangenehmen Vorfall enden lassen«, erklärte er flüsternd.

»Woher kennst du denn Madame Martinet?«, fragte Ida neugierig.

»Sie ist eine alte Freundin meiner Mutter«, erwiderte Lucien. »Joséphine Martinet hat meinem Großvater damals die Bäckerei überschrieben, weil sie viele Schulden bei ihm hatte.«

»Ach so, die alte Dame ist nämlich auch die Mentorin meines Vaters«, erzählte Ida.

»Da sieht man, dass unsere Familien eigentlich zusammengehören«, sagte Lucien lächelnd. »Das wird mein Vater auch noch einsehen müssen. Hast du Lust, einen Ausflug mit mir zu unternehmen? Ich könnte dir am Sonntag das Forsthaus meiner Familie in Weghäusel zeigen. Ich habe meinem kleinen Neffen ohnehin versprochen, mit ihm hinzufahren. Und wenn du dort eure Hausdame besuchst, wäre es völlig unverfänglich, falls wir uns treffen. Ganz zufällig.«

Idas Herz schlug schneller. Ja, das konnte tatsächlich klappen! So groß war die Vorfreude auf den gemeinsamen Ausflug, dass sie sich kurz umsah – und dem überraschten Lucien dann mutig doch noch einen Kuss auf die Wange hauchte. Er strahlte.

7

Freut mich, dass Sie mein geliebtes Weghäusel besichtigen wollen, es ist wirklich schön dort. Und Sonntag ist ja in der Tat mein freier Tag«, sagte Mademoiselle Nanty lächelnd, während sie am Küchentisch ihre Einkaufsliste für den Markt vervollständigte. Dann sah sie Ida, die ihr mit einer Tasse Tee gegenübersaß, direkt in die Augen. »Aber gibt es neben der hübschen Landschaft vielleicht noch einen anderen Grund, dass Ihnen die Idee ausgerechnet jetzt kommt?«

Ida errötete. Die Hausdame kannte sie einfach zu gut. Daher war es sinnlos, es abzustreiten. »Na ja, ein Bekannter von mir ist am Wochenende mit seinem kleinen Neffen ebenfalls in Weghäusel. Und er wollte mir bei der Gelegenheit das Forsthaus seiner Großmutter zeigen«, gestand sie.

»Ah, die Picards«, entgegnete Antoinette Nanty.

»Sie kennen die Familie?«, wunderte sich Ida.

Die Haushälterin schmunzelte. »Weghäusel ist nicht gerade groß, da kennt jeder jeden. Aber das heißt dann wohl, dass es sich bei Ihrem Bekannten um den älteren der Picard-Buben handelt. Den Unverheirateten – der sich bei der Eröffnung so danebenbenahm.«

Ida war durchschaut. »Aber dafür kann Lucien ja nichts«, murmelte sie. Sie befürchtete, dass Antoinette Nanty ebenfalls von dem Kuss wusste. Wenn Monsieur Leroc sie auch nicht bei ihrem Vater verpetzt hatte, die dem Koch so vertraute Haushälterin hatte er gewiss eingeweiht.

»Ich werde Sie nicht verraten«, beruhigte die Wirtschafterin, die ihre Gedanken zu lesen schien. »Aber …«

Diesen Satz hatte die Bäckerstochter schon in ihrer Kindheit oft von der gutmütigen Frau gehört. *Ich werde Sie nicht verraten, aber …* Jedes Mal waren nach dem »aber« die mahnenden Worte gefolgt. Und so war es auch heute.

»Aber Sie sollten sich darüber im Klaren sein, dass Sie das Ganze irgendwann grundsätzlich mit Ihren Eltern klären müssen. Ich rate Ihnen, Ihre …«

In diesem Augenblick wurde Mademoiselle Nanty von Monsieur Leroc unterbrochen, der die Küche betrat.

»Antoinette, ein Herr möchte Sie sprechen. Er … er besteht darauf, dass es sofort sein muss«, sagte der Koch.

Ida dachte, dass sie den stets freundlichen und ausgeglichenen Gaston Leroc noch nie so verstimmt erlebt hatte.

Da stand der Gast auch bereits unaufgefordert in der Küche. Er war groß, schlaksig, seine abgetragene Kleidung hing schlaff an seinem ausgemergelten Körper, das dunkelblonde Haar wirkte fettig – und er roch nach Alkohol.

»Charles!«, rief Antoinette Nanty sichtlich schockiert und erhob sich vom Küchentisch.

Ida erinnerte sich, dass die Hausdame erzählt hatte, sie habe einen Bruder mit diesem Namen – und dass er das schwarze Schaf der Familie sei.

»Ich habe Ihnen doch gesagt, Sie sollen *draußen* warten!«, erboste sich Monsieur Leroc.

»Man wird doch wohl noch sein Schwesterchen besuchen dürfen«, sagte Charles Nanty und flegelte sich auf einen der Stühle.

»Nein, du darfst hier nicht ohne Weiteres rein, und das weißt du auch genau«, flüsterte die Hausdame panisch. »Außerdem hast du jahrelang keinerlei Interesse daran gehabt, mich zu sehen – oder daran, ob ich noch lebe. Also bitte komm jetzt mit! Wenn du mich sprechen willst, so können wir das auch draußen vor der Tür erledigen.«

»Es nieselt aber schon wieder, und es ist kühl«, nörgelte der Bruder, angelte sich die Wasserkaraffe auf dem Tisch und schenkte sich ein Glas ein. Provozierend musterte er Ida von oben bis unten. »Schick doch den Kochfritzen und die Schönheit raus, dann haben wir unsere Ruhe.«

Ida merkte Mademoiselle Nanty an, dass sie zunehmend verzweifelt war. Die Hausdame blickte beunruhigt zur Tür von Franz Tritschlers Arbeitszimmer, hinter der dieser Geschäftsbriefe schrieb. Dann sah sie ihren Bruder flehend an. »Lass uns draußen weiterreden. Bitte!«

Ida wollte Mademoiselle Nanty aus ihrer Bedrängnis retten. »Unterhalten Sie sich ruhig hier mit ihm«, bot sie an. »Monsieur Leroc und ich lassen Sie so lange hier allein.«

Sie wies den unwillig dreinblickenden Koch mit einer Bewegung ihres Kinns an, ihr zu folgen. Schließlich ging er an ihr vorbei durch die Küchentür, die Ida dann hinter ihnen schloss.

»Das gefällt mir gar nicht, Antoinette mit diesem Taugenichts allein zu lassen«, klagte Gaston Leroc.

Ida war schon vor längerer Zeit aufgefallen, dass der Familienkoch sich häufig um die Haushälterin sorgte. Wenn ihr nicht wohl war, wenn er fand, sie arbeite zu viel, wenn es draußen kalt und sie seiner Meinung nach zu leicht angezogen war. Für ihn schien sie etwas Wertvolles zu sein, das es zu beschützen galt. Und an Mademoiselle Nantys Schmunzeln über seine Fürsorge glaubte Ida zu erkennen, dass die Hauswirtschafterin ihn im Laufe der gemeinsamen Jahre ebenfalls recht lieb gewonnen hatte.

»Dieser Charles ist ja ihr Bruder, er wird ihr nichts tun«, versuchte Ida, den Koch zu beruhigen. »Haben Sie Lust auf einen Himbeergeist? Ich glaube, Vater hat ein wenig zu viel davon gekauft.«

»Ich weiß nicht ...«, meinte Gaston Leroc zögerlich.

Doch wenig später hatte Ida ihm im Wohnzimmer einen Platz angeboten – was durchaus unüblich war – und wollte ihm das zweite kleine Gläschen vollschenken. »Kommen Sie, auf einem Bein kann man nicht stehen.«

Doch der Koch lehnte ab. »Zu viel Alkohol ist nichts für mich. Selbst Wein mag ich am liebsten als Zutat für leckere Soßen.«

»Was ich Sie schon immer mal fragen wollte, Monsieur Leroc: Ich weiß, dass Mademoiselle Nanty aus Weghäusel stammt und mein Vater sie hier nach dem Krieg kennenlernte. Aber Sie kommen ja aus Paris, wo haben Sie ihn zuerst getroffen?«

»Das war in Stuttgart«, erklärte Leroc mit einem versonnenen Lächeln. »Der Wirt vom Hirsch am Marktplatz war in Paris zu Besuch gewesen und hatte mich abgeworben. Ich war jung und wild auf fremde Länder. Und ausgerechnet im Land der einstigen Feinde zu arbeiten war wohl das Fremdartigste überhaupt. Leider entpuppte sich der Wirt als echter Feldwebel. Eines Tages hat sich ein frecher Gast über mein Essen beschwert – er verlangte von der Bedienung, dass ich in den Gastraum komme, damit er sich bei mir darüber beklagen kann. Der Herr war schlecht gelaunt und suchte offenbar nur Streit. Ihre werten Eltern waren an dem Abend ebenfalls dort essen. Sie haben für mich Partei ergriffen. Und so kamen wir ins Gespräch. Ihre Familie eröffnete in der Zeit gerade die zweite Bäckereifiliale. Dadurch hatte Ihre Mutter zu viel zu tun, um zu kochen, und sie waren auf der Suche nach neuem Personal. Deshalb kam Ihr Herr Vater ein paar Tage später im Hirsch in der Küche vorbei, um mir ein Angebot zu machen. Und da mein Chef so anstrengend war, nahm ich gerne an.«

»Ein Glück für uns« befand Ida strahlend. »Haben Sie es je bereut, Paris zu verlassen?«

»Ach, ich habe keine allzu schönen Erinnerungen an die sogenannte Stadt der Liebe«, erzählte der Koch. »Die Armenviertel dort sind nicht besonders romantisch. Ich bin als Halbwaise aufgewachsen, mein Vater war Trinker. Dem Kerl bei Antoinette in der Küche nicht unähnlich. Wenn man denen auf Dauer hilft oder sie deckt, macht man sich mitschuldig – und ruiniert auch sein eigenes Leben. Hoffentlich bleibt Antoinette das erspart. Ich wünschte, sie würde ihren Bruder in die Wüste schicken.«

»Vielleicht sollten Sie ihr von Ihren Erfahrungen erzählen«, schlug Ida vor.

Da hörten sie, wie die Küchentür aufgerissen wurde, und Sekunden später sahen die beiden Mademoiselle Nanty mit zornigem Gesichtsausdruck über den Flur zu ihrer Kammer eilen. Während Koch und Hausdiener im Dachgeschoss untergebracht waren, befand sich der Raum der Wirtschafterin neben der Wäschekammer hier im ersten Stock. Ida und Monsieur Leroc tauschten einen besorgten Blick und traten aus dem Wohnzimmer, da kam die Haushälterin schon wieder aus ihrem winzigen Zimmer heraus, zwei Geldscheine in der Hand. Sie hastete zurück in die Küche, ohne die Tür hinter sich zu schließen.

»Hier, nimm das! Mehr habe ich nicht«, hörten Ida und der Koch sie fauchen. »Und jetzt verschwinde!«

»Danke, Schwesterchen«, sagte Charles Nanty und trat nun aus der Küche. »Du kriegst es zurück, versprochen.«

Während Monsieur Leroc den ungeliebten Gast zur Haustür geleitete, eilte Ida zu der Haushälterin. Die saß mit feuchten Augen wie ein Häuflein Elend am Küchentisch.

»Meine Ersparnisse sind fort«, murmelte Mademoiselle Nanty. »Er wird auch die verspielen. Aber sonst wäre er nicht gegangen. Irgendwann wird er enden wie sein bester Freund, dieser grässliche Gustav Ludwig.«

»Was war mit ihm?«, erkundigte sich Ida vorsichtig.

»Ein zwielichtiger Geselle aus Sachsen. Man hat ihn vor zwei Jahren wegen Raubmord hingerichtet. Und mit so was hat sich mein Bruder herumgetrieben.«

Gustav Adolf Ludwig, natürlich! Ida fiel ein, dass sie damals über den siebenunddreißigjährigen Tuchmacher aus Sachsen in der Zeitung gelesen hatte. Er hatte einen Raubmord an einem Handwerksgesellen namens Emil Fritzsche begangen. Am 30. September 1891 war er dafür mit dem Fallbeil hingerichtet worden.

Ida erschauderte. Was für eine grässliche Vorstellung – in einer Zelle zu sitzen und zu wissen, dass einem bald der Kopf abgetrennt würde.

Mademoiselle Nanty seufzte verzweifelt. »Wegen seiner Spielsucht kennt Charles einfach keine Grenzen mehr. Wenn dein Vater ihn gesehen hätte ...«

»Papa würde Sie nie entlassen«, war Ida absolut überzeugt.

Monsieur Leroc war inzwischen wieder in der Küchentür aufgetaucht, und sein Gesichtsausdruck ließ darauf schließen, dass er mindestens genauso unter dem Vorfall litt wie die Hausdame.

»Lassen Sie uns morgen wirklich nach Weghäusel fahren«,

sagte Mademoiselle Nanty zu Idas Freude. »Sie haben dort ja genug zu besichtigen. Möchten Sie mich vielleicht ebenfalls begleiten, Gaston? Dann bin ich nicht so allein, während Fräulein Ida ihre Freunde trifft.«

Der Koch strahlte. »Ja, wenn ich darf. Nur zu gerne. Sie haben so schön von Ihrer Heimat erzählt, dass ich es mir immer ganz bildlich vorstellen konnte.«

Ida war froh, dass Monsieur Leroc mitkam. So musste sie Mademoiselle Nanty gegenüber kein schlechtes Gewissen haben, wenn sie Zeit mit Lucien und dessen Familie verbrachte. Von ihren Gefühlen für den Sohn der Konkurrenz wusste der Koch wohl ohnehin bereits, schließlich war er ja Zeuge ihres Kusses geworden.

*

Lucien war aufgeregt. Er saß mit seinem kleinen Neffen Marcel in der Familienkutsche, die der junge Diener der Picards am Gutenbergplatz unterhalb der Krämergasse angehalten hatte. Hier waren sie mit der Tritschler-Tochter und deren Bediensteten verabredet. Koch und Hausdame hatten versprochen, nicht zu verraten, dass Ida beim kleinen Marcel und dessen Onkel Lucien mitfahren würde. Kaum war er aus der Kutsche gestiegen, kam auch schon das andere Gefährt heran. Monsieur Leroc saß selbst auf dem Kutschbock, er konnte offenbar nicht nur mit dem Kochlöffel, sondern auch mit Pferden gut umgehen. Nachdem er das Tier zum Stehen gebracht hatte, hob er seine Mütze und grinste Lucien wissend zu. Die Tür wurde geöffnet, und Ida stieg lächelnd aus der Kabine, in der Lucien die Hausdame erahnen konnte.

Er begrüßte seine Freundin mit einem Handkuss. »Wie schön, dass es geklappt hat.«

»Gute Fahrt, Monsieur Leroc, bis später!«, rief Ida. Sie kletterte in die Kutsche der Picards und setzte sich Luciens vierjährigem Neffen gegenüber auf die gepolsterte Sitzbank.

»Guten Morgen, du musst Marcel sein. Dein Onkel hat mir schon erzählt, was du für ein kluger Junge bist«, begrüßte sie den Kleinen, der sie aufmerksam musterte, während Lucien neben ihm Platz nahm.

Während die beiden Kutschen nun hintereinander in Richtung Nachtwald fuhren, befand der Knabe: »Du bist wirklich schön. Kommst du mit zu den Rehen?«

»Ich hoffe sehr, dass wir welche sehen«, meinte Ida.

»Mein Onkel hat ein Fernglas mit, dann können wir die Rehe von weit weg sehen, weil wir erschrecken sie dann nicht«, erläuterte Marcel.

Lucien freute sich, wie gut sich die beiden auf Anhieb verstanden. Sein Neffe zählte Ida voller Stolz auf, welche Spielzeuge er besaß. Sie berichtete im Gegenzug von ihrem Katerchen und musste versprechen, dass er sie einmal besuchen und mit Astro spielen dürfe. Die Zeit verging wie im Flug. Im Nu hatten sie Neudorf und Meinau passiert, da tauchte auch schon Weghäusel am Nachtwald vor ihnen auf. Der Ort bestand in der Tat nur aus wenigen Gehöften, kein Wunder also, dass Mademoiselle Nanty und Großmutter Picard einander kannten.

An der Abzweigung zum Forsthaus trennte sich der Weg der beiden Kutschen.

»Bringen Sie uns Ida heute Abend gesund und am Stück zurück«, wurde Lucien mit gespielter Strenge von Mademoiselle Nanty ermahnt.

Er schmunzelte. »Meine Großmutter hatte eine bessere Idee. Sie lässt fragen, ob Sie beide mit Ihrem Vater und Monsieur Leroc um halb sieben Uhr zum Essen kommen mögen. Sie würde sich sehr freuen.«

Mademoiselle Nanty sah fragend zum Koch auf dem

Kutschbock. Als Monsieur Leroc zustimmend nickte, wandte sie sich wieder an Lucien: »Für meinen Vater kann ich noch nicht sprechen, aber wir beide kommen gern.«

Ida freute sich, dass bisher alles so harmonisch verlaufen war; als die Kutsche der Picards nun jedoch auf das Forsthaus zufuhr, wurde sie etwas nervös. Was, wenn Luciens Großmutter denselben Groll gegen die Tritschlers hegte wie ihr Sohn? Doch die grau gelockte Frau, die aus dem zweistöckigen Fachwerkhaus am Waldrand geeilt kam, winkte strahlend. Sie erinnerte Ida auf angenehmste Weise an ihre Großmutter väterlicherseits, die vor knapp einem Jahrzehnt plötzlich die Familie verlassen hatte und die sie noch heute oft vermisste. Nachdem ihr Urenkel der alten Madame Picard in die Arme gesprungen war, schüttelte sie Ida hocherfreut die Hand. »Du musst Ida sein. So begeistert wie von dir hat Lucien noch von niemandem gesprochen. Herzlich willkommen im Nachtwald! Ihr seid gerade rechtzeitig zum Mittagessen.«

Marcel nahm Ida bei der Hand und zog sie zur offen stehenden Eichentür, von wo es wunderbar nach Essen duftete. Ida hatte sich das Innere des Forsthauses ganz anders vorgestellt. Statt der erwarteten Hirschgeweihe, Tierköpfe und ausgestopften Jagdtrophäen gab es im niedrigen Flur und der geräumigen holzgetäfelten Wohnstube jede Menge Landschaftsbilder in allen Größen.

»Wer hat die denn alle gemalt?«, erkundigte sich Ida beeindruckt.

»Das war meine Tante Marie«, antwortete Lucien. »Ist sie auch da, Großmutter?«

Die Alte schüttelte bedauernd den Kopf. »Sie weilt übers Wochenende bei Freunden in Paris. Aber wenn du uns das nächste Mal besuchst, Ida, zeigt unsere Marie dir bestimmt gern ihr Atelier.«

»Das wäre schön.« Ida freute sich, dass Grand-mère Picard ganz selbstverständlich von einem weiteren Besuch auszugehen schien.

Das Mittagessen wurde in einer Tonterrine serviert. Es gab das traditionell elsässische Baeckeoffe, eine Kasserolle mit Kartoffeln, Möhren, Zwiebeln und Geflügelfleisch in Weißwein mariniert, am Rand von gebackenem Teig umrahmt. Ida verkündete nach den ersten Bissen, dass es ihr köstlich schmecke, und auch Lucien und sein Neffe langten kräftig zu. Als sie aufgegessen hatte, ließ Ida ihren Blick schweifen und entdeckte doch noch ein Tierpräparat – allerdings ein ganz und gar merkwürdiges! Neben einer Standuhr befand sich auf einem Wandregal ein besonders großer ausgestopfter Hase, der zu Idas Befremden auch die Flügel eines Raubvogels, ein Geweih und scharfe Reißzähne aufwies.

»Was ist denn das dort drüben für ein seltsames Tier?«, wunderte sie sich.

»Ein Dahu«, antwortete Großmutter Picard. »Mein Mann hat es präpariert.«

»In Bayern nennt man diese Fabelwesen Wolpertinger«, fügte Lucien grinsend hinzu. »Es ranken sich einige Legenden darum. Eine bekannte Jagdregel besagt: Wolpertinger können nur von jungen, gut aussehenden Frauen gesichtet werden. Allerdings ausschließlich in der Abenddämmerung bei Vollmond – und in angemessener Begleitung. Die richtigen Stellen an abgelegenen Waldrändern kenne nämlich nur ein zünftiges Mannsbild.«

»Zum Glück ist die Ida schön. Dann könnt ihr beide heute Abend einen jagen«, fasste der kleine Marcel arglos zusammen. »Es ist doch Vollmond. Und du bist ein züpfiges Mannsbild.«

Die Erwachsenen am Tisch lachten.

Lucien referierte mit erfolglos unterdrücktem Schmunzeln die Einzelheiten zur Wolpertingerjagd: »Die junge Schönheit und das zünftige Mannsbild ziehen also bei Vollmond los – bewaffnet mit einer Kerze, einem Sack, einem Stock und einem Spaten. Hat die Frau den Wolpertinger entdeckt, hält sie den Sack mit dem Stock offen und stellt die Kerze davor. Wird das Tier durch das Kerzenlicht angelockt, treibt das wackere Mannsbild es mit dem Spaten in den Sack. Manche sagen aber auch, man müsse dem Dahu Salz auf den Schwanz streuen, um ihn fangen zu können.«

»Es ist eine weitere Methode überliefert«, fügte Großmutter Bernadette hinzu, während sie allen – je nach Alter oder Gusto – Apfelsaft oder -wein einschenkte. »Der Dahu hat rechts und links unterschiedlich lange Beine, deshalb kann er nur auf frei stehenden Hügeln in einer festgelegten Richtung laufen. Wenn es gelingt, ihn so zu erschrecken, dass er zurücklaufen will, fällt er zwangsläufig um, und man kann ihn rasch einfangen.«

»Übrigens ernährt sich so ein Wolpertinger laut bayerischen Quellen ausschließlich von preußischen Weichköpfen«, ergänzte Lucien und zwinkerte Ida zu.

»Diese Fabelwesen entstammen natürlich eher der Fantasie des Tierpräparators als Mutter Natur«, verriet Großmutter Bernadette und fügte den mutmaßlichen Grund ihrer Entstehung hinzu: »Sie werden öfters leichtgläubigen Reisenden verkauft. Mein seliger Mann hatte jedenfalls seinen Spaß mit den Dingern.«

Nach dem Mittagessen, wildem Herumtoben mit Marcel und dessen Kuschelonkel Lucien im Garten fand das Abendessen mit Monsieur Leroc, Mademoiselle Nanty und deren fidelem Vater Gustave statt. Schließlich aber wurde Ida vom kleinen Marcel an den eigentlichen Zweck ihrer Reise erinnert. »Wir müssen jetzt die Rehe suchen gehen«, sagte er und zückte stolz sein Fernglas. »Wir nehmen den Lucien mit, der ist ja ein züpfiges Mannsbild. Und ich pass auf dich auf, wenn ein Dahu kommt.«

Wenig später stand Ida mit den beiden Picards inmitten einer Blumenwiese am Rand des Nachtwalds. Der Himmel wies in der Abenddämmerung wunderbare Rottöne auf und sah mit seinen Wolkenformationen wie gemalt aus.

»Ich hab eins!«, rief Marcel, der sein Fernglas auf das Gehölz gerichtet hatte. »Am Popo ist es weiß.«

»Die Jäger nennen diese helle Stelle Spiegel«, erklärte Lucien.

»Willst du auch mal?« Marcel reichte Ida großzügig seinen Feldstecher, und nun sah sie das Reh ebenfalls. Es nagte friedlich an einem Busch. Dann drehte sich das Tier in ihre Richtung. Obwohl es ja weit entfernt war, schien es Ida direkt in die Augen zu sehen. Das ging so eine ganze Weile, schließlich wandte es sich wieder dem Gebüsch zu. Gerade als sie dem Kleinen sein Fernglas zurückgeben wollte, schreckte das Reh plötzlich zusammen und verschwand im Wald. Ein kühler Abendwind begann zu wehen, Ida fröstelte. Dann geschah etwas, das nicht nur den kleinen Marcel angstvoll nach ihrer Hand greifen ließ, sondern auch Ida selbst Schutz suchend an Luciens Schulter trieb: Ein unheimliches, heiseres Bellen hallte durch den Wald, es klang jedoch nicht nach einem Hund, sondern fast menschlich. Andererseits war es zu laut und animalisch, um wirklich aus der Kehle eines Mannes zu kommen.

Sosehr Ida sich beim Mittagessen noch über das Jägerlatein amüsiert hatte, so unheimlich war ihr jetzt das fremdartige Bellen. Und noch ein weiteres Mal drang aus dem Nachtwald der seltsam mahnende laute Schrei, der von einem Ungeheuer zu stammen schien!

8

Keine Angst«, beruhigte Lucien seine beiden Begleiter. »So furchterregend diese Schreie auch sind – sie stammen nur von harmlosem Rehwild.«

Ida wunderte sich. »Ich wusste nicht, dass ein Reh bellen kann. Und dann noch so laut! Das hallt ja durch den ganzen Wald.«

Und da war es wieder, diesmal aus einem anderen Winkel des Nachtwalds. Das schreckliche Gebell schien aus den tiefsten Tiefen der Lunge des Wilds zu kommen.

Marcel flüsterte, als könne ihn das weit entfernte Tier hören: »Warum schreit es denn so laut?«

»Mit diesem Ruf warnt das Rehwild seine Artgenossen«, meinte Lucien. »Vielleicht hat es ein Knistern im Gebüsch gehört oder etwas Verdächtiges gerochen – und jetzt will es den anderen Bescheid geben. Als Beutetier ist das Reh immer darauf vorbereitet, dass ein Fressfeind angreift. Oder es war ein Rehbock, der sein Revier markieren will.«

Der Biologiestudent zeigte Ida und Marcel noch ein paar seltene Pflanzen und einen Fuchs, erklärte ihnen, welche Spuren von welchem Tier stammten. Ida und Marcel lauschten gespannt, und Lucien fiel auf, wie glücklich er in Gegenwart der beiden war.

Als sie gegen halb zehn Uhr abends wieder in der Kutsche saßen, die sie zurück ins Stadtzentrum von Straßburg bringen sollte, war es bereits dunkel geworden. Über den schwarzen Tannen leuchtete der silberklare Mond, und durch das Tal zogen sich dichte Nebelstreifen.

Der kleine Marcel war an Idas Seite eingeschlafen. »Es gab ja viele neue Eindrücke für ihn«, flüsterte sie, »und für mich ebenso.«

»Du selbst hast auch Eindruck hinterlassen«, strahlte Lucien. »Meine Großmutter hat mir beim Abschied zugeflüstert, dass ich dich unbedingt noch mal mitbringen soll.«

Ida lächelte geschmeichelt. »Ich fand es schön, wie gut deine Großmutter sich beim Abendessen mit Mademoiselle Nantys lustigem Vater verstanden hat.«

»Ja, sie hat lange nicht mehr so viel gelacht«, freute sich Lucien. »Im Grunde, seit mein Großvater vor fünf Jahren gestorben ist.«

»Oh, das tut mir leid«, sagte Ida.

»Ach, für ihn war es, glaube ich, nicht so schlimm. Ihn hat bei einer Brotzeit auf seinem Hochstand bei Sonnenuntergang einfach der Schlag getroffen«, erzählte er. »So ungefähr hat er sich bestimmt einen schönen, schnellen Abgang vorgestellt. Er war damals auch schon achtzig, meine Großmutter ist wesentlich jünger als er.«

»Wie kommt sie ohne ihn zurecht?«

»Sie schlägt sich tapfer. Seit Tante Marie mit ihrem Atelier hier hinausgezogen ist, hat sie ja wenigstens Gesellschaft.«

»Sie würde ich auch gern kennenlernen. Ich mag ihre Bilder wirklich, und auf ihr Atelier bin ich neugierig.«

»Du wirst sie mögen – und sie dich.« Er seufzte. »Diese Hälfte der Familie hast du also schon erobert. Die andere wird schwieriger.«

»Ich glaube fest daran, dass man jeden Streit beilegen kann«, war Ida überzeugt. »Das ist mir schon bei furchtbar verfeindeten Kundinnen gelungen.«

»Hm, ja, der Streit unserer Väter ist allerdings ein anderes Kaliber«, befürchtete Lucien. »Aber wenn jemand es schafft, selbst meinen alten Herrn mit Charme alles andere vergessen zu lassen, dann du. Seltsam, dass mein Vater deinen so auf dem Kieker hat, Konkurrenten gibt es doch mehrere in der Stadt.«

»Vielleicht hasst er die Deutschen wegen des Krieges«, mutmaßte sie.

»Ach, dann müsste er ja gegen den Großteil seiner Kundschaft einen Groll hegen«, winkte Lucien ab. »Das Elsass ist seit dem Krieg nun mal deutsch. Außerdem ist sein bester Freund Preuße. Und der war auch als Soldat bei der Belagerung dabei. Du kennst ihn sogar, es ist Küster Busch.«

Das wunderte Ida. Wenn Picard in der Lage war, einen der deutschen Angreifer auf Straßburg als Freund zu akzeptieren, warum hasste er dann ausgerechnet ihren Vater so sehr?

Schließlich waren sie wieder am Gutenbergplatz angekommen, wo Ida in die Kutsche ihrer Familie umsteigen sollte. Sie küsste zunächst den schlummernden Marcel auf die Stirn – und wiederholte diese liebevolle Geste dann bei dessen Onkel. Die Berührung ihrer Lippen weckte in Lucien augenblicklich den Wunsch nach weiteren Zärtlichkeiten. Es war fast beängstigend, wie sehr er sich mit jeder Faser nach dieser so lieben und unfassbar schönen Frau sehnte. Sie nun gehen zu lassen erfüllte ihn mit einem seltsamen Schmerz. Die Vorstellung, nicht zu wissen, wann er sie wiedersehen würde, ertrug er kaum, daher bat er rasch: »Darf ich dich bald zu einem Spaziergang an der Ill einladen? Diesmal nicht heimlich. Ich würde deinen Vater morgen offiziell fragen.«

Obwohl Ida ein wenig Angst davor hatte, wie der Vater ihn behandeln würde, war die Aussicht, Lucien wiederzusehen, zu schön, um nicht sofort zuzustimmen. Sie würde vorher mit ihrem Papa sprechen und ihn bitten, höflich zu sein.

In der Kutsche ihrer eigenen Familie stellte Ida fest, dass Antoinette Nanty ebenso zufrieden dreinblickte wie sie selbst. »Was für ein wunderschöner Tag«, schwärmte sie und sprach damit genau das aus, was Ida empfand. »Der junge Monsieur Picard und Sie wirken so glücklich zusammen«, fuhr die Hausdame leise fort. »Ich hoffe, Sie können Ihre Väter eines Tages ebenfalls davon überzeugen und sie dazu bringen, ihren Hass fallen zu lassen.«

Ida nickte ernst. »Das möchte Lucien versuchen. Er will Vater morgen bitten, dass er mich zu einem Abendspaziergang an der Ill ausführen darf.«

»Wenn ich an Ihrer Stelle wäre, würde ich Ihre Mutter einweihen«, schlug die Hausdame vor. »Sie wird diese Liebe billigen. Und sie hat einen nicht unerheblichen Einfluss auf Ihren Herrn Vater.«

»Das ist wirklich eine gute Idee«, befand Ida.

Tatsächlich bot sich ihr gleich nach der Heimkehr die Gelegenheit, ihre Mutter ins Vertrauen zu ziehen: Elise empfing ihre Tochter, den Koch und die Haushälterin beim Betreten der Wohnung nämlich bereits neugierig im Flur. »Wie war es?«, wollte sie wissen.

»Ich würde dir gern alles ganz genau erzählen«, erwiderte Ida. »Hast du Zeit?«

»Ja, Papa schläft schon. Sollen wir uns mit einer Tasse Kakao an den Kamin setzen – wie früher, als ihr klein wart?«

Ida bejahte begeistert.

Eine halbe Stunde später wusste die Mutter alles, sie kannte auch Luciens Plan, den Vater um Erlaubnis für den Abendspaziergang zu bitten.

»Papa wird bestimmt eine harte Nuss«, resümierte Ida. »Aber Monsieur Picard scheint noch viel, viel verbitterter. Er ist gewiss das größte Hindernis.«

»Lass Franz mal meine Sorge sein«, meinte Elise beruhigend, und Ida war froh, sich ihr anvertraut zu haben. So war es schon gewesen, als sie noch ein kleines Mädchen gewesen war: Sobald sie ihre Sorgen der stets so aufmerksamen und liebevollen Mutter mitgeteilt hatte, war alles gut oder fühlte sich zumindest so an. »Und bei Herrn Picard dürft ihr einfach nicht aufgeben«, sprach Elise ihrer Tochter weiter Mut zu. »Als ich deinen Vater kennengelernt habe, war er innerlich auch noch nicht ganz aus dem Krieg zurückgekehrt. Es war, als wäre er noch zu sehr in Frankreich und seinen Erinnerungen verhaftet, um uns eine echte Chance zu geben. Er hat mir einmal verraten, dass er alles noch vor sich sieht, als sei es gestern gewesen. Die Bilder waren noch immer bei ihm – und auch die Gerüche des Lazaretts. Aber mit etwas Glück und viel Geduld kann man manche Menschen aus ihrer Vergangenheit befreien.«

Ida hoffte, dass ihre Mutter recht behalten würde.

»Wen wollt ihr von der Vergangenheit befreien?«, begehrte Oskar zu wissen, der unbemerkt in der Wohnzimmertür aufgetaucht war.

»Soll ich ihn einweihen?«, fragte Ida, und Elise nickte. »Kann nicht schaden.«

»Lucien Picard will Papa bitten, mich zu einem Abendspaziergang ausführen zu dürfen.«

Ihr Bruder ließ sich in einen Sessel fallen. »Auweia, das kann ja heiter werden.«

Das darf nicht wahr sein, warum zittern meine Finger denn nur? Lucien Picard ärgerte sich darüber, dass ihn das bevorstehende Treffen mit Idas Vater so dermaßen in Unruhe versetzte. Sie hatte ihm berichtet, dass Franz bereits von ihrer Mutter »vorgewarnt« worden sei. Daher hatte der Patriarch, als Lucien ihn am Montagmorgen in der Patisserie Tritschler aufgesucht hatte, nur geknurrt: »Mittwochabend um sieben in unserer Wohnung.«

Nun war es zwanzig vor sieben, und Lucien stand nervös vor dem Fachwerkgebäude am Münsterplatz. Er fragte sich gerade, wie er die verbleibenden zwanzig Minuten nutzen konnte, um sich etwas zu beruhigen, als hinter ihm eine Stimme ertönte: »Dürfte ich kurz durch?«

Lucien drehte sich erschrocken um – schließlich hätte es Idas Vater sein können, der den Verehrer seiner Tochter zwanzig Minuten zu früh vor seinem Haus ertappte. Das hätte keinen sonderlich souveränen Eindruck gemacht.

Doch zu seiner Erleichterung handelte es sich um einen ihm fremden, hageren Mittvierziger in abgetragener Kleidung, die ihm eindeutig zu groß war.

»Selbstverständlich.« Lucien wich zur Seite und ließ den Fremden vorbei, der nun die Türglocke betätigte. Was konnte ein derart heruntergekommener Mensch von einer gut situierten Familie wie den Tritschlers wollen? Hatte der Mann vor, um Almosen zu betteln?

Auf der Treppe waren eilige Schritte zu hören, dann riss Ida die Haustür auf. »Lucien, du bist zu früh …«, setzte sie an – und zuckte dann erschrocken zusammen, weil sie statt ihrem Schwarm dem ausgemergelten Herrn gegenüberstand.

»Monsieur Nanty«, erkannte sie.

Als sie hinter ihm Lucien erblickte, hob dieser hilflos die Schultern.

Ida rief durch das Treppenhaus nach Mademoiselle Nanty, und kurz darauf tauchte die Hausdame verwundert oben an der Treppe auf.

»Ihr Bruder ist hier«, informierte Ida die Wirtschafterin, woraufhin diese so rasch die Treppe heruntereilte, dass ihre mühsam gebändigten roten Locken nur so wippten.

»Was willst du hier, Charles?«, fauchte sie. Offenbar war Mademoiselle Nanty so zornig, dass sie sogar vergaß, Lucien Picard zu begrüßen, und sich stattdessen nur an ihren grinsenden Bruder wandte. »Ich habe dir doch gesagt, dass ich nichts mehr habe.«

»Jetzt schon!«, erwiderte er und überreichte ihr stolz ein Bündel Scheine. »Mit Zinsen!«

Verblüfft starrte die Hausdame auf das Geld. »Woher …?«

»Meine Glückssträhne ist zurück, ich habe endlich wieder gewonnen«, antwortete er. »Will aber gar nicht länger stören. Fahre gleich nach Weghäusel runter und bringe Vater ebenfalls sein Geld zurück.«

Er drückte der überrumpelten Antoinette Nanty einen Kuss auf die Wange und steuerte auf sein klappriges Velo zu. Erst als er aufgestiegen war und fröhlich pfeifend davonfuhr, wandte sich die Hausdame peinlich berührt an Lucien. »Guten Abend, Monsieur Picard.«

Er verneigte sich höflich. »Den wünsche ich Ihnen auch, Mademoiselle Nanty.«

»Möchtest du schon mit hochkommen?«, erkundigte sich Ida. »Papa wartet bereits. Ich glaube, er ist selbst ziemlich nervös und sitzt wie auf glühenden Kohlen.«

»Dann erlösen wir ihn mal«, entgegnete Lucien.

Seine Stimme war so ungewohnt schwach, dass Ida instinktiv nach seiner Hand griff und sie ermutigend drückte. »Es wird schon klappen, Mutter hat vorgearbeitet.«

Als Ida Lucien kurz darauf in die Wohnstube führte, wartete dort nicht nur der Patriarch, sondern auch dessen Frau. Sie ging dem jungen Verehrer ihrer Tochter mit einem strahlenden Lächeln entgegen.

»Sie müssen Lucien Picard sein. Schön, Sie endlich kennenzulernen. Ida schwärmt in den höchsten Tönen von Ihnen«, sagte sie herzlich.

Lucien küsste ihr galant die rechte Hand. »Angenehm.«

Er fand, dass Elise Tritschler der braun gelockten Ida trotz ihres blonden Haars ähnlich sah – derselbe herzliche Gesichtsausdruck, dasselbe strahlende Lächeln.

Mit einer unsicheren Geste streckte er anschließend seine rechte Hand Idas Vater entgegen, der bislang mit verschränkten Armen am Tisch des Salons gesessen hatte.

Der Feinbäcker erwiderte die Geste mit festem Druck, sah Lucien aber nicht in die Augen, als er nuschelte: »'n Abend.«

»Tja, dann lassen wir die Herren der Schöpfung mal allein«, wandte sich Frau Tritschler an ihre Tochter. »Komm, Ida!«

Beide Frauen warfen Lucien noch einen aufmunternden Blick zu und verließen dann die Wohnstube.

Lucien stand etwas unbeholfen vor dem Tisch, bis Franz ihn erlöste, indem er einen Stuhl hervorzog und mit dem Kinn darauf deutete.

»Danke.« Lucien setzte sich und begann dann zögerlich: »Tja, also verehrter Herr Tritschler. Ich würde Ihre Tochter Ida gern zu einem …«

»Sparen wir uns das!«, fiel der Bäckermeister ihm ins Wort. »Ich weiß Bescheid. Meine Frau hat mich eingeweiht. Und Sie können ihr dankbar sein: Sie hat mich zu diesem Treffen sozusagen gezwungen.«

»Oh«, entgegnete Lucien konsterniert.

Nun sah ihm Tritschler ins Gesicht. »Wir wissen beide, was

Sie mich fragen werden, wenn Sie das nächste Mal hier auftauchen.«

Lucien war überrumpelt. Er hatte nicht erwartet, dass der Großbäcker von sich aus eine mögliche Hochzeit ansprechen würde.

»Ich habe dazu ein paar grundsätzliche Fragen«, fuhr Idas Vater fort.

Lucien nickte eingeschüchtert. »Ja?«

»Ihr Herr Vater führt eine der erfolgreichsten Patisserien in Straßburg. Aber Sie als sein Erstgeborener studieren … Biologie?«

Franz Tritschlers fragender Blick schien Lucien zu durchbohren.

»Ja, die Nachfolge der Patisserie ist geregelt«, versicherte dieser. »Mein jüngerer Bruder René ist ganz versessen darauf, die Geschäfte einmal vollständig zu übernehmen.«

Franz nickte, ohne den durchdringenden Blick von ihm zu lassen. »Und einen Stammhalter hat er auch schon gezeugt, hat Ida erzählt. Sie ist schwer begeistert von dem Kleinen.«

»Das bin ich auch.« Der Gedanke an seinen Neffen zauberte Lucien trotz der angespannten Situation ein Lächeln aufs Gesicht.

»Und eigene Kinder?«, hakte Idas Vater nach.

»Nichts dagegen«, entgegnete der Heiratsanwärter.

»Und … können Sie als … Biologe eine Familie ernähren?«, wollte Franz wissen.

»Also, mein Professor hat fünf Kinder. Sie sehen nicht verhungert aus«, entgegnete Lucien.

»Sie wissen, dass Ida das Verkaufen in der Bäckerei liebt«, wechselte der Vater nun das Thema.

»Ja, sie macht die Kunden glücklich«, bestätigte Lucien. »Das soll sie gern weitermachen.«

»Und Sie hätten nichts dagegen?«, wunderte sich Franz.

»Nicht im Geringsten. Ida soll das tun, was ihr Spaß macht – sie gönnt mir meine Expeditionen ja auch.«

Franz kratzte sich am Kinn. »Tja, in dieser Familie dürfen die Frauen ihre eigenen Entscheidungen treffen.«

Ob er bei diesen Worten wohl an seine Gattin dachte? Dann sah er dem Jüngeren wieder direkt in die Augen. »Hören Sie, Lucien! Ich habe nichts gegen Sie. Ich dachte schon, Ida begeistert sich nie für irgendwen. Sie ist ganz aus dem Häuschen Ihretwegen.«

Lucien konnte sich ein dankbares Lächeln nicht verkneifen, doch der mögliche Schwiegervater in spe ließ es durch seine weiteren Ausführungen gleich wieder verschwinden: »Aber ich will ehrlich sein: Ich glaube, sie wird enttäuscht werden.«

Lucien richtete sich empört auf. »Ich würde Ida nie …«

»Nicht wegen Ihnen«, unterbrach ihn Franz Tritschler rasch. »Es ist Ihr Vater. Ich habe den Hass in seinen Augen gesehen. Der wird nie zustimmen, auch wenn ich Ihnen irgendwann meinen Segen geben würde.«

»Würden Sie es denn?«, fragte Lucien hoffnungsvoll.

Zu seiner Erleichterung verneinte der Patissier aus Stuttgart nicht. »Könnte schon sein. Aber wie gesagt … Ihr Vater …«

»Leicht wird es nicht«, räumte der junge Picard ein. »Aber Ihre Frau meinte zu Ida, wir müssten hartnäckig sein.«

Zum ersten Mal während ihres Gesprächs schmunzelte Franz Tritschler. »Soso. Na, dann gehen Sie mal spazieren. Sonst wird es zu spät. Um neun Uhr bringen Sie uns Ida wieder. Gesund und am Stück.«

Lucien plagten gemischte Gefühle. Einerseits konnte er froh sein, denn er hatte ja viel mehr erhalten als die Zusage zu dem Abendspaziergang, andererseits wusste er, dass Franz recht hatte: Der Hass bei Luciens eigenem Vater saß tief.

9

Fliederduft hing in der Luft. Obwohl es erst dämmerte, leuchtete bereits der Mond über Straßburg. Er sah heute besonders groß aus. Ida und Lucien gingen Hand in Hand an der Ill spazieren und unterhielten sich über sein Gespräch mit Franz Tritschler und dessen Bedenken bezüglich Jacques Picards Hass auf ihn.

»Dann geben wir deinem Vater eben Zeit«, schlug Ida vor. »Er wird sehen, dass Papa eigene Ideen hat – und ihm keine Kundschaft wegnimmt.«

»Fräulein Tritschler!«, rief plötzlich eine Männerstimme.

Ida und Lucien fuhren herum.

Ein junger Mann mit rotblondem Haarschopf und einem Koffer in der Hand kam auf sie zugeeilt.

»Kurtle!«, rief Ida verblüfft.

Der Geselle ihres Vaters erinnerte sie an weit weniger komplizierte Zeiten in Stuttgart. Hocherfreut reichte sie ihm die Hand, als er außer Atem bei ihnen ankam. »Was machst du denn hier?«

»Meine Gesellenzeit ist doch zu Ende«, erinnerte er sie. »Und Ihr Herr Vater hat geschrieben, es laufe hier so gut, dass er mich brauchen kann.«

»Wie geht es denn in Stuttgart? Hat Großvater alles im Griff?«, erkundigte sie sich neugierig.

»Ha, freilich«, entgegnete Kurt auf Schwäbisch. »Wie ein General.«

Erst jetzt fiel ihr Lucien wieder ein, der inzwischen recht verstimmt aussah. Rasch wollte sie ihr Verhältnis zu Kurt erklären.

»Lucien, das ist unser ehemaliger Geselle Kurt Teufel«, sagte sie. »Kurtle, das ist Herr Picard, sein Vater führt ebenfalls eine Patisserie hier in Straßburg.«

»Freut mich«, sagte der junge Feinbäcker knapp zu Lucien, der nur ernst nickte. Dann strahlte Kurt verdächtig schnell wieder Ida an. »Ich muss nun bei Ihrem Vater vorstellig werden, bevor sie im Haus schon schlafen. Wir sehen uns ja ab jetzt wieder jeden Tag.«

»Das freut mich«, entgegnete Ida aufrichtig.

Mit einem scheuen Lächeln wünschte Kurt der Tochter seines Meisters noch einen schönen Abend, während er Lucien kühl zunickte, dann eilte er mit seinem Koffer in Richtung Münsterplatz davon.

Ida sah ihm nach und blickte dann Lucien von der Seite an. Sie erschrak, als sie seinen finsteren Gesichtsausdruck bemerkte.

»Mein Vater schätzt das Kurtle sehr«, beeilte sie sich zu sagen. »Und mein Bruder wird sich auch freuen. Die beiden haben früher zusammen Fußball gespielt.«

»Du scheinst ja auch nicht unerfreut«, erwiderte Lucien knapp.

»Er ist ein angenehmer Zeitgenosse, aber eher wie ein kleiner Bruder«, versicherte Ida.

»Also, klein ist er nicht wirklich«, meinte Lucien.

Ida grinste. »Nein, plötzlich ist er in die Höhe geschossen. Oskar nennt ihn explodierter Konfirmand.«

Über diese Formulierung musste Lucien zu ihrer Erleichterung lachen.

Die Stimmung war wieder besser, sie griff nach seiner Hand, und sie schlenderten weiter.

Doch tief in seinem Inneren war Lucien weiterhin beunruhigt. Es mochte ja sein, dass dieser Kurt für Ida nur ein kleiner Bruder war; der junge Mann jedoch schien in ihr sehr wohl die hochattraktive Frau zu sehen, die sie war. Und das würde anderen ebenso gehen. Seinem Vater Zeit zu geben war ja gut und schön. Aber es konnte jederzeit ein Nebenbuhler auftauchen, für den Ida dann nicht mehr nur brüderliche Gefühle hegte. Sie zu verlieren war für Lucien eine albtraumhafte Vorstellung. Er würde alles tun, um das zu verhindern.

*

Am Donnerstagmorgen herrschte erneut Hochbetrieb in der Patisserie Tritschler. Zum Glück hatte Franz ja weitere Unterstützung in der Backstube bekommen: Kurt Teufel war noch gestern Nacht ins Dachgeschoss gezogen und in aller Herrgottsfrühe zur Arbeit angetreten. Die hübsche Amélie bediente die Gäste im Café – stets mit einem freundlichen Lächeln auf den Lippen –, Ida, deren Mutter und die wortkarge Barbiertochter Hélène Aubert standen hinter der Verkaufstheke. Während immer weitere Kaufwillige in die Feinbäckerei drängten, dachte Ida in vager Sorge daran, dass jeder, der hierherkam, ein Dorn im Auge ihres Konkurrenten Jacques Picard sein musste.

Der hohe Zuspruch derart vieler Kunden schon so kurz nach der Eröffnung war gewiss nicht nur der Qualität des Gebäcks, sondern auch der Freundlichkeit des Personals geschuldet. Wie auch in Stuttgart merkte sich Ida Einzelheiten aus Plaudereien an der Verkaufstheke, sodass sie jederzeit ein kurzes Schwätzchen über das beginnen konnte, was die Leute bewegte. Doch heute hatte die Tochter des Ladenbesitzers merkliche Schwierigkeiten, sich auf das Jammern von Metzgersfrau Isolde Keller über deren Knieschmerzen zu konzentrieren. Sie war nervös und in Gedanken woanders: Lucien hatte sie gestern nach einem sehr langen Gutenachtkuss um ein weiteres Rendezvous gebeten. Heute nach Ladenschluss sollte sie zu jener Bank vor der Universität kommen, wo sie sich das erste Mal begegnet waren. Sie hoffte im Stillen, er könne ihr bereits erzählen, wie Jacques Picard ihre Treffen beurteilte. Ihrem eigenen Vater war die Erlaubnis zu einem neuerlichen Rendezvous recht leicht zu entlocken gewesen. Der hatte lediglich wortkarg gemurmelt: »An mir soll's nicht liegen.«

Als ihre Mutter endlich den Laden hinter der letzten Kundin abgeschlossen hatte, hastete Ida sogleich in Richtung Universität. Düstere Wolken standen am Abendhimmel, und sie bereute es, in ihrer Eile keinen Regenschirm mitgenommen zu haben.

Kurz vor ihrer Ankunft traf sie wieder auf den Obdachlosen, der, so schnell es seine alten Füße zuließen, den Leiterwagen mit seinen wenigen Habseligkeiten hinter sich herzog. Offenbar hatte er es eilig.

»Guten Abend, Monsieur Le Prof«, rief Ida.

»Guten Abend, Fräulein. Ich muss mir rasch einen sicheren Unterschlupf suchen.« Er deutete in Richtung der bedrohlich wirkenden Wolkenformationen am Himmel. »Das wird bald was geben.«

»Passen Sie gut auf sich auf!«, riet Ida und winkte ihm zu. »Einen schönen Abend noch.«

»Ihnen auch«, hörte sie ihn noch sagen. »Und grüßen Sie mir den jungen Monsieur Picard, sollten Sie ihn wiedersehen.«

Ida schmunzelte. Bis zum Wiedersehen würde es nur noch Sekunden dauern.

Und da war er. Saß auf »ihrer« Bank und blickte ihr lächelnd entgegen. Wie immer, wenn sie Lucien sah, begann es aufregend in ihrem Bauch zu kribbeln. Das Gefühl wurde stärker, als er sich erhob, ihr strahlend entgegenging und ihre Hand küsste.

»Ich soll dich von Monsieur Le Prof grüßen. Er …«, setzte Ida an, da bemerkte sie, dass Lucien vor ihr auf die Knie ging. Es dauerte einen Augenblick, bis sie den Grund verstand. Scharf sog sie die Luft ein, als er ein kleines Samtkästchen öffnete, in dem ein eleganter, schmaler Ring glitzerte.

»Meine liebe Ida«, sagte Lucien mit belegter Stimme und sah bewegt zu ihr auf. »Würdest du mir die außerordentliche Ehre und das große Glück erweisen, meine Frau zu werden?«

Ida kämpfte mit Tränen der Rührung und war so überwältigt, dass sie zunächst vergaß zu antworten. Schließlich bemerkte sie seinen erwartungsvollen Blick und stieß mit feuchten Augen hervor: »Ja, ich würde – also, ja, ich will! Und wie ich will!«

Er erhob sich, strich ihr zärtlich eine dunkle Locke aus dem Gesicht. Gleich würde er sie küssen! Ihr Zukünftiger!, dachte Ida sehnsüchtig. Doch sie wurde enttäuscht.

»Sollen wir es hinter uns bringen?«, fragte er mit sanfter Stimme.

Sie sah ihn verwirrt an. »Was meinst du?«

»Na, zu meiner Familie gehen und es ihr sagen?«

»Jetzt sofort?«, vergewisserte sie sich überrumpelt.

Warum hatte er es denn auf einmal so eilig?

»Um halb acht sitzen meine Eltern häufig noch mit René und seiner Frau auf ein Getränk am Kaminfeuer«, erläuterte Lucien.

»Also gut«, sagte Ida unbehaglich.

Während die dunklen Wolken immer beunruhigender aussahen, gingen sie los in Richtung Münsterviertel. Idas Gedanken kreisten um das bevorstehende Treffen mit Luciens Familie, aber um nicht noch nervöser zu werden, wollte sie sich lieber mit einem anderen Gesprächsthema ablenken.

»Jetzt habe ich Monsieur Le Prof schon zum zweiten Mal an der Universität getroffen. Er scheint Heimweh nach seinem alten Arbeitsplatz zu haben«, mutmaßte sie.

»Oder nach seinem ehemaligen Zuhause«, meinte Lucien und deutete nach rechts auf die andere Seite des Flusses Ill. »Er hat mir mal erzählt, dass er drüben im deutschen Viertel gewohnt hat.«

»Deutsches Viertel?«, wiederholte Ida verwundert. »Ist das nicht die Neustadt?«

»Genau, und das nennen die Franzosen auch deutsches Viertel. Durchaus etwas abfällig. Die Deutschen wollten die Fläche Straßburgs verdreifachen, man hat außerhalb der Altstadt einen weiteren Kern zum Schutz der strategisch wichtigen Festung angelegt – und da drüben nordöstlich der Stadtinsel die Neustadt geplant. Vier- bis fünfgeschossige Häuser mit hübschen Vorgärten wurden da aus dem Boden gezogen. Im protzigsten Kaiser-Wilhelm-Architekturstil. Auf jedem Stockwerk fließend Wasser und Gas. Darüber sind einige von meinen eher nationalistischen Studienkollegen wenig begeistert und ihre Väter, die im Krieg waren, noch weniger.«

»Hat es die Einheimischen denn nicht versöhnt, dass die Deutschen so viel gebaut haben?«, fragte Ida beklommen. Der Zynismus in Luciens Worten weckte in ihr die Angst, dass auch er irgendwann in ihr nicht mehr seine große Liebe, sondern eine Deutsche sehen könnte, eine Feindin.

Lucien zuckte die Achseln. »Na ja, wie man es nimmt. Denn die Zeche hatten die Straßburger zu zahlen. Die Neubauten haben mehr als siebzehn Millionen Reichsmark gekostet. Zehn Jahre lang mussten unsere Bürger für diese unfassbare Summe als Reparation bluten.«

»Umso erstaunlicher, dass Monsieur Le Prof ausgerechnet dort gewohnt hat«, wandte Ida ein.

»Ja, nach dem Grund dafür wollte ich ihn auch schon mal fragen«, bestätigte Lucien. »Aber dann hatte ich zu große Angst, er könne traurig werden, wenn er von seinem früheren Leben erzählt – als er noch ein Dach über dem Kopf hatte.«

Ida traute sich schließlich zu fragen: »Hasst du uns Deutsche nicht auch ein bisschen dafür, dass deine Landsleute unseretwegen so bluten mussten?«

Er blieb stehen und sah sie fragend an. »Euch Deutsche? Was hast du denn damit zu tun, mein Schatz?« Er streichelte ihre Wange, und sie küsste erleichtert seine Hand. Sie gingen weiter, und er meinte: »Diese Häuser finde ich schon schön, auch wenn sie die Deutschen in erster Linie zur Stärkung der nationalen Gesinnung gebaut haben. Nationalismus ist in meinen Augen vollkommen töricht. Ich glaube allenfalls an Vegetationsgrenzen, von Menschen festgelegte Grenzlinien wandern doch ständig hin und her. Die Biologie schert sich nie um unsere nationalen Abzäunungen. Wissenschaftler aus aller Welt suchen die Wahrheit über das Leben auf unserem Planeten – zusammen und über Grenzen hinweg.«

Sie waren erst in der Mitte der Brücke über die Ill angekommen, als es plötzlich heftig zu regnen begann. Ida konnte einen erschrockenen Kiekser nicht unterdrücken.

Lucien nahm ihre Hand, und sie rannten, so schnell es Idas Kleid zuließ, doch ihre Frisur löste sich im Nu auf. Immer mehr Locken fielen in alle Richtungen, ihr Kleid klebte an einigen Stellen unangenehm feucht auf der Haut. Auch Luciens Haar hing ihm in nassen Strähnen ins Gesicht.

Als sie endlich ein Vordach erreicht hatten, waren beide außer Atem, mussten aber lachen.

»So kann ich deiner Familie unmöglich unter die Augen treten«, meinte Ida.

»Dann verschieben wir das auf morgen Abend«, schlug Lucien lächelnd vor.

Petrus gewährt mir noch etwas Aufschub, dachte sie erleichtert. Oder war es ein schlechtes Omen? Bevor sie noch weiter darüber nachdenken konnte, nahm Lucien ihr Gesicht zärtlich zwischen beide Hände und küsste sie innig auf den Mund. Die Leidenschaft, die sein Kuss in ihr auslöste, ließ keinen Raum mehr für sorgenvolle Gedanken. In diesem Augenblick gab es nur sie beide.

*

Auch am Freitagmorgen herrschte in der Patisserie hohes Kundenaufkommen. Ida war müde, denn sie hatte in der Nacht lange wach gelegen. Gestern hatten sie und Lucien noch eng umschlungen unter dem Vordach gestanden, bis der Platzregen schwächer geworden war. Durch die Abenddämmerung hatte Lucien seine Verlobte nach Hause gebracht – und sie ihn im Schutz der Dunkelheit im Hausgang erneut ausgiebig geküsst. Als er fort war, war Idas Hochstimmung einer großen inneren Unruhe gewichen. Dass ihre Vorstellung bei Luciens Familie nun gemeinsam mit der Bekanntgabe der Verlobung stattfinden würde, machte die Sache gewiss nicht einfacher.

In der Mittagspause ging sie in die Backstube. Der Duft nach frisch Gebackenem, der hier immer in der Luft hing, gab ihr Halt und Zutrauen, ebenso wie der Anblick all der Backformen aus Keramik und Bronze, die ordentlich aufgereiht an der Wand hingen. Das war eine berechenbare Welt, deren

Produkte am Ende stets verlässlich Menschen glücklich machten. Und Ida hatte vor, zeitnah Lucien als Verlobungsgeschenk endlich die kandierten Blüten zu überreichen. Bevor sie sich ans Werk machen würde, wollte sie aber zuerst überprüfen, ob noch Zutaten fehlten, die sie gegebenenfalls besorgen musste. Sie griff nach dem »heiligen Buch«, das in den Augen ihres Vaters den kleinen Backstubenschrank zur Schatzkiste machte.

»Geht es dir gut?«, fragte in diesem Moment eine Stimme von der Tür her und riss Ida aus ihren Gedanken.

Hélène stand dort und lächelte sie an. Die einundzwanzigjährige Kollegin an der Verkaufstheke war ihr eine gute Freundin und Vertraute geworden. Schön, dass sie ausgerechnet jetzt kam.

»Mir könnte es nicht besser gehen – und ich könnte nicht nervöser sein«, gestand Ida. Und dann redete sie sich alles von der Seele: Sie schwärmte von Luciens romantischem Heiratsantrag und dem Kuss im Platzregen, berichtete aber auch von ihrer Angst vor dem heutigen Abend.

»Vielleicht ist es besser, dass es ganz schnell kommt. Dann hast du es hinter dir«, kommentierte die Verkäuferin. »Wenn sein Vater eure Verbindung endgültig verbietet, weißt du es jedenfalls sofort. Je länger ihr wartet, desto mehr gewöhnst du dich an eure Verlobung. Und dann ist es noch schmerzhafter, wenn ihr euch trennen müsst.«

»Trennen?«, wiederholte Ida entsetzt. »Ich kann mich nicht von Lucien trennen – und wenn sein Vater es hundertmal verbietet.«

»Aber darauf musst du dich vielleicht doch vorbereiten«, gab die stets etwas ernste und vorsichtige Hélène zu bedenken. »Als Student ist Lucien doch von ihm abhängig.«

Ida erschauderte. Nun fühlte sie sich bezüglich des Treffens heute Abend noch mehr unter Druck. Es war wohl falsch gewesen, von ihrer Kollegin trostreiche Worte zu erwarten. Die Verkäuferin wirkte manchmal so schwermütig. Ida war es gewohnt, Hélène aufzuheitern, ihr zu zeigen, dass das Leben schön und bunt war. Daher wechselte sie nun auch das Thema.

»Der Sohn des Richters kommt jeden Morgen um dieselbe Zeit, ist dir das aufgefallen?«, fragte sie verschwörerisch. »Und wie freundlich er dich immer anlächelt.«

»Der Herr Schneidewind? Ach, der lächelt doch alle an«, winkte Hélène ab.

»Lächle doch mal zurück«, insistierte Ida. »Ich glaube, er war einige Male kurz davor, dich um ein Treffen zu bitten.«

»Du siehst den Leuten ja ganz gut an, was sie fühlen. Und meistens hast du recht mit deinen Auslegungen«, gab Hélène zu. »Aber die Vorstellung, mit einem Mann allein zu sein, finde ich gar nicht so erstrebenswert. Die sind immer so laut und grob. Wenn die Herren der Schöpfung miteinander spielen, dann tun sie meistens so, als wollten sie einander umbringen.«

Ida dachte nach. So hatte sie das noch nie gesehen, aber in vielen Fällen traf es sicher zu. Was hatte sie für ein Glück, dass ihr Lucien so ein Feingeist war!

»Ich glaube nicht, dass es je Kriege gegeben hätte, wären Frauen in den Regierungen dieser Welt«, war Hélène überzeugt.

Ida seufzte. Krieg. Da war sie wieder: die Sorge wegen Jacques Picards Verbitterung.

10

Am Abend ging das junge Paar mit wild pochenden Herzen auf die Patisserie Goldschmidt zu. Lucien griff Idas Hand und drückte sie ermutigend.

»Sie werden mich gleich wieder hinauswerfen«, mutmaßte sie mit schwacher Stimme.

»Glaub ich nicht«, winkte ihr Verlobter ab und schloss die Tür zum Treppenhaus auf. »Du wirst ihre Herzen im Sturm erobern.«

Wie jede Wohnung wies auch die der Familie Picard einen ganz eigenen Geruch auf. Anders als der Duft im Treppenhaus, der ähnlich wie im Hause Tritschler aus einer Mischung zwischen Bohnerwachs und Backstube bestand, roch es im Wohnbereich im ersten Stock nach Kaffee und Seife.

An den Wänden im Flur, die von einer königsblauen Brokattapete mit goldenen Ornamenten geziert wurden, hingen Landschaftsgemälde in Öl, wahrscheinlich von Tante Marie.

Lucien öffnete die Tür zum Salon, aus dem zwei Männerstimmen zu hören waren. Jacques Picard saß mit einem Cognacglas in einem der ledernen Ohrensessel, René lümmelte auf dem Sofa.

»Guten Abend zusammen«, sagte Lucien.

Sein Vater hob den Kopf, der hochrot anlief, als er feststellte, dass sein Sohn nicht allein gekommen, sondern in Begleitung der Tochter seines Erzfeindes war. Ruckartig stellte er sein Glas ab, die goldbraune Flüssigkeit schwappte über den Rand und hinterließ eine glänzende Lache auf der Tischplatte. René setzte sich grinsend auf. Beide starrten Ida an.

»Guten Abend«, flüsterte sie kaum hörbar.

Dann schalt sie sich selbst: Nun reiß dich aber zusammen, du sprichst doch auch mit jedem Kunden laut und deutlich! So schaffte sie ein Lächeln und sagte gut vernehmbar: »Es freut mich, Sie kennenzulernen.«

Vater und Sohn antworteten mit eisigem Schweigen. Verlegen wandte sich Ida zu Lucien um.

»Wo ist denn Maman?«, erkundigte sich ihr Verlobter, der ebenso hilflos wirkte, wie sie sich fühlte. Vielleicht, dachte Ida, erhoffte er sich in ihr eine Verbündete.

»Sie besucht Tante Marie in Weghäusel, die ist aus Paris zurück«, berichtete René, ohne dabei die Augen von Ida zu lassen. Irritiert senkte sie den Blick. Dass er sie immer so anstarren musste!

»Willst du uns nicht endlich deine zauberhafte Begleitung vorstellen?«, fragte René süffisant.

»Natürlich«, sagte Lucien und holte tief Luft. »Also, Papa, René, das ist Ida Tritschler.« Und nach einer kurzen Pause ließ er die Bombe platzen: »Meine Verlobte.«

Jacques und René blickten gleichermaßen fassungslos drein.

»Ihr seid verlobt?«, fragte der Vater, und es klang wie eine Drohung. Fast gleichzeitig und nicht minder entsetzt tönte René: »Tritschler?«

»Ja«, erklärte Jacques mit vor Zorn bebender Stimme, »du hast richtig gehört. Das ist die Tochter unseres neuen Konkurrenten. Von allen Frauen in Straßburg muss dein Herr Bruder sich ausgerechnet sie aussuchen.«

»Ja, das muss ich«, brach es aus Lucien hervor, der nun seinerseits wütend war, während Ida hilflos zwischen den drei aufgebrachten Männern stand. »Sagt man nicht: Konkurrenz belebt das Geschäft? Geht es uns wirklich so schlecht, dass du derart unhöflich zu Ida sein musst? Glaubst du, wir sind ruiniert, nur weil es eine Feinbäckerei mehr in Straßburg gibt?«

Sein Vater erhob sich aufbrausend. »Diese Patisserie ist mir doch völlig egal!«, rief er. »Der kleine Schuppen mit seinen schlechten Kopien wird uns nie das Wasser reichen können.«

»Aber wieso dann dieser Hass?«, verlangte Lucien zu wissen. Die Beleidigung, mit der sein Vater Idas Familie bedacht hatte, überging er.

»Franz Tritschlers Kameraden haben meinen besten Freund auf dem Gewissen – und er selbst ist schuld an meiner Armprothese!«, brüllte sein Vater. »Grund genug?«

Ida und Lucien wechselten einen bestürzten Blick.

Lucien stieß ein ungläubiges »Was?« hervor, während Ida murmelte: »Das kann nicht sein.«

»Wenn du diese Frau heiratest, brauchst du hier nie wieder den Fuß über die Schwelle zu setzen«, sagte sein Vater kalt und ging zur Salontür. »Dann bist du augenblicklich enterbt und bekommst keinen Heller mehr von mir.«

Mit diesen Worten ging er hinaus, wozu er dicht an dem jungen Paar vorbeigehen musste. Angesichts des blanken Hasses in seinen Augen wich Ida ängstlich zurück.

Lucien legte tröstend eine Hand auf ihre Schulter. »Es tut mir leid, ich wusste davon nichts. Er hat nie Einzelheiten vom Krieg erzählt.«

»Ach, Fräulein Tritschler, nehmen Sie sich die Worte meines Vaters nicht zu sehr zu Herzen«, sagte zu ihrem Erstaunen der jüngere Bruder, während er sich einen Cognac einschenkte. »Diese Generation bellt, aber sie beißt nur selten.

Er wird irgendwann verstehen, dass Sie nicht für die Taten Ihres Vaters verantwortlich sind.«

Lucien und Ida sahen ihn verblüfft an. Von René hätten sie beide keinen Zuspruch erwartet. »Da… danke«, stammelte Ida.

»Kommen Sie, ich führe Sie ein wenig herum«, bot er an und reichte ihr den Arm. »Die Wohnung hat drei Stockwerke, das müssen Sie sich anschauen. Du entschuldigst uns kurz, Bruderherz? Deine Verlobte soll sehen, dass wir Picards durchaus gastfreundlich sind.«

Sie sah fragend zu Lucien, der zustimmend nickte.

»Ich geh noch mal mit Vater sprechen«, kündigte er an.

Gewiss eine gute Idee, dachte Ida und ließ sich von Luciens Bruder hinausführen. Zwar war ihr dessen Nähe ebenso unangenehm wie die unverschämten Blicke, aber sie wollte es sich nicht gleich mit dem nächsten Familienmitglied verscherzen. Daher fügte sie sich in ihr Schicksal und konzentrierte sich darauf, das Haus ihres Verlobten so genau wie möglich zu betrachten. Es war ja immerhin eine Gelegenheit, die Räume kennenzulernen, in denen er sich täglich bewegte.

Neben dem Salon befand sich ein großes Zimmer mit hohen Fenstern und Regalen aus aufwendig verziertem Mahagoni, die mit zahlreichen Büchern vollgestellt waren.

»Das ist die Bibliothek. Unser Herr Vater liest nicht viel, aber er umgibt sich gern mit wertvollen Dingen«, erklärte René schmunzelnd.

Ida schaffte es nicht, über diesen Scherz zu lachen. »Sehr schön.«

»Kommen Sie, wir gehen ein Stockwerk höher!«

Im zweiten Stock roch es anders, ein Gemisch aus Parfüm und frisch gewaschener Wäsche.

»Hier haben meine Frau Denise und ich unser Schlafzimmer«, fuhr er fort und bedachte Ida abermals mit diesem anzüglichen Grinsen, das ihr so unsympathisch war. »Gleich daneben ist die Kinderstube unseres kleinen Stammhalters.«

Nun konnte Ida sich doch ein Lächeln abringen. »Ja, Marcel ist ein lieber und kluger Junge. Ich habe ihn schon kennengelernt.«

Das Grinsen in Renés Gesicht erstarb. »Ach, tatsächlich? Haben Sie das?«

Sie biss sich auf die Lippen, als ihr klar wurde, dass sie Lucien durch ihren unbedachten Satz vermutlich in Schwierigkeiten gebracht hatte. René würde es sicher nicht gutheißen, dass sein Bruder den kleinen Marcel heimlich mit der Tochter des Erzfeindes zusammenbrachte. Sie suchte noch nach Worten, mit denen sie alles erklären könnte, als er erneut nach ihrem Arm griff. Diesmal fühlte sich es fast etwas grob an. »Kommen Sie!«

Er nötigte sie, ein Bureau zu betreten.

»So, das ist das Arbeitszimmer meines Vaters. Da vorn hinter dem Bild befindet sich sein Tresor. Ich als sein Stellvertreter habe natürlich auch einen Schlüssel. Ich sorge durch erfolgreiche Geschäfsabschlüsse dafür, dass Geld hereinkommt. Im Gegensatz zum guten Lucien. Sein Biologiestudium kostet uns nur.« Er sah ihr direkt ins Gesicht, und seine grünen Augen funkelten. »Ohne das Familienvermögen wäre er natürlich alles andere als eine gute Partie, darüber sollten Sie sich im Klaren sein!«

»Das ist mir völlig gleich. Wir …«, setzte sie empört an.

Doch er unterbrach sie mit kalter Stimme: »Also – wie viel?«

»Was meinen Sie?«, hakte sie verständnislos nach.

»Wie viel Geld soll ich jetzt aus diesem Tresor holen? Hundert Mark? Zweihundert? Fünfhundert?«, fragte er provokant.

»Was kostet es, dass Sie wieder aus Luciens Leben verschwinden?«

Wütend befreite sie sich von seinem Arm. »Lassen Sie mich sofort los!«

»Seien Sie nicht dümmer, als ich Sie eingeschätzt habe!«, sagte René mit spöttischem Blick. »Sie werden ihn sowieso verlieren. Jetzt und hier können Sie noch dafür sorgen, dass es nicht mit leeren Händen geschieht.«

»Das darf ja nicht wahr sein!« Lucien stand fassungslos vor Wut im Türrahmen. Offenbar hatte sein Vater ein Gespräch verweigert. Er machte einen drohenden Schritt auf seinen Bruder zu, den er um einiges überragte.

»Glaub mir, Brüderchen, es ist das Beste so – für euch beide«, erwiderte René und wich ein wenig zurück.

»Als ob du eine Ahnung hast, was gut für uns ist«, knurrte Lucien und legte schützend den Arm um seine Verlobte. »Lass Ida in Zukunft in Ruhe, sonst wird das sehr schmerzhaft für dich!«

René zuckte mit den Schultern, verneigte sich spöttisch vor Ida und ging dann hinaus.

»Es tut mir schrecklich leid, dass ich dich in diese Situation gebracht habe«, beteuerte Lucien und drückte sie an sich. »Ich hätte nicht so drängeln dürfen.«

Ida nickte. »Warum hattest du es eigentlich mit einem Mal so eilig?«

»Ich … ich war eifersüchtig«, gab Lucien kleinlaut zu. »Als ich dich so vertraut mit diesem Bäckergesellen aus Stuttgart gesehen habe, bekam ich Angst, jemand anders könnte vor mir um deine Hand anhalten.«

Ida rührte seine Ehrlichkeit ebenso wie seine Eifersucht. »Es ist egal, wer um meine Hand anhalten will. Ich liebe doch nur einen.«

»Nur einen?«, fragte er lächelnd nach. »Ich hoffe, ich kenne diesen ›einen‹.«

»Tust du«, versicherte sie. »Du siehst ihn täglich im Spiegel, denke ich.«

Er küsste sie sanft, doch es fiel ihr schwer, seine Zärtlichkeit in dieser feindlichen Umgebung zu erwidern. Wieder ernster fügte sie hinzu: »Was sollen wir denn nun bloß tun?«

»Wir hören auf deine Mutter. Wir geben nicht auf. Ich weiß nicht, wo Papa hin ist, ich konnte ihn vorhin nicht finden. Aber ich werde noch mal mit ihm sprechen. Maman hat erzählt, er sei ganz kurz vor der Kapitulation Straßburgs 1870 noch von einer Kanone getroffen worden. Woher will er so sicher wissen, dass es dein Vater war? Man kann doch unmöglich sehen, wer eine Kanone bedient.«

Darüber hatte Ida noch nicht nachgedacht, Jacques Picards Behauptung war in der Tat nicht ganz einleuchtend.

»Ich werde auch noch mal bei meinem Vater nachhaken«, schlug sie ihrem Verlobten vor. »Und ihn fragen, wie das damals war, als die Deutschen Straßburg belagert haben.«

*

Es klirrte, als sei Glas zersprungen. Ida schrak heftig zusammen, blieb stehen und lauschte. Kam das aus der Backstube? Nachdem sie sich von Lucien mit einem besorgten, aber nicht minder innigen Kuss verabschiedet hatte, war sie gerade auf dem Weg durchs Treppenhaus nach oben gewesen, als das Geräusch sie aus ihren Gedanken riss. Ihr Vater oder Kurtle waren doch zu solch später Stunde nicht mehr in der Bäckerei zugange? Mit einem mulmigen Gefühl im Magen und sich der Gefahr durchaus bewusst, schlich sie die Treppe wieder hinunter, öffnete vorsichtig die Verbindungstür zum Geschäft und spähte hinein. In der Backstube brannte kein Licht. Im fahlen Mondschein sah sie jedoch, dass jemand die Scheibe des Hoffensters eingeschlagen hatte. Das also war der Grund für das laute Klirren gewesen!

Aus dem Laden drang flackerndes Licht herüber. Idas Puls raste. Ein Einbrecher! Also doch! Fieberhaft überlegte sie, was sie tun sollte. Sie konnte versuchen, die Tür zum Verkaufsraum von der Backstube aus zuzuschließen. Dann würde der Räuber eines der Schaufenster völlig zerstören müssen, um einen Ausstieg zu bekommen. Doch als sie vorsichtig fast bis zur Tür geschlichen war, stand der Eindringling plötzlich direkt vor ihr. Sie unterdrückte einen Schrei und erkannte den Mann: Es handelte sich um Mademoiselle Nantys Bruder. Er war nicht minder erschrocken. Ihre Blicke kreuzten sich wie Schwertklingen, ein Geldschein flatterte aus einem Bündel in seinen Händen zu Boden. Ida reagierte blitzschnell. Sie stieß den Mann mit beiden Armen in die Brust, er taumelte zurück – und fiel hin. Monsieur Nanty fluchte, dem Geruch nach zu urteilen, war er nicht mehr nüchtern. Ida warf die Tür zu und wollte rasch abschließen, doch ihre Finger zitterten so stark, dass ihre Bemühungen vergeblich waren. Sie rief lautstark um Hilfe. Und gerade als Charles Nanty sich aufgerappelt und die Scheine aufgehoben hatte, gelang es ihr doch noch abzuschließen. Sie hörte ihn erneut fluchen, da kam ihr Bruder in die Backstube gestürmt.

»Ida! Hast du gerade um Hilfe gerufen?«

Sie deutete hektisch auf das zerschlagene Fenster. »Er wollte unser Geld stehlen. Ich habe ihn im Laden eingesperrt.«

»Wen?«, fragte Oskar verwirrt.

»Mademoiselle Nantys Bruder«, rief Ida aufgeregt.

»Was?«, tönte es entsetzt von der Tür her.

Ida und Oskar fuhren herum.

Monsieur Leroc stand im Morgenmantel am Eingang zur Backstube – neben ihm Antoinette Nanty.

»Mein Bruder hat versucht, Geld zu stehlen?«, fragte sie mit versagender Stimme.

»Wir müssen ihn festsetzen, bevor er die Schaufensterscheibe einschlägt und entkommt«, schlug Oskar vor und wandte sich an seine Schwester: »War er bewaffnet?«

Nun wich Mademoiselle Nantys Entsetzen unbändigem Zorn. Ohne zu zögern, schloss sie die Tür zum Ladenbereich auf und stürmte hinein.

11

Ida, Oskar und der Koch eilten der Hausdame hinterher in den Verkaufsraum. Dort stand Charles Nanty mit einem erhobenen Stuhl vor dem Schaufenster. Er war gerade im Begriff, ihn in die Scheibe zu schleudern, da packte ihn seine Schwester von hinten und schlug ihm das Sitzmöbel aus der Hand, das daraufhin polternd zu Boden fiel. Antoinette Nanty verpasste ihrem Bruder eine schallende Ohrfeige.

»Du rückst jetzt sofort alles Geld heraus!«, fauchte sie ihn an, während Leroc und Oskar ihm den Weg versperrten.

Mit hochrotem Kopf kramte der Spieler Scheine und Münzen aus seinen Hosentaschen und reichte das Geld seiner Schwester.

»Ist das alles?«, fragte sie streng.

»Ich weiß nicht.« Er deutete auf die Tür zur Backstube. »Kann sein, dass ich da vorne was verloren habe.«

Mademoiselle Nanty eilte zu der angezeigten Stelle und bückte sich nach einem einzelnen Schein, den sie dort entdeckte.

»Was ist mit der Polizei?«, fragte der Koch.

»Können wir das Mademoiselle Nanty antun?«, vergewisserte sich Ida mit möglichst gedämpfter Stimme.

»Ich bin mir nicht sicher«, meinte Oskar. »Vielleicht sollten wir vorher Papa fragen?«

Offenbar hatte die Hausdame jedoch auch an der Tür zur Backstube den Inhalt des Gesprächs mitbekommen, denn sie rief den anderen über die Schulter zu: »Natürlich holen wir die Polizei. Sofort!«

»In Ordnung. Ich radle hin und sage Bescheid«, schlug Oskar vor. Zunächst wollte er jedoch seine Schwester und die anderen in Sicherheit wissen. Im Augenblick war Mademoiselle Nantys Bruder zwar ganz kleinlaut und friedlich, aber das konnte sich ändern, sobald er fort war, dachte er. Daher öffnete Oskar die Besenkammer und befahl: »Sie gehen da hinein!«

»Aber …«, setzte Charles Nanty an, doch seine Schwester fiel ihm ins Wort: »Du tust jetzt sofort, was man dir sagt. Ohne Widerworte«, forderte sie barsch und schubste ihn in Richtung der Kammer.

Schuldbewusst tat der Einbrecher, wie ihm geheißen, und trottete mit eingezogenem Kopf in den winzigen Raum.

»Warum, Charles? Warum?«, fragte Mademoiselle Nanty, den Türgriff in der Hand.

»Ich habe wieder verloren«, murmelte er. »Meine Gläubiger sind mir auf den Fersen. Ich verstehe auch nicht, warum die Pechsträhne so schnell wieder zurück ist.«

»Pechsträhne?«, wiederholte seine Schwester. »Wieso lässt du das Spielen nicht endlich ganz sein?«

Er senkte den Blick. »Das kann ich nicht.«

»Ich gebe dir die Zinsen zurück, die du mir aufgezwungen hast«, sagte Mademoiselle Nanty mit fester Stimme. »Aber dann war es das. Wenn du aus der Haft kommst, will ich dich nicht mehr sehen. Dir immer wieder Geld zu geben, damit mache ich mich mitschuldig. Vergiss, dass du eine Schwester hast!« Nach diesen Worten warf sie die Tür mit einem Knall zu und schloss hastig ab.

Ida ging nach den Worten der Hausdame davon aus, dass Monsieur Leroc ihr von seinen Erfahrungen mit seinem Alkoholiker-Vater erzählt hatte – und offenbar hatte Mademoiselle Nanty nun schweren Herzens ihre Konsequenzen daraus gezogen.

»Es ist mir so peinlich«, flüsterte sie.

Ida widersprach: »Sie können doch nichts dafür.«

Aber diese Worte vermochten die Hausdame nicht zu trösten. Ida begriff, dass sie um ihren Bruder trauerte, von dem sie sich nun losgesagt hatte. Tränen rannen Mademoiselle Nanty über das Gesicht, und mit schwacher, zitternder Stimme bat sie Oskar, nach oben gehen zu dürfen. »Ich will nicht dabei sein, wenn sie ihn abholen.«

»Selbstverständlich«, sagte er mitleidsvoll.

Während Oskar zu seinem Velo ging, eilte Mademoiselle Nanty die Treppen hinauf. Ida und Monsieur Leroc blickten ihr voller Mitgefühl nach.

Nach einem Moment betretenen Schweigens kam Franz Tritschler in die Backstube. »Was sucht ihr denn hier?«, fragte er erstaunt, als er seinen Koch und Ida erblickte.

Sie berichtete ihrem Vater rasch, was geschehen war. Der Kopf des Großbäckers lief vor Zorn hochrot an. »Na, dem werde ich was erzählen«, schnaubte er und stürzte in Richtung Besenkammer.

Doch Ida hielt ihn zurück. »Nicht! Am Ende nutzt der Kerl die offene Tür noch aus und bringt uns in Gefahr. Die Polizei kommt gleich. Er kriegt seine gerechte Strafe.«

Franz nickte. »Du hast recht. Nachher werde ich mit Mademoiselle Nanty ein ernstes Wort reden. Es kann ja wohl nicht angehen, dass sie uns solche Verbrecher ins Haus schleppt.« Erneut beschwichtigte Ida ihren Vater: »Das ist ihr doch völlig klar. Die Sache ist ihr peinlich genug. Außerdem hat sie gerade für immer mit ihrem Bruder gebrochen, und es geht ihr sehr schlecht. Wenn wir ihr auch noch Vorwürfe machen, ist das einfach zu viel.«

»Was habe ich nur für eine gutmütige Tochter«, brummte Franz.

In diesem Moment mischte sich Monsieur Leroc ins Gespräch, der bisher schweigend dabeigestanden hatte. »Wenn Sie erlauben, würde ich mich gern um Mademoiselle Nanty kümmern.«

Er schien sich merklich um die Hausdame zu sorgen und froh darüber zu sein, dass nun der Hausherr selbst seiner Tochter bei der Bewachung des in der Besenkammer Gefangenen zur Seite stehen konnte.

»Gehen Sie nur«, stimmte Franz zu. »Ich passe hier mit Idale auf.«

Der Koch bedankte sich und eilte ins Treppenhaus. »Versprichst du mir, dass du nicht mit Mademoiselle Nanty schimpfen wirst?«, hakte Ida noch einmal bei ihrem Vater nach.

Er seufzte ergeben. »Also gut.«

»Dann kann ich ihr also sagen, dass du sie nicht für die Taten ihres Bruders verantwortlich machst?«, vergewisserte sie sich.

»Kannst du«, bestätigte er lächelnd. »Du erträgst es noch immer nicht, wenn jemand traurig ist, was?«

Ida schüttelte den Kopf.

»Und, wie geht es dir mit deinem Lucien?«, wechselte Franz abrupt das Thema.

Sie seufzte. »Du hattest recht. Sein Vater droht ihm mit Enterbung. So sehr hasst er dich.«

Franz nickte ernst.

Ida zögerte kurz, beschloss dann aber, die Gelegenheit beim

Schopf zu packen, und platzte heraus: »Er behauptet, du hättest die Kanonenkugel abgefeuert. Die, wegen der er seinen Arm verloren hat. Aber das kann er doch gar nicht wissen.«

Franz furchte die Stirn. »Das ist richtig, bei der Waffe kann man den Feind von der gegnerischen Seite aus höchstens durch ein Fernglas erkennen. Aber selbst wenn, er hätte ja nicht gewusst, wer ich bin.« Er hielt nachdenklich inne und fuhr dann fort: »Das ist alles so lange her. Dreiundzwanzig Jahre fast …«

»Warst du denn überhaupt an der Kanone eingesetzt?«, hakte Ida nach.

»Am Ende schon«, erzählte der Vater. »Wir unterstanden damals dem preußischen General August von Werder. Am 23. August befahl er, auf die Stadt zu feuern. Das hat starke Schäden verursacht, auch am Münster. Ich fand das ganz furchtbar. Wir sollten die Stadt doch erobern – und nicht zerstören. Ich wurde dann ja selbst verletzt und landete im Lazarett.«

»Da hast du deinen Finger verloren?«

»Genau. Zum Glück musste ich danach nie wieder zurück an die Kanone. Ein Kamerad von mir arbeitete als Kurier. Von ihm bekam ich mit, wie sich alles entwickelte: Der Bischof von Straßburg bat Werder um eine Einstellung des Feuers, das hat der erst mal abgelehnt. Und die Bürger wollten dem General angeblich hunderttausend Franc bezahlen – für jeden Tag, an dem er die Stadt nicht bombardiert.«

»Und nach dem Ende des Krieges bist du in Straßburg geblieben«, wusste Ida.

»Ja, ich hatte mich in die Stadt verliebt«, erinnerte sich Franz wehmütig, »und wollte beim Wiederaufbau helfen.«

In diesem Augenblick betrat Oskar mit einem Schutzmann und dessen Vorgesetztem die Backstube.

»Das ist Oberwachtmeister Breinlinger«, stellte Idas Bruder ihn vor.

»So, guten Abend zusammen«, sagte der Polizeibeamte, ein kleiner Mann mit einem enormen grauen Schnauzbart. »Wo ist denn der Übeltäter?«

Während Charles Nanty festgenommen wurde, dachte Ida an die Erzählungen ihres Vaters. Sie war froh, dass er so offen mit ihr gesprochen hatte, aber eine Erklärung für Picards Behauptung war noch immer nicht gefunden. Woher wollte er wissen, dass ausgerechnet ihr Vater an der Kanone war, als er seinen Arm verloren hatte?

Als die Tritschlers nach der Verhaftung wieder in die Wohnung kamen, ging Ida in die Küche, um nach Mademoiselle Nanty zu sehen. Sie fand dort jedoch nur noch Gaston Leroc vor. Astro lag schnurrend auf seinem Schoß, und der Koch streichelte ihn gedankenversunken.

»Wie geht es ihr?«, fragte Ida mitleidsvoll.

»Hat sich hingelegt«, berichtete der Koch mit betretener Miene. »Sie ist völlig am Boden zerstört über diesen Bruch. Ich würde so gern allen Schmerz von ihr fernhalten.«

»Das verstehe ich nur zu gut«, sagte Ida ernst und setzte sich ihrerseits an den Tisch. »Leider gelingt einem das nicht immer.«

»Wie geht es denn mit Ihrem jungen Verehrer?«, erkundigte sich Gaston Leroc.

»Er hat um meine Hand angehalten. Aber sein Vater hat gedroht, ihn zu enterben, wenn wir tatsächlich heiraten«, fasste Ida zusammen.

»Das tut mir leid«, erwiderte der Koch aufrichtig. »Und nun?«

»Wir geben nicht auf«, entgegnete Ida überzeugt. »Das geht einfach nicht.«

»Bewundernswert«, meinte Monsieur Leroc. »Ich wollte, ich wäre so mutig.«

»Sie meinen wegen Mademoiselle Nanty?«, mutmaßte Ida. »Aber um mutig zu werden ist es doch nie zu spät.«

»Das schon«, räumte der Familienkoch ein. »Aber wenn ich ihr zu nahe trete, verliere ich vielleicht eine wunderbare jahrelange Freundschaft.«

»Das glaube ich nicht, ich merke doch, wie liebevoll Mademoiselle Nanty Sie immer ansieht.«

Eigentlich war es erstaunlich, dass der Koch ihr all dies anvertraute. Nicht nur, weil sie die Tochter seines Vorgesetzten war, sondern auch, weil die meisten Männer generell nicht gern über ihre Verletzlichkeit sprachen – zumal mit einer jüngeren Frau.

Doch Ida hatte wohl etwas an sich, das die Menschen dazu brachte, sich ihr zu öffnen, und sie freute sich immer, helfen zu können. Außerdem war sie der Ansicht, dass Gaston Leroc und Antoinette Nanty hervorragend zusammenpassten. »Sollte sie wider Erwarten absagen, würde Ihre Freundschaft das gewiss dennoch überstehen. Dazu ist sie doch gefestigt genug«, versuchte sie, dem Koch Mut zu machen.

»Hm, ja. Ich bin mir nur nicht sicher, ob *ich* gefestigt genug für einen Korb wäre«, entgegnete Monsieur Leroc kleinlaut.

*

Lucien saß mit seiner Schwägerin im Zimmer seines Neffen, der auf seinem Schoß eingeschlafen war. Behutsam legte er den Kleinen in sein Bettchen und deckte ihn zu. Denise lächelte ihren Schwager dankbar an. Wieder einmal hatte sie ihn um Hilfe bei dem Knaben gebeten, den sie vergeblich versucht hatte, zum Schlafengehen zu bewegen – zunächst mit

Engelszungen und dann mit halb garen Drohungen, deren Ernsthaftigkeit der Junge offenbar angezweifelt hatte.

Bei Lucien hatte eine kurze Gutenachtgeschichte genügt, und Marcel war eingeschlummert.

»Es ist wirklich faszinierend, wie gut du mit ihm umgehen kannst«, sagte sie bedrückt. »Mir will das leider nicht gelingen. Ich bin einfach keine gute Mutter.«

»Das ist doch gar nicht wahr«, widersprach er halbherzig, denn sie hatte ja recht. Denise schien einfach nicht in der Lage, eine Beziehung zu ihrem Kind aufzubauen. Er führte es darauf zurück, dass sie so unter seinem Bruder litt.

Sie gingen hinüber ins Spielzimmer, und zwischen Holzpferdchen und Kuscheltieren erzählte Lucien ihr von seinen Sorgen. Zum einen, um sie abzulenken, zum anderen, weil sie wirklich eine gute Zuhörerin war und ihm ihre Meinung viel bedeutete. Auch von seinen Zweifeln daran, dass man von der Stadt aus sehen könne, wer von den Belagerern eine Kanone bediente. »Und selbst wenn – dann wüsste er den Namen ja nicht.«

»Euer Vater muss Nachforschungen angestellt haben, wer an dem Tag Dienst hatte«, vermutete Denise. »Ich bin mir aber nicht sicher, ob man das im Nachhinein herausfinden kann.«

Lucien nickte nachdenklich. »Irgendwie muss es ihm wohl gelungen sein – so überzeugt, wie er ist.«

»Hast du mal eure Mutter gefragt?«, schlug Denise vor. »Ihr steht dein Vater doch am nächsten. Vielleicht weiß sie ja mehr.«

Das leuchtete Lucien ein. »Sollte Papa sich weigern, mit mir darüber zu sprechen – dann frage ich sie gleich, wenn sie aus Weghäusel zurück ist.«

»Oh, das ist sie schon«, klärte seine Schwägerin ihn auf.

»Sie kam an, kurz nachdem dein Vater schlafen gegangen ist. Sie sitzt, glaube ich, noch in der Bibliothek.«

Lucien erhob sich. »Dann schaue ich mal nach ihr. Ich muss ihr ja auch noch mitteilen, dass ihr Erstgeborener sich verlobt hat.«

Wenig später saß Lucien bei seiner Mutter am Kaminfeuer, und sie erzählte ihm von den Abenteuern, die ihre Schwägerin Marie auf deren jüngster Reise nach Paris erlebt hatte. Sie habe dort endlich ihren Lieblingsmaler Camille Pissarro kennengelernt. Lucien dachte daran, dass er Ida bald seiner Tante vorstellen wollte, dann konnte sie nicht nur wie gewünscht deren Atelier besichtigen, sondern auch all die Geschichten über die faszinierende Kunstszene aus erster Hand hören.

»Maman, ich muss dir noch etwas sagen«, rückte er schließlich mit der Sprache hinaus. »Vater ist sehr wütend auf mich.«

»Wieso das?«, wunderte sich Claire. »Ich dachte, er hätte sich endlich an dein Studium gewöhnt.«

»Das schon. Aber ich habe mich spontan verlobt.«

»Mon dieu!« Seine Mutter sah ihn verblüfft an. »Du? Wie kommt denn das? Bisher war dir doch keine gut genug.«

»Aber Ida ist mir gut genug. Für mich ist sie die Allerbeste. Und was noch viel wichtiger ist: *Ich* bin *ihr* gut genug.«

»Wenn es hält, freue ich mich für dich«, sagte Claire vorsichtig. »Aber dein Vater ist wütend darüber? Kommt sie aus schlechtem Hause?«

Lucien schüttelte den Kopf. »Nein, ganz und gar nicht. Aber sie ist eine Deutsche.«

»Oje, ich war vor deinem Vater auch mal in einen Deutschen verliebt. So was geht nicht gut«, warnte Claire. »Wir waren einfach zu verschieden.«

»Wir haben mehr gemeinsam, als du ahnst«, entgegnete

Lucien. »Ihr Vater ist ebenfalls ein erfolgreicher Patissier. Er hat drei Filialen in Stuttgart und jetzt hier in Straßburg die vierte eröffnet.«

Sie erstarrte. »Aber nicht Franz Tritschler?«

»Doch. Ich habe mich in seine Tochter Ida verliebt.«

»Aber …«, stammelte Claire fassungslos.

Lucien erschrak. Derart verwirrt hatte er seine sonst so selbstbewusste Mutter noch nie erlebt.

»Du kannst sie nicht heiraten«, brachte sie mit versagender Stimme heraus. »Vater hasst Franz Tritschler.«

»Weiß ich doch. Das ist ja genau das Problem. Aber wieso, Maman?«, rief Lucien verzweifelt. »Er kann doch unmöglich wissen, wer damals die Kanone auf ihn abgefeuert hat.«

»Entschuldige mich bitte, Lucien«, sagte Claire benommen. »Mir ist nicht gut, ich muss mich hinlegen. Wir sprechen morgen weiter.«

Mit diesen Worten verließ sie die Bibliothek.

Lucien konnte sich keinen Reim darauf machen, weshalb die Nachricht der Verlobung mit Ida Tritschler seine Mutter so dermaßen schockierte. Von dieser Seite hatte er nicht mit Problemen gerechnet. Der Weg, der zu Ida führte, war wohl noch steiler und steiniger, als er vermutet hatte.

12

Es war ein erstaunlich warmer Aprilmorgen. An der Universität gab es heute keine Vorlesungen, Oskar saß entspannt vor dem Café und spielte Akkordeon. Die Menschen, die in der Bäckerei ihre Wochenendeinkäufe erledigten, warfen ihm ob seiner fröhlichen Tanzmelodien wohlwollende Blicke zu. Besonders eine Stammkundin, die Frau des Seifenherstellers Seefeldt, lächelte ihn dankbar an.

»Ein wunderschönes Wochenende, liebe Frau Seefeldt«, rief er ihr zu.

»Ihnen auch, Herr Tritschler junior«, antwortete die vierzigjährige Dame mit dem widerspenstigen kastanienbraunen Kräuselhaar.

Zwei Kundinnen schüttelten den Kopf und tuschelten pikiert. Die Häme blieb Frau Seefeldt nicht verborgen, und sie eilte mit gesenktem Blick davon. Oskar presste angewidert die Lippen zusammen. Er hatte schon öfter mitbekommen, dass über Frau Seefeldt gelästert wurde.

»Ihnen auch ein schönes Wochenende, meine Damen«, rief er daher den beiden Lästermäulern provozierend laut zu. Die Kundinnen zuckten erschrocken zusammen und hasteten von dannen.

Schließlich kam die schöne Amélie aus dem Café und

strahlte Oskar an – was ihm einen wehmütigen Stich versetzte. Wie gern wäre er mit dieser fröhlichen jungen Dame zusammengekommen.

»Haben die wieder über Frau Seefeldt getratscht?«, vergewisserte sie sich.

Oskar nickte. »Sie kann einem echt leidtun.«

»Du weißt, was man ihr nachsagt?«

»Ja, angeblich betrügt sie ihren Mann mit einem Jüngeren«, sagte er gleichgültig.

Sie musterte ihn anerkennend. »Und du bist trotzdem nett zu ihr.«

»Wer bin ich, sie zu verurteilen?«, fragte er und scherzte dann: »Wenn ich mit einem kleinen Seifenhändler verheiratet wäre, der mittlerweile über hundert Kilo wiegt, kein Haar mehr hat und immer nur schlechte Laune – vielleicht würde ich dann auch fremdgehen?«

Amélie musste lachen. »Ja, wer weiß? Du bist wirklich gutmütig, Oskar Tritschler.«

Er kratzte sich verlegen am Hinterkopf. »Liegt wohl in der Familie. Ida und Mutter sind genauso.«

Sie deutete auf sein Akkordeon. »Du solltest öfter hier spielen – ich glaube, wir haben deshalb heute noch mehr Kunden als sonst.«

»Ich bin mir nicht sicher, ob ich wirklich der Grund für den Ansturm bin«, bezweifelte Oskar. »Meine Familie habe ich so oft mit dem Ding geplagt; die denken, mein Spiel taugt eher dazu, die Leute zu vergraulen, statt welche anzulocken.«

»Ich finde, du hast Talent. Du schaffst es, mit deinem Instrument die Stimmung zu heben«, widersprach Amélie.

Oskar lächelte geschmeichelt. »Wenn dem so ist, dann verdanke ich es meiner Musiklehrerin in Stuttgart. Sie ist ein musikalisches Genie – und hatte die nötige Geduld.« Mit einem Anflug von Heimweh erinnerte er sich: »Nach dem Üben saß ich immer noch mit ihr und ihrer Mitbewohnerin zusammen in der Wohnstube bei einer Tasse Kakao. Sie hatten eine großartige Aussicht auf den Stuttgarter Talkessel – und unzählige Katzen.«

»Das klingt harmonisch«, befand Amélie. »Dann war sie nicht verheiratet?«

»Nein«, entgegnete Oskar. »Sie und ihre Mitbewohnerin sind ein Liebespaar.«

»Oh«, kam es erstaunt zurück. »Und das hat dich nicht gestört?«

Oskar schüttelte den Kopf. »Gar nicht. Ich habe das schon als recht junger Stöpsel durchschaut und fand es daher ganz normal. Es ist natürlich nicht ungefährlich – aber die beiden waren glücklicher miteinander als so manche Eheleute, die ich kenne. Und das ist ja letztlich das Wichtigste.«

Amélie sah ihn nachdenklich an. »Schön, dass du das so siehst.«

»Und wohin bist du unterwegs?«, erkundigte er sich.

Daraufhin lächelte sie und senkte verschwörerisch die Stimme: »Ich mache heute etwas früher Mittag. Ich dachte, ich spioniere mal bei der Konkurrenz und esse ein Stück Torte oder so etwas in der Patisserie Goldschmidt drüben. Möchtest du mitkommen?«

Dieses Angebot hätte Oskar zu gern angenommen, doch er gab zu bedenken: »Die Gefahr ist wohl zu groß, dass der alte Picard mich erkennt. Und dann gibt es einen Aufruhr. Aber du kannst mir ja nachher erzählen, wie es bei denen so schmeckt.«

»Das mache ich«, versprach Amélie.

Oskar sah ihr nach, wie sie flotten Schrittes in Richtung der Konkurrenz ging. Dann hob er sein Akkordeon an und setzte an, eine wehmütige Melodie zu spielen.

Am Ende der Mittagspause verabschiedete Ida ihre Mutter, die eine Freundin in Kehl besuchen wollte. Hausdiener Castanet sollte die Kutsche lenken. Sie komme erst morgen im Laufe des Vormittags wieder, man habe sich so lange nicht gesehen, und es gebe viel zu besprechen, erklärte Elise ihrer Tochter. Ida hatte wegen der Reisepläne ihrer Mutter beschlossen, ihr erst nach deren Rückkehr von der Verlobung zu erzählen. Jetzt, zwischen Tür und Angel, wäre kein guter Moment für eine so wichtige Mitteilung. Bei Abfahrt der Kutsche spielte Oskar *Muss i denn, muss i denn zum Städtele hinaus* auf seiner Ziehharmonika.

Ida wollte gerade die Patisserie Tritschler wieder öffnen, als sie Amélie bemerkte, die auf sie, Hélène und Oskar zugeeilt kam.

»Wie war es auf Feindesgebiet?«, erkundigte er sich neugierig, als die hübsche Bedienung bei ihnen angelangt war.

»Feindesgebiet?«, wiederholte Ida verständnislos.

»Hab bei Goldschmidts ein Stück Torte gekauft«, erzählte Amélie.

Ida sah sie verblüfft an. »Und wie … hat sie geschmeckt?«

»Konnte man essen. Aber mit unserer kann sie natürlich nicht mithalten. Ich hab den ollen Picard ein bisschen gefoppt.«

»Wie denn?«, fragte Ida erschrocken. Sie wollte auf jeden Fall vermeiden, dass die Lage noch angespannter würde. Luciens Vater hatte das Café der Tritschlers zwar nach der Eröffnung nie wieder betreten, aber was wäre, wenn er dennoch wusste, dass Amélie ihre Verkäuferin war? Am Ende würde er noch denken, Ida habe sie zu dem Besuch angestiftet. Er hatte ihr ja ohnehin schon Spionage unterstellt.

»Habe ihn vor dem Kauf gefragt, ob das eine gute Torte sei«, sagte die Bedienung grinsend. »Er meinte dann stolz, dass sie sogar Kaiser Wilhelm bei seinem Besuch vor sieben Jahren gegessen habe. Ich daraufhin: Igitt, so alt ist die schon?«

Hélène kicherte. Ida fiel einmal mehr auf, dass die sonst so ernste junge Verkäuferin in Gesellschaft der kecken Amélie immer bester Laune war.

»Der hat vielleicht geschaut«, feixte diese. »Selbst als ich erklärt habe, dass es bloß ein Scherz war, hat er nicht gelacht. Seine Verkäuferinnen aber schon. Ich glaube, das hat ihm nicht so gepasst.«

Ida schüttelte lächelnd den Kopf. »Du bist mir eine!«

Sie war erleichtert: Ihr wäre zwar lieber gewesen, Amélie hätte sich den Scherz und den Besuch gespart, aber so schlimm, wie sie anfangs befürchtet hatte, war es immerhin nicht verlaufen.

»Der kleine Mann hat auch beim Picard eingekauft, die scheinen alte Bekannte zu sein«, meinte die Bedienung und deutete mit dem Kinn auf einen Herrn, der mit gesenktem, kahlem Haupt und einer Papiertüte in der Hand aus der Krämergasse auf den Münsterplatz trat.

Ida erkannte den Küster des Münsters. »Guten Tag, Herr Busch«, rief sie erfreut.

Er zuckte zusammen und kam dann nur unwillig zu den jungen Menschen herüber. Ida konnte sich des Verdachts nicht erwehren, er habe sie absichtlich übersehen wollen. Als er Oskar erblickte, der gerade die Tür zum Treppenhaus geöffnet hatte, um sein Akkordeon hochzubringen, schien er sich seltsamerweise auch noch zu erschrecken.

Ida fragte vorsichtig: »Wie geht es Ihnen?«

»Gut, gut«, behauptete der Kirchenwart, nervös erst auf den noch geschlossenen Laden, dann in Richtung Münster blickend. »Wie macht sich denn der kleine Astro?«

Beim Gedanken an ihr süßes Katerchen flog ein Lächeln über Idas Gesicht. »Der wächst und gedeiht. Er hat unsere Wohnung zu seinem Spielplatz gemacht.«

»Das freut mich. Die anderen haben auch ein neues Zuhause gefunden. Zwei sind bei einem Bauern aus dem Umland untergekommen, die drei übrigen gingen an eine Familie aus Kehl«, berichtete der Küster. »Nun dürften alle glücklich sein.«

Ida strahlte zufrieden. »Das haben Sie wunderbar gemacht.«

»Dann grüßen Sie mir mal unseren gemeinsamen Freund, den jungen Monsieur Lucien«, meinte der Küster und schien schon auf dem Sprung zum Münster sein. »Ich hoffe, es geht ihm gut.«

»Ähm, ja«, sagte Ida vage.

»*Sehr* gut sollte es ihm gehen«, mischte sich nun frech Amélie ins Gespräch. »Er hat sich schließlich mit der liebsten Frau der Welt verlobt!«

»Hat er? Davon … hab ich noch gar nicht gehört«, stammelte Busch und wandte sich vorsichtig an Ida: »Sind … sind Sie die Glückliche?«

»Ja«, entgegnete Ida und schaffte ein Lächeln. »Ja, die bin ich.«

»Dann ist *er* ein Glücklicher«, befand der Kirchwart, der etwas aufzutauen schien. »Das freut mich sehr. Gibt es schon einen Hochzeitstermin?«

Ida schüttelte betrübt den Kopf. »Sein Vater hat leider etwas dagegen.«

»Oh«, kam es vom Küster.

»Können Sie nicht ein gutes Wort für Ida einlegen?«, platzte Amélie hervor, und Ida erschrak. »Der Picard scheint doch ganz dicke mit Ihnen.«

»Na ja, schon …«, stammelte der Glatzkopf überfordert.

Ida sah in hoffnungsvoll an. »Oh, würden Sie das tun, Herr Busch?«

»Also gut«, sagte er schließlich und versuchte ein Lächeln. »Man merkt doch deutlich, wie glücklich Sie seinen Sohn machen.«

Ida strahlte. »Herzlichen Dank, Herr Busch.«

»Nun muss ich aber wirklich«, sagte er hastig und eilte in Richtung Münster davon.

Daraufhin kommentierte Amélie zufrieden: »Na, das hört sich doch gut an, was?«

»Amélie, du kannst doch nicht einfach die privatesten Dinge über unsere Ida weitererzählen«, rügte Hélène sie streng.

»Lass nur, Hélène«, winkte Ida ab. »Es hat ja nun vielleicht erfreuliche Folgen. Ich will Lucien schreiben und es ihm mitteilen. Kommst du ohne mich zurecht?«

»Natürlich, Oskar hat ja aufgehört zu spielen. Da wird der Kundenstrom bald nachlassen«, witzelte Hélène.

Ida warf ihr ein dankbares Lächeln zu, band sich die Schürze ab und eilte nach oben.

»Merde!«

Kaum hatte Ida die Wohnung im ersten Stock betreten, hörte sie ein herzhaftes Fluchen aus der Küche.

Sie öffnete die halb angelehnte Tür, ging hinein und fand einen verzweifelt aussehenden Koch vor. Monsieur Leroc stand mit zornesroten Wangen vor seinem Arbeitstisch, auf dem er einen Teig ausgerollt hatte. Offenbar sollte es ein Lauchkuchen werden, denn das Gemüse stand schon bereit.

»Monsieur Leroc, was ist denn los?«, erkundigte sich Ida vorsichtig.

Der Familienkoch seufzte. »Ach, ich wollte eine Quiche Lorraine für Antoinette zubereiten, und jetzt hat Astro den gewürfelten Speck aufgefressen. Dabei bin ich ohnehin so spät dran.«

Ida schlug schuldbewusst die Hand vor den Mund – und hoffte, nicht lachen zu müssen. »Oh, da muss ich mich für meinen Kater entschuldigen, tut mir sehr leid. Ich werde schnell zu Metzger Keller rübergehen und neuen kaufen.«

»Nicht doch«, winkte Gaston verlegen ab. »So weit kommt es noch, dass Sie für mich die Einkäufe erledigen.«

»Aber ich – oder besser mein Kater – bin ja schließlich schuld daran«, argumentierte Ida. »Keine Widerrede. Ich mache mich sofort auf den Weg. Sie haben doch selbst gesagt, dass Sie im Zeitverzug sind.«

»Stimmt«, gab Gaston Leroc zu. »Ich muss mich ja auch noch rechtzeitig umziehen.«

»Umziehen?«, wunderte sich Ida.

»Ja, ich möchte schließlich stilvoll mit Antoinette … sprechen. Mit ihrer Leibspeise und in angemessener Kleidung.«

»Sie wollen ihr einen Antrag machen«, erriet Ida.

Gaston senkte verlegen den Blick und bejahte leise.

Ida stellte entzückt fest, dass er dabei liebenswerterweise errötete. »Gott, wie romantisch«, schwärmte sie. »Ich beeile mich mit dem Speck, versprochen.«

»Merci beaucoup.« Er nickte ihr dankbar zu und wandte sich wieder seinem Teig zu.

Ida war froh, dass wegen der Hitze in der Patisserie nun weniger los war als vormittags und sie guten Gewissens zu Metzger Keller hinübereilen konnte. Flüchtig dachte sie an den Brief, den sie an Lucien hatte schreiben wollen. Doch das würde warten müssen. Gaston und sein geplanter Antrag gingen vor.

Als sie die Metzgerei fast erreicht hatte, stand plötzlich ein kleiner Junge vor ihr.

»Ida! Ida!«, rief er begeistert und klammerte sich an ihre Beine.

»Ja, Marcel«, erkannte sie erfreut den Neffen ihres Verlobten, »was machst du denn hier?«

»Ich darf immer mit zum Metzger«, erzählte der Knabe. »Da krieg ich ein Stück Wurst von der Frau Keller.«

Er streckte ihr sein Händchen entgegen, in der eine angebissene Scheibe Lyoner steckte.

»Bist du mit deiner Maman unterwegs?«, erkundigte sich Ida.

»Nein, mit Mademoiselle Girod.« Marcel deutete auf eine untersetzte Frau Anfang vierzig mit schwarzem Haarknoten, die ungeduldig auf ihn zu warten schien. »Die Denise hat immer keine Zeit.«

»Bonjour, Mademoiselle«, grüßte das Kindermädchen die ihr unbekannte Ida unsicher. »Nun kommen Sie, Monsieur Marcel. Wir müssen nach Hause.«

»Da ist ja die Denise!«, kreischte der Kleine plötzlich aufgebracht. Und schon war er davongerannt.

»Monsieur Marcel! Bleiben Sie hier!«, rief das Kindermädchen abgekämpft.

»Denise, Denise! Komm mit, da ist Ida!«

Marcel zerrte eine zierliche junge Frau mit großen Augen und hochgestecktem goldblondem Haar aus der Menschenmenge. Die Dame ließ sich dies nur widerwillig gefallen.

»Das ist Denise«, meinte der Kleine, als sie bei Ida und dem Kindermädchen angekommen waren. Ida fragte sich, warum Marcel seine Mutter wohl beim Vornamen nannte.

»Das ist die Ida«, erläuterte der Knabe. »Die Freundin vom Onkel Lucien.«

Warum schickte Denise Picard ihren kleinen Sohn wohl allein mit dem Kindermädchen zum Einkaufen in die Stadt – wenn sie dort doch selbst unterwegs war?

Als Luciens Schwägerin klar wurde, wer Ida war, strahlte sie äußerst charmant. »Ah, Fräulein Tritschler? Wie schön, Sie endlich kennenzulernen«, sagte sie aufrichtig. »Mein Schwager spricht nur in den höchsten Tönen von Ihnen. Und der Kleine auch.«

»Freut mich sehr, Madame Picard. Ihr Sohn ist wirklich zauberhaft«, entgegnete Ida.

»Schade, dass ich bei Ihrem Besuch nicht dabei war«, meinte Denise. »Dann wäre es hoffentlich etwas freundlicher verlaufen.«

»Das ist lieb«, erwiderte Ida. »Können Sie Lucien von mir grüßen? Ihm ausrichten, dass Küster Busch mit seinem Vater sprechen möchte?«

Denise nickte. »Das mache ich sehr gern.«

Marcel machte auf sich aufmerksam, indem er an Idas Ärmel zerrte. »Kommst du uns mal besuchen?«

Ida dachte, dass dies in Anbetracht der Gefühle, die Marcels Großvater für sie und ihre Familie hegte, wohl keine gute Idee war. »Ich weiß nicht …«

Zu ihrem Erstaunen bot Denise nun an: »Wenn Sie möchten und Zeit haben, kommen Sie doch mit zu uns. Mein Schwager ist gerade allein zu Hause und lernt. Monsieur Picard ist nicht da. Er ist mit meinem Mann und Madame Picard in Colmar bei einem Weinhändler. Lucien würde sich über einen Überraschungsbesuch bestimmt sehr freuen.«

Was für eine großartige Chance, dachte Ida aufgeregt. Nun konnte sie ihrem Liebsten sogar persönlich von Herrn Buschs Plan berichten und ihn fragen, wie er die Sache einschätzte. Schließlich kannte er sowohl den Küster als auch seinen Vater viel besser. Vielleicht hatte Herr Busch seine Zusage, beim verbitterten Picard ein gutes Wort für sie einzulegen, ja nur erteilt, weil Amélie ihn dazu gedrängt hatte? Und vielleicht war seine Einmischung auch genau das Falsche?

»Also gut«, sagte sie. »Ich muss allerdings schnell noch nach Hause und unserem Koch seinen Speck bringen. Er braucht ihn für einen Heiratsantrag.«

Denise schmunzelte. »Speck für einen Heiratsantrag? Wie ungewöhnlich.«

»Monsieur Leroc *ist* ungewöhnlich«, bestätigte Ida. »Erfrischend ungewöhnlich.«

»Bei Ihnen scheint das Verlobungsfieber zu grassieren«, scherzte Denise.

Ida nickte lächelnd.

»Dann begleiten wir Sie einfach, wenn wir dürfen«, schlug Denise vor.

»Sehr gern«, freute sich Ida.

»Kann ich ... hätten Sie etwas dagegen, wenn ich mich schon einmal auf den Weg nach Hause mache?«, mischte sich das Kindermädchen, die einen halben Meter abseits gestanden hatte, zaghaft ins Gespräch. »Ich fürchte, in der Küche wartet man schon sehnsüchtig auf die Einkäufe.«

»Nun, eigentlich ...«, begann Denise, und ihr Blick flatterte zu ihrem Sohn – so, als sei es ihr unangenehm, mit ihm ohne Kindermädchen unterwegs sein zu müssen, wie Ida verwundert feststellte. Die folgenden Worte Marcels schienen ihr Gefühl zu bestätigen: »Ida kann auch auf mich aufpassen«, sagte der Kleine und nahm ihre Hand.

Merklich erleichtert stimmte Denise zu, dass Mademoiselle Girod mit ihren Einkäufen nach Hause zu den Picards ging. Ida besorgte in der Metzgerei rasch den Speck für Herrn Leroc und schlenderte dann mit Denise und deren Sohn zur Patisserie Tritschler. Marcel griff instinktiv erneut nach Idas Hand, was sie nachdenklich stimmte. Sosehr sie sich über das Vertrauen des Kleinen freute, so sehr bedrückte es sie, dass zwischen Mutter und Sohn offenbar etwas nicht stimmte. Gewiss, viele wohlhabende Eltern schoben die Erziehung den Ammen und Kindermädchen zu, viele fanden allein Zucht und Ordnung wichtig, aber Denise erschien ihrem Kleinen gegenüber unsicher und fast ängstlich.

»Es tut mir wirklich sehr leid, dass mein Schwiegervater es Ihnen so schwer macht«, sagte Denise und riss sie aus ihren Gedanken. »Mein Schwager hat eine reine Seele, er hat es verdient, dass er glücklich ist. Und wenn er von Ihnen erzählt, strahlt er, dass es die reinste Freude ist.«

Als sie vor dem Haus der Tritschlers angekommen waren, kündigte Ida an: »Ich bin in zwei Minuten wieder da.«

Doch Marcel hielt sie am Ärmel fest. »Zeigst du mir deinen Kater?«

»Stimmt, das hatte ich dir ja versprochen«, fiel Ida wieder ein, und sie wandte sich an Denise: »Wollen Sie kurz mit hochkommen?«

»Gern«, lächelte Luciens Schwägerin und ließ ihren Blick über das Gebäude mit Patisserie und Café im Erdgeschoss schweifen. »Ihr Haus ist ja ähnlich aufgebaut wie unseres.«

»Na ja, wir haben nicht so viele schöne Gemälde«, schränkte Ida ein und führte Mutter und Sohn ins Treppenhaus.

»Ja, Tante Marie malt Welten, in die man zu gern fliehen würde«, murmelte Denise.

Ida bemerkte den ernsten Unterton und musterte Luciens Schwägerin von der Seite. Es war offensichtlich, wie unglücklich die junge Frau mit René Picard war. Kein Wunder, es war sicherlich furchtbar, mit einem Mann verheiratet zu sein, der trotz seiner Ehe mit anderen Frauen schäkerte und offenbar herrisch und bestimmend war.

Ida eilte in die Küche, um dem so dankbaren wie aufgeregten Monsieur Leroc seinen Speck zu bringen. Dann wandte sie sich wieder ihrem Besuch zu. Wie zu erwarten, war Marcel völlig begeistert von Astro, der sich seinerseits gern zum Spiel mit dem Knaben hinreißen ließ.

»Wir wollten jetzt doch zu Onkel Lucien«, erinnerte ihn Denise schließlich.

»Astro kann uns ja in seinem Körbchen begleiten, dann spielt ihr einfach bei euch weiter«, schlug Ida vor, was Marcel mit einem begeisterten »Au jaaaa!« quittierte.

Wenig später betraten die drei das Treppenhaus des Picard-Gebäudes, wo es verlockend nach Mittagessen duftete.

Kaum waren sie oben angekommen, ließ der Knabe Astro aus dem Korb. Während das Tier sich schüchtern, aber neugierig schnuppernd in der neuen Umgebung umsah, rief Denise nach ihrem Schwager: »Lucien, ich habe eine Überraschung für dich!«

Und dann kam er aus der Bibliothek: nur in Hausschuhen, Hose und mit weit aufgeknöpftem Hemd. Als er Ida erblickte, schaute er zunächst verdutzt – dann breitete sich ein glückliches Strahlen auf seinem Gesicht aus.

Er eilte zu ihr und küsste sie sanft auf die Stirn. »Ida, mein Liebling«, flüsterte er, und der Tonfall seiner Stimme machte deutlich, dass er sie gern ganz anders geküsst hätte, sich jedoch aus Rücksicht auf seine Schwägerin und seinen Neffen zurückhielt. »Wie schön. Was führt dich zu uns?«

»Wir haben uns zufällig vor der Metzgerei Keller getroffen«, antwortete Ida. »Denise hat mich dann spontan eingeladen. Das kam mir sehr gelegen – ich habe nämlich gute Neuigkeiten. Die wollte ich dir schon per Brief mitteilen, aber so ist es natürlich viel besser.«

»Das finde ich auch«, murmelte er sehnsüchtig. »Worum geht es denn?«

Bevor Ida antworten konnte, kam eine ebenso dürre wie hochgewachsene Mittvierzigerin aus der Küche.

»Oh«, sagte sie, als sie Ida bemerkte. »Sie haben einen Gast. Darf ich ein weiteres Gedeck auftragen?«

»Was meinst du, Ida?«, fragte Lucien.

»Ich will keine Umstände machen«, setzte sie schüchtern an, doch er entgegnete schwärmerisch: »Madame Rolland hat heute ein neues Rezept für Carpe frites ausprobiert. Das solltest du dir nicht entgehen lassen, glaub mir.«

Sie bemerkte den erwartungsvollen Blick der Köchin und lächelte. »Dann bin ich schon sehr gespannt.«

Bald saßen sie in der Wohnstube beisammen und genossen den gebackenen Karpfen Elsässer Art. Sogar für Astro fielen ein paar Stücke Fisch ab, die dieser gierig vertilgte.

Sie erzählte Lucien, dass Herr Busch mit seinem Vater sprechen wollte. Zu ihrer Erleichterung berichtete ihr Verlobter, dass der Küster kein Mann der leeren Worte sei – und tatsächlich großen Einfluss auf den Vater habe.

Als Madame Rolland hereinkam, um zu fragen, ob alles zu ihrer Zufriedenheit sei, waren alle voll des Lobes.

»Das mag mir«, behauptete Marcel in Kindersprache, und alle lachten.

Im Vergleich zu ihrem ersten Besuch fand Ida es diesmal wunderbar harmonisch in der Wohnung der Picards. Sie fragte die stolze Köchin nach den verwendeten Gewürzen, und im Nu entwickelte sich ein Gespräch über kulinarische Genüsse. Während der Plauderei bot Lucien Madame Rolland an, bei ihnen am Tisch Platz zu nehmen.

»Aber das geht doch nicht, Monsieur«, wandte die Köchin ein. »Ihr Herr Papa würde das niemals gutheißen.«

Erst als ihr Gespräch mit Ida immer länger dauerte – und nach dreimaliger Aufforderung durch Lucien –, setzte Madame Rolland sich doch auf einen freien Stuhl.

So angeregt sprachen alle durcheinander, dass sie das Geräusch des Schlüssels in der Wohnungstür überhörten, denn plötzlich wurde die Tür aufgerissen – und René Picard platzte herein.

Die Köchin sprang auf wie von der Tarantel gestochen. Doch René beachtete sie gar nicht.

»Was ist denn hier für ein Auflauf?«, verlangte Luciens jüngerer Bruder zu wissen.

Als er Ida erkannte, die zu allem Unglück einen Moment zuvor auch noch seinen kleinen Sohn auf den Schoß genommen hatte, verengten sich seine grünen Augen zu hasserfüllten Schlitzen.

13

Was machst du denn schon hier?«, wunderte sich Lucien über die unerwartete Rückkehr seines Bruders. »Ihr wolltet doch beim Weinbauern übernachten, dachte ich.«

»Was will *die* hier, Lucien?«, schnauzte René statt einer Antwort. »Papa hat sich ja wohl eindeutig ausgedrückt. Die Tritschler jetzt hinter seinem Rücken herzubringen ist ein großer Vertrauensbruch.«

Daraufhin platzte Lucien der Kragen. »Jetzt mach aber mal halblang, René! Was immer Papa mit Idas Vater im Krieg erlebt hat – es ist nicht ihre Schuld. Und dir gibt es keinesfalls das Recht, so unhöflich zu meiner Verlobten zu sein.«

Denise versuchte tapfer, für ihren Schwager und dessen Verlobte Partei zu ergreifen, wurde nach ihrem »Mademoiselle Tritschler war ganz zauberhaft zu …« jedoch sofort von ihrem Gatten unterbrochen. »Und was fällt dir ein, unseren Sohn dieser Frau zu überlassen?«

Ehe Denise antworten konnte, bekam René einen heftigen Niesanfall. Immer wenn er versuchte, etwas zu sagen, erwischte es ihn erneut, und er nieste lautstark. Schließlich kramte er schniefend und mit tränenden Augen ein Taschentuch hervor und schnäuzte sich. Ida war nicht zum Lachen zumute, aber die Szene hatte etwas durchaus Skurriles. Da fiel

Renés Blick auf das Katerchen, das auf dem wertvollen Perserteppich an einem Stückchen Karpfen nagte.

»Wo kommt dieses Mistvieh her, verdammt?«, empörte er sich.

Marcel, den das Verhalten seines Vaters offenbar nicht einschüchterte, krähte: »Der Astro gehört der Ida.«

René warf ihr erneut einen vernichtenden Blick zu.

Sie nahm das Tier rasch schützend hoch und brachte es in seinem Katzenkorb in Sicherheit.

Der Junge erläuterte indes seinem zornigen Vater: »Er besucht mich. Mit der Ida. Das hab ich mir gewünscht.«

»Und wieso lässt du das zu, Denise?«, fuhr René erneut seine Frau an. »Willst du mich umbringen? Du weißt doch genau, dass ich von Katzenhaaren Atembeschwerden bekomme.«

Denise sah ihren aufgewühlten Gatten ängstlich an.

»Ich muss ohnehin zurück in den Laden«, erklärte Ida hastig und wandte sich an die Köchin, die eingeschüchtert neben der Tür stand: »Herzlichen Dank, Madame Rolland, der Karpfen war großartig.«

»Warte!«, bat Lucien. »Ich ziehe mich an und begleite dich.«

»Auf Wiedersehen, Astro«, sagte Marcel traurig und sah noch mal durch das Gittertürchen in den Korb zu dem kleinen Kater. Zu gern hätte Ida dem Knaben ein baldiges Wiedersehen mit dem Tier versprochen, aber in Gegenwart des wütenden René Picard traute sie sich nicht.

Als sie mit Lucien das Wohnzimmer verließ, sah sie aus dem Augenwinkel noch, wie René Denise grob am Arm packte und sie zum Aufstehen zwang. »Du kommst mit! Wir haben einiges zu besprechen.«

Auf dem Treppenabsatz hörte sie, wie René seine Frau anbrüllte: »Hast du jetzt komplett den Verstand verloren?«

Sie warf Lucien einen erschrockenen Blick zu. Der stieß scharf die Luft aus, mischte sich aber nicht ein.

»Die arme Denise«, sagte Ida mit belegter Stimme, als sie das Haus verlassen hatten. »Wie hält sie es nur mit René aus?«

»Es ist wohl in erster Linie Dankbarkeit. Er hat ihr sozusagen das Leben gerettet. Denise kommt aus sehr einfachen Verhältnissen. Ihr Vater war Minenarbeiter und starb bei einem Grubenunglück, als sie fünf war. Ihre jüngere Schwester fiel den Masern zum Opfer. Sie und ihre Mutter schlugen sich als Näherinnen durch, litten aber oft Not. Vor vier Jahren war Denise vor Hunger schon ganz krank. Sie hatte den Auftrag, ein Ballkleid für eine reiche Kundin umzunähen. Damit hat sie sich dann auf ein Fest geschlichen, um sich dort ein wenig den Magen zu füllen. Dort ist sie meinem Bruder aufgefallen. Als sie ihm ihre Armut später gestand, war er schon bis über beide Ohren in sie verliebt. Natürlich wäre es gesellschaftlich schwierig gewesen, eine einfache Näherin als seine Zukünftige zu präsentieren. Aber wenn René sich etwas in den Kopf gesetzt hat, bekommt er es auch.«

»Wie ist ihm das gelungen?«, hakte Ida nach.

»Ihr Geburtsname ist Schneegans, es gibt einen reichen Tuchhändler Schneegans in Paris«, erzählte Lucien. »Daher behauptete René bei Gesellschaften einfach, seine Braut gehöre zu dieser Familie.«

»Kannte sie sich denn mit der Etikette und allem gut genug aus, um der Behauptung gerecht zu werden?«, fragte Ida verwundert nach.

»Ach, einiges hatte sie sich von den reichen Kundinnen in der Näherei abgeschaut. Und Denise lernt sehr schnell.«

»Dann muss René früher ja wirklich in sie verliebt gewesen sein. Das merkt man heute gar nicht mehr.«

»Der Ärger begann, als sie einfach nicht schwanger werden

wollte. René war besessen davon, meinem Vater als Erster einen Stammhalter zu liefern. Wann immer sich eine Frau für mich interessierte, geriet er in Panik.«

Die Vorstellung, Lucien könne mit einer anderen Frau ein Kind zeugen, versetzte Ida einen Stich. Er bemerkte es nicht und erzählte weiter von seinem Bruder. »Er machte Denise Vorwürfe, sie sei unfruchtbar. Als unser Docteur Montiage ihm sagte, der ausbleibende Kindersegen könne auch an ihm liegen, begann mein werter Bruder Affären mit anderen Frauen. Die arme Denise bekam das mit. Aber was sollte sie tun? Hätte René sie rausgeworfen, wäre sie womöglich im Armenhaus gelandet. So litt sie still vor sich hin. Erst als sie dann doch noch schwanger wurde, ging es wieder aufwärts bei den beiden. Da hat ihr René wieder die Welt zu Füßen gelegt.«

Inzwischen waren sie beim Haus der Tritschlers angekommen und blieben stehen.

»Da es eine Problemschwangerschaft war, hat er ihr und ihrer Gesellschafterin sogar einen Kuraufenthalt in Niederbronn-les-Bains bezahlt«, fuhr Lucien mit seiner Erzählung fort. »Dort kam ihr Kind dann zur Welt – viel zu früh, aber kerngesund. Leider wurde ihr an dem Kurort ihr Ehering gestohlen. Im Nachhinein sah sie das als böses Omen. Aber als sie mit dem kleinen Marcel aus dem Kurort zurückkam, war die ganze Familie aus dem Häuschen vor Freude. Nur Denise selbst wirkte seltsam gleichgültig.«

»Das ist mir heute auch aufgefallen«, berichtete Ida. »Sie gibt den Jungen am liebsten an andere ab – sogar an mich. Und wir kennen uns ja noch kaum.«

Lucien nickte ernst. »Eigentlich hat Madame Girod inzwischen viel mehr die Mutterrolle inne als meine Schwägerin. Denise bekommt einfach keinen Bezug zu dem Jungen. Dabei ist sie sonst sehr einfühlsam und herzlich.«

»Das ist sie wirklich«, bestätigte Ida. Luciens Schwägerin hatte sie unvoreingenommen und freundlich empfangen. »Meinst du, René wird eurem Vater von meinem Besuch erzählen?«

»Das wird er ganz gewiss. Aber ich lasse mir nichts sagen. Außerdem wird ihm ja hoffentlich bald Herr Busch die Leviten lesen.«

Ida lächelte. »Bis ganz bald«, sagte sie und küsste ihn sanft auf die Wange.

»Ich zähle die Sekunden«, erwiderte Lucien liebevoll.

Ida sah ihm von dem kleinen Fenster im Treppenhaus noch eine Weile nach, wie er den Münsterplatz überquerte. Wie stattlich er aussah! Ihr Verlobter!

Als sie kurz darauf die Wohnung betrat, hörte sie jemanden in der Küche singen. Das war die Stimme von Monsieur Leroc, der dort ein altes französisches Liebeslied zum Besten gab: »Plaisir d'amour ne dure qu'un moment, Chagrin d'amour dure toute la vie.«

Der Heiratsantrag! Den hatte sie ganz vergessen! Aufgeregt betrat Ida die Küche, und so wie der Koch, der dort mit ihrem Bruder am Tisch saß, sie anstrahlte, ahnte sie die Antwort auf die Frage bereits, die sie ihm nun stellte: »Monsieur Leroc, wie verlief Ihr Essen?«

»Ganz wunderbar.«

»Dann hat sie Ja gesagt?«

Und während Oskar, der offenbar schon Bescheid wusste, breit grinste, antwortete der Koch: »Sie hat.«

»Oh, wie wunderbar! Die Liebe siegt eben doch immer«, rief Ida voll neuer Hoffnung. »Wissen Sie schon einen Termin?«

Gaston Leroc schüttelte den Kopf. »Noch nicht. Antoinette hat am 4. Juli Geburtstag, ein Dienstag. Das ist hier im Elsass der traditionelle Tag zum Heiraten. Aber vielleicht ist das zu knapp. Ich bin ja evangelisch und sie katholisch. Da ist die Organisation vielleicht etwas kompliziert.«

»Ist sie nicht«, widersprach Oskar. »Im Elsass kommt so was öfter vor, die Pfaffen haben darin also schon Erfahrung.«

»Woher weißt du denn das?«, wunderte sich seine Schwester.

»Na ja, wenn das mit Amélie geklappt hätte …«, murmelte Oskar mit gesenktem Blick.

Ida war aufgefallen, dass er Amélie immer noch sehr häufig und sehr verliebt ansah. Diesmal hatte es den Ärmsten wohl wirklich erwischt. Eine Ehe war ihrem Bruder in der Tat bisher noch bei keiner seiner Schäkereien in den Sinn gekommen. Er fasste sich und lächelte dem Koch tapfer zu. »Auf jeden Fall herzlichen Glückwunsch, Monsieur Leroc. Schön, wenn die Liebe beidseitig ist. Mademoiselle Nanty ist eine wunderbare Frau, und Sie sind auch schwer in Ordnung. Sie haben einander verdient.«

»Herzlichen Dank, Monsieur«, erwiderte Gaston, und Ida glaubte, es feucht in seinen Augen schimmern zu sehen.

Er räusperte sich verlegen und fragte hastig: »Möchten jemand von Ihnen ein Stück Quiche Lorraine?«

Ida lehnte ab, sie war noch satt von Madame Rollands gebackenem Karpfen, aber Oskar nahm sich ein großes Stück mit an den Esstisch im Salon.

Seine Schwester leistete ihm Gesellschaft.

»Apropos Verlobung«, begann sie schließlich zögerlich. »Lucien Picard hat um meine Hand angehalten.«

Oskar hielt mit der Gabel auf halbem Weg zum offenen Mund inne.

»Auweia! Und du hast angenommen?«, fragte er. »Wann wirst du es den Eltern sagen?«

»Maman werde ich morgen einweihen. Allerdings weiß ich sowieso nicht, ob etwas aus der Hochzeit wird. Nicht nur Luciens Vater hasst mich. Bei seinem Bruder ist es noch schlimmer.«

»Tja, sieht so aus, als hätten wir Tritschler-Kinder ein echt glückliches Händchen in Liebesdingen«, kommentierte Oskar bitter.

Kurz vor Mitternacht hinderte ein Gewitter, schlimmer als jenes am Abend ihrer Ankunft in Straßburg, Ida am Einschlafen. Astro schien von den Blitzen und dem Donnergrollen unbeeindruckt, er schlummerte friedlich am Fußende ihres Bettes vor sich hin. Sie bekam Lust auf eine Tasse Kakao und zog sich ihren Morgenmantel über.

Im Flur hätte sie beinahe aufgeschrien, denn vom Blitz beleuchtet sah sie eine Gestalt mit dem Rücken zu ihr an der Haustür stehen. Der Einbrecher? Erleichtert erkannte sie im nächsten Moment jedoch, dass es sich um ihren Vater handelte. Aber wieso hatte er das Licht im Flur nicht angemacht? Warum trug er mitten in der Nacht seinen Sonntagsanzug? Und weshalb war er überhaupt noch auf den Beinen? Für gewöhnlich schlief er um diese Zeit längst tief und fest. Außerdem erweckte er den Eindruck, er habe sich zur Wohnungstür geschlichen, um von niemandem bemerkt zu werden.

Leise öffnete Franz die Tür und ging die Treppe hinunter. Ida folgte ihm auf Zehenspitzen. Kurz darauf sah sie Licht aus der Backstube ins Treppenhaus dringen. Was wollte er wohl dort – in einem derart noblen Aufzug?

Leise schlich sie sich nach unten. Trotz des laut rauschenden Regens vernahm sie von drinnen eine Frauenstimme. »Danke, dass du dem Treffen zugestimmt hast.«

Die Tür zur Bäckerei war nur einen Spaltbreit geöffnet, ihren Vater konnte sie nicht sehen, aber in der Spiegelung in der Scheibe glaubte sie eine Dame zu erkennen – Luciens Mutter! Warum traf sich Albert Tritschler hier heimlich mit Claire Picard? Und das noch zur Geisterstunde?

»Ich weiß ehrlich gesagt nicht, was dieses Treffen soll, Claire«, hörte sie ihn mit gedämpfter Stimme hervorbringen. »Wenn Jacques davon erfährt, bekommen wir beide einen Heidenärger.«

»Den haben wir sowieso«, entgegnete Claire Picard. »Dass mein Sohn sich ausgerechnet deine Ida aussuchen muss. Die Mädchen sind ihm reihenweise nachgelaufen.« Nach einer Pause fügte sie hinzu: »So wie dir damals.«

»Na ja, mir war nur eine wichtig«, knurrte Franz. »Und die ist mir davongelaufen.«

Ein Verdacht keimte in Ida auf, und Claires Antwort bestätigte ihn: »Trägst du mir das immer noch nach?«

»Nein, ich kann es ja nachvollziehen. Meine Bäckerei war gerade pleitegegangen, Jacques war erfolgreich«, sagte Franz zynisch.

Seine Tochter bemerkte, dass er nach all den Jahren immer noch verletzt klang. War ihre Mutter für ihn nur zweite Wahl gewesen? Idas Herz krampfte sich zusammen.

»Klar, dass er eine bessere Leitung für die Patisserie deines Vaters war als ich.«

»Das war doch nicht der Grund, warum ich mich für ihn entschieden habe«, sagte Luciens Mutter kaum hörbar. »Ich war damals einfach sehr durcheinander.«

»Deshalb hast du auch den Brief geschrieben und die Beziehung nicht persönlich beendet?«, hakte Idas Vater nach.

»Ich wusste, wenn ich dich treffe, überlege ich es mir wieder anders und bleibe doch bei dir«, gab Claire zu. »Aber mein Vater war sehr krank wegen der Überfälle damals. Ihn am Leben zu halten war teuer, der Laden musste laufen.«

Ida fragte sich, was das für Überfälle auf Claires Vater gewesen sein mochten.

»Bei all dem Hass auch noch einen Deutschen zu heiraten, dafür hatte ich einfach zu viel Angst damals«, sagte Claire und fragte dann mit brüchiger Stimme: »Aber was wäre, wenn ich dir sage, dass ich nichts je so sehr bereut habe?

Ida war empört und zutiefst beunruhigt. Wurde sie hier gerade Zeugin einer Bedrohung für die Ehe ihrer Eltern?

»Wie kannst du das bereuen? Du bist eigens für ihn zum Christentum konvertiert, hast zwei Söhne und einen Enkel«, erinnerte Franz. »Die Patisserie deines Vaters ist aufgeblüht.«

»Das sind deine Bäckereien auch. Es ist natürlich alles gut gegangen. Aber ich habe unsere Zeit nie vergessen.«

»Ich auch nicht«, räumte Franz ein, »doch ich liebe Elise. Das muss ich dir ganz ehrlich sagen.«

Ida atmete auf.

»Daran zweifle ich nicht. Sie ist auch sehr hübsch«, entgegnete Claire bitter. »Aber du hast unserem Treffen zugestimmt. Und dich schön angezogen.«

»Das habe ich«, gab er nach einer Pause ertappt zu. »Ich bin eben nicht so gut gealtert wie du. Ich wollte deine Erinnerungen an unsere gemeinsame Zeit nicht völlig zerstören.«

Claire lachte amüsiert. »Deinen Humor hast du jedenfalls nicht verloren. Aber nun mal ehrlich: Warum hast du dem Treffen zugestimmt?«

»Weil ich gehofft hatte, du hättest vielleicht eine Idee, wie wir unseren Kindern helfen können«, erklärte Franz.

Ida war ungemein erleichtert und zugleich gerührt. Ihr Vater hatte also nicht vor, ihre Mutter zu betrügen, sondern tat das alles nur für sie. Dennoch musste sie die Tatsache, dass

Franz und Claire offenbar einmal ein Paar gewesen waren, erst einmal verdauen. Und sie fand das Verhalten von Luciens Mutter nach wie vor unverschämt, denn die hatte offenbar keine Hemmungen, ihren Mann zu betrügen.

»Wie können wir deinem Jacques diesen schwachsinnigen Hass auf mich ausreden?«, wollte Franz wissen. »Woher zur Hölle will er wissen, dass ausgerechnet meine Kanonenkugel ihn damals verletzt hat?«

»Ich habe keine Ahnung«, sagte Claire Picard zu Idas Enttäuschung. »Über den Krieg spricht er mit mir nie. Außerdem irrst du dich, wenn du glaubst, dass nur Jacques etwas einzuwenden hat: Ich bin ebenfalls gegen die Ehe unserer Kinder.«

»Aber wieso?« Ihr Vater hörte sich ernüchtert an. »Du hasst mich doch nicht.«

»Eben«, entgegnete Claire. »Deshalb wäre es eine Qual für mich, dich ständig als Schwiegervater meines Sohnes wiedersehen zu müssen. In was für Situationen würde uns das immer wieder bringen?«

»Oh«, kam es etwas hilflos von Idas Vater.

»Vielleicht hast du recht«, sagte nun Luciens Mutter. »Wir sollten die Vergangenheit Vergangenheit sein lassen.«

Ida geriet in Alarmbereitschaft. Demnächst würde Papa Claire Picard zum Ausgang führen. Sie schlich rasch die Treppe wieder hinauf, um ungesehen in die Wohnung zu fliehen. Auf dem Weg nach oben hörte sie noch, wie Claire Picard im Treppenflur »Adieu« flüsterte und ihr Vater die Haustür hinter ihr schloss.

Wie betäubt taumelte Ida in ihr Zimmer. Ihr Vater und Claire waren ein Paar gewesen. Und Luciens Mutter war ebenfalls gegen ihre Verlobung!

14

Beim Sonntagsgottesdienst in der protestantischen Thomaskirche sah Ida ihren Vater nachdenklich von der Seite an, während der Pfarrer von der Kanzel predigte: »Ich will meine Schafe erretten aus ihrem Rachen, dass sie sie nicht mehr fressen sollen!«

Ida wusste damit wenig anzufangen, und ihre Gedanken schweiften ab. Ob Franz ihrer Mutter wohl von dem Treffen mit Claire Picard erzählen würde? Sie bemerkte, dass auch ihr Bruder nicht nach vorn zur Kanzel sah, folgte seinem Blick und entdeckte Amélie. Ida hoffte, dass Oskar sich bald in jemand anderes verlieben würde, denn sie sah ihm deutlich an, dass er immer noch litt.

Als sie die fünfschiffige Hallenkirche nach der Messe verließen, kam Amélie zu ihnen, wünschte einen guten Morgen und schob sich wie zufällig an Oskars Seite.

»Hast du gut geschlafen?«, fragte sie. »Mir hat das Gewitter wirklich Angst gemacht.«

»Das passt gar nicht zu dir, vor etwas Angst zu haben«, entgegnete Oskar grinsend.

Doch Amélie war ungewohnt ernst. »Ich bin ein gebranntes Kind – fast im wahrsten Wortsinn. Ich war mal mit meiner Großmutter bei Gewitter mit einer angeleinten Kuh zu unserer Weide unterwegs. Da wurde das Tier von einem Blitz getroffen. Das grelle Licht, der unfassbar laute Knall – so etwas vergisst man nicht.«

»Du lieber Himmel, hat es das überlebt?«, versicherte sich Oskar.

Amélie schüttelte betrübt den Kopf. »Die arme Kuh war sofort tot.«

Oskar sah sie mitleidsvoll an. »Wie schrecklich! Da kann ich noch besser verstehen, dass dir Gewitter unangenehm sind.«

Ida vermutete, dass ihr Bruder seinen Schwarm sicher gern tröstend an sich gezogen hätte.

»Wie läuft es denn zurzeit auf dem Bauernhof deiner Eltern?«, hörte sie ihn stattdessen fragen.

Amélies Familie belieferte die Patisserie Tritschler mit günstigem Obst und Beeren, das hatte Oskar mit seinem Vater arrangiert.

»Der April war ungewohnt kühl, es gab Nachtfrost. Und die Eisheiligen stehen uns ja noch bevor. Mein Vater macht sich Sorgen um die Obstblüte.«

Ida wusste, dass die Landwirte die oft noch von Bodenfrösten geplagten Tage bis Mitte Mai »Eisheilige« nannten. Dieses letzte Aufbäumen des Winters war nach einigen Heiligen benannt, der letzte Tag, der 15. Mai, nach der heiligen Sophia. Eine bayerische Kundin hatte Ida einmal die Bauernweisheit beigebracht: »Die kalte Sophie macht alles hie.«

Sie verspürte ein wenig Angst um den obdachlosen Clochard Le Prof. Sie hatte ihn länger nicht gesehen, und die Kälte setzte dem armen Mann gewiss zu.

»Guten Morgen, Ida«, hörte sie neben sich plötzlich eine vertraute Stimme.

Sie fuhr herum und sah in das lächelnde Gesicht ihres Verlobten.

»Ich hatte gehofft, dich hier anzutreffen«, erklärte er. »Wie geht es dir?«

Ida war froh, dass weder ihr Vater noch der sich weiterhin angeregt mit Amélie unterhaltende Oskar bemerkt hatten, dass sie stehen geblieben war. »Du wirst nicht glauben, wer gestern Abend bei meinem Vater in der Patisserie war«, raunte sie ihrem Verlobten zu. Sie erzählte ihm im Flüsterton von dem Treffen seiner Mutter und ihres Vaters – und dem brisanten Inhalt der Unterhaltung.

Als sie geendet hatte, sah Lucien sie verblüfft an.

»Maman hat erzählt, dass sie vor meinem Vater mal in einen Deutschen verliebt war, was aber nicht gut ging«, erinnerte er sich. »Das muss dann wohl tatsächlich dein Vater gewesen sein. Das gibt es doch nicht!«

»Jetzt können wir nur noch auf Monsieur Busch hoffen«, meinte Ida traurig. »Er ist wohl der Einzige, der sich für uns einsetzen will.«

»Genau deshalb habe ich dich gesucht – um dir die gute Nachricht zu überbringen«, tröstete Lucien. »Ich habe vorhin gehört, wie mein Vater René mitgeteilt hat, dass der Küster um zwei Uhr nachmittags zu Besuch kommen wird.«

»Wie wunderbar«, freute sich Ida.

»Komm doch heute Abend um halb acht zum Nordeingang des Münsters«, schlug Lucien vor. »Dann erzähle ich dir, wie es gelaufen ist.«

*

Oskar sah Amélie mit sehnsuchtsvollem Blick nach. Sie wohnte bei ihrer Tante unter dem Dach in einem Haus am Münsterplatz, und sie hatten sich soeben vor der Patisserie Tritschler verabschiedet. Es versetzte ihm einen Stich, wenn Amélie ging, es versetzte ihm einen Stich, wenn er sie wiedersah – unerwiderte Liebe war schmerzhaft und anstrengend. Dass sie mit ihm befreundet sein wollte, machte es eher noch schwieriger für ihn. Denn jedes Gespräch weckte neue Hoffnungen, und jedes Mal fand er sie noch liebenswerter. Ihre freche Art, dass sie immer offen sagte, was sie dachte, dass sie gern auch einmal die Etikette ignorierte – er hatte noch nie ein Mädchen wie sie kennengelernt.

Als er das Tritschler-Gebäude betreten wollte, näherte sich die Familienkutsche. Auf dem Bock saß der Hausdiener, der das Gefährt mit sicherer Hand zum Stehen brachte. Oskars Mutter stieg aus, und er begrüßte sie mit einem Kuss auf die Wange.

»Und – ist in meiner Abwesenheit etwas Besonderes passiert?«, erkundigte sich Elise.

»Monsieur Leroc hat Mademoiselle Nanty einen Antrag gemacht, und sie hat angenommen«, berichtete ihr Sohn lächelnd.

»Wie wunderbar, dann gibt es ja bald eine Hochzeit zu organisieren«, freute sich die Patissiersgattin. »Da ist man mal einen Tag weg, und schon verpasst man eine Verlobung.«

»Eine?«, platzte ihr Sohn aus Versehen spöttisch heraus.

Elise sah ihn misstrauisch an. »Was soll das heißen?«

Er versuchte, dem Blick der Mutter auszuweichen. »Ach, gar nichts.«

»Oskar Tritschler, ich merke genau, wenn du mir was verheimlichst«, mahnte sie streng.

Er seufzte. »Also gut …«

*

Als Ida zwanzig Minuten nach ihrer Familie beim Haus ankam und das Treppenhaus betrat, roch es von oben aus der Wohnung bereits verführerisch: Gänseleberpastete nach

Elsässer Art. Doch bis zum Mittagessen, welches Monsieur Leroc gerade zubereitete, würde es noch eine Weile dauern. Ida hatte vor, die Zeit zu nutzen. Sie machte sich auf den Weg in die leere Backstube, zog sich eine Schürze an und griff nach dem Buch von Madame Martinet. Heute endlich wollte sie die Zuckerblüten für Lucien zubereiten! Seit dem Treffen mit ihm war sie bester Stimmung. Schon heute Abend würde sie ihn wiedersehen, und eventuell hatte er dann ja gute Nachrichten für sie!

»Mahlzeit, Idale«, hörte sie die Stimme ihrer Mutter. Sie drehte sich um und sah die Patissiersgattin in der Backstubentür stehen. Elise musste während des Kirchgangs ihrer Familie heimgekehrt sein.

»Wie schön, dass du wieder da bist«, rief Ida und umarmte sie herzlich. Doch sofort fühlte sie sich schuldig: Durch ihr neues Wissen war es, als würde sie ihre Mutter hintergehen.

»Hast du Lust, mit mir die Hochzeit vorzubereiten?«, fragte Elise, woraufhin Ida sie erschrocken ansah.

»Die … Hochzeit?« Wie hatte die Mutter von ihren Plänen erfahren?

»Na, Mademoiselle Nanty und Monsieur Leroc haben doch gestern beschlossen zu heiraten. Hilfst du mir, das Fest für sie zu planen?«

»O ja, das wäre sehr schön«, rief Ida so begeistert wie erleichtert.

»Dein Vater hat mir oben gerade verraten, dass er den beiden in kulinarischer Hinsicht ein ganz besonderes Fest bereiten will«, berichtete Elise. »Mit dem glücklichen Paar habe ich auch gleich gesprochen.«

»Wissen die beiden denn schon, wen sie zu ihrer Hochzeit einladen wollen?«, erkundigte sich ihre Tochter.

»Familienseitig nur Mademoiselle Nantys Vater aus Weghäusel. Du hast ihn ja kennengelernt, er soll sehr nett sein. Monsieur Leroc will mit seinem Vater nichts mehr zu tun haben, und sonst hat er keine Familie. Sein bester Freund ist Monsieur Castanet, der wird als unser Diener ja ohnehin dabei sein.«

»Wir könnten Lucien Picard einladen, mit dem verstehen sich Mademoiselle Nanty und Herr Leroc beide sehr gut«, schlug Ida bemüht beiläufig vor.

»Na ja, er ist dein Verlobter«, entgegnete ihre Mutter schmunzelnd, »da wäre es wohl durchaus schicklich, wenn er dabei ist.«

»Was? Du …«, stammelte Ida. Und dann wurde ihr klar, wer ihre Mutter eingeweiht haben musste: »Oskar! Was ist er bloß für ein Tratschmaul. Ich wollte es dir selbst erzählen.«

»Schimpf nicht mit ihm«, bat Elise. »Er hat tapfer versucht, es mir zu verschweigen. Aber das gelingt euch beiden ja selten. Er hat mir dann erzählt, wie romantisch Lucien um deine Hand angehalten hat – obwohl ihm dadurch die Enterbung droht. Ist dein Ärmel so runtergezogen, um den Verlobungsring zu verbergen?«

Ida errötete, schob den Saum hoch und enthüllte das Schmuckstück.

»Zauberhaft«, rief die Mutter und nahm die Hand ihrer Tochter, um den Ring genauer zu inspizieren. »Wann hast du vor, es deinem Vater zu erzählen?«

Ida zögerte mit ihrer Antwort. Sie fragte sich, wann Franz ihrer Mutter das Gespräch mit seinem einstigen Liebchen Claire Picard gestehen würde.

»Nun?«, hakte die Mutter nach.

»Am besten sofort«, seufzte ihre Tochter und verabschiedete sich von dem Gedanken, die Zuckerblüte für Lucien vorzubereiten. »Bevor mir Oskar bei ihm auch noch zuvorkommt.«

»Er ist in seinem Arbeitszimmer«, entgegnete Elise.

*

Als Lucien beschwingt die elterliche Wohnung betrat, hörte er Stimmengewirr aus dem Arbeitszimmer seines Vaters. Die Tür stand offen, und er ging hinein. Zu seinem Erstaunen waren außer Jacques auch René, dessen Frau Denise und seine Mutter Claire um den Sekretär aus Eichenholz versammelt.

»Was ist denn hier los?«, erkundigte er sich.

»Vaters Schreibtisch wurde aufgebrochen«, berichtete René erbost und deutete auf eine offene Schublade.

Jacques knurrte verstimmt. »Jemand hat die Tageseinnahmen vom Donnerstag aus der Kassette gestohlen.«

Dann fixierte er seinen Erstgeborenen mit einem bohrenden Blick. »Dein Bruder sagt, du hast gestern die Unverschämtheit besessen, dieses Tritschler-Mädchen wieder in mein Haus zu bringen.«

»Und schon verschwindet Geld. Seltsamer Zufall!«, ergänzte René mit hämischem Grinsen.

Lucien lachte auf. »Idas Familie besitzt selbst genug, sie haben Personal und auch eine eigene Kutsche, genau wie wir.«

»Außer uns und dem Personal hat aber niemand Zugang zur Wohnung«, beharrte René. »Wem willst du denn einen solchen Diebstahl unterstellen? Madame Rolland? Mademoiselle Girod? Dem Diener? Dem Zimmermädchen?«

»Natürlich nicht!«, rief Lucien wütend. »Aber dir vielleicht. So, wie du dich bei Fräulein Tritschlers Besuch benommen hast, gehe ich davon aus, dir wäre jeder Grund recht, sie anzuschwärzen.«

»Das habe ich nicht nötig, großes Brüderchen«, erwiderte

René. »Wenn Papa sagt, die Tritschler hat hier nichts zu suchen, dann ist das so.«

»Aber sie kann es nicht gewesen sein«, mischte sich nun vorsichtig Denise in das Gespräch ein. »Wir waren doch die ganze Zeit mit ihr zusammen.«

René wurde rot vor Wut und funkelte seine Frau böse an.

»Wie auch immer, das wird die Polizei klären«, winkte Jacques ab. »Ich werde Oberwachtmeister Breinlinger rufen lassen.«

Mit diesen Worten pfefferte der Patriarch seine Schreibtischschublade zu und verließ das Arbeitszimmer.

René packte seine Frau und zog sie mit sich aus dem Raum. Lucien blieb betreten schweigend mit seiner Mutter zurück.

»Junge, du musst die Tändelei mit diesem Mädchen beenden«, unterbrach sie schließlich die Stille. »Je länger du wartest, desto schlimmer wird es.«

Lucien zögerte kurz, seiner Mutter eine derart persönliche Frage zu stellen, aber dann wagte er es doch: »Idas Vater war der Deutsche, in den du verliebt warst, nicht wahr?«

Für einen kurzen Augenblick schien Claire erschrocken, fing sich aber sofort wieder.

»Ja, und ich habe es rechtzeitig beendet, weil es einfach nicht gut gehen konnte«, betonte sie mit einer Offenheit, die ihren Sohn erstaunte. »Wir wären beide ruiniert gewesen. Da musste einfach einer von uns vernünftig sein.«

Lucien wusste, worauf sie hinauswollte. »Und jetzt möchtest du, dass ich vernünftig bin?«

Claire nickte. »Wovon wollt ihr leben, wenn Vater dich enterbt? Ein Mädchen wie sie findet leicht jemanden, der zu ihr passt. Sei nicht selbstsüchtig. Du zerstörst damit auch ihr Leben!«

Lucien war über diese harten Worte umso schockierter, da

er selbst in seiner großen Verliebtheit ein Fünkchen Wahrheit darin befürchtete.

*

Ida hatte ihr Aussehen mehrfach im Spiegel überprüft, bevor sie sich überpünktlich um Viertel nach sieben Uhr abends auf den Weg zur anderen Seite des Münsters machte.

Unterwegs begegnete sie dem Clochard mit seinem Leiterwagen. Besorgt stellte sie fest, dass er hustete. Dennoch lächelte der Alte erfreut, als er sie erblickte. »Mademoiselle Tritschler, schön, Sie zu sehen.«

»Guten Abend, Monsieur Le Prof«, grüßte sie ihn. »Haben Sie sich erkältet?«

»Ach, bis zur kalten Sophie habe ich das meistens. Danach geht es aber auch wieder vorbei. Wo wollen Sie denn zu so später Stunde noch hin?«

»Ich treffe Monsieur Picard junior«, erläuterte sie.

»Dann grüßen Sie ihn noch mal schön von mir.«

Als sie dem Obdachlosen einen angenehmen Abend gewünscht und ihren Weg fortgesetzt hatte, hörte Ida von Weitem, dass er erneut heftig hustete.

Ihre Sorgen um den Alten ließen sich nicht einmal durch Luciens Anblick vertreiben, den sie mit einem vorsichtigen Kuss auf die Wange begrüßte. Und obwohl sie darauf brannte zu erfahren, was er ihr zu erzählen hatte, musste sie zunächst ihren Kummer über Monsieur Le Prof loswerden. »Wo er wohl schläft?«, fragte sie beklommen, nachdem sie den Gruß bestellt und vom schlimmen Husten des Obdachlosen berichtet hatte.

Lucien versuchte, sie zu beruhigen. »Einmal habe ich ihn unter einer Brücke nächtigen sehen – zugedeckt mit Zeitungen und Decken. War eigentlich ganz gut eingepackt. Ich habe ihn öfter gefragt, ob er Hilfe braucht, das lehnte er aber immer ab. Natürlich habe ich mit meinem warmen Bettchen gut reden, aber ich bin mir sicher, dass er robust ist. Mach dir keine Sorgen, er übersteht auch dieses Frühjahr.«

Ein wenig beruhigt kam Ida auf den Grund ihres Rendezvous zu sprechen. »Was hat sich denn mit Herrn Busch ergeben?«

»Mein Vater hat das Treffen leider abgesagt«, erzählte ihr Verlobter bedrückt. »Bei uns wurde eingebrochen. Jemand hat aus der Kassette in seinem Schreibtisch die Tageseinnahmen vom Donnerstag gestohlen.«

Er verschwieg ihr Renés Vorwurf gegen sie, um sie nicht noch mehr zu beunruhigen.

»Es muss ja jemand gewesen sein, der weiß, dass sich darin Geld befindet«, meinte Ida nachdenklich.

»Das bedeutet aber nicht unbedingt, dass derjenige bei uns wohnt«, gab Lucien zu bedenken. »Man kann mit einem Fernglas auch vom gegenüberliegenden Haus in sein Arbeitszimmer sehen.«

Idas wurde nachdenklich. »Hm ...«

»Hast du einen Verdacht?«, fragte ihr Verlobter.

»Mademoiselle Nantys Bruder hat doch versucht, bei uns Geld aus dem Laden zu stehlen, und wir haben ihn dabei erwischt. Er ist spielsüchtig. Eigentlich dachte ich, er sei im Gefängnis, die Polizei hatte ihn mitgenommen. Aber wir könnten Mademoiselle Nanty fragen, ob sie Näheres weiß.«

Das junge Paar beschloss, die Hausdame sogleich aufzusuchen und sie zu befragen.

Auf dem Weg zur Patisserie Tritschler berichtete Ida: »Ich habe heute übrigens meinem Vater von unserer Verlobung erzählt.«

»Und wie hat er reagiert?«

»Er blieb ganz ruhig und meinte, dass dein Vater ohnehin nie zustimmen würde.«

»So ähnlich hat er mir das auch schon mitgeteilt«, räumte Lucien ein. »Ich werde trotzdem nicht aufgeben.«

Als sie vor der Seiteneingangstür des Tritschler-Gebäudes eingetroffen waren, vergewisserte er sich: »Wird deine Familie wirklich nichts dagegen haben, dass ich mit hochkomme?«

Ida schüttelte den Kopf. »Die sind viel zu beschäftigt damit, die Hochzeit von Mademoiselle Nanty und unserem Koch zu planen.«

Sie fanden die Hausdame in der Küche über ihren Listen zur Endabrechnung des Monats April vor. Sie freute sich sehr, Lucien wiederzusehen. »Möchten Sie vielleicht ein Stück Quiche, Monsieur Picard? Unser Koch hat gestern viel zu viel davon gemacht. Es ist noch eine ganze Menge übrig.«

Ida schmunzelte, als sie an die Geschichte der Entstehung des Gemüsekuchens und seinen Zweck dachte.

In der Tat war Lucien recht hungrig und freute sich über das gastfreundliche Angebot. »Da sage ich nicht Nein.«

»Habe ich da gerade Quiche gehört?«, kam es aus Richtung der Küchentür von Idas Bruder.

Wenig später machten sich Lucien und Oskar über die aufgewärmte, verführerisch duftende Quiche Lorraine her. Oskar erzählte dabei von einer Überflutung der Kellerlabore der Universität infolge des Gewitters, von der er erfahren hatte. Nebenbei warfen die beiden jungen Männer Katerchen Astro ein paar Würfel Speck unter den Tisch. Ida erkundigte sich indes möglichst beiläufig bei Mademoiselle Nanty, ob sie etwas über den Verbleib ihres Bruders erfahren habe.

»Er ist auf einem Hofgut für Suchtkranke bei Frankfurt untergekommen. Mein Vater hat ihm einen Platz besorgt«, erzählte sie glücklich. »Wir haben große Hoffnung, dass er dort wegen seiner Spielsucht erfolgreich behandelt werden kann.«

»Ist er schon angekommen?«, hakte Ida nach.

»Ja, am Donnerstag ist er abgereist«, antwortete die Hauswirtschafterin.

Wenn das stimmte, dachte Ida, konnte Charles Nanty nicht der Dieb sein.

Erst nach zehn Uhr abends machte sich Lucien auf den Heimweg. Er war noch mit Oskar, Ida und der Hausdame der Tritschlers in der Küche beisammengesessen und hatte angeregt mit ihnen geplaudert. Vor der Haustür resümierte Ida: »Es ist sehr unwahrscheinlich, dass Charles Nanty sofort einen Rückfall hatte und aus Frankfurt zurückgekehrt ist – dann kann es nicht er gewesen sein, der bei euch eingebrochen ist.«

Lucien dachte wieder daran, dass er seinem jüngeren Bruder zutraute, Ida mit dem Diebstahl anzuschwärzen, hielt seinen Verdacht jedoch erneut zurück, um ihr nicht wehzutun. Stattdessen versprach er seiner Verlobten, dass er das Treffen seines Vaters mit Küster Busch forcieren werde. Dann verabschiedete er sich mit einem schüchternen Gutenachtkuss und machte sich auf den Weg zur Patisserie seiner Familie. Dort angekommen, zuckte er erschrocken zusammen. Hinten in den Verkaufsräumen flackerte eine Lampe. Außenstehende konnten es nicht wissen – im Hinterzimmer befand sich das Wechselgeld für den nächsten Verkaufstag. Aber der Täter hatte ja schon einmal gezeigt, dass er sich bestens bei den Picards auskannte. Nun war er offenbar wieder zugange. Lucien beschloss, ihn zu stellen!

15

Vorsichtig, um nur ja kein Geräusch zu machen, öffnete Lucien die Tür und schlich sich in die Backstube. Aus dem Bureau war leises Knacken und Rascheln zu hören. Er spürte sein Herz hart gegen seine Brust hämmern. Was, wenn der andere stärker wäre als er? Oder bewaffnet? Fieberhaft sah er sich nach etwas um, mit dem er sich verteidigen könnte. Da stieß er mit der Hüfte gegen eine Kelle, die scheppernd auf den Kachelboden fiel. Er unterdrückte ein Fluchen, hob die Schöpfkelle auf, umklammerte sie fest und stürmte dann beherzt zum Hinterzimmer. Jetzt half nur noch schnell sein, denn der Täter war ja gewarnt. Doch als er den Raum Sekunden später erreichte, war niemand mehr da.

Lucien schimpfte leise vor sich hin. Er hatte es vermasselt. Fluchend inspizierte er die Verkaufsräume und das Café, doch es war kein Mensch zu sehen. Stirnrunzelnd überprüfte er Türen und Fenster und fand alle fest verschlossen vor. Verwundert schüttelte Lucien den Kopf. Wie war es dem Fremden dann gelungen, den Raum zu verlassen?

In diesem Moment hörte er hinter sich ein Geräusch und fuhr herum, die Schöpfkelle drohend erhoben. Gleich darauf ließ er sie erleichtert sinken. Es waren nur René und sein Vater, die mit angespannten Mienen den Raum betraten.

»Wir haben es scheppern gehört«, erklärte der Bruder. »Warst du das?«

»Ja«, sagte Lucien. »Ich habe von außen gesehen, wie hier jemand mit einer Laterne herumgegeistert ist. Als er mich hinten in der Backstube gehört hat, ging das Licht wieder aus. Und jetzt ist er verschwunden.«

»Merde!«, fluchte sein Vater und ging, gefolgt von seinen Söhnen, ins Hinterzimmer. Jacques öffnete den Wandschrank und stellte wütend fest: »Das Wechselgeld für morgen ist weg!«

»Konntest du ihn erkennen?«, wollte René von seinem Bruder wissen.

Der schüttelte den Kopf. »Nein, da war nur dieses Licht. Aber dass es hier keinerlei Einbruchsspuren gibt, kann nur eines bedeuten: Der Einbrecher muss einen Schlüssel haben.«

Jacques furchte nachdenklich die Stirn. »Hm.«

Lucien sah ihm fragend an. »Was denkst du?«

»Dass ich nicht zu hundert Prozent sicher bin, dass unser früheres Personal alle Schlüssel abgegeben hat«, sagte sein Vater.

»Stimmt, im Laufe der Jahre sind einige aus dem Dienst bei uns ausgetreten. Sei es durch Heirat oder weil sie die Stelle gewechselt haben«, erinnerte sich René.

»Und die Schlösser wurden nie ausgetauscht«, ergänzte der Patriarch.

»Dann sollten wir das vielleicht jetzt tun«, entgegnete Lucien.

»Außerdem will ich einen Wachposten anstellen«, ergänzte Jacques entschlossen. »Immerhin leben bei uns Frauen und ein Kind.«

*

Am Morgen des 1. Mai 1893 stieg Franz Tritschler in die Kutsche, mit der ihn Diener Castanet zum Hof von Bauer Chabas, dem Obstlieferanten der Patisserie, fahren sollte. Im Anschluss wollte er weiter nach Stuttgart und dort nach dem Rechten sehen. Ida und Oskar hatten ihren Vater hinausbegleitet, um ihm nachzuwinken, und baten ihn, den Großvater zu grüßen. Als die Kutsche um die Ecke gebogen war, machte Oskar sich auf den Weg zur Universität, und Ida ging hinauf in die Küche. Sie hatte Mademoiselle Nanty angeboten, heute die Einkäufe zu erledigen, und wollte sich nun von ihr die Liste geben lassen.

»Monsieur Oskar hat sein Vesper vergessen«, beklagte sich die Hausdame.

Ida schmunzelte. Aus Nostalgiegründen liebte ihr Bruder es, sich auch jetzt im Studium noch Pausenbrote von Monsieur Leroc zubereiten zu lassen wie damals zu ihrer Schulzeit. »Kein Problem«, meinte sie. »Ich gehe vor dem Markt rasch zur Universität, vielleicht hole ich ihn sogar noch ein.«

Sie hastete in Richtung Neustadt, als sie in einer Hauseinfahrt ein besorgniserregendes Husten hörte.

Von einer leisen Ahnung gepackt, näherte sie sich vorsichtig dem im Halbdunkel bei einem Leiterwagen kauernden Mann und fand ihre Befürchtung bestätigt: Es handelte sich um Monsieur Le Prof, mit Zeitungen und Decken notdürftig gegen die Kälte geschützt.

Erschrocken stellte Ida fest, dass die Augen des Alten fiebrig glänzten.

»Ist der Husten stärker geworden?«, erkundigte sie sich besorgt.

»Der ist nicht das Schlimmste«, keuchte er. »Ich bin so schwach und hungrig.«

»Hier, nehmen Sie erst mal die Pausenbrote, ich hole noch mehr – und Medizin«, kündigte Ida an und rannte los.

Kurz darauf stürmte sie zu ihrer Mutter und Hélène in den Verkaufsraum der Patisserie.

»Maman, ich brauche etwas zu essen für einen Freund von mir«, stieß sie außer Atem hervor. »Darf ich ihm ein paar Brezeln bringen?«

»Natürlich«, sagte Elise nur.

»Würdest du mir auch Geld für Hustensaft geben?«, bat ihre Tochter.

Ihre Mutter sah sie misstrauisch an. »Was ist denn das für ein Freund, Schätzchen?«

»Der obdachlose Professor, von dem ich dir erzählt habe.«

Elise seufzte. »Du kannst nicht die ganze Welt retten, Ida.« Mit diesen Worten reichte sie ihrer Tochter einen Geldschein.

Ida strahlte und küsste Elise auf die Wange. »Danke, Maman.«

Keine Minute später betrat sie die Apotheke am Münsterplatz.

»Guten Morgen, Fräulein Tritschler«, begrüßte sie Pharmacien Hummel, ein schlanker Mann mit Stirnglatze und gezwirbeltem dunklem Schnurrbart, einer ihrer Stammkunden. »Wenn ich Sie sehe, bekomme ich gleich Lust auf ein Petit Four.«

Ida schmunzelte. An manchen Tagen kaufte der Apotheker gleich fünf der Biskuit-Küchlein bei ihr. Offenbar hatte der hagere Herr einen guten Stoffwechsel, denn die vielen kulinarischen Genüsse setzten bei ihm einfach nicht an.

»Womit kann ich Ihnen helfen?«, fragte er.

»Ich bräuchte einen Hustensaft für einen Freund«, antwortete sie.

»Nun, dem Manne kann geholfen werden«, zitierte der Apotheker aus Schillers Bühnenstück *Die Räuber.* »Sagen Sie ihm, er soll auch viel trinken. Wasser aber vorher unbedingt abkochen!«

»Das mache ich«, versicherte Ida, »danke schön.«

Mit einem Löffel, den sie vorsorglich aus dem Café mitgenommen hatte, flößte Ida dem Obdachlosen kurz darauf die erste Dosis Hustensaft ein.

»So, davon nehmen Sie bitte dreimal täglich einen Löffel«, wies sie ihn an.

Der Alte lächelte dankbar. »Mädchen, Sie sind wirklich ein Engel.«

»Ida!«, rief jemand – und als sie sich umdrehte, erblickte sie den in die Hofeinfahrt eilenden Lucien. »War es also wirklich deine Stimme«, freute er sich. Sein Blick verdüsterte sich jedoch augenblicklich, als er den so elend daliegenden Clochard erkannte.

»Es geht ihm schlechter«, erläuterte Ida.

Ihr Verlobter wirkte schuldbewusst. »Tut mir leid, dass ich deine Sorge nicht ernst genommen habe.«

»Ehrlich gesagt, bin ich seit Ihrer lieben Hilfe schon viel zuversichtlicher«, beschwichtigte der Alte. »Hustensaft hatte ich seit bestimmt zehn Jahren nicht mehr. Ich komm schon wieder auf die Beine.«

Und während Monsieur Le Prof begann, sich über die mitgebrachten Backwaren herzumachen, erzählte Lucien von dem neuerlichen Diebstahl. »Diesmal hinterm Verkaufsraum. Mein Vater will sich nach einem Wächter umsehen.«

Ein Wachposten schien in der Tat angebracht zu sein, dachte Ida – da kam ihr eine Idee.

»Sagen Sie mal, Monsieur Le Prof, Sie können doch so gut mit Ihrem Säbel umgehen.«

Der Alte nickte, schluckte hastig seinen Bissen herunter und sagte ernst: »Ja, das musste ich im Krieg zwangsläufig lernen.«

»Würden Sie sich zutrauen, die Patisserie Goldschmidt zu bewachen?«, fragte Ida.

Lucien sah sie zweifelnd an. »Ida, also ich weiß nicht, ob mein Vater …«

»Na ja, Monsieur Le Prof hat gegen die Deutschen gekämpft«, insistierte seine Verlobte. »Das müsste deinem Herrn Papa doch gefallen.«

Der Obdachlose sprang für Lucien in die Bresche: »Ich glaube, was der junge Monsieur Picard meint, ist, dass mein Aussehen nicht für ein Vorstellungsgespräch tauglich ist.«

Doch Ida wischte die Bedenken mit einer Handbewegung fort. »Ach, Äußerlichkeiten sind doch schnell geändert. Sie müssten ungefähr die Größe meines Bruders haben. Er besitzt mehrere Anzüge. Und der Vater unserer Verkäuferin ist Barbier.«

Der Clochard furchte die Stirn. »Na, aber ob der nun gerade mich …«

»Ich befürchte, es ist sinnlos, Ida zu widersprechen, wenn sie sich was in den Kopf gesetzt hat«, wandte Lucien lächelnd ein.

»Na schön«, gab der Alte nach. »Dann beuge ich mich der Macht der Frauen.«

*

Oskar war Feuer und Flamme, als Ida ihm von ihrer Idee erzählte, dem Obdachlosen zu helfen – und suchte sofort einen kompletten Herrenanzug nebst Socken und Schuhen heraus.

»So, das alles würde ich hergeben«, sagte ihr Bruder und

überreichte ihr die Kleidungsstücke mit einer gönnerhaften Geste.

Ida inspizierte sie genauer und stellte fest: »Die Weste könnte etwas zu eng sein, in der Körpermitte ist Monsieur Le Prof etwas fülliger als du.«

»Dann fragen wir doch deinen Lucien, ob er eine spendet. Er ist zwar nicht fülliger als ich, aber ein wenig größer«, schlug Oskar vor.

»Also gut, dann schauen wir mal, wie es Monsieur Le Prof heute geht«, sagte Ida, die den Obdachlosen am Vorabend noch einmal besucht hatte, um ihm eine warme Decke zu bringen. Zum Glück war es im Laufe des Montags ohnehin sonnig und etwas wärmer geworden.

»Ich komme mit, wenn ich darf«, meinte ihr Bruder.

»In Ordnung. Lucien wartet am Münster.«

Wenig später kamen die drei bei Monsieur Le Prof in dem Gang zu dem Hinterhof an. Es ging dem alten Herrn an diesem Dienstagmorgen tatsächlich wesentlich besser. Er saß aufrecht auf seiner Decke und verkündete, er habe seinen Hustensaft bereits eingenommen.

»Wären Sie dann bereit, für das Vorstellungsgespräch neu eingekleidet zu werden?«, fragte Ida vorsichtig.

Der Alte zögerte, gab sich dann aber einen Ruck. »Ich habe es schließlich versprochen«, brummte er. »Und was man verspricht, das muss man halten.«

»Ja, geben Sie Ihrem Herz einen Ruck!«, bat Lucien und deutete mit einem Augenzwinkern auf seine Verlobte. »Sie wäre sonst sehr enttäuscht. Und unsere Familie könnte den Schutz eines altgedienten Husaren wirklich gebrauchen.«

Ida lächelte, stolz auf Luciens Einfühlungsvermögen. Sie schätzte Monsieur Le Prof ebenfalls so ein, dass er eine Bitte um Hilfe nicht würde abschlagen können, sich aber schwer damit täte, Almosen anzunehmen.

»Aber ich müsste ja erst mal baden«, gab er skeptisch zu bedenken.

»Das dürfen Sie bei uns«, versicherte ihm Oskar und fügte mit stolzgeschwellter Brust hinzu: »Mein Vater ist in Stuttgart. Und in seiner Abwesenheit bin ich der Herr im Haus.«

Endlich ließ der Obdachlose sich überzeugen, sie ins Haus der Familie Tritschler zu begleiten.

Ida drückte ihm vor der Badezimmertür ein Stück Seife in die Hand. Auf seine Frage, ob die nicht zu wertvoll sei, erwiderte Ida, er dürfe gern das ganze Stück aufbrauchen. Sie sei ein Präsent einer Kundin, und die schenke ihr immer mal wieder welche.

Dem Alten schien es zu gefallen, sich ausführlich zu reinigen; Ida, Lucien und Oskar lächelten sich zu, als sie vom Flur aus Le Prof im Badezimmer singen und pfeifen hörten.

Schließlich trat er – in Oskars Anzug und Luciens Weste gekleidet und nach Seife duftend – heraus. Die drei jungen Leute staunten bei seinem Anblick nicht schlecht.

»Oh, Monsieur Le Prof, Sie sehen richtig schneidig aus«, freute sich Ida.

»Jetzt müssen wir uns nur noch um die Haare kümmern, sonst denkt man, Sie sind der heilige Nikolaus«, ulkte Oskar. »Nicht, dass Sie uns für unsere Sünden noch in ein Tintenfass tunken«, spielte er auf das Kinderbuch *Struwwelpeter* an, das er und seine Schwester in Kindertagen in einer Mischung aus Faszination und Angst gelesen hatten.

Ida funkelte ihren Bruder böse an. Der Obdachlose war doch nicht absichtlich ungepflegt mit langem Bart. Sie fand Oskars Scherz auf dessen Kosten taktlos und beschämend. Und aus Luciens Blick las sie, dass er ähnlich empfand. Zum

Glück schien der Alte zu sehr damit beschäftigt, sich im Spiegel zu betrachten, um von Oskars Worten verletzt zu sein.

Ida erklärte: »Der Barbier wartet bereits auf uns, Monsieur Le Prof.«

Barbier Aubert verpasste dem Alten nicht nur einen ordentlichen Haarschnitt, sondern sorgte auch noch mit der Brennschere für elegante Wellen in der Frisur. Es war ein stattlicher älterer Herr, mit dem Ida, Oskar und Lucien schließlich vor der Patisserie Goldschmidt standen.

»Wie stelle ich Sie eigentlich meinem Vater vor, Monsieur Le Prof? Ich kenne Ihren wirklichen Namen gar nicht«, fiel Lucien ein.

»Fouché heiße ich, Maximilien Fouché«, sagte der Alte, so als spräche er den Namen eines längst vergessenen Freundes aus.

»Viel Erfolg, Monsieur Fouché!«, wünschte Ida ihm herzlich.

Er sah sie erstaunt, aber auch ein wenig enttäuscht und ängstlich an. »Kommen Sie nicht mit?«

»Wir Tritschlers sind beim ollen Picard eher keine so gute Empfehlung für Sie«, stellte Oskar klar. »Aber wir warten hier draußen, bis Sie fertig sind, und drücken Ihnen die Daumen.«

Ida nickte Maximilien Fouché aufmunternd zu, der atmete tief durch und betrat dann an der Seite des zuversichtlich lächelnden Lucien die Patisserie.

»Sie haben also gegen die Deutschen gekämpft im Krieg?«, hakte Jacques Picard gleich nach der Vorstellung im Cafébereich nach. Zusammen mit Lucien und dessen Bruder saß er Maximilien Fouché an einem der Tische gegenüber.

Der Veteran bejahte. »Hoch zu Ross – genau wie unser Gegner General von Werder. Am Ende hat es ja leider wenig genutzt.«

»Erst verspricht uns Bismarck Gebiete, damit wir uns nicht Österreich anschließen – dann provoziert er uns so lange, bis er uns als Angreifer darstellen kann«, knurrte Picard. »Und am Ende kassieren die preußischen Hunde unser Elsass.«

»Eine Schande«, bestätigte Fouché. »Vor allem, was damals in unserer Stadt an Menschenleben, Gebäuden und Kunstwerken zerstört wurde.«

Lucien beschloss, das Gespräch wieder auf den eigentlichen Grund ihres Hierseins zu lenken. »Monsieur Fouché weiß sich auch heute noch bestens gegen räudige Angreifer durchzusetzen«, warb er. »Ich habe es vor dem Universitätsgebäude mit eigenen Augen gesehen. Nur wenige können mit dem Säbel umgehen wie er.«

Sein Vater furchte die Stirn, der Erstgeborene hielt die Luft an. Gleich würde Jacques eine Entscheidung verkünden, die womöglich die Zukunft Maximilien Fouchés beeinflussen würde.

16

Ich denke, Sie sind der richtige Mann für diese Aufgabe«, sagte Jacques Picard, nachdem er nur kurz überlegt hatte. Lucien war erleichtert, doch sogleich fühlte sich sein Bruder René bemüßigt zu betonen: »Mehr als eine Mark am Tag können wir Ihnen aber nicht anbieten.«

Maximilien klappte buchstäblich die Kinnlade herunter. »Eine Mark? Am Tag?«

Lucien nutzte den Augenblick, in dem seinem Vater und dem Bruder vielleicht noch nicht klar war, ob Monsieur Fouché das von René vorgeschlagene Salär als skandalös wenig empfand oder als unverhofft viel. Letzteres war bei dem Obdachlosen der Fall, doch das brauchten die anderen ja nicht zu wissen. »Dann müssen wir ihm aber zumindest Kost und Logis frei zur Verfügung stellen«, verlangte Lucien rasch. »Er kommt ja von außerhalb.«

»Geht schon«, knurrte der Patriarch. »Zeig ihm das Zimmer vom alten Sarraut. Da kann er einziehen.«

Monsieur Sarraut war der zweite Diener der Picards gewesen. Seit seiner Pensionierung vor einem halben Jahr lebte er in der Bretagne, und seine Stelle war nicht neu besetzt worden, weshalb sein Zimmer leer stand.

Als Lucien Maximilien Fouché wenig später die karge

Dachkammer zeigte, in der dieser künftig wohnen sollte, sah er in dessen Augen Tränen schimmern.

Beschämt wandte er sich ab. Wie viel Dankbarkeit Fouché für etwas zeigte, das für ihn, Lucien, mehr als selbstverständlich war! »Es ist recht klein«, murmelte er.

Doch der Alte schien ihn gar nicht zu hören, sondern ließ seinen Blick staunend durch das Zimmer wandern. »Ein echtes Bett«, murmelte er sehnsuchtsvoll.

»Das Bettzeug wird Ihnen unser Diener noch bringen. Machen Sie es sich erst mal gemütlich«, schlug Lucien vor. »Mein Vater erwartet Sie dann in einer Stunde unten in der Patisserie. Ich sage kurz Ida und Oskar Bescheid, dass es geklappt hat. Wir wollten dann weitere Kleidung für Sie besorgen.«

Die Tritschler-Geschwister fielen Lucien vor Freude spontan um den Hals, als er ihnen von dem erfolgreichen Bewerbungsgespräch berichtet hatte. Doch während sie ihrer Begeisterung darüber noch wortreich Ausdruck verliehen, bemerkte Ida, dass das Strahlen im Gesicht ihres Verlobten plötzlich erstarb. Sie folgte seinem Blick – und sah seine Mutter auf die Patisserie zueilen.

Sie war noch eleganter gekleidet als sonst, und ihre dunklen Augen funkelten geheimnisvoll. Keine Frage: Claire Picard war eine klassische Schönheit, und sie wirkte so jung und lebensfroh, dass niemand, der sie nicht kannte, ihr zwei erwachsene Söhne zugetraut hätte.

Als sie Lucien, Ida und Oskar vor der Konditorei stehen sah, runzelte sie die Stirn.

»Maman, darf ich dir meine Verlobte Ida Tritschler vorstellen?«, fragte Lucien. »Ihr seid euch ja schon mal in ihrem Laden begegnet.«

»Hocherfreut, Madame«, sagte Ida und knickste höflich. »Danke noch mal für Brot und Salz. Es hat uns Glück gebracht.«

Doch Claire Picard nickte nur kurz und nahm Oskar ins Visier. »Sie sind ihr Bruder?«, vergewisserte sich die Patissiersgattin.

»Jawohl, es freut mich außerordentlich, Sie kennenzulernen, Madame«, erwiderte der, und für einen Augenblick dachte Ida, dass in seinem Blick etwas lag, das man dort sonst nur für die schöne Amélie funkeln sah.

Auch Claire Picard schien von dem jungen Mann fasziniert zu sein. Der Grund dafür wurde klar, als sie erklärte: »Sie sehen exakt so aus wie Ihr Vater vor zwanzig Jahren.«

Oskar erinnerte sie also an ihre Vergangenheit mit Franz Tritschler! Wieder spürte Ida, wie sich ihr bei dem Gedanken an die Liaison zwischen ihrem Vater und Luciens Mutter die Kehle zuschnürte. Sie wechselte einen bedrückten Blick mit Lucien, während Claire Oskar nach wie vor unverhohlen anstarrte. Es war absurd! In dem Moment, in dem sie ihre künftige Schwiegertochter vorgestellt bekam, hatte Claire Picard nur Augen für deren Bruder, weil er sie wiederum an dessen Vater erinnerte, in den sie lange Zeit verliebt gewesen war. Endlich schien sich Claire aus dem Bann der Erinnerungen zu befreien und wandte sich mit strengem Blick an ihren Sohn: »Bist du schon fertig mit der Universität, Lucien?«

»Unser Professor ist krank«, entgegnete er. »So konnte ich beim Bewerbungsgespräch unseres neuen Wachpostens dabei sein.«

Und wie aufs Stichwort trat nun Maximilien Fouché mit seinem Säbel vor das Gebäude und übernahm seinen Posten.

»Hier wird keiner mehr einbrechen«, war Lucien überzeugt.

Ida freute sich über das zufriedene – und auch ein wenig stolze – Lächeln des einstigen Obdachlosen.

»Dann werde ich unseren neuen Wächter einmal begrüßen«, kündigte Claire Picard an, wünschte Oskar einen schönen Tag, ignorierte dessen Schwester und ging zu Monsieur Fouché hinüber.

Ida schwankte zwischen Empörung und Betroffenheit darüber, dass Luciens Mutter sie derart missachtet hatte.

Sie bemerkte, wie ihr Bruder Claire fasziniert nachsah. »Donnerwetter, Lucien, deine Mutter ist offenbar in einen Jungbrunnen gefallen«, strahlte Oskar. »Ich dachte, es handelt sich um deine Schwester.«

»Das haben schon viele Kunden festgestellt«, bestätigte Lucien. »Apropos Schwester. Ida, ich möchte dich am Sonntag der Schwester meines Vaters vorstellen. Großmutter hat auch schon fragen lassen, wann wir sie mal wieder besuchen.«

»Das würde ich sehr gern«, freute sich Ida.

Sie hoffte nur, dass weder Luciens Bruder noch seine Eltern in Weghäusel auftauchen würden.

*

»Ida! Schöne, liebe Ida!«

Kaum hatte Marcel die Velobte seines Onkels erblickt, rannte er auf seinen kurzen Beinchen auf sie zu und fiel ihr jubelnd um den Hals, wozu Ida in die Hocke hing. Der Kleine umklammerte sie und schien sie gar nicht mehr loslassen zu wollen.

»Marcel, wie schön«, sagte Ida und nahm ihn auf den Arm. »Ich habe ein paar von meinen eigenen Kinderbüchern mitgebracht. Die kann ich dir vorlesen, wenn ich Großtante Maries Atelier besichtigt habe. Was meinst du?«

»Au ja«, rief der Kleine begeistert. »Vorlesen ist prima.«

»Na, dann lass uns mal schnell einsteigen, umso eher sind wir da«, schlug Ida vor.

An diesem Sonntagsausflug nach Weghäusel fuhr sie offiziell in der Kutsche der Picards mit – ein Tarnmanöver wie beim letzten Mal schenkten sie sich.

Noch waren sie ja verlobt. Trotz aller Widerstände.

Und vielleicht würden diese sich bald in Wohlgefallen auflösen, denn während der Fahrt erzählte Lucien Ida leise, was sich am Vormittag in seinem Elternhaus zugetragen hatte.

»Heute Morgen ist Herr Busch doch noch zu meinem Vater gekommen. Die beiden sitzen schon seit zwei Stunden in der Bibliothek und unterhalten sich. Der Küster hat mir versprochen, noch mal eine Lanze für unsere Verlobung zu brechen.«

»Nimmt der Herr Busch eine Lanze mit zum Opa?«, hakte Marcel besorgt nach.

Ida und Lucien mussten lachen. »Nein, keine Angst, der Opa ist nicht in Gefahr«, beruhigte Lucien ihn und wandte sich wieder an Ida. »Dass Papa ihn nicht gleich rausgeworfen hat und sie immer noch diskutieren, ist vielleicht ein gutes Zeichen.«

Aufgrund dieser erfreulichen Nachricht war Ida bester Laune, als die Kutsche vor dem Forsthaus beim Nachtwald anhielt.

»Wir erwarten Sie heute Abend um acht Uhr zurück, Monsieur Rumann«, verabredete Lucien mit dem Kutscher.

Im nächsten Moment kam ihnen freudestrahlend Großmutter Bernadette durch ihren Garten entgegen, der sich in ein buntes Blütenmeer verwandelt hatte. Sie umarmte alle drei herzlich. »Um halb eins gibt es Tarte flambée. Aber jetzt erwartet euch erst mal Marie in ihrem Atelier.«

»Und nach dem Essen liest mir die Ida was vor«, betonte Marcel auf dem Weg zum Haus.

Maries Atelier war an diesem Maimorgen sonnendurchflutet, es roch nach Farbe und Verdünner. Sie fanden die Dreiundvierzigjährige an ihrer Staffelei vor, und Ida stellte fest, dass sie aussah wie eine jüngere Version ihrer Mutter Bernadette: um die Hüfte herum etwas wohlgenährt, die flachsblonden Haare zu einem Knoten zusammengebunden, dasselbe strahlende Lächeln. Über ihrem schwarzen Kleid trug Marie einen farbverschmierten Malerkittel, in der Hand hielt sie eine Palette und einen Pinsel. Sie legte nun beides ab, um alle zu begrüßen.

»Freut mich, Sie kennenzulernen, liebe Ida«, sagte die Künstlerin herzlich. »Ich habe nur Gutes von Ihnen gehört.«

Ida lächelte. »Das geht mir mit Ihnen ganz genauso. Ich liebe Ihre Bilder und war schon so gespannt auf Ihr Atelier.«

Sie betrachtete das Gemälde, an dem Marie gerade arbeitete. Es zeigte den vor vier Jahren eröffneten Tour Eiffel, einen über dreihundert Meter hoher Eisenfachwerkturm im Zentrum von Paris.

»Er muss sehr beeindruckend sein, wenn man davorsteht«, meinte sie.

»O ja, das ist er«, schwärmte Marie, die eine erstaunlich raue Stimme hatte. »Wie ein riesiges Klettergerüst in den Himmel von Paris.«

Mit diesem Bild konnte auch der kleine Marcel etwas anfangen. »Da will ich mal raufklettern«, verkündete er.

Während Großmutter Bernadette wieder in die Küche verschwand, um sich der Zubereitung der Flammkuchen zu widmen, schnappte sich Lucien einen Skizzenblock und Farbstifte. »Komm, wir gehen in den Garten und suchen uns einen schönen, dicken Käfer«, lud er den kleinen Marcel ein.

»Den versuchen wir dann zu malen und schauen, wie er Ida und Tante Marie gefällt.«

»Au ja«, rief der Kleine begeistert und stürmte nach draußen.

Marie und Ida sahen den beiden lächelnd nach.

»Sie tun ihm gut«, sagte Marie versonnen.

»Er mir auch«, versicherte Ida und überlegte kurz, ob sie die Probleme ansprechen sollte, die es mit Luciens Vater gab. Vielleicht hatte die sympathische Marie ja einen guten Rat für sie? Doch zunächst zeigte die Künstlerin ihr weitere Bilder.

»Man kann sich in diese bunten Landschaften richtig hineinträumen«, kommentierte Ida schließlich nachdenklich. »Und bei diesem Bild bekomme ich sogar Gänsehaut.« Sie deutete auf eine Leinwand, die ein Gewitter über einem aufgewühlten See zeigte. »Da sieht man, wie mächtig die Natur ist«, kommentierte sie fasziniert.

»Ja, das war ein ganz besonderer Nachmittag, der mich dazu inspiriert hat«, erinnerte sich die Malerin. »Ich wurde klatschnass und musste durch den schlimmsten Morast nach Hause rennen. Aber ich habe mich selten so lebendig gefühlt.«

Ob Marie wohl von ihrer Kunst leben konnte? Sie hätte es gewiss verdient, aber weibliche Kunstmaler hatten es eher schwer, das wusste Ida von einem Galeristen, der in ihrer Stuttgarter Bäckerei Kunde gewesen war.

Als Nächstes zeigte Marie Ida ein wesentlich friedlicher anmutendes Bild – einen Sonnenuntergang in einem Wald voller herbstlich bunter Blätter. Marie deutete auf die Mitte des Gemäldes. »Das ist der Hochsitz, auf dem unser Vater gestorben ist«, erläuterte sie. »Vielleicht etwas makaber, aber ich finde, Papa hat einen schönen Ausgangspunkt für die große Reise gewählt.«

»Das stimmt«, bestätigte Ida leise. »Vor drei Jahren starb meine Großmutter mütterlicherseits. So schrecklich weh das tat, es gab auch Tröstliches dabei. Oma Nägele liebte den Bodensee, und eines Tages hat meine Mutter sie tatsächlich dahin eingeladen. Laut Maman beobachtete sie dort von der Terrasse ihres Hotels aus voller Begeisterung drei Reiterinnen mit weißen Pferden am Ufer. Und dabei ist sie friedlich lächelnd eingeschlafen – ohne Vorwarnung, ohne Schmerzen.«

Marie nickte. »Auch ein wunderschönes Bild. Weiße Pferde an einem großen See – Botschafter aus einem anderen, mystischen Reich.«

»Denise hat gesagt, Sie malen Welten, in die man zu gern fliehen würde«, berichtete Ida. »Das empfinde ich auch so.«

»Danke. Denise hat allen Grund, fliehen zu wollen. Mit meinem jüngeren Neffen ist es gewiss nicht ganz einfach«, murmelte Marie mit düsterem Gesichtsausdruck. »René ist von Ehrgeiz zerfressen. Als sie so lange brauchte, schwanger zu werden, war er sehr hässlich zu ihr. Und ich befürchte, dass auch jetzt kein Weiberrock vor ihm sicher ist. Der Tod seines Großvaters hat ihn wohl am meisten mitgenommen. Er war oft mit ihm jagen. Und im Gegensatz zu Lucien hatte er auch kein Problem damit, Tiere zu töten. Seit Papas Tod vor fünf Jahren fühlt er sich offenbar unter Zeitdruck. Dass alles von einem Augenblick auf den nächsten enden kann – diese Erkenntnis hat René sehr verändert.«

Das konnte Ida sich gut vorstellen. Jeder reagierte auf solch einen Verlust wohl anders. Sie selbst hatte nach dem Tod ihrer Großmutter beschlossen, noch mehr sinnlose Streitigkeiten zu schlichten – und noch einfühlsamer den Sorgen der Menschen zu lauschen.

Als sie Marie davon erzählte, sah die Malerin sie lächelnd an. »Oft reicht es nicht aus, sich mit den Problemen zu beschäftigen, von denen die Menschen erzählen. Manchmal liegt der Schlüssel in dem, was sie verschweigen.«

Dieser Satz ließ Ida sofort an Jacques Picards Hass auf ihre Familie denken – und an die unausgesprochenen Einzelheiten seiner Kriegserlebnisse.

Marie schien ihre Gedanken zu erraten. »Lucien hat mir erzählt, dass mein Bruder Ihrem Vater vorwirft, er habe seinetwegen seinen Arm verloren.«

Ida nickte, froh, dass Marie nun von selbst auf das Thema zu sprechen kam. »Heute ist Küster Busch bei ihm. Wir hoffen, dass er ihn überzeugen kann, uns eine Chance zu geben.«

»Wenn jemand positiven Einfluss auf Jacques haben könnte, dann ist es in der Tat Wolfgang Busch. Immerhin hat er meinem Bruder das Leben gerettet.«

»Hat er?«, wunderte sich Ida. Davon hatte ihr Lucien noch nichts erzählt.

»Ja«, bestätigte Marie. »Diese Geschichte habe ich tatsächlich einmal aus Jacques herausbekommen. Als man ihm den Arm amputiert hatte, lag er lange im Fieber und war in Lebensgefahr. Im Gefangenenlazarett wachte damals Wolfgang Busch an seiner Seite. Er hat den Arzt auch auf einen Blutsturz hingewiesen, an dem mein Bruder fast gestorben wäre. Als er aus seiner tagelangen Bewusstlosigkeit erwacht war, teilte man ihm mit, dass er sein Leben ausgerechnet einem Preußen verdankte: Wolfgang Busch.«

»Ihr Bruder sagte, auch sein damals bester Freund sei beim Beschuss durch die preußischen Truppen gestorben«, fiel Ida ein.

»Ja, das war mein Verlobter«, sagte Marie traurig. »Édouard.«

Ida war schockiert. Auch das hatte ihr Lucien nicht erzählt!

»Das … das tut mir leid«, stammelte sie kleinlaut. »Ich hatte keine Ahnung.«

»Édouard Bour war der Nachbar meines Bruders in dem Straßburger Viertel, wo er seine Bäckerlehre begonnen hatte«, erzählte Marie heiser. »Er wurde schnell sein bester Freund. Als ich Jacques kurz vor Kriegsausbruch in der Stadt besuchte und er mir diesen gutmütigen Kerl vorstellte, war es um uns beide geschehen. Ich war zum allerersten Mal bis über beide Ohren verliebt – auch wenn er erst siebzehn war und ich gut drei Jahre älter als er. Dass er bei der Bombardierung starb, erfuhr ich erst fast zwei Monate nach seinem Tod. Weghäusel war damals schon erobert – und man kam weder nach Straßburg hinein noch hinaus. So hatte ich natürlich auch die Beerdigung verpasst. Ein Grab, um ihn zu besuchen, gab es nicht; wie so viele wurde Édouard im Botanischen Garten bestattet.«

Idas Stimme schwankte, als sie hervorbrachte: »Sie hätten ja noch mehr Grund, uns Deutsche zu hassen, als Ihr Bruder.«

Doch die folgenden Worte Maries beruhigten sie: »Sinnloser Hass und Machtgier haben Édouard das Leben gekostet. Jetzt weiter zu hassen bringt ihn auch nicht wieder zurück.«

Ida fragte sich, ob sie ebenfalls so großherzig sein könnte, wenn Lucien von jemandem erschossen werden würde. Es war bei einem solchen Verlust gewiss sehr verführerisch, einen Schuldigen zu suchen. Marie war wirklich eine großartige Frau, dachte sie bewundernd. Warum eine derart zauberhafte Person wohl nicht erneut eine Liebe gefunden hatte? War die Wunde des Verlusts ihres Verlobten auch nach über zwanzig Jahren nicht verheilt?

Marie zauberte ein Gemälde hervor, das einen lachenden jungen Mann mit Strohhut zeigte. Im Hintergrund erkannte Ida den Münsterplatz im Sonnenschein. Das musste Édouard sein.

»Was für ein liebes Lachen«, sagte sie mit belegter Stimme.

Marie nickte wehmütig. »So behalte ich ihn in Erinnerung.«

Die Kunstmalerin versuchte, die Stimmung wieder zu heben, indem sie fortfuhr: »Wie auch immer sich mein Bruder entscheidet, hier bei meiner Mutter und mir in Weghäusel werden Sie stets willkommen sein, Ida.«

»Danke«, erwiderte sie gerührt.

Der Flammkuchen mit Speck und Lauch schmeckte hervorragend, und zu Idas Überraschung hatte die alte Madame Picard auch Mademoiselle Nantys Vater Gustave eingeladen. Die Hausdame der Tritschlers selbst war mit Hochzeitsvorbereitungen beschäftigt.

»Antoinette und Gaston werden nun katholisch heiraten«, berichtete der Alte gut gelaunt und ließ sich von Bernadette Picard das dritte Stück Flammkuchen auf den Teller schieben. »Meine Tochter wird nächste Woche vom katholischen Priester getauft, dann können sie sich schon am 23. Mai das Jawort geben – lange vor Antoinettes Geburtstag.«

Der 23. Mai würde ein Dienstag sein, Ida wusste von Herrn Leroc ja bereits, dass große Hochzeitsfeiern im Elsass traditionellerweise an diesem Wochentag stattfanden.

Alle Anwesenden schienen sich für das Paar zu freuen, das so spät im Leben noch zueinandergefunden hatte.

»Hochzeiten sind schön«, betonte selbst Marcel.

Ida und Lucien warfen einander einen sehnsuchtsvollen Blick zu. Wie gern hätten sie dem Kleinen eine weitere Hochzeit zum Schönfinden geboten!

Doch als die beiden nach ihrer Rückkehr aus Weghäusel noch Wolfgang Busch in seiner Küsterwohnung im Münster aufsuchten, um zu erfahren, wie das Gespräch mit Luciens Vater gelaufen war, hatte dieser keine guten Nachrichten für sie.

»Jacques hat tatsächlich recherchiert, wer damals Dienst hatte. Er weiß daher sicher, dass Franz Tritschler schuld am Verlust seines Arms ist«, erklärte der Küster. »Er wird Ihrer Ehe niemals zustimmen, befürchte ich. Und dass ich das Thema angesprochen habe, hat seine Laune sogar noch verschlimmert. Es tut mir leid, keine besseren Nachrichten zu haben. Sollte der Ärger mit Ihrem Vater in nächster Zeit ausufern, Lucien, können Sie jederzeit bei mir Zuflucht suchen. Die Küsterwohnung ist zwar niedrig, hat aber Platz genug.« Wolfgang Busch wirkte ausgesprochen niedergeschlagen. Scheinbar bedauerte er es zutiefst, dem jungen Glück nicht helfen zu können.

Traurig drückte Ida Luciens Hand. Viel zu viel Hoffnung hatten sie auf das Gespräch des Küsters mit dem Patissier gesetzt!

Doch es kam noch schlimmer. »Ihr Vater hatte sowieso grässliche Laune«, fuhr Wolfgang Busch fort. »Während unseres Gesprächs stieß nämlich Ihre Frau Maman zu uns. Sie teilte Jacques mit, dass wertvoller Schmuck aus ihrer Kommode verschwunden sei. Der hat getobt und will nun seinen Wachposten hinauswerfen.«

»Was?«, rief Ida entsetzt.

Fünf Tage lang war alles gut gegangen. Kein Einbrecher hatte sich seit der Bewachung durch Maximilien Fouché in die Nähe des Hauses Picard gewagt. Und nun hatte der Unbekannte wieder zugeschlagen? Eine Kündigung würde für den einstigen Professor gewiss die Zerstörung seines gerade erst aufgebauten neuen Lebens bedeuten. »Das dürfen wir nicht zulassen!«

17

»Wann hast du den Schmuck denn das letzte Mal angelegt?«, fragte Lucien seine Mutter.

Gleich nach seiner Rückkehr in das Haus der Picards hatte er seine Eltern aufgesucht, die mit René in der Bibliothek beisammensaßen. Marcel war ihm zu seinem Leidwesen dorthin gefolgt. Er hätte dem inzwischen fünfjährigen Knaben gerne erspart, Zeuge des Gesprächs zu werden, da er fürchtete, sein Neffe könne sich zu Hause nicht mehr sicher fühlen, wenn er von den Einbrüchen wüsste. Doch der Kleine war ohne Aufsicht, das Kindermädchen hatte seinen freien Tag, und Denise war in der Stadt unterwegs.

»Das muss zum Silvesterball gewesen sein«, beantwortete Claire die Frage ihres Erstgeborenen. »Heute Morgen wollte ich meine Garderobe für den Empfang des Bürgermeisters zusammenstellen. Und da fiel mir auf, dass das Geschmeide fehlt.«

»Mit anderen Worten: Der Schmuck könnte schon bei den ersten beiden Malen gestohlen worden sein. Inzwischen sind die Schlösser ausgetauscht«, fasste Lucien zusammen. »Aber wir wissen ja, dass der Einbrecher vorher freien Zugang gehabt haben muss.«

»Was macht es für einen Unterschied, wann der Schmuck gestohlen wurde?«, verlangte sein Bruder zu wissen.

»Der Zeitpunkt sagt etwas darüber aus, ob wir wirklich Monsieur Fouché einen Vorwurf machen können. Ihm das Verschwinden des Schmucks anzulasten ist ungerecht. Wir sollten ihm keinesfalls kündigen«, betonte Lucien. »Wir verlieren dadurch unseren Schutz gegen ein erneutes Eindringen des Einbrechers.«

»Da hat er recht«, pflichtete seine Mutter ihm bei. »Der Schmuck kann in der Tat schon länger fort sein. Und ich fühle mich mit einem Wächter einfach sicherer.«

»Also gut, von mir aus kann Fouché vorerst bleiben«, knurrte der Vater schließlich.

Lucien versuchte, seine große Erleichterung zu verbergen. Betont beiläufig sagte er: »Dann gebe ich ihm besser gleich Bescheid, bevor er ein anderes Angebot annimmt. Wisst ihr, wo er gerade ist?«

»Oben in seinem Zimmer«, wusste René. »Er packt.«

Als Lucien an die Tür der Dachkammer geklopft hatte, dauerte es eine ganze Weile, bis ein müdes »Herein« ertönte.

»Monsieur Fouché, Sie dürfen bleiben«, rief Lucien, nachdem er die Tür geöffnet hatte. Sein Lächeln erstarb jedoch, als ihm Alkoholgeruch entgegenwehte.

Fouché hatte einen hochroten Kopf, sein Koffer mit dem zweiten Anzug war noch offen. »Wirklich?«, vergewisserte er sich.

»Ja, ich habe meinen Vater überzeugt, dass der Schmuck aller Wahrscheinlichkeit nach schon beim letzten Mal gestohlen wurde«, erwiderte Lucien und trat einen Schritt in den Raum.

»Das ist ja wunderbar«, sagte der Wächter mit verdächtig undeutlicher Stimme.

Nun bemerkte Lucien neben der Anzughose im Koffer eine halb leere Flasche Branntwein. »Sie haben getrunken«, sagte er, und seiner Stimme war die Enttäuschung deutlich anzuhören.

Maximilien Fouché senkte den Blick und nickte. »Die Vorstellung war so unerträglich – alles wieder zu verlieren.«

»Aber … das hilft Ihnen doch nicht.« Lucien deutete auf die Flasche.

»Ich wollte alles vergessen. Mal wieder«, murmelte der Alte. »Ich habe Ihr Vertrauen missbraucht. Ich sollte doch lieber gehen. Ich war eben aus gutem Grund auf der Straße. Mir ist einfach nicht zu trauen.«

»Ich vertraue Ihnen. Vielleicht könnten Sie das dann auch?«, sagte Lucien. »Meine Familie braucht Ihren Schutz weiterhin.«

Der Alte sah ihn zweifelnd an.

*

Wie verabredet hatte Ida vor dem Haus der Picards gewartet, um von Lucien zu erfahren, ob alles gut gegangen war. Als er endlich hinauskam, war sie vollkommen durchgefroren, nachts war es doch noch recht kalt.

»Hat es geklappt?«, fragte sie bibbernd.

Lucien zog sofort seine Jacke aus und legte sie ihr fürsorglich über die Schultern. »Na ja, mein Vater hat zwar zugestimmt, aber …«

Da kam Monsieur Fouché mit seinem Säbel aus dem Haus und trat seine Wache wieder an.

»Also doch!«, freute sich Ida.

»Monsieur Picard, danke, dass Sie sich für mich eingesetzt haben. Aber ich möchte etwas zu bedenken geben«, sagte der Alte, als Ida ihn erleichtert begrüßt hatte. »Als der Einbrecher die ersten beiden Male zugeschlagen hat, war Ihre Mutter zu Hause. Ist es nicht unwahrscheinlich, dass niemand bemerkt haben soll, wie das Geschmeide aus ihrem Zimmer genommen wurde?«

»Das hieße, dass der Schmuck doch erst später gestohlen wurde«, sagte Ida und nickte nachdenklich. »Der Einbrecher müsste demnach auch nach Austausch der Schlösser Zutritt zu eurer Wohnung haben.«

»Unsere Bediensteten?«, hakte Lucien nach. »Das kann nicht sein.«

»Manchmal vertraut man vielleicht zu viel«, wandte Monsieur Fouché ein.

Ida sandte ihm einen irritierten Blick. Sie bemerkte, dass er angetrunken war, und hoffte, dass Luciens Vater ihn nicht in diesem Zustand erwischen würde. Dann wäre Monsieur Fouché seine Stellung sicher endgültig los.

»Wer hat denn alles Zutritt zu eurer Wohnung?«, wandte sie sich an Lucien. »Eure Köchin und das Kindermädchen …«

»… und unser junger Diener, Monsieur Rumann«, ergänzte Lucien. »Außerdem das Zimmermädchen Bärbel, sie wohnt zwar bei ihren Eltern, aber einen Schlüssel hat sie auch. Hm, über Rumann weiß ich im Grunde am wenigsten. Der ist erst ein halbes Jahr bei uns, redet sehr wenig.«

»Vielleicht sollten Sie ein Auge auf alle haben«, schlug Maximilien Fouché vor. »Ob sich jemand plötzlich teure Dinge anschafft, die er sich normalerweise nicht leisten könnte.«

»Oder sie – es könnte natürlich auch jemand von den weiblichen Bediensteten dahinterstecken«, meinte Lucien. »Ich werde meine Schwägerin Denise einweihen. Sie soll einen Blick auf alle haben, wenn ich in der Universität bin und Sie vor dem Haus wachen.«

*

»Keine Widerrede«, donnerte Franz Tritschler und sah seinen Koch streng an.

Ida bekam das Gespräch durch die offene Bureautür vom Verkaufsraum aus mit. Monsieur Leroc war soeben vom Notar zurückgekehrt, wo er gemeinsam mit Mademoiselle Nanty den sogenannten Handstreich, den Ehevertrag, unterzeichnet hatte, als ihn sein Arbeitgeber zu sich bestellt hatte.

Nun stand der Koch beinahe eingeschüchtert vor dem Patriarchen, dabei ging es eigentlich um etwas Erfreuliches: Die Hochzeit sollte traditionellerweise auf dem Hof von Mademoiselle Nantys Vater in Weghäusel stattfinden, und der Bäckereichef bestand darauf, die Verköstigung zu übernehmen – als Geschenk!

»Vielleicht können Sie mir dann aber wenigstens etwas vom Lohn abziehen?«, wagte der stolze Koch einen Vorstoß, doch Tritschler schüttelte energisch den Kopf. »Nein, nein, nein, mein Lieber. Das fangen wir gar nicht erst an. Ich bin Ihnen was schuldig.«

Als Monsieur Leroc seinen Brötchengeber fragend ansah, erklärte der: »Ohne Sie und Ihre Zukünftige hätte ich niemals vier gut gehende Feinbäckereien eröffnen können. Sie waren beide Tag und Nacht für meine Familie da. Was wäre ich für ein Chef, wenn ich es Ihnen nicht mit einer wunderbaren Feier vergelten würde? Ich weiß, Sie haben Ihren Stolz, Gaston, aber dieses eine Mal lassen Sie mir bitte den meinen.«

Ida beschloss, in der Mittagspause Mademoiselle Nanty aufzusuchen, um ihr zur Unterzeichnung des Ehevertrags zu gratulieren.

Sie fand die Hausdame in der Küche vor, wo sie die Bestände überprüfte und eine Einkaufsliste erstellte.

»Ich freue mich so, dass Ihr … Handstreich nun geschlossen ist«, sagte Ida herzlich.

Die Ältere lächelte. »Bei uns war das ja viel einfacher, als es bei Ihnen und Lucien einmal sein wird.«

Ida nickte. »Keine verfeindeten Väter«, sagte sie seufzend.

»Oh, das meine ich gar nicht«, entgegnete die angehende Braut. »Aufgrund unseres Alters kommen für uns einfach einige der Bräuche nicht infrage. Aber bei Ihnen und Ihrem Lucien schon.«

Ida sah sie neugierig an.

»Also, zunächst verhandeln die beiden Familienväter lange und zäh darüber, wer was mit in die Ehe gibt. Manchmal werden die Verhandlungen dann auch abgebrochen. Das ist halb Spaß und halb Ernst.«

»Oh«, machte Ida und stellte sich vor, wie Jacques Picard und ihr Vater an einem Tisch saßen und darum feilschten, wer mehr zur Aussteuer beitragen würde. Wenn sie nur jemals so weit kämen! In ihrem Fall würde ein solcher Streit wohl ausufern – und Spaß wäre ganz gewiss nicht dabei.

»Wenn man sich dann endlich geeinigt hat, wird der Ehepakt zu Papier gebracht. Und die Braut verweigert dann für gewöhnlich erst einmal die Unterschrift.«

»Warum denn das?«, fragte Ida erstaunt, während sie auf einem Küchenstuhl Platz nahm.

»Um die Spannung zu steigern«, antwortete die Hausdame grinsend. »Sie läuft dann fort und der Bräutigam ihr nach. Er bietet ihr Geld, und dann unterschreibt sie. Zum Glück will Gaston auf diesen Brauch verzichten.«

Die Vorstellung, wie ihr Koch Mademoiselle Nanty nachjagte, ließ Ida schmunzeln. Ob Lucien wohl auch auf diesen Ritualen bestehen würde, wenn es bei ihnen doch noch eines Tages klappen sollte?

»Wenn alles vorbereitet ist, gibt es im Vorfeld der Zeremonie ein üppiges Essen, zu dem auch der Pfarrer eingeladen ist. Für das eigentliche Hochzeitsmahl wird dann geschlachtet, und die Hochzeitskleider müssen angefertigt werden. Bei uns auf dem Land bekommt die Braut neben dem Hochzeitskleid zwanzig bis vierzig rote, blaue und grüne Röcke.«

»So viele?«, wunderte sich Ida. »Das reicht ja für ein ganzes Leben.«

»Zumindest, wenn sie nicht zunimmt«, erwiderte die Hausdame lächelnd und sah an sich hinab. Sie war zwar nicht dick, aber im Laufe der Jahre etwas molliger um die Hüften geworden. »Ich fahre schon am Sonntag nach Weghäusel hinaus. Gaston und ich werden zwar viele der üblichen Bräuche nicht mitmachen, aber ein paar müssen es schon sein«, vertraute sie Ida an.

»Da gibt es noch mehr?«, staunte die.

»O ja. Man könnte ein ganzes Buch darüber schreiben«, merkte Mademoiselle Nanty fröhlich an.

»Allein die Einladung der Gäste ist enorm aufwendig. Vor jedem einzelnen Haus der Besucher wird ein Pistolenschuss abgegeben. Die sogenannten Hochzeitslader tragen blaue Mäntel und Hüte, die die Braut zuvor mit Blumen schmückt.«

»Und wird man dann auch vor unserem Haus schießen?«, fragte Ida.

Die Hausdame schüttelte den Kopf. »Nein, auf diesen Brauch verzichten wir. Es soll ja keine riesige Hochzeit werden. Aber es ist üblich, dass die Braut am Abend vor der Trauung den Nachbarn und dem Pfarrer Kuchen und Torten bringt. Ihr Herr Vater will es sich nicht nehmen lassen, alles höchstpersönlich zu backen.«

»Ich bin so froh, dass Sie nach der Hochzeit weiterhin bei

uns arbeiten«, betonte Ida bewegt. Für gewöhnlich legten Frauen nach der Vermählung ja die Arbeit nieder.

»Ach, ich glaube, Kinder sind in unserem Fall kaum mehr zu erwarten«, scherzte die Hausdame. »Außerdem kann ich mir ein Leben ohne Sie alle doch gar nicht mehr vorstellen.«

»Sie gehören ja auch zur Familie«, sagte Ida, und plötzlich brach ihre Stimme.

Die Hausdame bekam ihrerseits feuchte Augen und nahm gerührt die Hand des Mädchens, das sie bereits als Vierjährige auf dem Schoß getröstet hatte. Dann sah sie Ida beinahe schüchtern an und fragte: »Würden Sie mir die Ehre erweisen, meine Brautjungfer zu sein?«

*

Die Nacht vor der Hochzeit hatte Ida auf dem Nanty-Hof in Weghäusel verbracht. Sie war bereits kurz nach dem ersten Krähen des Hahns auf den Beinen gewesen und hatte sich gefreut, dass der wolkenlose Himmel auf wahres Kaiserwetter für das Brautpaar hoffen ließ. Ausnahmsweise war heute sie es, die ihrer einstigen Kinderfrau beim Ankleiden und Frisieren half.

»Sie sehen wunderschön aus«, befand Ida, als sie ihr Werk beendet hatte.

Weil Ida als Brautjungfer ihrerseits besonders gekleidet werden musste, Antoinette Nanty sich aber nicht mehr allzu viel bewegen sollte, übernahm ab hier Luciens Großmutter. Nachdem Bernadette dem Mädchen liebevoll beim Ankleiden und mit den Haaren geholfen hatte, wurde Ida von Mademoiselle Nantys charmantem Vater Gustave abgeholt. Der grauhaarige Herr lächelte Luciens Grand-mère zu, und Ida bemerkte die Vertrautheit zwischen den beiden.

Gustave half ihr in das mit Blumen geschmückte Pferdefuhrwerk und fuhr mit ihr den kurzen Weg zum Pfarrhaus: Traditionellerweise brachten Brautvater und Brautjungfer dem Geistlichen am Morgen der Hochzeit eine Stärkung.

Ida und Gustave hatten einen Korb mit der Brautsuppe, in der ein üppiges Stück Rindfleisch lag, und ein Stück Weißbrot dabei. Im Pfarrhaus überreichte Monsieur Nanty dem Geistlichen obendrein noch ein Schnupftuch, in dem ein Stängel Rosmarin lag. Auch das sei Tradition, hatte er Ida auf dem Weg hierher erzählt und ein ums andere Mal gerührt gemurmelt: »Dass ich das noch erleben darf. Nun wird meine Kleine doch noch heiraten.«

»Das Brautpaar ist zur Kirche gerüstet«, sagte Ida nun ihr Sprüchlein auf, und Monsieur Nanty ergänzte: »Möge der Pfarrherr aber zuvor sich das gebrachte Frühstück schmecken lassen.«

Der katholische Geistliche, den Ida als wesentlich gutmütiger empfand als ihren Pastor in der Stadt, lächelte wohlwollend. »Das werde ich, mein Kind. Das werde ich.«

18

Als Lucien sich in der Kutsche der Picards der kleinen katholischen Landkirche näherte, war er voller Vorfreude auf die Feier und darauf, seine Großmutter, Tante Marie und vor allem natürlich Ida wiederzusehen. Kaum war er ausgestiegen, läuteten auch bereits die Hochzeitsglocken und der Pfarrer erschien, um das Brautpaar in die Kirche zu geleiten. Antoinette Nanty sah in ihrem Hochzeitskleid und mit dem Häubchen auf dem Kopf ganz zauberhaft aus, ihr künftiger Gatte Monsieur Leroc wirkte in seinem schwarzen Heiratsanzug äußerst schnittig. Hinter dem Brautpaar erspähte Lucien die Brautjungfern, zunächst seine Tante Marie und dann – Ida! Ihr Anblick ließ sein Herz schneller schlagen: Ebenso wie die Braut trug sie ein Häubchen, das aussah wie eine goldene Krone und um das ein rotes Band geschlungen war. Über die Stirn fiel ein zauberhaftes Gebilde aus Perlen und Draht, das sogenannte Jungfernkrönlein.

Als seine Verlobte Lucien an der Seite seiner Großmutter Bernadette entdeckte, lächelte sie glücklich. Immer wieder kreuzten sich ihre Blicke, während sie unter Glockengeläut zur Kirche schritten.

An deren Tür stand eine Handvoll grimmig dreinblickender Hirtenfrauen, die der Braut den Zutritt verwehrten. Sie forderten von ihrem Vater Geld. Erschrocken sah Ida zu Lucien hinüber. Die Frauen würden doch nicht auf die Idee kommen, den beiden ihren schönsten Tag zu verderben?

Doch an den amüsierten Mienen der Umstehenden erkannte Ida, dass auch dies anscheinend Tradition war.

Ich muss noch viel lernen, bevor ich Lucien heirate – wenn es irgendwann wirklich so weit sein wird, dachte sie.

Und dann begann der eigentliche Gottesdienst. Die Predigt des Pfarrers war ungemein anrührend, fand Ida, deren Blick immer wieder zu Lucien flog. An der Sehnsucht in seinen Augen sah sie, dass auch er sich vorstellte, sie beide würden sich heute hier das Jawort geben. In seinem Blick lag das Versprechen: Irgendwann stehen wir auch dort vorne. Und er arbeitete bereits daran, seinen Plan in die Tat umzusetzen. Seit einiger Zeit schon hielt er Ausschau nach einer Laborarbeit, die er neben dem Studium verrichten konnte. Eine Hochzeit gegen den Willen seines Vaters würde es schließlich erst geben, wenn Lucien in der Lage war, Ida und ein mögliches Kind ohne die Unterstützung des verbitterten Jacques Picard durchzubringen. Als sich das Brautpaar das Jawort gegeben hatte und die Ringe tauschte, ertönte vor der Kirche eine donnernde Gewehrsalve. Ida zuckte erschrocken zusammen, doch auch das schien normal zu sein. Der Schulmeister aus dem nächstgrößeren Nachbarort spielte die Orgel. Draußen wurden die Hochzeitsgäste von weiteren Gewehrschüssen und fröhlicher Musik empfangen.

Nun konnte Ida endlich zu ihrem Lucien gehen. Wie gern hätte sie ihn mit einem Kuss begrüßt, doch das wagte sie nicht. Ihr war ohnehin ein wenig mulmig zumute, immerhin traten sie heute erstmals offiziell als Verlobte auf, obwohl beide wussten, dass sie damit den Zorn Jacques Picards auf sich ziehen würden.

»Wenn das dein Vater erfährt …«, flüsterte sie ihm zu.

»Ach, Tante Marie und Großmutter werden dichthalten. Und sonst sind ja nur deine Familienmitglieder da. Die werden uns bestimmt nicht an meinen Vater verraten.«

Ida nickte, ließ aber dennoch nervös ihren Blick schweifen – und zuckte zusammen: Ein dürrer Mittvierziger in dunklem Anzug und mit streng gescheiteltem Haar schlenderte zu der Menschenansammlung vor der Kirche. »Das ist ja Mademoiselle Nantys Bruder!«, zischte sie Lucien zu. »Hoffentlich macht er keinen Ärger.«

Doch der heute ungewohnt gepflegt aussehende Spieler hielt sich im Hintergrund und sah immer wieder scheu zu dem frisch vermählten Paar, das vor der winzigen Kirche Position bezogen hatte, um die Glückwünsche entgegenzunehmen. Offenbar traute er sich nicht zu gratulieren. Schließlich gab er sich jedoch einen Ruck.

»Von Herzen alles Gute, Netty«, sagte er aufrichtig.

»Schön, dass du den weiten Weg auf dich genommen hast«, erwiderte sie zurückhaltend, aber dennoch mit liebevollem Blick. »Wie geht es dir in Frankfurt?«

»Es ist wie ein neues Zuhause auf dem Hofgut«, erklärte Charles strahlend. »Wie alle Kameraden dort habe ich dem Alkohol völlig abgeschworen – und dem Glückspiel erst recht.«

So gepflegt, wie er aussah, war auch Ida geneigt, dem einstigen Spieler zu glauben. Er war wohl wirklich die ganze Zeit über in Frankfurt gewesen und schied damit endgültig aus dem Kreis der Verdächtigen für die Diebstähle im Hause der Picards aus.

»Wenn das so ist, bist du natürlich auch auf dem Hof wieder willkommen«, knurrte Gustave Nanty, der neben seiner Tochter stand.

»Danke, Vater«, sagte Charles ernst. »Ich werde dich nicht enttäuschen.«

Die Braut lächelte glücklich, und ihre Hochzeitsjungfer freute sich mit ihr. Nun hieß Mademoiselle Nanty also Madame Leroc, dachte Ida. Daran würde sie sich erst gewöhnen müssen.

Eine halbe Stunde später traf die Hochzeitsgesellschaft auf dem Nanty-Hof ein, den Bernadette Picard mithilfe des Brautvaters in ein wahres Blumenmeer verwandelt hatte.

Erst jetzt bemerkte Ida, wie wunderschön alles geworden war. Am Morgen war sie viel zu aufgeregt gewesen, um wirklich einen Blick dafür zu haben. Die Blumen aus Bernadettes Garten schmückten auch die gute Stube des Nanty-Hofs. Mitten im dortigen Blütenmeer waren die verlockend aussehenden Kunstwerke aus der Patisserie aufgebaut.

»Wie wunderschön«, hauchte Antoinette Leroc gerührt, als sie am Arm ihres Bräutigams die Stube ihrer Kindheit betrat. Ida, die den ganzen Morgen noch nichts gegessen hatte, verspürte angesichts all der Köstlichkeiten heftigen Hunger und hätte sich am liebsten sofort über die Speisen hergemacht. Doch zu ihrem Erstaunen schien keiner der anderen Gäste an Essen auch nur zu denken. Es dauerte eine ganze Weile, bis die Gesellschaft Platz genommen hatte.

»Warum brauchen die bloß so lange?«, flüsterte sie Lucien zu, der als ihr Verlobter neben ihr am Ehrentisch sitzen durfte.

»Keiner will der Erste sein«, sagte er. »Das wäre unhöflich.«

Ida musste schmunzeln. Und kurz darauf wurde sie dann endlich von ihrem Hunger erlöst. Nachdem alle dem Brautpaar zugeprostet und ihm gute Gesundheit sowie ein langes Leben gewünscht hatten, wurde von Mädchen aus dem Dorf das Mittagessen serviert. Es gab Suppe mit großen Stücken

Rindfleisch; und auf gewaltigen Sauerkraut- und Spinatbetten lagen stattliche Schweinefleischstücke, umwunden mit Bratwürsten, dazu Markklöße. Als Nächstes wurden Geflügel- und Kalbfleischpasteten serviert und obendrein Schweinebraten mit Salat.

»Na, immer noch hungrig?«, fragte Lucien schmunzelnd, als schließlich alle zufrieden schmatzend vor sich hin aßen.

Ida schüttelte überfordert den Kopf. »Ich habe nie zuvor so viel gegessen«, ächzte sie. »Hoffentlich hat die Hochzeitsgesellschaft überhaupt noch Platz für unsere Kuchen und Torten.«

»Da mach dir mal keine Sorgen«, lachte er. »Wir Elsässer haben große Mägen.«

Nach dem Mittagessen hatten die Gäste erst einmal die Gelegenheit, sich zu bewegen. Idas Bruder Oskar wartete mit einer Überraschung für die Frischvermählten auf: Gemeinsam mit drei Studienkollegen wollte er Tanzmusik zum Besten geben.

»Liebes Brautpaar«, ergriff er das Wort. »Mein Studienfreund Gottfried hier kommt aus Österreich und hat uns die Wiener Schrammelmusik beigebracht. Er ist heute unser musikalischer Leiter.«

Besagter Gottfried spielte Geige, Oskar seine geliebte Ziehharmonika, ein weiterer Studienfreund Gitarre, der Vierte schließlich Klarinette. Der strahlende Monsieur Leroc führte seine Braut auf die Tanzfläche, um zu eröffnen. Ida lächelte, als sie sah, wie die beiden in glücklicher Harmonie im Dreivierteltakt der Musik dahinschwebten.

Nach dem Brautwalzer spielten Oskar und seine Freunde ein volkstümliches Tanzstück, das bei den Anwesenden für hervorragende Stimmung sorgte.

Lucien verbeugte sich vor Ida. »Als Nächstes sind traditionell die Brautjungfern dran«, sagte er. »Darf ich also bitten?«

Es fühlte sich großartig an, in seinen Armen zu liegen und sich im Takt der Musik zu wiegen. Ida schmiegte sich eng an ihn.

Das Brautpaar tanzte ebenfalls gut gelaunt weiter, und auch der Rest der Hochzeitsgesellschaft schloss sich ihnen an. Selbst der alte Gustave Nanty und Bernadette Picard gaben sich die Ehre.

Auch Antoinettes Bruder reihte sich ein und feierte fröhlich mit, hielt aber Wort – kein Tropfen Alkohol ging über Charles Nantys Lippen.

Nach vier Tanzstücken legten Lucien und Ida eine Pause ein, und sie schnappte sich einen der Puits d'amour, um ihn sich mit ihrem Verlobten zu teilen. Sie liebte die runde Köstlichkeit aus Blätterteig, Butter, Puderzucker und Marmelade, vor allem fand sie den Namen des Gebäcks – Liebesbrunnen – recht romantisch.

»Bei denen habe ich selbst mitgebacken«, flüsterte Ida, als sie an ihrem Tisch gemeinsam das süße Stückchen vertilgten. »Und dabei an dich gedacht.«

Er sah sich verstohlen um, und als er feststellte, dass ihnen gerade niemand Beachtung schenkte, küsste er sie zaghaft auf die Lippen.

»Du schmeckst zuckersüß«, stellte er fest.

Sie lächelte und streichelte seine Hand. Eine Weile saßen sie in einvernehmlichem Schweigen da und ließen sich das Süßgebäck schmecken.

»Wie geht es denn Monsieur Fouché?«, erkundigte sie sich schließlich. Wegen der vielen Hochzeitsvorbereitungen hatte sie in den vergangenen Tagen gar keine Zeit gefunden, den einst Obdachlosen auf seinem Wachposten zu besuchen.

»Viel besser. Ich glaube, er hat keinen Alkohol mehr angerührt«, erzählte ihr Verlobter. »Und es wurde auch nichts mehr gestohlen.«

Ida atmete erleichtert aus.

*

Es war bereits nach zehn Uhr abends, als Lucien am Ende der wunderbar beschwingten Feier ankündigte, nach Hause zu fahren. »Das Quartett scheint ohnehin nicht mehr spielen zu wollen, zumindest ist dein Bruder seit einer Weile verschwunden.«

Ida sah sich suchend um. »Stimmt, das ist mir noch gar nicht aufgefallen«, sagte sie. Die anderen Musiker waren noch da und ließen es sich schmecken, Oskar aber fehlte.

Dann lächelte sie ihren Verlobten an. »Ohne Musik und ohne Partner kann ich ja sowieso nicht tanzen, dann bringe heute ausnahmsweise ich dich als Begleitschutz vor deine Haustür. Bei der Gelegenheit kann ich Monsieur Fouché auch noch zu zwei Wochen ohne Einbrüche gratulieren.«

Auf dem Weg aus dem Bauernhaus vernahm sie leise Stimmen, die von der Sitzgruppe links vom Eingang herüberdrangen. Amélie und Oskar! Ida blieb lauschend stehen und legte ihren Finger an die Lippen.

»Ich bräuchte den Rat eines klugen Freundes«, hörte sie die Bedienung ungewohnt ernst sagen. »Können wir uns morgen nach Ladenschluss treffen?«

Ida freute sich. Vielleicht gab es auch für ihren Bruder und Amélie doch noch Hoffnung?

Monsieur Fouché war so überrascht wie begeistert, als er Ida und Lucien entdeckte, die Hand in Hand auf die Patisserie Goldschmidt zuschlenderten. »Ist die Hochzeit schon zu Ende?«, fragte er.

»So gut wie«, erwiderte Lucien.

»Wir wollten nicht schlemmen, während Sie hier darben müssen«, meinte Ida und überreichte dem alten Nachtwächter feierlich einen kleinen Korb voller süßer Leckereien und einen halben Flammkuchen.

»Sie sind immer so freundlich zu mir, Mademoiselle«, sagte Monsieur Le Prof gerührt. »Ich stehe tief in Ihrer Schuld.«

»Unsinn«, winkte Ida ab. »Ich helfe Ihnen ja nur ein bisschen. Und das haben Sie wirklich verdient.«

Sie verabschiedete sich mit einem Kuss von Lucien, der daraufhin sein Elternhaus betrat.

Auf ihrem Weg nach Hause hörte sie in einer Hofeinfahrt plötzlich eine Frau auf Französisch zischen: »Es reicht! Lass mich endlich in Ruhe!«

Das war doch Denises Stimme! Ida trat einen Schritt vor und bemerkte, dass es sich tatsächlich um Luciens Schwägerin handelte. Ihr Gegenüber stand jedoch im Schatten und war daher nicht zu erkennen. Ida fragte sich, ob es René war, der Denise dort bedrängte. Doch die würde ja niemals derart bestimmt mit ihrem Gatten sprechen.

»Das könnte dir so passen«, erwiderte nun eine Frauenstimme ihrerseits auf Französisch. »Ich habe ein Anrecht auf ein Stück vom Kuchen. Und du hast immer noch weiten Vorsprung vor mir, mein Täubchen.«

»Sprich doch bitte leiser!«, flehte Denise – im Flüsterton, aber eindringlich. »Lass uns weiter nach hinten gehen!«

Nun konnte Ida die beiden weder sehen noch hören und machte sich daher ein wenig enttäuscht auf den Heimweg.

Was für eine merkwürdige Unterhaltung, dachte sie. Um wen es sich bei Denises Gesprächspartnerin wohl handelte? Sie beschloss, Lucien bei nächster Gelegenheit von der seltsamen Begegnung zu erzählen.

19

Oskar war so unruhig wie seit seinem allerersten Rendezvous mit einem Mädchen nicht mehr. Dass Amélie ihn treffen wollte, hatte ihn überrascht und gefreut. Aber es setzte ihn auch sehr unter Druck. Wenn es noch irgendeine Gelegenheit gäbe, die liebreizende Bedienung für sich zu gewinnen, dann heute. Deshalb hatte er seinen besten Anzug angezogen und die Haare vor dem Spiegel in Form gebracht.

Sie waren im Restaurant *Zuem Strissel,* nicht weit vom Münster entfernt, verabredet. Als Oskar überpünktlich vor dem schmalen Gebäude ankam, saß Amélie bereits allein an einem Tisch im Außenbereich. Auf einer der rot-weiß karierten Tischdecken stand eine Kerze, und es duftete verführerisch nach dem Zwiebelkuchen, von dem Oskar seit seiner Ankunft in Straßburg nicht genug kriegen konnte. Ebenso wie von Amélie, die im Schein der Kerzen einfach wunderschön aussah.

»Guten Abend«, sagte sie, als er an ihren Tisch trat, und wirkte dabei seltsamerweise noch nervöser als er. »Freut mich, dass du es ermöglichen konntest.«

»Die Gelegenheit lasse ich mir doch nicht entgehen«, erwiderte Oskar mit einem ebenso schiefen wie unsicheren Grinsen, während er auf dem dunklen Holzstuhl Platz nahm und sich dabei sofort am Tischbein stieß. Er ignorierte den Schmerz und strahlte Amélie an: »Dein Vorschlag hat mich kolossal gefreut.«

Verwundert stellte er fest, dass ihre Hände zitterten. Was war nur los mit ihr? Bisher hatte sie ihm gegenüber immer äußerst selbstsicher gewirkt.

»Sich einmal außerhalb unseres Cafés zu treffen – das ist eine großartige Idee«, sagte er, um das Gespräch in Gang zu bringen.

Nachdem sie bestellt hatten – er selbstverständlich Zwiebelkuchen und sie traditionelle Fleischkiechle –, fragte Oskar neugierig: »Was wolltest du mir denn erzählen?«

Sie sah sich kurz um – die einzigen anderen Gäste saßen an einem der kleinen Tische näher am Haus und damit außer Hörweite.

»Ja, also, ähm, ich hoffe, wir können danach immer noch befreundet bleiben«, begann Amélie zögerlich. »Aber ich kenne eben niemanden, der offener ist als du. Du erhebst nie den strengen Zeigefinger. Und du warst nicht beleidigt – obwohl aus uns als Paar ja nichts wurde.«

»Na ja, zumindest habe ich es dir nicht gezeigt«, scherzte er, spürte aber bittere Enttäuschung in sich aufsteigen. »Obwohl aus uns als Paar ja nichts wurde«, hatte sie gesagt. Das klang endgültig und nicht so, als dürfe er sich wieder Hoffnungen machen.

»Ja, Humor hast du auch«, meinte sie lächelnd. »Deshalb wollte ich mich ja gern in dich verlieben. Denn eigentlich bist du ein Traum. Es hat aber nicht funktioniert – und das zeigt vielleicht das große Problem mit mir.«

Oskar war derart verwirrt, dass er sogar seine Enttäuschung vergaß. »Was … was meinst du?«

»Ich hoffe so, dass du noch mit mir sprichst, wenn ich es dir erzähle«, sagte sie ungewohnt kleinlaut.

So, wie sie herumdruckste, musste sie ja etwas Furchtbares angestellt haben. Da fiel ihm ein, dass Amélie kürzlich die Patisserie Goldschmidt ausspioniert hatte – und dort laut Ida Geld und Schmuck verschwunden war!

»Hast du … etwas gestohlen?«, fragte er zögerlich.

Sie sah ihn erschrocken an. »Nein, so etwas ist es nicht.«

Schließlich atmete sie tief durch und sagte: »Ich habe mich verliebt, befürchte ich.«

Oskar spürte einen schmerzhaften Stich. Es wäre ihm lieber gewesen, sie hätte ihm einen Diebstahl gestanden! Seit sie ihn auf der Hochzeit um ein Treffen gebeten hatte, war er so selig gewesen und hatte sich ausgemalt, wie er sie endlich in seine Arme ziehen und küssen würde. Und nun das! Sein Magen krampfte sich zusammen bei der Vorstellung, Amélie vielleicht bald an der Seite eines anderen Mannes sehen zu müssen. Dennoch presste er tapfer hervor: »Das ist doch schön für dich.«

»Ja, aber …«, fuhr sie zögerlich fort, »in meinem Fall ist es nicht einfach. Ich habe mich verliebt in … in eine … Frau.«

Nun war Oskar völlig verdutzt, damit hätte er nie gerechnet.

Mehr als ein »Oh« brachte er zunächst nicht zustande.

»Ich dachte, dir kann ich es erzählen, da du so herzlich von deiner Musiklehrerin und ihrer Partnerin gesprochen hast«, wisperte sie und sah ihn flehend an. »Ich hatte gehofft, du verurteilst mich nicht.«

Was sollte er darauf sagen? »Weiß die Frau davon?«

Amélie nickte. »Ja, und ich habe den Eindruck, sie empfindet ebenso.«

»Hm, das macht ja schon mal Hoffnung«, sagte er überfordert.

Ihre Stimme klang brüchig, als sie feststellte: »Aber du heißt es nicht gut.«

Er versuchte, seine Gefühle in den Griff zu bekommen, und schaffte eine Antwort: »Sosehr ich es dir gönne, so glücklich zu werden wie meine Musiklehrerin – ich mache mir auch Sorgen um dich. Ich muss ehrlich zugeben: Ich wäre wahrscheinlich zu feige für so eine Verbindung. Ich hätte Angst, mir damit meine Zukunft zu ruinieren. Die Menschen spotten und sind grausam, wenn sie etwas nicht kennen.«

»Das stimmt«, sagte Amélie ernst. Es war davon auszugehen, dass ähnliche Gedanken auch sie selbst schon geplagt hatten.

»Hm, gut, ich werde wohl besser noch mal darüber nachdenken«, murmelte sie mit traurigem Blick. »Danke für deine Offenheit. Wie geht es dir denn?«

Mit seiner Trauer darüber, dass Amélie für ihn gerade in noch unerreichbarere Ferne gerückt war, wollte er sie nicht belasten. Nicht zuletzt war er dazu auch zu stolz. Daher wählte er ein anderes Thema: »Ich sorge mich um meine Schwester. Lucien Picard ist ihre große Liebe.«

Amélie lächelte. »Kann man kaum übersehen.«

»Das Schlimme daran ist, dass ich sie gut verstehen kann«, räumte Oskar ein. »Er ist wirklich ein netter Kerl, ich komme bestens mit ihm aus. Aber je länger das Ganze geht, desto mehr wird Ida unter der Trennung leiden. Und die wird kommen. Unweigerlich. Ohne Unterstützung seines Vaters kann Lucien ja nie für sie sorgen.«

Amélie seufzte. »Warum werden der Liebe nur immer wieder Steine in den Weg gelegt?«

Oskar seufzte resigniert. Das fragte er sich auch.

Am Donnerstagmorgen bediente Ida wieder einmal Frau Seefeldt, die angeblich untreue Gattin des notorisch schlecht gelaunten Seifenhändlers. Wie immer flüsterten einige Kundinnen über die Dame mit den kastanienbraunen Kräusellocken oder straften sie mit Schweigen und missbilligenden Blicken, und wie immer war Ida deshalb besonders freundlich zu ihr. Was mussten sich die Menschen dauernd über andere das Maul zerreißen, statt vor ihrer eigenen Tür zu kehren? Als Frau Seefeldt mit gesenktem Haupt und ihren Brezeln die Konditorei verließ, vernahm Ida plötzlich eine Stimme, die ihr bekannt vorkam. Sie gehörte zu einer jungen Kundin mit karottenroten Haaren, die bei Hélène eine Eistorte bestellt hatte. Ida runzelte die Stirn. Sie war sicher, die Dame noch nie gesehen zu haben. Aber ebenso sicher war sie sich, dass sie die Stimme kannte!

Erst als die Rothaarige bezahlt und den Laden bereits wieder verlassen hatte, fiel es ihr wie Schuppen von den Augen: Es handelte sich um jene Frau, die sich Dienstagnacht mit Luciens Schwägerin gestritten hatte.

»Ich bin kurz weg«, rief sie der erstaunten Amélie zu und verließ fluchtartig den Laden. Draußen sah sie sich hastig um, doch die Rothaarige war bereits in der Menge verschwunden.

»Verdammt«, fluchte Ida leise und ging in den Laden zurück, wo Amélie, die heute seltsam still war, sie zum Glück nicht mit Fragen bedrängte. Ida wusste, dass Lucien an der Universität war. Sie beschloss, ihn in der Mittagspause zu besuchen und ihm von Denises seltsamem Gespräch mit der Rothaarigen zu erzählen.

Als sie kurz nach zwölf Uhr auf die Universität zuging, bemerkte sie, dass einer der Passanten stehen geblieben war und sie anstarrte. Sie drehte sich um und erkannte den muskulösen Studenten der Rechtswissenschaften, von dem Anfang April der seinerzeit noch obdachlose Monsieur Fouché bedroht worden war – und dem sie einen schweren Ast auf den Hinterkopf geschlagen hatte. Dass auch er sich an sie erinnerte, wurde durch seinen hasserfüllten Blick mehr als deutlich. Mit einem mulmigen Gefühl hastete sie weiter. Beunruhigt stellte sie fest, dass sich auch der junge Mann wieder in Bewegung gesetzt hatte und ihr folgte. Es war eindeutig, dass er ihr Angst einjagen wollte – und es gelang ihm. Ida geriet in Panik und ging noch schneller. Da der Platz vor dem Universitätsgebäude menschenleer war, eilte sie die Freitreppe vor dem Portal hinauf und auf die Eingangstür zu. Sie hoffte, im Gebäudeinneren möglichst schnell auf andere Studenten zu treffen. Die Schritte ihres Verfolgers kamen immer näher, da traten zu ihrer Erleichterung zwei ältere Herren, Professoren wahrscheinlich, aus dem Gebäude. Der Muskulöse blieb stehen, und Ida nutzte die Gelegenheit, durch die offene Tür vor ihm in das Gebäude zu fliehen.

Sie erinnerte sich noch an den Weg, auf dem Lucien sie bei ihrem ersten Besuch zum Forschungslabor geführt hatte. Erleichtert traf sie dort tatsächlich ihren Verlobten an.

»Ida«, strahlte er, als sie vor ihm stand. Da er allein im Labor war, konnte sie ihn zur Begrüßung küssen. Um ihn nicht zu beunruhigen, verschwieg sie ihm den Verfolger und erzählte ihm stattdessen in allen Einzelheiten von dem seltsamen Gespräch zwischen Denise und der rothaarigen jungen Frau.

»Hm, wir haben natürlich einige Kundinnen mit roten Haaren«, überlegte Lucien. »Und die Schneiderin meiner Mutter hat auch karottenfarbene Haare … Am besten, wir fragen Denise direkt. René bleibt bis Donnerstag in Freiburg, und meine Eltern sind heute Abend bei Bürgermeister Back zu Besuch. Das dauert erfahrungsgemäß recht lange.«

Ida zögerte. »Ich weiß nicht, ob das so klug wäre«, gab sie zu bedenken. »Es gibt sicher einen Grund, warum Denise sich in einer dunklen Hofeinfahrt mit ihr trifft. Vermutlich will sie uns nicht so einfach davon erzählen.«

»Für mich klingt es eher so, als ob sie Hilfe benötigt«, sagte Lucien. »Denise und ich vertrauen einander.«

»Aber wäre sie dann nicht schon längst zu dir gekommen?«

Lucien schüttelte den Kopf. »Auch wenn wir uns gut verstehen: Sie ist sehr scheu und braucht immer lange, bis sie mit der Sprache herausrückt. Lass mich nur machen. Ich kenne meine Schwägerin.«

»Aber soll ich dann wirklich dabei sein?«, vergewisserte sich Ida. »Zu mir hat sie noch kein Vertrauensverhältnis.«

»Denise mag dich«, beruhigte er sie. »Und außerdem hast du diese Beobachtung gemacht. Es ist besser, wenn du dabei bist, als wenn ich sage, dass du gesagt hast …«

»In Ordnung«, willigte Ida ein. »Dann würde es vielleicht wirken, als ob ich sie verraten hätte. Und ich möchte sie wirklich nicht gegen mich aufbringen, sie ist ja die Einzige aus deiner Familie, die mir wohlgesinnt ist.«

»Das stimmt nicht«, widersprach Lucien lächelnd. »Marcel liebt dich. Und ich auch.«

Ida musste lachen. »Aber wenn dein Vater und René …«, setzte sie an, doch er unterbrach sie: »Sie werden nicht früher zurückkommen. Wenn wir uns um sieben treffen, ist das absolut sicher. Außerdem habe ich es einfach zu gern, wenn du bei mir zu Hause bist. Und falls Marcel noch wach sein sollte, wäre es auch für ihn ein Fest.«

»Also gut«, gab Ida nach. »Dann wagen wir es.«

Der Abend im Hause Picard begann trotz Idas unterschwelliger Angst, Patriarch Jacques könnte mit seiner Gattin doch früher vom Bürgermeister zurückkehren, recht harmonisch. Marcel war tatsächlich noch wach und bestand darauf, dass seine neue »Kuscheltante Ida« ihm eine Gutenachtgeschichte vorlas.

Als er eingeschlafen war, saß sie noch mit Lucien und seiner Schwägerin bei einer Tasse Tee im Kaminzimmer.

»Sag mal, Denise: Ida hat erzählt, dass du neulich nachts von einer rothaarigen Frau bedroht wurdest«, begann Lucien schließlich betont beiläufig das Thema anzusprechen, das ihm und seiner Verlobten auf den Nägeln brannte. »War das unsere Schneiderin?«

Denise erbleichte und senkte den Blick. »Eigentlich wollte ich dich damit nicht belasten«, murmelte sie. Schließlich sah sie auf und verkündete: »Es war Natalie Berger.«

»Oh«, kam es von Lucien, und er wirkte fast schockiert. Errötete er etwa?

»Wer ist diese Natalie?«, wollte Ida wissen.

»Sie kommt wie ich aus Sainte-Marie-aux-Mines«, verriet Denise. »Wir waren im selben Kinderheim. Während meiner Schwangerschaft hat sie mich als Gesellschafterin unterstützt. Sie ist nach der Geburt dann nach Paris gegangen.«

Ida bemerkte, wie unangenehm Lucien dieses Thema zu sein schien.

»Und wieso ist sie jetzt zurück?«, fragte er verstimmt.

»Sie meinte, René habe sie eingeladen«, antwortete Denise. »Er habe ihr auch das Hotelzimmer für eine Woche zur Verfügung gestellt.«

Lucien sah sie verständnislos an. »Wieso tut er das?«

»Na ja«, sagte Denise und deutete nun mit dem Kinn auf Ida.

»Du meinst, das war Absicht?«, vergewisserte sich Lucien mit Empörung in der Stimme.

»Was war Absicht?«, rief Ida verwirrt. »Was hat das mit mir zu tun?«

»Nun, diese Natalie Berger hat mir damals sehr eindeutige Avancen gemacht«, gab Lucien zu. »Ihr wäre es wohl recht gewesen, wenn beide Frauen aus dem Kinderheim in Sainte-Marie-aux-Mines je einen Picard abbekommen hätten.«

Ida hatte das Gefühl, ihr Magen habe Feuer gefangen. Ihre Stimme war brüchig, als sie nachhakte: »Und du hast diese Gefühle nicht erwidert?«

Lucien schüttelte den Kopf. »Nein, mir war sie, ehrlich gesagt, sogar ein wenig unheimlich.«

»Und wieso, glaubt ihr, wollte René, dass sie zurückkommt?«, fragte Ida.

»Ich vermute, er fand die Vorstellung auch gut, dass meine Jugendfreundin und Lucien ein Paar werden«, mutmaßte Denise. »Und jetzt will er wohl, dass sie Lucien von dir ablenkt.«

Ida stieg die Zornesröte ins Gesicht.

»Keine Angst, das würde er mit keiner Frau schaffen, die er mir auf den Hals hetzt«, versprach ihr Verlobter und streichelte liebevoll ihre Hand.

»Ich frage mich, warum René mich so dermaßen hasst«, empörte sich Ida. »Er hat ja nicht den Krieg als Ausrede wie euer Vater.«

»Ich könnte mir schon vorstellen, wovor er Angst hat«, sagte Denise langsam.

»Und das wäre?«, fragte Lucien.

»Eigentlich bist du der Erstgeborene«, erklärte sie ihrem Schwager. »Du hast ja nun nachweislich kein Interesse an der Leitung der Patisserie, aber bei der nächsten Generation könnte das ja anders sein. Wenn du einen Sohn zeugen würdest, hätte der mehr Anrecht auf das Erbe eurer Eltern als Marcel. Und von Natalie weiß er, dass sie auf keinen Fall Kinder möchte. Wenn du sie heiraten würdest, bliebe unser Sohn also der einzige Thronfolger. Deshalb habe ich mit ihr gestritten. Sie bat darum, dass ich mich bei dir für sie einsetze. Das habe ich natürlich abgelehnt.«

Ida bemerkte, wie Lucien die Fäuste zusammenkrampfte.

»Wenn der Dreckskerl zurück ist, werde ich ihm gehörig den Marsch blasen«, knurrte er.

»Bitte nicht!«, rief Denise flehend.

Lucien sah sie erkennend an. »Du meinst … dann käme René darauf, dass ich es von dir weiß?«

Seine Schwägerin nickte voller Angst. »Und dann würde er mich dafür büßen lassen.«

Das wollte Ida auf keinen Fall, daher versuchte sie, ihren Verlobten zu beschwichtigen: »Ich glaube dir, dass er mit dieser Natalie nicht zum Ziel kommt.«

Dann küsste sie ihn sanft auf die Wange, und augenblicklich entspannte sich sein Gesichtsausdruck ein wenig.

»Ich gehe nun aber wirklich besser«, sagte Ida mit Blick auf die Standuhr. »Nicht, dass deine Eltern oder René doch früher zurückkommen. Außerdem wird man mich zu Hause bereits vermissen.«

Plötzlich stand Marcel mit verweintem Gesicht an der Tür. »Onkel Lucien, ich habe schlecht geträumt.«

»Ich bringe dich ins Bett und passe auf, bis du wieder eingeschlafen bist«, bot Idas Verlobter an und nahm den Kleinen auf den Arm.

»Kannst du noch so lange warten?«, bat er sie. »Dann bringe ich dich nach Hause.«

»Die paar Schritte kann ich wirklich allein gehen«, sagte Ida lächelnd. »Bin ja ein großes Mädchen.«

Auf dem Weg durchs Treppenhaus dachte sie über Denises merkwürdiges Verhalten nach. Lieber ließ sie die Freundin ihres Schwagers allein nach Hause gehen, als ihren albtraumgeplagten Sohn selbst zu trösten.

Kaum hatte Ida das Haus verlassen, wurde sie von einer dunklen Gestalt grob gegen die Hauswand gestoßen. Sie schrie vor Schreck auf, doch der Angreifer hielt ihr grob den Mund zu. Für einen Augenblick dachte sie, Jacques Picard habe sie entdeckt und die Nerven verloren. Doch nun erkannte sie mit Entsetzen, um wen es sich bei dem Mann handelte: Es war jener muskulöse Student, dem sie den Ast über den Kopf geschlagen und der sie am Mittag verfolgt hatte.

»So, du Luder, jetzt zeige ich dir mal, was ein richtiger Mann ist«, keuchte er ekelhaft nahe an ihrem Gesicht.

Sie kämpfte verbissen, versuchte, sich seinem Griff zu entwinden, ihn zu beißen oder zu kratzen, doch es hatte keinen Sinn. Er war stärker als sie.

»Je mehr du dich wehrst, desto mehr tut es weh, du Miststück«, drohte er, während er sie knebelte und mit groben Fingern ihre Kleider zerriss. Ida weinte, doch ihr Schluchzen wurde von dem Stoff in ihrem Mund erstickt. Während er sie mit den unflätigsten Redensarten überschüttete, hatte sie das Gefühl, keine Luft mehr zu bekommen. Gierig grapschte der Mann mit der einen Hand nach ihrer inzwischen nackten Brust, während er mit der anderen versuchte, ihr den Rock von der Hüfte zu reißen. Idas Augen waren vor Panik weit aufgerissen, sie wusste: Er würde sich an ihr vergehen und ihr für immer eine Ehe vereiteln. Wenn er sie überhaupt am Leben ließ!

20

Plötzlich – und für die verzweifelte Ida völlig unverhofft – wurde der Angreifer von ihr fortgerissen. Der Mann schrie erschrocken auf und ging erstaunlich schnell zu Boden. Ein Säbel schimmerte an seiner Kehle. Verängstigt blieb er regungslos und wimmernd auf dem Pflaster liegen.

»Monsieur Fouché!«, rief Ida erleichtert.

Ihr Kleid war zerrissen, sie zitterte wie Espenlaub, und Tränen rannen über ihr Gesicht, während sie beschämt versuchte, ihre Blöße zu bedecken.

»Sind Sie verletzt, Mademoiselle Tritschler?«, erkundigte sich Maximilien Fouché besorgt, ohne die Säbelspitze von der Kehle des Studenten fortzubewegen.

»Nein«, wisperte Ida.

Ein junger Mann auf einem Velo fuhr vorbei, und der einst Obdachlose rief ihm zu: »Mein Herr, könnten Sie uns helfen?«

Der Jüngling kam zögernd herbei und bremste im nächsten Moment scharf ab. »Ida!«, rief er und fügte auf Schwäbisch hinzu: »Om Gottes Willa! Wa hend se denn mit dir gmacht?«

»Kurtle!«, murmelte Ida und wollte im Boden versinken vor Scham.

»Können Sie bitte die Polizei holen, junger Mann?«, bat Fouché. »Wir haben hier jemanden, der sich an der Dame vergehen wollte.«

»Die Polizei?«, wiederholte Ida erschrocken. »Aber wenn die mich so sehen …«

»*Sie* haben nun wahrlich keinen Grund, sich zu schämen«, knurrte der Alte.

»Ich beeil mich«, versprach Kurtle und stieg in die Pedale.

»Monsieur Fouché, bitte erzählen Sie Lucien und seiner Familie nichts«, flüsterte Ida ihm zu, während sie endlich mit weichen Knien von der Wand zurücktrat und einen Bogen um den am Boden liegenden Mann machte, als sei er eine Giftschlange, die jeden Augenblick zustoßen könnte.

Sie wusste nicht, warum sie sich so schämte, sie traf ja keine Schuld an dem Überfall. Oder doch? War sie zu leichtsinnig gewesen? Hätte sie Luciens Angebot, sie zu begleiten, doch nur angenommen! Ich dumme Närrin!, schalt sie sich.

Maximilien Fouché schien ihre Gedanken zu erraten und sagte: »Eine Frau, der Gewalt angetan wird, sollte sich niemals selbst Vorwürfe machen. *Niemals!*«, betonte er eindringlich. »Aber wenn Sie es wünschen, werde ich den Überfall nicht erwähnen.«

Ida beschloss, Kurtle um dasselbe zu bitten. Wenn ihr Vater von dieser Sache erführe, würde er ihr vor lauter Sorge bestimmt keinerlei Ausgang mehr gestatten. Sie vertraute darauf, dass der Nachwuchsbäcker bereit wäre, ihr den Wunsch nach Verschwiegenheit zu erfüllen. Blieb nur zu hoffen, dass die Polizei nicht auf die Idee kam, ihre Familie zu benachrichtigen.

Oberwachtmeister Breinlinger und einer seiner Schutzmänner waren erstaunlich schnell zur Stelle. Kurtle musste wirklich halsbrecherisch gefahren sein.

»Aha, der Folkwein«, erkannte der Oberwachtmeister, dessen enormer grauer Schnauzbart sogar noch gewachsen zu sein schien, und musterte den Kerl. »Der junge Mann hat offenbar ein dauerhaftes Problem, sein Temperament zu zügeln.«

Der Beamte kannte den Muskulösen also bereits.

»Los, stehen Sie auf, Folkwein!«, befahl der Oberwachtmeister barsch, und der Angreifer rappelte sich mit hochrotem Kopf hoch. »Diesmal kommen Sie nicht mit einer Verwarnung davon.«

Dann wandte er sich an Ida. »Hat er Sie verletzt, junges Fräulein?«

Ida schüttelte den Kopf. »Monsieur Fouché hat es rechtzeitig verhindert«, versicherte sie und bemühte sich sehr um eine feste Stimme.

»Ein Glück, dass Picard Sie angeheuert hat«, lobte Breinlinger. »Wenn Sie uns entschuldigen würden, dann empfehlen wir uns. Auf den jungen Herrn Folkwein hier wartet eine gemütliche kleine Zelle.«

Der Student warf Ida noch einen hasserfüllten Blick zu, der zu sagen schien: So leicht kommst du mir nicht davon – ich krieg dich schon noch.

Sie erschauderte.

Als die Polizisten den Angreifer abgeführt hatten, bedankte sich Ida erneut bei Maximilien Fouché für dessen Rettungseinsatz – und für seine Verschwiegenheit.

Kurtle bot ihr an, sie zu begleiten, und diesmal nahm sie dankbar an. Er legte ihr fürsorglich die Jacke um die Schultern. Ida war froh, den Riss an ihrem Oberteil verbergen zu können. Sie hoffte nur, dass Lucien nicht zufällig in diesem Augenblick aus dem Fenster sehen würde. Dass der Bäcker, auf den er ja ohnehin eifersüchtig war, sie nun heimbrachte und sie dessen Jacke trug – nachdem sie zuvor die Begleitung ihres Verlobten abgelehnt hatte –, das würde ohne Erwähnung des Überfalls unmöglich zu erklären sein.

Erst jetzt bemerkte sie, dass Kurt ganz blass war. »Geht es Ihnen auch wirklich gut, Fräulein Ida?«, fragte er und zischte dann: »Wenn ich den in die Finger kriege …! Ihnen darf niemand ein Haar krümmen!«

Seine Sorge rührte Ida. »Es ist ja zum Glück nichts passiert«, beschwichtigte sie und sah ihn eindringlich von der Seite an. »Kann ich dich um etwas bitten?«

»Um alles«, sagte er feierlich. »Das wissen Sie doch.«

»Bitte sag zu keinem ein Sterbenswörtchen über den Vorfall. Auch und vor allem nicht zu meinem Vater.«

»Aber …«, wandte er ein, und sie sah ihm an, dass er sich offenbar verpflichtet fühlte, seinem Meister Meldung zu machen.

»Bitte!«, wiederholte sie eindringlich.

»Na gut«, murmelte er schließlich unbehaglich. »Aber Sie müssen mir versprechen, dass Sie nachts nicht mehr alleine draußen herumlaufen.«

»Das verspreche ich«, sagte Ida, die Derartiges nach diesem Vorfall ohnehin nicht mehr vorgehabt hatte.

»Wo kamst du denn so spät noch her, Kurtle?«, bemühte sie sich dann um einen leichten Tonfall.

»Ich war noch bei Herrn Toursel, dem Weinhändler, und habe eine Bestellung für den Meister aufgegeben. Er hat nämlich ein Telegramm erhalten«, wusste der Rotschopf zu berichten. »Am Freitag kommt Ihr Herr Großvater zu Besuch.«

Ida schossen vor Freude augenblicklich die Tränen in die Augen – ein Beleg dafür, wie sehr sie die versuchte Vergewaltigung noch aufwühlte. Es würde so guttun, Großvater Albert wiederzusehen!

Die Ankündigung von Albert Tritschlers Besuch hatte alle in Backstube, Laden und Café in fröhliche Aufregung versetzt. Die Geschäfte in Stuttgart liefen unter seiner Leitung weiterhin bestens, und er hatte in dem Telegramm mit der ihm eigenen Ironie erklärt, er müsse nun »auch mal in Straßburg nach dem Rechten sehen«.

Allein Idas Mutter wirkte heute etwas geistesabwesend, so, als sei sie in Gedanken woanders und nehme die Nachricht über die baldige Ankunft ihres Schwiegervaters nur am Rande wahr.

Oskar unterrichtete das frisch vermählte Ehepaar Leroc über den bevorstehenden Besuch, als es mit Diener Castanet in der Küche zum Nachtessen beisammensaß.

Der dürre Glatzkopf scherzte: »Na, Madame Leroc, dann müssen Sie Ihre Einkaufsliste fürs Wochenende aber aufstocken. Monsieur Tritschler senior hat ja einen sehr gesunden Appetit.«

Oskar nickte grinsend. »Allerdings. Und mein Vater hat Kurtle auch schon losgeschickt, um ein paar edle Tropfen zu bestellen.«

Das Personal begann in Anekdoten über den alten Albert zu schwelgen, und Oskar machte sich auf den Weg ins Bett. Auf dem Flur hörte er die Stimme seiner Mutter durch die angelehnte Tür zur Wohnstube.

»Ich weiß, dass Frau Holder eine alte Tratschtante ist. Aber diese Behauptung würde selbst sie nicht so einfach wagen. Du lässt abends nach Ladenschluss die Frau von Jacques Picard ins Haus. Das ist so abstrus, da fragt man sich, wie sie sich so etwas ausdenken kann.«

Oskar traute der schwatzhaften Frau von Schuhmacher Holder jede Lästerei zu, sein Vater gab nun jedoch kaum hörbar zu: »Sie lügt nicht. Claire Picard war hier.«

Oskar blieb verblüfft stehen, um das Gespräch weiter zu belauschen, was sonst überhaupt nicht seine Art war.

»Was wollte sie denn von dir?«, fragte seine Mutter mit ungewohnt kühler Stimme.

»Mir mitteilen, dass auch sie gegen Idas Verbindung mit ihrem Sohn ist.«

»Am späten Abend?«, hakte Elise skeptisch nach. »Verkauf mich nicht für dumm, Franz. Sie wollte dich ja schon vor deiner Ankunft sprechen. Da gab es die Verlobungspläne der Kinder noch gar nicht. Kann es sein, dass ausgerechnet Claire Picard die unglückliche Straßburger Liebe ist, die du irgendwann mal angedeutet hast?«

Oskar musste schon ganz genau hinhören, um das kleinlaute »Ja« seines Vaters zu erfassen. Er schnappte erschrocken nach Luft. Claire, die schöne Claire und sein Vater ...

»Und warum hast du mir das nie erzählt?«, hakte Elise verstimmt nach. »Weder dass ihr mal ein Paar wart noch dass ihr euch in meiner Abwesenheit hier abends trefft?«

»Ich wollte es dir erzählen«, behauptete Franz. »Es kam nur immer was dazwischen, es war einfach zu unwichtig.«

»Unwichtig?«, rief Elise. »Du triffst deine alte Liebe heimlich mitten in der Nacht und nennst das *unwichtig?*«

»Liebling«, flehte er leise. »Wenn ich das wirklich hätte verheimlichen wollen, wäre unsere eigene Backstube doch wohl der schlechteste Ort für so ein Treffen, oder?«

»Du scheinst ihr aber schon wichtig zu sein. Bringt gleich Brot und Salz vorbei – bevor du überhaupt eingetroffen bist«, erwiderte Elise. »Woher wusste sie eigentlich, dass du nach Straßburg kommen wirst?«

»Na, von meinem Freund Bertrand Strohmeier, nehme ich an«, mutmaßte der Vater. »Er arbeitet ja bei denen. Ich habe sie jedenfalls bestimmt nicht benachrichtigt, wenn du das meinst. Sie hat sich doch damals für Jacques Picard entschieden.«

»Vielleicht bereut sie das ja inzwischen«, entgegnete Elise.

Nun wurde die Stimme des Vaters lauter. »Und wenn, dann wäre es mir egal. *Du* bist meine Frau. Und du machst aus einer Mücke einen Elefanten.«

»Das ist oft so mit den Mücken, die man verschweigt«, entgegnete die Mutter zynisch.

Und ehe Oskar die geringste Chance bekam, sich zu entfernen, riss sie die Wohnstubentür ganz auf und kam herausgestürmt.

»Gu… guten Abend, Mutter«, stammelte er, doch sie lief wortlos an ihm vorbei in Richtung der Schlafgemächer.

In diesem Augenblick betrat Ida die Wohnung. Sie war in Begleitung von Kurtle und hatte seltsamerweise dessen Jacke umgelegt. In Oskar flammte kurz der Verdacht auf, dass es nicht nur bei ihrem Vater heimliche Verbindungen geben könnte.

»Ida, kann ich dich mal eben sprechen?«, bat er sie.

»Sicher, ich will mich aber vorher waschen und umziehen«, entgegnete sie in einem Tonfall, der keinen Widerspruch duldete.

Eine halbe Stunde später lag Oskar wie so oft in Kindertagen am Fußende des Betts seiner Schwester. Nachdem er ihr vom Gespräch seiner Eltern erzählt hatte, offenbarte sie ihm zu seinem Erstaunen, dass sie an jenem Abend heimlich Zeugin der Unterhaltung des Vaters mit Claire Picard geworden war. Als Ida ihrem Bruder den Inhalt wiedergab, war er einerseits erleichtert, dass der Vater diesbezüglich nicht gelogen hatte. Andererseits empörte es ihn, dass die Schwester es ihm nicht früher erzählt hatte. Und er schämte sich ein wenig, weil Claires Charme auch bei ihm verfangen hatte.

»So was Wichtiges verschweigst du mir!«, beschwerte er sich.

Ida ging auf den Vorwurf nicht ein, sondern verteidigte weiter den Vater: »Er hat ihre Avancen abgelehnt und betont, dass er jetzt Maman liebt. Ich weiß allerdings nicht, was gewesen wäre, wenn er sich williger gezeigt hätte. Ich könnte mir tatsächlich vorstellen, dass Claire Picard ihre Ehe riskiert hätte.«

»Was ist das nur für eine Frau?«, machte Oskar seinem Ärger Luft. »Euch gönnt sie eure Ehe nicht, und in der unserer Eltern pfuscht sie herum. Man sollte ihr wirklich mal die Meinung geigen.«

Die Vorstellung dieser heimtückischen Schönheit in den Armen seines Vaters machte Oskar rasend vor Wut.

»Ich werde mal mit Maman sprechen«, beschloss Ida. »Ihr sagen, dass Papa wirklich zu ihr gehalten hat.«

»Gute Idee«, befand Oskar. »Ich habe vorhin gesehen, dass sie ins Gästezimmer gegangen ist. Sie scheint echt ziemlich wütend auf Papa zu sein.«

»Warum hast du mir nicht früher davon erzählt?«, fragte Elise enttäuscht, nachdem ihre Tochter ihr den Inhalt des belauschten Gesprächs verraten hatte.

Als auch auf mehrmaliges Anklopfen hin keine Reaktion aus dem Gästezimmer gekommen war, hatte Ida es unaufgefordert betreten und sich zu ihrer Mutter auf den Rand des Gästebetts gesetzt. Sie war sofort auf das Thema zu sprechen gekommen, das ihr auf dem Herzen lag.

»Ich wollte Papa einfach die Chance geben, es dir selbst zu sagen«, erklärte Ida. »Und das hätte er auch ohne die Lästerei der bösartigen Holder bestimmt noch getan. Sei bitte nicht wütend auf mich.«

»Ach, ich bin nicht wütend. Eher enttäuscht. Ich dachte, eine Stärke unserer Familie wäre die Offenheit.«

»Das ist sie auch weiterhin«, erwiderte Ida zuversichtlich.

»Hm«, kam es zweifelnd von Elise. »Für dich ist es ja nun noch schwieriger – wenn auch diese Claire gegen deine Verbindung mit Lucien ist.«

Es war typisch, dass die Mutter ihren eigenen Kummer nach kürzester Zeit vergaß und sich der Sorgen anderer annahm, dachte Ida liebevoll. Dann seufzte sie.

»Allerdings. Manchmal frage ich mich, warum der Zufall mir ausgerechnet ihn in die Arme getrieben hat.«

»Na ja, so ganz zufällig war eure Begegnung nicht«, widersprach die Mutter. »Du bist in Straßburg, weil dein Vater die Stadt in so schöner Erinnerung hat. Und auch wenn es ihm selbst gar nicht bewusst sein mag: vielleicht auch wegen schöner Erinnerungen an Luciens Mutter.«

21

»Großväterle!«

Mit einem begeisterten Schrei fiel Ida Albert um den Hals, der plötzlich mitten im Laden stand, als sie vom Markt zurückkam.

»Könnt ihr die junge Dame kurz entbehren?«, fragte der alte Herr seine Tochter Elise und Verkäuferin Hélène, die hinter der Theke standen und die er zuvor bereits ausgiebig begrüßt hatte.

Wenig später saß Ida mit ihrem Großvater an einem der Tische in ihrem Café. »Deine Mutter hat mir verraten, dass du Schwierigkeiten mit deinem Verlobten hast – oder besser: mit seiner Familie. Jetzt erzähl deinem Opa das alles mal ganz genau!«

Das ließ Ida sich nicht zweimal sagen! Sie redete sich alles von der Seele und fasste eine halbe Stunde später zusammen: »Letztlich ist an unserer Situation also ein Krieg schuld, von dem Lucien und ich wenig Ahnung haben. Keiner, der ihn damals erlebt hat, spricht gern darüber.«

Ida wusste, dass auch ihr Großvater, damals vierzigjährig, Ende August 1870 als Lazarettgehilfe für den Frankreichfeldzug einberufen worden war. Sie sah ihn fragend an.

»Es ist kein Wunder, dass wir nicht gern über diese Zeit

sprechen«, sagte Albert ungewohnt leise. »Wir haben uns in Frankreich nicht gerade mit Ruhm bekleckert.«

»Kannst du mir nicht ganz genau erzählen, was du damals erlebt hast?« Ida sah ihn flehend an. »Vielleicht verstehe ich es dann besser.«

Der alte Tritschler seufzte. »Also gut. Was tue ich nicht alles für meine geliebte Enkeltochter. Und es ist wohl wirklich wichtig, dass du mehr weißt, um all das besser zu verstehen.« Er strich sich über sein plötzlich sehr müde wirkendes Gesicht und fuhr dann fort: »Im Sommer 1870 kam ich von Stuttgart in die Berge nach Pfettisheim, dort diente ich in einem kleinen Lazarett mit zehn Betten unter einem Dr. Metz aus Bruchsal. Das medizinische Personal war anfangs zum Glück nicht in unmittelbarer Gefahr, wir wurden nur von bösartigen Schnaken attackiert.«

Ida, die wusste, dass »Schnake« das schwäbische Wort für Stechmücken war, musste über den trockenen Humor ihres Großvaters schmunzeln.

»Zum Schutz vor den Biestern hab ich meinen Soldatenschal bis über Nase und Ohren gezogen – und ein Paar Socken als Handschuhe bis zu den Ellenbogen. Sonst konnte man keine Viertelstunde schlafen, so heftig wurde man gestochen. Mein Allerwertester war übersät mit Pusteln, die bekam man während … gewisser Verrichtungen.«

Er sah seine Enkelin mit Schalk in den Augen an. »Du wolltest es ganz genau erzählt bekommen. Dann bekommst du es auch ganz genau. Anfangs war es keine schlimme Zeit. Ich musste nur von morgens bis abends Kranke versorgen, da waren zuerst noch keine schweren Fälle dabei. Aber bald war die Kanonade gegen Straßburg unaufhörlich bei Tag und Nacht zu hören, die Riesenmörser ließen selbst von so weit weg unsere Fenster noch erzittern.«

Ida erschauderte. Wenn man die Erschütterungen noch eine Dreiviertelstunde entfernt spürte, wie schlimm musste es für die Bürger Straßburgs gewesen sein, so heftig bombardiert zu werden!

»Bald entzündeten sich meine Schnakenpocken, wurden eitrig, hinzu kam eine Drüsenanschwellung am rechten Unterkieferwinkel«, schob der Großvater plötzlich ein.

Ida musste sich zusammenreißen, um über den abrupten Themenwechsel nicht aufzulachen, was gewiss völlig unangebracht gewesen wäre. Aber irgendwie war auch das typisch für ihren Großvater.

»Damals dachten wir, dass Straßburg in zehn Tagen eingenommen sei«, fuhr ihr Opa fort. »Am 15. September 1870 bekamen wir preußische Soldaten als Verstärkung, einhundertzwanzig Mann nebst Hauptmann. Dennoch war es allmählich schon etwas zermürbend. Oft wurden wir nachts um elf Uhr alarmiert, mussten bis fünf Uhr morgens mit fertig gesattelten Pferden auf den Abmarschbefehl warten – und dann: Kommando zurück, Contre-ordre! Man blieb also, doch die Nacht war natürlich dahin.«

»Aber irgendwann ging es dann doch auf Straßburg zu?«, mutmaßte Ida.

Albert nickte. »Rings um die Stadt lag ein Gürtel von Stellungen, überall krachte und donnerte es, die Stadt brannte an zwei Stellen. Das Feuer unserer Geschütze wurde kaum erwidert. Trotzdem machte ich mir Sorgen um deinen Vater, der an vorderster Front des Belagerungsrings kämpfte. Die Linientruppen stießen bald auf eine französische Mine. Die haben sie gesprengt, dadurch gab es große Zerstörungen in den Wällen und Mauern. Die ganze Nacht krachte es rechts und links von dem schönen Landhäuschen, in dem ich untergebracht war. Etwa zehn Minuten von meinem Nachtquartier schlug eine zehnpfündige Kugel nur fünf Schritte vor einem unserer Posten ein. Am Morgen surrten verschiedene Projektile heulend über das Haus hinweg. Die Wirtin hat mir ein Täubchen gebraten, das verspeiste ich um zehn Uhr. Richtig lecker war das.«

Natürlich, dachte Ida, selbst in der schlimmsten Schlacht mussten Menschen ja irgendwann essen. Das sah man auf den Gemälden der großen Kriege natürlich nicht. Und auch nicht die Schnakenstiche am Allerwertesten.

Inzwischen hatte es zu regnen begonnen. Die Menschen auf dem Münsterplatz gingen schneller, beeilten sich, einen Unterschlupf zu finden. Ida dachte unwillkürlich daran, wie die Bürger sich an dieser Stelle vor knapp dreiundzwanzig Jahren ebenfalls hatten in Sicherheit bringen wollen – damals allerdings vor den Entladungen der deutschen Geschütze.

Ihr Großvater fuhr mit seinem Bericht fort: »Um halb fünf wurde das Feuer aus der Festung lebhafter. Es traf aber nichts, offenbar schossen die Straßburger ins Blaue hinein. Morgens waren wir bis zum Vorort Meinau marschiert. Leider wurden zwei unserer Männer heimtückisch ermordet: einer erstochen von einem französischen Soldaten und ein anderer aus einem Haus heraus erschossen. Die Täter wurden sofort massakriert, kannst du dir ja denken.«

Das konnte Ida in der Tat. Und die Bilder in ihrem Kopf waren alles andere als schön.

»Gegen halb sechs Uhr abends fiel kein Schuss mehr. Verhandlungen hatten begonnen. Man sah es durchs Fernglas: Die weiße Fahne wehte auf dem Straßburger Münster. Noch hatten wir keinen sicheren Befehl. Erst am Morgen des 29. September kam endlich die Botschaft, dass wir um elf Uhr durch das Austerlitzer Tor einziehen sollten. Die Militärkapelle spielte stolz. Aber anstelle der Stadt, die ich zu Friedenszeiten kennen- und lieben gelernt hatte, begrüßten uns nun Trümmer und Schutthaufen – das Werk unserer Artillerie. Alles war zerstört. Blumenläden, Bäckereien, Schulgebäude … Und auch das schöne Münster schwer getroffen.«

Die Vorstellung dieser Verwüstung ließ Ida resignieren. In dieser Stadt war seinerzeit also Jacques Picard aus der Narkose erwacht. Ohne seinen linken Unterarm. Konnte man so etwas überhaupt verzeihen?

*

Nachdem er die Freitagsvorlesung zum Thema Handelsrecht hinter sich gebracht hatte, war Oskar auf dem Weg nach Hause.

An jedem anderen Tag hätte er den sonnigen Tag und den strahlend blauen Himmel genossen. Doch heute hatte er keinen Blick für die Schönheit der Stadt, sein knurrender Magen trieb ihn nach Hause. Als sich Oskar der Patisserie Goldschmidt näherte, fiel ihm wieder Luciens Mutter ein, und sogleich wurde er von einem Gefühl vager Verärgerung gepackt. Er versuchte, die Frau in dem Laden auszumachen, erblickte aber nur zwei sehr junge Verkäuferinnen hinter der Theke.

Und dann – abgelenkt, wie er war – hätte er um ein Haar eine Dame umgerannt, die vor der Schaufensterscheibe wartete.

»Vorsicht!«, rief sie und schützte sich, indem sie ihm die Hand gegen die Brust stieß.

»Oh, Entschuldigung«, stammelte Oskar peinlich berührt – und blickte direkt in das schöne Gesicht von: Claire Picard! Das durfte doch nicht wahr sein!

Auch sie wirkte erschrocken, wahrscheinlich, weil er der jüngeren Version seines Vaters so ähnlich sah.

»Augen auf!«, sagte sie nun mit einem Lächeln, das zugegebenermaßen äußerst charmant war. »Schön, Sie zu sehen, Herr Tritschler. Geht es Ihnen gut?«

Oskar war nicht in der Stimmung für eine harmlose Plauderei. »Ehrlich gesagt, bin ich verärgert«, erklärte er deshalb.

»Aha. Und wieso?«, erkundigte sie sich.

»Ihretwegen«, sagte er rundheraus. »Ich möchte Sie inständig bitten, sich aus unseren Familienangelegenheiten herauszuhalten!«

Sie hob erstaunt eine Augenbraue. »Habe ich mich denn bisher ungebührlich eingemischt?«

Er sah sich um und sagte mit gesenkter Stimme: »Fragen Sie meinen Vater nicht nach weiteren Treffen, um die Verlobung meiner Schwester zu sabotieren.«

»Das heißt: Sie sind für diese Verlobung?«, schloss sie aus seiner Aufforderung.

»Ja, warum nicht?«, entgegnete Oskar. »Lucien ist ein netter Kerl.«

»Falls er an der Verlobung festhält, ist er allerdings ein mittelloser netter Kerl«, erwiderte Claire.

»Wenn Sie Ihren Mann zur Vernunft brächten, müsste das ja nicht passieren«, konterte Oskar.

»Und was hieße das genau? Dass ich ihm befehle, seine Kriegsverletzungen zu vergessen?«, fragte sie und fügte gedankenverloren hinzu: »Um das zu schaffen, müsste ich wohl zaubern können.«

Oskar fiel ein, dass Madame Picard – auch wenn man es ihr wahrhaftig nicht ansah – 1870 bereits siebzehn Jahre alt gewesen sein musste und die Besatzung Straßburgs daher wohl sehr bewusst miterlebt hatte.

»Haben Sie selbst denn auch schlimme Erinnerungen an den Krieg?«, fragte er nicht mehr ganz so unfreundlich.

Sie nickte. »Damals waren Matrosen aus Marseille in Straßburg stationiert. Einer davon war meine erste Liebe. Wir kannten uns keine zwei Wochen, da wurde er von den Deutschen erschossen. Es war ohnehin eine schlimme Zeit. Mein Vater und ich hungerten, außerdem war er verletzt. Einige Leute wollten ihre Schulden bei ihm nicht mehr bezahlen. Und sie dachten kurz vor Kriegsbeginn, es wäre doch eine einfache Lösung, ihn totzuschlagen.«

»Oh, das tut mir leid«, sagte Oskar überfordert. Er fand es bemerkenswert, dass er und die Frau des Konkurrenten so offen miteinander sprachen. Er hatte ihr seinen Ärger an den Kopf geworfen, und sie erzählte nun ohne Umschweife von ihrem familiären Hintergrund und ihren schlimmen Kriegserlebnissen.

»Ich kam damals zufällig gerade noch zur rechten Zeit zu Besuch in das Bureau meines Vaters«, fuhr Claire fort. »Vor einer Frau wollten die Schuldner ihr blutiges Werk wohl nicht zu Ende bringen, da sind sie davongelaufen. Papa war aber bereits mehr tot als lebendig. Die Ärzte konnten ihn zwar retten, er war jedoch kaum mehr arbeitsfähig.«

Oskar wusste, dass viele Juden als Kreditgeber tätig waren. Damit hatten sie auch hier in Straßburg eine wichtige Position in der städtischen Wirtschaft inne, doch wie überall wurden sie von den Bürgern dafür schief angesehen. Oskar fand das ungerecht: Im Gegenzug für den Schutz durch die Stadt mussten die Juden nämlich enorme Abgaben und Steuern bezahlen. Um diese bewältigen zu können, waren Männer wie Claires Vater gezwungen, entsprechend zu wirtschaften, mehr Zinsen zu verlangen – und förderten damit wieder den Hass vonseiten der Bevölkerung und vor allem der Schuldner. Ein Teufelskreis.

»Dass wir nach dem Angriff überhaupt genug Geld zum Leben hatten, lag an einer einzigen Schuldnerin. Eine alte

Dame war ihm dankbar für das Geld, das er ihr immer wieder geliehen hatte. Sie hat ihm dann ihre Konditorei überschrieben, um ihre letzten Schulden auszugleichen. Nur konnte mein Vater in seinem Zustand nicht selbst darin arbeiten«, erzählte Claire. »Und wegen der Unsicherheit durch die deutsche Besatzung wollte uns damals auch niemand den Laden abkaufen.«

»Deshalb haben Sie Picard geheiratet«, mutmaßte Oskar. »Damit er das Geschäft für Ihre Familie leitet?«

»Nein, da war schon auch Liebe im Spiel. Dass er in der Tat eines Tages unsere Patisserie leiten würde, war anfangs alles andere als sicher. Er war ja Förstersohn. Als ich ihn kennenlernte, war er zwar Bäckergeselle, hat mir aber gesagt, er wolle eigentlich lieber Wildbrethändler werden. Erst später hat er sich dann entschieden, mir und meinem Vater zuliebe doch im Bäckerhandwerk zu bleiben. Unser Geschäft führte er dann zu großem Erfolg.«

»Verstehe«, murmelte Oskar. »Und nur so konnte Ihr arbeitsunfähiger Vater überleben.«

Claire nickte. »Deshalb möchte ich natürlich nicht, dass mein Sohn Lucien jemals in eine ähnliche Notlage gerät wie mein Vater und ich seinerzeit vor Jacques' Hilfe. Dass Papa sogar noch heute unter uns weilt, haben wir auch der Patisserie zu verdanken.«

»Wie alt ist Ihr Herr Vater denn?«, erkundigte sich Oskar.

»Stolze dreiundsechzig Jahre«, antwortete Claire lächelnd. »Immer neue Krankheiten lassen mich regelmäßig um ihn bangen, aber bisher hat er tapfer weitergekämpft.«

»Das freut mich für Sie«, sagte Oskar aufrichtig.

Eigentlich hatte er Claire ja nur gehörig die Leviten lesen wollen, doch nun war die Stimmung völlig anders als geplant. In diesem Augenblick hielt eine Kutsche unmittelbar vor ihnen, und eine etwas mollige Dame, die einen blonden Haarknoten und extravagante Kleidung trug, stieg aus.

»Darf ich vorstellen, Monsieur Tritschler? Das ist meine Schwägerin Marie Picard«, sagte Claire. »Marie, das ist Oskar Tritschler.«

»Ah, der Bruder der lieben Ida, der wunderbare Akkordeonspieler«, freute sich Marie.

»Bonjour, Mademoiselle Picard«, erwiderte er.

Claire schien sich zu wundern, dass Oskar und Marie einander kannten; vielleicht wusste sie nichts von der Hochzeitsfeier der Tritschler-Haushälterin mit dem Familienkoch.

»Ich wollte Claire gerade abholen, wir sind mit meinem Lehrer Émile Schweitzer in dessen Atelier verabredet«, erklärte Marie.

»Wenn ich an das schöne Bild denke, das Sie den Lercos zur Hochzeit geschenkt haben – da muss Ihr Lehrer wirklich gut sein«, schmeichelte Oskar.

»Begleiten Sie uns doch«, schlug die quirlige Künstlerin spontan vor. »Wenn Claire nichts dagegen hat, natürlich.«

Luciens Mutter wirkte sichtlich überrumpelt. »Äh, na ja.«

»Ja?«, hörte Marie heraus. »Wunderbar! Also haben Sie Lust, Monsieur Tritschler?«

Oskar konnte ein Grinsen nicht unterdrücken. Einfach köstlich, wie die unkonventionelle Marie die feine Madame Picard derart überforderte. Es war durchaus ein wenig sadistisch von ihm, als er verkündete: »O ja, dann geh ich doch gerne mit. Schauen wir uns ein wenig Kunst an.«

22

Ida bekam ein schlechtes Gewissen, als sie vom Café aus in den Verkaufsbereich der Patisserie Tritschler hinübersah. Es waren inzwischen recht viele Kunden, und ihre Mutter und Hélène hätten gewiss Hilfe gebrauchen können. Doch die Geschichten von Großvater, dem Amélie gerade das zweite Glas Cidre eingeschenkt hatte, waren einfach zu aufregend. Und wer wusste schon, ob er je wieder bereit sein würde, so detailreich seine Kriegserlebnisse zu offenbaren?

»Wir sind mit dreißigtausend Mann hier eingerückt, wohl genauso viele Einwohner waren durch die Beschädigungen obdachlos geworden. Alle Kasernen und Magazine waren zerschossen oder ganz ausgebrannt. Du kannst dir bestimmt das Durcheinander vorstellen. Wir wurden in der Kaserne St. Nicolas einquartiert, die war ebenfalls sehr ramponiert«, erzählte Albert weiter. »Die französischen Soldaten hatten ihre Gewehre zerschlagen und zu Tausenden in das Wasser der Ill geworfen.«

Ida konnte sich das kaum vorstellen. Der Fluss zwischen den malerischen Fachwerkhäusern im Petit France – voller Waffen …

»Die französischen Mannschaften wurden als Gefangene abgeführt«, fuhr der Großvater fort. »Einerseits war die Bevölkerung froh, dass die Bombardierungen aufgehört hatten. Man merkte, dass die Belagerung sie ausgehungert hatte, es gab nur noch Pferdefleisch. Andererseits war es sicher nicht leicht, nach dem Einmarsch mit uns zu leben, da wir so viel zerstört hatten. Und wohl jede Familie hatte Opfer zu beklagen. Wir haben ihre Friedhöfe gefüllt«, sagte der Alte, und Ida bemerkte, dass seine Stimme belegt war. Er räusperte sich. »Ich wollte für deine Großmutter Ulrike ein Foto von mir als Erinnerung machen lassen – für den nicht unwahrscheinlichen Fall, dass mir etwas zustoßen sollte«, fuhr er fort. »Aber die Ateliers der Fotografen waren ebenfalls zusammengeschossen. Und dann besuchte mich endlich dein Vater im Lazarett, der diente ja in einem anderen Bataillon. Ich war natürlich entsetzt, dass er einen Finger eingebüßt hatte – aber so erleichtert, dass er ansonsten wohlauf war. Unser Fränzle hat dann auch gleich mitbekommen, dass an meinem Arbeitsplatz der Tod allgegenwärtig war. Er bemerkte beim Hinausgehen bei einem verwundeten Franzosen eine starke Blutung und alarmierte mich und Dr. Metz. Das hat dem Mann das Leben gerettet.«

Ida nickte beklommen. Selbst wenn ihr Vater schuld daran sein mochte, dass Jacques Picard seinen Arm verloren hatte – für einen anderen Mann war er immerhin Lebensretter gewesen.

»Danke, dass du mir das alles erzählt hast«, sagte Ida. »Ich verstehe Luciens Vater nun sogar ein bisschen besser.«

»Jetzt ist aber Schluss mit den alten Kamellen«, sagte der Großvater schließlich und schlug sich unternehmungslustig auf die Oberschenkel. »Wann stellst du mir deinen Liebsten vor?«

»Das lässt sich bestimmt bald arrangieren«, meinte Ida lächelnd. »Ich wollte sowieso eine Blüte für ihn kandieren.

Wenn ich ihm die bringe, sag ich ihm, dass du ihn kennenlernen möchtest.«

»Hast du denn schon mal eine Blüte kandiert?«, vergewisserte sich Albert. »Da muss man nämlich sehr vorsichtig sein.«

Ida schmunzelte. Sie wusste, was jetzt kommen würde. Ihr Großvater ließ sich keine Gelegenheit entgehen, auf seine alten Tage noch mal selbst in der Backstube zu zaubern.

*

Das Atelier von Marie Picards Mentor Émile Schweitzer, der auch Zeichenlehrer am Jean-Sturm-Gymnasium war, befand sich in der Nähe der Synagoge in der Rue Sainte-Hélène. Der freundliche Künstler war ein Mittfünfziger mit eng beieinanderliegenden gütigen Augen und Vollbart. Er zeigte Marie und ihren Begleitern Claire und Oskar bereitwillig einige seiner Werke. Das Bild, das die Besucher am meisten beeindruckte, verstörte und entsetzte sie auch am stärksten. Es war noch nicht vollendet, sondern eine nur teilweise kolorierte Bleistiftskizze, was dem Dargestellten jedoch nichts von seiner Wirkung nahm: Im Vordergrund entrissen katholische Priester einer halb entblößten, verzweifelten Frau gewaltsam ihren Säugling, um ihn einer Zwangstaufe zu unterziehen. Ein weiteres Kleinkind erlitt dasselbe Schicksal. Im Hintergrund des Bildes war ein schreckliches Massenmorden von Soldaten an Dutzenden Zivilisten zu sehen. Ein riesiger Scheiterhaufen reichte bis an die Stadtmauern Straßburgs. Unzählige Menschen starben in diesem Flammenmeer.

»Wie schrecklich«, murmelte Oskar entsetzt. »Wann war das?«

»Vor über einem halben Jahrtausend«, berichtete Émile Schweitzer. »Judenhass gab es bereits im Mittelalter. Sie waren als Mörder Christi und Weltverschwörer verpönt. Die massenhaften Ermordungen von Juden begannen im Januar 1348 in Frankreich und griffen im Herbst auf deutschsprachiges Gebiet über. Im Januar 1349 wurden in Basel und Freiburg Juden lebendig verbrannt. Am Valentinstag desselben Jahres hat man dann die gesamte jüdische Gemeinde in Straßburg ermordet – mehr als zweitausend Menschen: Männer, Frauen und auch Kinder. Genau das stelle ich auf diesem Bild dar.«

Erschüttert starrte Oskar auf das noch unvollendete Werk.

»Mein Vater hat mir schon als Kind erzählt, dass man uns Juden auch für die Pest verantwortlich gemacht hat«, brach Claire schließlich das betretene Schweigen. »Die Bürger haben uns Brunnenvergiftung vorgeworfen und offen unsere Verbrennung gefordert.«

Oskar schwieg zunächst betreten. »Gott sei Dank sind diese Zeiten vorbei«, murmelte er schließlich.

»Meinen Sie?«, hakte Claire skeptisch nach. »Ich würde darauf wetten, wenn es irgendwann wieder eine weltweite Epidemie gibt – die Gerüchte, die jüdische Verschwörung sei daran schuld, werden nicht lange auf sich warten lassen.«

Sie wirkte derart traurig, dass Oskar am liebsten tröstend den Arm um sie gelegt hätte. Was für eine merkwürdige Wendung dieser Tag genommen hatte!

*

»Hier muss man rasch, aber dennoch mit ruhiger Hand arbeiten«, betonte Albert, als er wenig später mit seiner Enkeltochter in der Backstube stand. »Und mit viel Liebe!«

Ida lächelte. Das würde ihr nicht schwerfallen.

Vorsichtig nahm sie eine Pomeranzenblüte nach der anderen in die Hand, schnitt unter Alberts strengem Blick den grünen Stängel sowie die Kelchblätter behutsam ab und legte die weißen Blüten auf die blitzsaubere Arbeitsplatte.

Dann wog sie den Zucker ab, gab Wasser hinzu und kochte ihn über der Flamme.

»Wie lange warst du eigentlich nach dem Krieg noch hier in Straßburg?«, fragte sie ihren Großvater nebenbei.

»Meine Kompanie musste leider schon Ende September '70 wieder abziehen. Viel zu früh für meinen Geschmack, immerhin hatte dort das Schießen aufgehört«, erinnerte sich der Alte mit Bitterkeit in der Stimme. »Dein Vater durfte zum Glück noch bleiben, so war jedenfalls er in Sicherheit.«

»Aber du nicht?«, hakte Ida nach.

Tritschler senior schüttelte den Kopf. »Nach dem Wunsch von König Wilhelm sollte es damals bis nach Paris weitergehen, um dort mit einzumarschieren. Ich wusste aber, dass der französische Widerstand mit jedem Schritt in Richtung der Hauptstadt mächtiger werden würde. Es ging dann über die Vogesen weiter bis Dijon, häufig schliefen wir in stinkenden Betten.« Idas Großvater rümpfte die Nase, als läge der Geruch heute noch in der Luft.

»Zum Glück riecht das hier besser«, holte seine Enkelin ihn in die Gegenwart und zum Karamellisieren zurück.

Aus dem erhitzten Zucker war inzwischen eine zähcremige Masse geworden. Vorsichtig gab Ida die Blüten hinein und rührte vorsichtig weiter, um die filigranen Gebilde nicht zu zerstören.

»Gut, dass dir damals nichts passiert ist«, betonte sie liebevoll.

»Na ja, wie man's nimmt«, erwiderte der Alte. »Unterwegs verloren wir immer mehr Männer an die Kugeln und Stiche der Franzosen, im Lazarett setzte das große Sterben ein. Oft stießen wir mit französischen Freischärlern zusammen, die nannte man Franc-tireurs. Je erschöpfter und nervöser alle wurden, desto mehr Unfälle ereigneten sich auch. Aus Unvorsichtigkeit schoss einer unserer eigenen Soldaten einen anderen durch die Brust. Einen weiteren traf eine Kugel leicht am Fuß – die war gerade einem französischen Freischärler durch den Hintern gegangen. Unsere Artillerie schoss ganze Orte in Brand. Die französischen Linien waren alle mit Chassepots bewaffnet.«

»Was ist das?«, fragte Ida, die das Wort zum ersten Mal hörte.

»Infanteriegewehre mit Bajonett, die schießen sehr weit. Ich hatte im Lazarett furchtbar viel zu schaffen, oft bis tief in die Nacht. Ich hab Finger abgesäbelt, genäht, verbunden, Kugeln herausgeschnitten, Katheter gelegt, und es gab auch ein paar Oberschenkelamputationen.«

Ida versuchte vergeblich, sich all das nicht bildlich vorzustellen. Die Erzählungen des Großvaters standen in so extremem Gegensatz zu dieser schönen Stadt, deren Straßen voller Menschen waren, und zu der Sonne, die nach dem Regenschauer nun wieder durch das Backstubenfenster fiel. Kaum zu glauben, dass sich all das, was der Großvater ihr erzählte, nur etwas über zwei Jahrzehnte zuvor hier abgespielt hatte. Dass die heute so strahlende Welt damals derart düster gewesen war, voller Trümmer und Blut.

Albert schien ihre Gedanken zu erahnen und murmelte: »Der Krieg ist ein scheußliches Handwerk.«

Seine Enkelin nickte beklommen. »Habt ihr auch französische Verwundete gerettet?«

Der Großvater bejahte. »Auch das – wenn Zeit dazu blieb. Oft wurden die Verwundeten dann auf Kuhwagen mit Stroh in andere Orte abtransportiert. Manchmal baumelten am Wegesrand Franc-tireurs – von unseren Männern erhängt.«

Ida erschauderte bei der Vorstellung. Verdammt! Jetzt erst bemerkte sie: Die klebrige Flüssigkeit auf dem Feuer war zu zäh und zu dickflüssig geworden – und das Kandieren der zarten Blüten nunmehr misslungen. Sie waren zerstört. Frustriert nahm Ida den Topf vom Herd.

»Offenbar tauge ich lediglich zum Verkauf von Zuckerwaren, nicht zu ihrer Herstellung«, seufzte sie.

Dabei hatte sie es sich so schön vorgestellt, Lucien mit einer Blume aus Zucker zu überraschen.

»Ach was! Keine Panik, wenn mal etwas misslingt«, riet der alte Bäckermeister. »Wir waren eben abgelenkt. Die wahre Kunst liegt immer darin, nicht gleich aufzugeben.«

Nicht gleich aufgeben – irgendwie war das zum Mantra für ihre Verlobungszeit geworden, dachte Ida. Mit einem Mal war es ihr ungemein wichtig, die Prüfung mit der kandierten Pomeranzenblüte zu bestehen, denn es schien ihr ein Omen für ihre Zukunft mit Lucien. Nicht gleich aufgeben, ermahnte sie sich, Großvater hat recht. Wenn der eine Weg nicht funktioniert, dann musste man eben einen anderen gehen. Zum Glück hatte sie noch nicht alle Blüten in die Zuckermasse gegeben. Sie nahm eine besonders schöne, befreite sie von ihrem Stängel und legte sie auf ein dünnes Schneidebrett. Dann machte sie sich erneut daran, Zucker in Wasser aufzulösen. Sie wendete ihn über der Flamme, bis er braun wurde und karamellisierte. Diesmal gab sie die Pomeranzenblüte aber nicht hinein, sondern goss die Karamellmasse vorsichtig über die Blüten und folgte dabei der Form der Blütenblätter. Der Großvater sah ihr dabei zu und nickte anerkennend. Vor ihren Augen entstand ein faszinierendes Gebilde: Wie ein feines Netz zogen sich die Fäden über die weiße Blume. Als sie das Gesamtkunstwerk betrachtete, war Ida mehr als zufrieden. Und auch ein wenig stolz, dass sie nicht gleich aufgegeben, sondern einen neuen Weg gesucht hatte.

»Na siehsch!«, schwäbelte der Großvater.

»Nicht aufgeben.« Ida lächelte ihn an. »Durchhalten – wie du damals in Frankreich.«

»Na ja, ich hab mich schon nach meinem gemütlichen Stuttgart gesehnt, nach meiner lieben Familie«, gestand Albert. »Je weiter wir ins Herz Frankreichs vordrangen, desto schwieriger wurde es auch, uns unterzubringen. Hinzu kamen ab Ende Oktober Nässe und Kälte. Wir lagen aufeinander wie die Heringe, und unser Divisions- und Korpsstab machte es sich derweil behaglich.«

»Wie ungerecht«, empörte sich Ida, während sie ihre karamellisierte Blüte vorsichtig in eine jener Schachteln legte, in denen sie besonders empfindliche Backwaren zu transportieren pflegten.

Der Alte nickte. »Es gab immer mehr Neid und Zorn unter uns. Einer unserer Soldaten hat einen sehr braven verheirateten Gefreiten erstochen – wegen einer Tasse Milch. Er traf ihn in die große Kopfschlagader, ich konnte dem armen Kerl nicht mehr helfen. Er … ist in meinen Armen verblutet.«

Albert stockte und wischte sich die Augen.

Ida erinnerte sich nicht, den Großvater jemals zuvor weinen gesehen zu haben. Nicht einmal, als Großmutter ihn vor neun Jahren verlassen und er ihren Abschiedsbrief gelesen hatte.

»Irgendwann schnitten uns die Franzosen von unserer Nachhut ab. Deine Großmutter und ich konnten uns also nicht mehr per Feldpost erreichen. Liebe und sentimentale Dinge habe ich ihr damals geschrieben«, sagte der Alte mit wehmütigem Lächeln und zitierte: »Zu dir zieht 's mi für, wo ich geh und wo i bin, hab ka Rast und koo Ruh, bin a trauriger Bu.«

Ida fragte sich einmal mehr, warum die Großmutter die Familie wohl Hals über Kopf verlassen hatte. Sie selbst war damals erst neun gewesen, und keiner der Erwachsenen hatte ihr diesbezügliche Fragen beantworten wollen. Es schien so, als sei die Oma plötzlich zu etwas geworden, dessen man sich schämen musste – eine Person, deren Namen nicht mehr genannt werden durfte.

»Vor Sehnsucht nach ihr wachte ich immer frühzeitig auf«, erinnerte sich der Großvater. »Ausgebrannt und mit jedem Tag verwitterter und grauer, so fühlte ich mich. Ich hatte diese Herumbalgerei mit den Franc-tireurs so dicksatt.«

Ida bemerkte, dass ihr Großvater, wenn er sich derart in die Vergangenheit hineinversetzte, Worte seiner Generation verwendete, die sie nicht mehr kannte. Den Begriff »dicksatt« dafür, dass man einer Sache überdrüssig war, hatte sie bisher noch nie gehört.

»Dijon ist eine alte Stadt mit vierzigtausend Einwohnern. Die Leute waren erstaunlich freundlich, aber natürlich merkte man ihnen an, dass sie ängstlich und teils angewidert von uns waren«, erklärte Albert. »Die französischen Ärzte dort waren zuvorkommend und verbanden die Verwundeten zusammen mit uns, nur unterschied sich ihre Behandlungsweise in vielem von der unseren. Mitte November bekam ich selbst heftiges Fieber, furchtbare Kreuz- und Gliederschmerzen nebst Halsentzündung. Die breitete sich auf die Zunge aus. Das war extrem schmerzhaft, Schwätzen wurde unmöglich. Man sandte mich daher ins Lazarett nach Gray, wo mich barmherzige Schwestern pflegten. Ich zeigte einer von ihnen Omas Bild und das von deinem Vater, und sie versprach mir, für meine Familie zu beten. Das schien Erfolg zu haben.«

»Wirklich?«, vergewisserte sich Ida.

Und zum ersten Mal, seit er sich im Geiste zurück in den Krieg begeben hatte, lächelte ihr Großvater wieder. »Ich durfte rechtzeitig zu Weihnachten nach Hause, wo ich schnell wieder gesund wurde.«

»Zum Glück«, strahlte Ida und tunkte vorsichtig ihren Finger in den Topf mit der inzwischen nur noch lauwarmen Zucker-Pomeranzenblütenmasse aus ihrem ersten Versuch. Schmeckte gar nicht so schlecht, dachte sie.

»Eigentlich viel zu schade zum Wegwerfen«, wandte sie sich an ihren Großvater.

»Dann mach doch ein paar Bonbonle draus«, schlug Albert vor. »No nix verkomme lasse.«

Ida nickte begeistert. Dem kleinen Marcel würde das sicher hervorragend schmecken. Es konnte ja ohnehin nicht angehen, dass sie seinem Onkel etwas schenkte, den Kleinen aber überging.

Kurz entschlossen bespannte sie ein Schneidebrett mit Butterbrotpapier, nahm sich einen Spatel, strich die Karamell-Blütenmasse darauf und ließ sie erkalten, während sie die Backstube aufräumte. Ihr Vater hatte schließlich mehrfach betont, wie wichtig absolute Sauberkeit und Ordnung waren. Das leuchtete Ida auch ein: Nichts war schlimmer als unauffindbare Zutaten oder Backformen, wenn man es eilig hatte und jede Sekunde zählte. Albert half seiner Enkelin tatkräftig.

Ida wollte diesen ungewohnt offenen und redseligen Tag ihres Großvaters nicht vorübergehen lassen, ohne ihm eine weitere Frage zu stellen, die ihr schon sehr lange unter den Nägeln brannte. »Darf ich dich noch etwas sehr Privates fragen?«

Er zuckte mit den Schultern. »Kommt darauf an …«

»Wieso ist Großmutter vor neun Jahren gegangen?«, stieß Ida hervor. »Obwohl ihr euch im Krieg doch immer so sehr nacheinander gesehnt habt …«

»Darüber möchte ich nicht sprechen«, murmelte er.

Ida nickte resigniert. Das war ein Familiengeheimnis, das

an diesem Nachmittag wohl nicht mehr gelüftet werden würde.

Als sie fertig aufgeräumt hatten, war die Masse fest. Ida schnitt sie mit einem großen, scharfen Messer in kleine Rechtecke, um sich anschließend eines der so entstandenen Bonbons in den Mund zu stecken. Köstlich! Mit einem zufriedenen Lächeln suchte sie eine zweite Schachtel heraus und füllte die Süßigkeiten hinein.

Marcels Päckchen verzierte sie mit einer blauen und Luciens mit einer roten Schleife.

»Und für wen sind die Bonbonle?«, wollte der Großvater wissen.

»Für Luciens kleinen Neffen«, verriet Ida. »Er ist vier Jahre alt – und ganz zauberhaft. Die beiden werden Augen machen!«

»Ich habe im Übrigen eine Idee, wie die Picards herausfinden können, wer hinter den Diebstählen in ihrem Hause steckt«, fügte Albert – nun wieder mit seinem gewohnt souveränen Grinsen – zum Erstaunen seiner Enkelin hinzu.

»Wie das?«, wunderte die sich.

»Als du vier Jahre alt warst, ist auch in unserer Bäckerei mal Geld verschwunden. Wir haben dem Dieb damals eine Falle gestellt. Das könnte bei den Picards ebenfalls funktionieren.«

Ida beugte sich neugierig vor. »Wie habt ihr das angestellt?«

»Nun, Großmutter und ich haben behauptet, wir hätten eine größere Geldsumme über Nacht im Laden zu verstauen. Das haben wir allen erzählt, die Zutritt zum Geschäft hatten. Dann habe ich gesagt, Großmutter und ich würden in Kirchheim bei Freunden übernachten. In Wirklichkeit habe ich mich im Laden versteckt. Um kurz nach Mitternacht kam dann der Dieb tatsächlich – und ich sperrte ihn ein. Es war unser damaliger Lehrbursche. Ein rechter Hallodri.«

»Das ist eine geniale Idee, Großväterle«, kommentierte Ida begeistert. Sie beschloss, Lucien noch heute davon zu erzählen. Vielleicht würden sie den Dieb im Hause Picard auf dieselbe Weise fassen können!

*

Draußen rauschte der Regen hernieder, im Forschungslabor blickte Lucien Picard durch das Mikroskop auf ein Bakterium, um eine Zeichnung davon anzufertigen. Seinen Aufsatz darüber würde er später zu Hause fertigstellen. Als es an der Tür klopfte, zuckte er erschrocken zusammen. Es war inzwischen bereits nach sieben Uhr abends, und um diese Zeit war eigentlich kaum mehr jemand in der Universität unterwegs.

»Herein«, rief er.

Zu seiner großen Freude öffnete seine Verlobte die Labortür und lächelte ihn scheu an. Da bemerkte er, dass hinter ihr der rothaarige Bäcker der Tritschlers stand, der wie Ida einen tropfenden Regenschirm in der Hand hielt – »Kurtle«.

»Er ist mein Begleitschutz«, erklärte sie Lucien hastig, denn er musste wohl etwas konsterniert dreingeblickt haben. »Ich wollte um diese Zeit nicht allein unterwegs sein.«

»Das finde ich äußerst löblich«, antwortete er und wandte sich an den Rotschopf. »Guten Abend, Kurt, das ist sehr freundlich von Ihnen.« Dann sah er wieder Ida an. »Was führt euch hierher?«

»Ich muss dir dringend etwas erzählen«, sagte sie und warf Kurt einen bittenden Blick zu. »Unter vier Augen.«

Etwas verstimmt trat der junge Bäcker wieder aus dem Raum und verkündete, er werde auf dem Korridor warten.

Ida berichtete Lucien von dem schönen Erlebnis mit dem Großvater in der Backstube und reichte ihm endlich sein Geschenk.

Der junge Biologe war gerührt, als er die Pomeranzenblüte vorsichtig in seine Hand nahm. »Wie filigran das ist«, staunte er.

»Laut Madame Martinet bringt so eine Blüte einem Paar Glück«, erzählte Ida.

»Etwas Schöneres und Persönlicheres habe ich noch nie von jemandem geschenkt bekommen«, flüsterte er und küsste seine Verlobte zart auf den Mund.

Kurz darauf hatte Ida Lucien ausführlich berichtet, wie ihr Großvater in ihrer Stuttgarter Bäckerei einst dem Dieb eine Falle gestellt hatte.

»Raffinierter Plan«, meinte Lucien anerkennend. »Und jetzt wolltest du vorschlagen, bei uns ähnlich vorzugehen?«

»Genau«, bestätigte Ida. »Du könntest jedem, der Zutritt zu Haus und Laden hat, von einer verlockenden Geldsumme erzählen. Die sei für eine Nacht bei euch im Haus verstaut. Und dieses Versteck, das du allen Verdächtigen zuvor verraten hast, bewachst du dann – behauptest aber, nicht daheim zu sein.«

»Die Liste dieser Personen wäre stattlich: Vater, Mutter, mein Bruder nebst Gattin, die Köchin, das Kindermädchen, der Diener und das Zimmermädchen«, murmelte Lucien grübelnd. »Aber die Idee ist großartig. So könnten wir den Übeltäter wirklich fassen.«

»Einen Nachteil hätte das allerdings«, sagte Ida etwas betrübt.

Lucien sah sie fragend an. »Was meinst du?«

»Monsieur Fouché«, antwortete Ida. »Wenn der Täter gefasst wird, ist er wieder arbeitslos.«

»Hm, stimmt«, räumte ihr Verlobter ein. »Wir sollten ihn vielleicht mal aushorchen, was sonst noch für ihn infrage käme.«

Ida sah ihn dankbar an. »Gute Idee.«

23

Lucien Picards Professor lebte in einem der hübschen Fachwerkhäuser im Stadtteil Petit France. Obwohl es seit gestern Nachmittag Bindfäden regnete, war der Biologiestudent an diesem Samstagmorgen unterwegs, um seine Hausaufgabe in den Briefkasten seines Lehrers zu werfen. Die Ill war über ihre Ufer getreten, Sitzbänke, die direkt am Fluss standen, waren nahezu gänzlich in den Fluten verschwunden, und Lucien hörte, wie einige Bewohner erneut über vollgelaufene Keller klagten.

Als er in die Patisserie zurückkehrte, stand zu seiner Verblüffung die gesamte Familie mit dem versammelten Personal vor der Verkaufstheke – als hätten sie seine Gedanken gelesen.

»Ist etwas passiert?«, erkundigte er sich verwundert.

»Monsieur Müller ist nicht gekommen«, berichtete Jacques Picard verstimmt. »Wahrscheinlich wegen der Überflutungen. Das Kanalgebiet bei Meinau soll übel aussehen.«

Lucien wusste, dass der Kellner äußerst gewissenhaft war. In den zehn Jahren seit seiner Einstellung hatte er nicht einen einzigen Tag gefehlt. Wenn er nicht zur Arbeit erschien, mussten die Wege von seinem Wohnort am Rhein-Rhone-Kanal in der Tat unpassierbar sein. Das warf natürlich die Frage auf, ob und wann er es heute überhaupt zur Patisserie Goldschmidt schaffen würde.

»Wer bedient dann im Café?«, erkundigte sich Lucien.

»Darüber sprachen wir gerade. Ich könnte einspringen«, antwortete seine Mutter. »Ist zwar ein paar Jährchen her, aber früher habe ich ja schon mal im Verkauf geholfen.«

»Wir brauchen dich auf jeden Fall, aber hinter der Bäckereitheke«, gab ihr Mann zu bedenken. »Odile steckt nämlich ebenfalls fest.«

Claire seufzte. »Und was machen wir dann mit dem Café?«

Lucien bemerkte, dass seine Schwägerin den Blick senkte. Denise ahnte wohl, dass es nun an ihr gewesen wäre einzuspringen. Doch dies schien der scheuen Frau unangenehm zu sein.

»Wenn Sie wünschen, könnte ich es versuchen«, meldete sich da zur Überraschung aller Monsieur Fouché zu Wort. »Bevor Sie in Schwierigkeiten geraten. Ich habe als junger Mann öfters auf Studentenfeierlichkeiten bedient, ich kann mir Dinge auch heute noch ganz gut merken. Und die Kasse behalte ich einfach beim Bedienen im Blick.«

»Sehr gut, Fouché«, lobte Jacques. »Zumindest bis Müller es vielleicht doch noch hierherschafft, sind Sie also unser Ersatzkellner. Madame Rolland, holen Sie doch bitte den zweiten Kellneranzug, er müsste ihm in etwa passen.«

»Dann übernehme ich so lange den Wachposten«, bot Lucien an. Schließlich nutzte er die Gunst der Stunde und behauptete: »Heute Abend bräuchte ich allerdings eure Hilfe. Ich lagere das Geld für unsere Sonntagsexkursion über Nacht im Zimmer in meinem Sekretär, das sind immerhin achtzig Mark. Ich muss aber um acht Uhr abends zur Vorbesprechung mit dem Professor und den Studienkollegen. Das kann bis spätnachts gehen. Da wäre es gut, wenn jemand aufpasst, dass keiner mein Zimmer betritt.«

»Kein Problem, ich bleibe so lang wach«, versprach Maximilien Fouché sofort.

»Gut, dann alle an die Arbeit!«, befahl Jacques in zackig-militärischem Tonfall.

*

Hélène wischte zum wiederholten Male an diesem Vormittag den gekachelten Boden des Verkaufsraums. Bei jedem Öffnen der Ladentür floss ein wenig schmutziges Wasser herein. Zudem hatten die meisten Kunden Regenschirme dabei, aus denen sich regelrechte Sturzbäche ergossen.

Gerade war der Boden einigermaßen gesäubert, da wurde erneut die Tür aufgerissen, der Telegrammbote stürzte hinein und hinterließ eine Dreckspur auf dem Boden. Hélène schien den Tränen nahe, und Ida war vor lauter Mitleid versucht, ihr den Schrubber aus der Hand zu nehmen, um den Boden selbst zu reinigen.

»Guten Morgen, ich habe hier ein Telegramm für einen gewissen Herrn Albert Tri…«, schmetterte der Bote in den Raum.

Weiter kam er nicht: Idas Großvater, der bisher an einem der Tische am Durchgang zwischen Verkaufsraum und Café gesessen hatte, sprang auf und stürzte auf den Mann zu. »Das ist für mich!«, rief er hastig.

»Albert Tritschler?«, vergewisserte sich der Mann.

»Genau der«, bestätigte der Großvater ungeduldig und riss das Telegramm an sich. Während er das Schreiben studierte, breitete sich ein Strahlen auf seinem Gesicht aus, und er bedachte den Telegrammboten mit einem großzügigen Trinkgeld.

»Danke«, rief dieser erfreut und machte sich wieder auf den Weg hinaus in den Regen, während Hélène sogleich begann, seine Spuren wegzuwischen.

»Jetzt verstehe ich, warum du den halben Vormittag im Café gesessen und ständig unruhig zur Tür gestarrt hast«, sagte Ida und ließ sich am Tisch ihres Großvaters nieder, der inzwischen wieder Platz genommen hatte. »Von wem ist es denn?«, schob sie neugierig hinterher.

»Ach, nicht so wichtig«, winkte ihr Opa ab.

Ida drohte ihm scherzhaft mit dem Finger: »Großväterle, raus mit der Sprache!«

»Na, also gut«, murmelte er, sah sich vorsichtig um und beugte sich dann über den Tisch. »Das Telegramm ist von … deiner Großmutter«, flüsterte er.

»Was?«, rief Ida so laut, dass sich einige Cafégäste und Kunden an der Verkaufstheke umdrehten.

Der Großvater wedelte mit den Händen. »Pst, nicht so laut.«

»Das kann doch kein Zufall sein«, fuhr sie nun im Flüsterton fort. »Gestern sprechen wir seit Jahren zum ersten Mal über Oma, und gleich telegrafiert sie dir, das … « Sie hielt nachdenklich inne und sagte schließlich erkennend: »Du hast ihr zuerst geschrieben, sonst wüsste sie ja gar nicht, dass du hier in Straßburg bist.«

»Ja, ich habe ihr frühmorgens schon telegrafiert«, gestand der alte Bäckermeister mit gedämpfter Stimme. »Durch unser Gespräch gestern habe ich mich wieder an die schönen Zeiten mit Großmutter erinnert. Und wie sehr mich der Krieg damals verändert hat. Oft habe ich im Schlaf geschrien. Und einmal habe ich sie sogar gewürgt … Ich habe niemandem mehr getraut und war wirklich oft unausstehlich. Sie hat wohl zehn Jahre auf die Rückkehr ihres alten Albertle gewartet. Aber irgendwann gab sie auf.«

Ida war sprachlos. Deshalb war Großmutter also gegangen! Wenn eine Frau aus einer Ehe ausbrach, galt dies als ganz und gar unschicklich. Die Familie hatte wegen Oma Tritschlers Fortgehen viel Spott ertragen müssen – hinter vorgehaltener Hand, aber auch ganz offen. Nach dem Skandal hatten er und ihr Vater Kontaktversuche ihrerseits mit den Enkeln wohl nicht mehr zugelassen. »Und jetzt hat sie sofort auf dein Telegramm geantwortet?«

Der Großvater nickte. »Offenbar hat sie auf ein Lebenszeichen gewartet.«

Ida beschloss, dass sie der Großmutter ebenfalls schreiben würde. So ganz geklärt war deren Verschwinden für sie immer noch nicht. Sicher war nun jedoch: Auch in ihrer Familie hatte der Krieg also einen Menschen vollkommen verändert – und damit eine Ehe zerstört. Unwillkürlich musste sie an Luciens Vater und dessen Verbitterung denken. Und an die Falle, die ihr Verlobter Familie und Personal stellen wollte. Hoffentlich würde er bei dem Versuch, den Täter zu finden, nicht in Gefahr geraten!

*

Lucien hatte seinen Mantel angezogen und hielt einen Regenschirm in der Hand. Es sollte ja alles ganz glaubwürdig aussehen. Er betrat die Bibliothek, in der seine Mutter am Kamin saß und in einem ledergebundenen Buch über die Geschichte der Malerei blätterte.

»Ich treffe mich jetzt mit meinem Professor und den Studienkollegen«, behauptete Lucien.

»Gut, dann trinkt mal nicht zu viel«, entgegnete Claire schmunzelnd. »Du solltest auf dem Heimweg noch gerade laufen können.«

»Ich werde mich bemühen«, sagte Lucien grinsend und dachte sich, dass seine Mutter keinen Diebstahl nötig hatte. Sein Vater erfüllte ihr beispielsweise alle Bekleidungswünsche – auch sehr kostspielige. Und Reisen zahlte er ihr auf Wunsch auch. Eigentlich kam sie folglich nicht wirklich als Täterin in Betracht.

Als Nächstes warf er einen Blick in die Kinderstube seines kleinen Neffen. Marcel schlummerte friedlich, und in einem Ohrensessel saß sein Kindermädchen, Mademoiselle Girod. Die rundliche Zweiundvierzigjährige war offenbar über dem Buch, aus dem sie dem Knaben vorgelesen hatte, selbst eingeschlafen. Lucien lächelte über das harmonische Bild und überlegte, dass er dem Kindermädchen ebenfalls keinen Diebstahl zutraute.

Auch nach Denise wollte er noch sehen. Er hielt sie zwar für viel zu ängstlich, jemals etwas Ungesetzliches zu tun, aber René war mit irgendwelchen Geschäftsfreunden unterwegs, und Lucien wollte sie als Botin nutzen. »Würdest du meinem Bruder ausrichten, dass ich erst spätnachts zurück sein werde?«, bat er seine Schwägerin, nachdem sie ihn auf sein Klopfen hin hereingebeten hatte. Sie lag unter einem Berg von Decken. Typisch Denise – immer umgeben von einem Schutzwall. »Er soll doch Augen und Ohren offen halten, bis ich wieder da bin.«

»Das kann ich ihm sagen. Aber euer Exkursionsgeld wird ihm egal sein«, befürchtete Denise. »Ihn interessiert nur das Geld, das ihn selbst reicher macht.«

»Mag sein«, gab Lucien ihr recht. »Hab einen schönen Abend, Denise.«

»Danke, und dir viel Spaß mit deinen Kollegen.«

Dann begab er sich in die Küche, wo Madame Rolland, Zimmermädchen Bärbel und Diener Monsieur Rumann das Abendessen vorbereiteten. »Ich wollte nur noch mal sagen, dass ich erst spät zurückkomme«, erinnerte er die Bediensteten. »Sie müssen mich beim Essen nicht einplanen.«

»Jawohl, Monsieur Picard«, sagte Madame Rolland.

Als Letztes ging er zu seinem Vater in dessen Arbeitszimmer.

Der meinte: »Wenn der alte Fouché vor dem Gebäude aufpasst, kommt euer Geld schon nicht weg. Von uns hier wird es ja keiner gewesen sein.«

»Einen schönen Abend, Papa«, wünschte Lucien und verließ das Bureau. Kaum war er auf dem Flur, eilte er zur Wohnungstür, öffnete diese und schloss sie dann lautstark wieder.

Danach schlich er rasch in sein Zimmer. Er versteckte sich in seinem Kleiderschrank, in den er vorsorglich einen Stuhl und eine Flasche Wein gestellt hatte. Hier würde er nun warten, ob tatsächlich jemand in die von ihm und seiner Verlobten ersonnene Falle tappte.

*

Ida ließ der Gedanke keine Ruhe, dass sich Lucien mit der Durchführung ihrer gemeinsamen Idee in Gefahr bringen könnte. Sie beschloss daher, Monsieur Fouché auf dessen Wachposten Gesellschaft zu leisten. Monsieur Leroc stellte auf ihren Wunsch einen kleinen Korb mit allerlei Leckereien zusammen. Zum Glück saß in der Küche auch Kurt.

»Kurtle …«, begann Ida, woraufhin er sich seufzend erhob und grinste.

»Ja, ich bringe Sie als Begleitschutz rüber zur Konkurrenz«, fasste er ihre Bitte zusammen, bevor sie diese ausgesprochen hatte.

Sie lächelte ihm dankbar zu, und die beiden machten sich auf den Weg zur Patisserie Goldschmidt. Der Regen hatte glücklicherweise endlich aufgehört, die Wolken am Nachthimmel machten mehr und mehr dem Mond und den Sternen Platz.

Monsieur Fouché, der wie jeden Abend mit seinem Säbel vor dem Gebäude der Picards wachte, war hocherfreut über Idas Bitte, ihm Gesellschaft leisten zu dürfen – und über den schmackhaft aussehenden Inhalt des Korbs. Ida bat Kurtle, sie in einer Stunde wieder abzuholen. Als sie den einst Obdachlosen fragte, wie sein Tag bisher verlaufen sei, erzählte er ihr von seinem durch die Überflutung bedingten Einsatz als Ersatzkellner.

»Oh, wie lief es denn?«, erkundigte sich Ida neugierig.

»Eigentlich habe ich es ganz gut hinbekommen«, meinte Fouché. »Konnte mir alle Bestellungen merken und habe auch nichts fallen lassen.«

»Wunderbar«, freute sie sich. Kellner! Vielleicht war das eine Arbeitsmöglichkeit für ihn, falls der Dieb im Hause Picard tatsächlich gefasst würde.

Doch Maximilien Fouché zerstreute diese Hoffnung sogleich, als er anmerkte: »Auf Dauer könnte ich das aber nicht. Es ist für mich eine unerträgliche Versuchung, Alkohol auszuschenken. Bei jedem Glas Sekt, das jemand im Café bestellt hat, habe ich versucht, nicht auf das Blubberwasser zu schauen. Aber allein der Geruch … Ich war froh, als es vorbei war. Ich weiß nicht, ob ich da auf Dauer standhaft bleiben könnte.«

Ida bewunderte Maximilien für seine Offenheit und kluge Selbsteinschätzung. So viele Menschen, die sie kannte, verloren sich in ihren täglichen Lebenslügen. Doch andererseits wusste sie durch sein Geständnis nun nicht mehr, in welchem Berufsfeld man ihm eine neue Arbeitsstelle suchen könnte. Um dies besser beurteilen zu können, musste sie wohl erst mehr über seine Vergangenheit herausfinden.

»In welchem Fach waren Sie eigentlich damals Professor?«, erkundigte sie sich.

»Architektur und Baukunst«, sagte Fouché wehmütig, zitierte aber gleich darauf amüsiert: »Der Architekt ist hochverehrlich – obschon die Kosten oft beschwerlich. Weil er uns unsre Erdenkruste, die alte, rauhe und berußte, mit saubern Baulichkeiten schmückt, mit Türmen und Kasernen spickt.«

Ida kicherte. »Nettes Gedicht.«

»Das ist aus *Maler Klecksel* von Wilhelm Busch«, erklärte der alte Maximilien lächelnd. Dann fuhr er ernster fort: »Ich war am Bau der neuen Universität beteiligt. Aber bis dahin war es ein weiter Weg. Im Winter 1870 starben viele in meinem Husarenregiment. Dennoch war schließlich das Ende des Krieges in Sicht. Am 26. Februar haben die Französische Republik und das neue Deutsche Reich in Versailles dann einen Vorfrieden geschlossen. Im Hotel *Zum Schwan* in Frankfurt wurde am 10. Mai der Krieg auch formell beendet. Der Friedensschluss bestätigte den Verzicht Frankreichs auf größere Gebiete des Elsass und Lothringens. Genau wie Straßburg wurden die Gebiete kurz darauf als Reichsland Elsaß-Lothringen Teil des neuen Deutschen Reichs. Den Einwohnern der abgetretenen Gebiete hat man immerhin gestattet, ihren Wohnsitz nach Frankreich zu verlegen. Ich habe sehr mit mir gehadert, kehrte dann aber doch zurück in meine Stadt. Ich wollte helfen, die Universität, die Bildung wiederaufzubauen – auch wenn ich dafür mit den Deutschen kooperieren musste.«

»Das war sicher kein leichter Entschluss«, ahnte Ida, die von ihrem Bruder wusste, dass der Bau der Universität sowohl für die Besatzer als auch für die Franzosen von enormer Bedeutung gewesen war. Die Deutschen hatten damit zeigen wollen, dass sie nicht nur zerstören, sondern auch gestalten und Großes schaffen konnten.

»Lucien hat erzählt, dass Sie sogar im deutschen Viertel gewohnt haben. Stimmt das?«, vergewisserte sich Ida.

»Ja, ungewöhnlich, nicht wahr?«, meinte Maximilien schmunzelnd. »Eigentlich hat man die schönen Wohnungen ja eher für die vielen deutschen Beamten gebaut, die damals hierherzogen. Sie mussten schließlich irgendwo wohnen. Aber Stadtbaumeister Conrath persönlich hat dafür gesorgt, dass ich auch eine Bleibe dort bekomme.«

Ida bemerkte, wie stolz Maximilien war, mit jenem Mann zusammengearbeitet zu haben.

»Hat er all das gebaut?«, erkundigte sie sich.

»Nein, nur entworfen. Jean Geoffroy Conrath hat im Grunde den ganzen Bereich drum herum geplant«, sagte Fouché. »Er wollte den Sitz des Wissens mit dem der Macht verbinden. Deshalb stand im Zentrum seines Entwurfs eine gewaltige Monumentalallee – von der Universität bis zum Kaiserplatz! Auf dem sind die wichtigen öffentlichen Gebäude platziert. Universitätsbaumeister war ab 1875 Hermann Eggert, und auch mein Kollege Otto Warth war beteiligt. Den Kaiserplatz erschuf Conraths Nachfolger Johann-Karl Ott. Der Palast wurde dann vor vier Jahren von Kaiser Wilhelm eingeweiht.«

Ida bemerkte, wie glücklich Maximilien Fouché bei seinen Erzählungen war. Obwohl all jene gigantomanischen Architekturvorhaben sehr deutlich im Zeichen des deutschen Nationalismus gestanden hatten, schien es für Monsieur Fouché mit der Baukunst zu sein wie für Lucien mit der Biologie – Wissen und Schönheit waren wichtiger und beständiger als Landesgrenzen. Ida wusste, dass Maximilien die von ihm so geliebte Welt von Architektur, Lernen und Lehren verloren hatte – durch die zerstörerische Macht des Alkohols. Doch sie fragte sich, was der Auslöser gewesen war, der dies erst angestoßen hatte. Zu gern hätte sie Fouché gefragt, doch sie wagte es nicht.

*

Obwohl er damit gerechnet hatte, zuckte Lucien erschrocken zusammen, als er plötzlich ein schlurfendes Geräusch an der Zimmertür wahrnahm. Die Gestalt, die nun vorsichtig eintrat, hatte keine Lampe dabei, lediglich das Licht aus dem Flur fiel durch den kleinen Spalt der angelehnten Tür herein. Im Halbdunkel sah er die Figur, die sich nun tatsächlich an seinem Sekretär zu schaffen machte, nur schemenhaft und von hinten. Der Fremde war kleiner als Lucien und trug einen Mantel. Jetzt hieß es zuschlagen! Er riss die Schranktür auf, wollte herausstürzen, blieb aber mit dem Fuß am Bein des Stuhls hängen, den er sich in den Schrank gestellt hatte – und fiel der Länge nach auf seinen Zimmerboden. Der Fremde huschte aus dem Zimmer, und während sich Lucien fluchend aufrappelte, hörte er bereits die Wohnungstür ins Schloss fallen. Mit einem wütenden Schrei rannte er seinerseits in Richtung Treppenhaus, befürchtete aber, dass er keine Chance hatte, den Dieb noch zu fassen. Er hatte es vermasselt.

Ida und Maximilien waren dermaßen in ihr Gespräch über den Bau der Straßburger Universität vertieft, dass sie die Gestalt in Kapuzenmantel, die aus dem Seiteneingang gestürzt kam, zunächst nicht bemerkten. Erst als sie hörten, wie Lucien im Treppenhaus »Stehen bleiben!« brüllte, wurde Ida schockartig klar, dass es sich um den fliehenden Dieb handeln musste. In diesem Augenblick kam Kurtle, um Ida wie verabredet abzuholen.

»Halt ihn auf!«, schrie Ida, da der fliehende Dieb gerade an dem verdutzten Bäcker vorbeirennen wollte.

Geistesgegenwärtig stellte Kurt der Kapuzengestalt ein Bein. Er erwischte ihn nur knapp, doch der Fremde geriet dennoch ins Straucheln, stolperte – und fiel auf die Knie. Der junge Bäcker stürzte zu ihm und hielt ihn am Arm fest. Ida kam mit Maximilien herbeigeeilt. Sie wunderte sich noch, wie zierlich der sich unter Kurts gnadenlosem Griff windende Dieb war, dann riss sie ihm die Kapuze herunter. Als sie das Gesicht erkannte, das darunter zum Vorschein kam, erstarrte sie.

24

Denise!«, rief Ida schockiert.

Vor ihr auf dem nassen Kopfsteinpflaster lag Luciens Schwägerin, das Gesicht voller Angst.

Kurt schien es äußerst peinlich zu sein, eine solch hübsche junge Frau zu Fall gebracht und grob angepackt zu haben. Er ließ sie augenblicklich los und fragte schuldbewusst: »Haben Sie sich sehr wehgetan?«

Denise schüttelte den Kopf und ließ sich von dem Bäcker aufhelfen. Ida bückte sich nach einem Briefumschlag und reichte diesen ihrem Verlobten, der zusammen mit Monsieur Fouché herangekommen war.

»Ist es das?«, vergewisserte sich Ida.

Lucien nickte ernst. »Ja, das ist der Umschlag mit den Zeitungsschnipseln.«

Er öffnete das Kuvert, und nun sahen alle, dass sich darin tatsächlich lediglich Zeitungspapier befand, das auf Geldscheingröße geschnitten worden war.

»Es war eine Falle …«, erkannte Denise mit belegter Stimme.

»Ja, das war es«, bestätigte ihr Schwager verstimmt. »Kannst du mir bitte schön sagen, warum du deine eigene Familie bestiehlst?«

Denise war den Tränen nahe. »Weil mein Leben zerstört ist …«

Ida sah sie fragend an. »Wieso das?«

Denise zögerte und sah zu Kurt. Offenbar hatte sie vor dem ihr unbekannten jungen Mann Hemmungen zu sprechen.

»Kurtle, es ist eine Familiensache. Könntest du uns allein lassen?«, bat Ida.

Der sah sie etwas pikiert an.

»Ich bringe Ida nachher sicher nach Hause, versprochen«, versuchte Lucien ihn zu beruhigen.

Kurt nickte missmutig. An seiner Körperhaltung war deutlich zu erkennen, wie verärgert und gekränkt der junge Mann war. Kein Wunder, dachte Ida mit dem Anflug eines schlechten Gewissens. Sie behandelte ihn wirklich wie einen Laufburschen. Bediente sich seines Schutzes und schickte ihn dann ständig fort. Sie nahm sich vor, in den nächsten Tagen besonders nett zu ihm zu sein.

Kurt machte sich auf den Weg, drehte sich aber noch einmal besorgt nach der schönen Denise um.

»Komm, wir setzen uns ins Café und reden«, schlug Lucien indes seiner Schwägerin vor.

Maximilien Fouché schien genug Taktgefühl für die Erkenntnis zu besitzen, dass er bei diesem Familiengespräch nichts zu suchen hatte. »Soll ich weiter vor dem Gebäude aufpassen?«, schlug er vor.

Lucien warf ihm einen dankbaren Blick zu. »Ja, bitte tun Sie das, Monsieur Fouché.«

Wenig später saßen Ida und Lucien mit Denise im verschlossenen Café Goldschmidt. Sie hatten keine Lampe angezündet, allein das Licht der Gaslaternen draußen beleuchtete ihre ernsten Gesichter.

»Nun?«, forderte Lucien seine Schwägerin auf, sich zu erklären.

»Ich werde erpresst«, stieß sie hervor. »Seit vielen Wochen.«

»Von dieser Natalie!«, platzte es aus Ida heraus. Nun wurde ihr klar, dass ihre künftige Schwägerin ihr nur die halbe Wahrheit gesagt hatte.

Denise sah sie erstaunt an. »Woher weißt du das?«

»Weil euer Gespräch sich nicht danach anhörte, dass sie nur deine Hilfe dabei will, Lucien zu bekommen«, erinnerte Ida. »Es klang, als erpresse sie dich und wolle mehr Geld. So, als denke sie, das stünde ihr zu.«

»Genau das denkt sie«, bestätigte Denise bitter.

Lucien sah sie verständnislos an. »Aber wie kommt sie darauf?«

Nach einer kurzen Pause ließ Denise die Bombe platzen.

»Weil sie Marcels leibliche Mutter ist.«

Ida und ihr Verlobter starrten sie fassungslos an.

»Was?«, ächzte Lucien.

Denise begann zu erklären: »Als ich vor fünf Jahren endlich doch guter Hoffnung war, dachte ich, unsere Zukunft sei gesichert. René hatte ja bereits Affären mit anderen Frauen, weil ich anfangs einfach nicht fähig schien, ihm den ersehnten Thronfolger zu schenken. Das machte mir Angst. Wenn er mich verlassen würde, bedeutete das für mich die Rückkehr ins Armenhaus. Und den sicheren Tod für meine Mutter. Ich bezahle ja die Medikamente für ihre Lungenkrankheit.«

Lucien nickte. »Aber dann sagte dir der Arzt, dass du das Kind jederzeit verlieren könntest.«

»Genau, und das habe ich dann auch«, gab Denise nun erstmals zu. »Damals war aber kein Arzt anwesend. Geholfen hat mir meine Freundin aus dem Armenhaus. Natalie war zu der Zeit auch schwanger – allerdings unehelich und ungewollt. Und sie brachte mich auf einen perfiden Plan. Ich sollte ein Kissen tragen und mich möglichst in Kur begeben – angeblich, um das Kind zu schonen.«

»Ich erinnere mich«, sagte Lucien. »René hat dir damals den Aufenthalt in Niederbronn-les-Bains bezahlt. So erleichtert war er, dass du dein Kind nicht verloren hast – angeblich.«

»Ja«, bestätigte seine Schwägerin schuldbewusst. »Und ich durfte sogar Natalie Berger als Gesellschafterin mitnehmen. Von der ahnte noch keiner, dass sie ihrerseits schwanger war. Sogar bereits im vierten Monat – was sie aber gut verborgen hatte.«

»Und am Ende der Kur bist du mit einem Kind nach Straßburg zurückgekommen – hast behauptet, es sei deines und eine Frühgeburt gewesen.« Lucien erinnerte sich, wie Denise vor gut vier Jahren mit Natalie und dem kleinen Marcel im Hause Picard aufgetaucht war – eine Welle des Glücks hatte die gesamte Familie und das Personal erfasst.

Denise senkte den Blick. »Genau …«

»Und das hat die Berger sich teuer bezahlen lassen«, mutmaßte Lucien bitter.

Seine Schwägerin bejahte traurig. »Erst hat sie gesagt, sie tue es, um ihren Ruf zu retten und ihrem Bastard eine sichere Zukunft zu bieten. Aber in Niederbronn-les-Bains kam sie wohl auf den Geschmack des luxuriösen Lebens. Es gibt dort zwei Heilquellen, die *source romaine* und die *source celtique,* es ist wunderschön – und das Essen schmeckt paradiesisch. Das hat ihr gefallen. Nach der Geburt sagte Natalie, sie habe Höllenqualen für meine Zukunft durchlitten. Daher wolle sie meinen Verlobungsring haben, das sei ein gerechter Ausgleich. Meine Bedenken wegen René versuchte sie zu zerstreuen. Der wird sich dermaßen freuen, dass du mit seinem ersehnten Thronfolger kommst – dem wird es recht egal sein, dass dir dein Ring gestohlen wurde. Das hat sie gesagt …«

»Und sie hat recht behalten«, wusste Lucien noch. »Ich erinnere mich. Du hast ihn verzweifelt um Entschuldigung für deine Unachtsamkeit gebeten – aber mein Bruder hatte nur Augen für den Kleinen. Wie wir alle.«

Für Ida ergaben nun einige Dinge mehr Sinn. »Hast du deshalb solche Schwierigkeiten, Marcel in den Arm zu nehmen?«

Denise nickte. Das Café schien zum Beichtstuhl geworden zu sein, endlich redete Luciens Schwägerin sich alles von der Seele. »Als Natalie mir den Kleinen zum ersten Mal gab, hätte ich ihn beinahe fallen lassen. Ich hatte fortan kolossale Angst, etwas falsch zu machen, ihm zu schaden. Monatelang habe ich geträumt, dass er durch meine Schuld stirbt – weil ich ihn in meiner Ungeschicklichkeit tödlich verletzt habe.«

Ida und Lucien sahen sich betreten an. Er resümierte: »Und jetzt erpresst dich die Berger erneut?«

»Ja, René weiß davon natürlich nichts«, erwiderte Denise. »Ich denke, er hat sie wirklich hergelockt, weil er hofft, du verfällst ihren Reizen und vergisst deine Ida.«

Lucien furchte die Stirn. Was für eine verzwickte Lage das war! »Und dann hast du angefangen, für sie zu stehlen?«

Denise nickte beklommen. »Ja, es hat mir das Herz zerrissen. Aber inzwischen steht ja mehr auf dem Spiel als nur meine Zukunft. Wenn René jemals erfährt, dass in Marcels Adern kein Tropfen Picard-Blut fließt, wird er nicht nur mich hochkant aus dem Haus werfen.«

Ida hielt das für eine zwar furchtbare, aber völlig realistische Einschätzung. »Aber dann bleibst du für immer erpressbar. Natalie scheint keine zu sein, die irgendwann genug hat.«

»Wie viel verlangt sie denn?«, erkundigte sich Lucien mit belegter Stimme.

»Hundert Mark«, offenbarte Denise resigniert. »Oder dass ich ein Treffen mit dir arrangiere und sie so auch eine lukrative Ehe bekommt, wie sie es nennt.«

»Na, die wäre ein Fang«, kommentierte Lucien spöttisch. »Eine Frau, die ihr Kind verkauft und dann die Ziehmutter erpresst!«

Ida wurde von Verzweiflung gepackt. Der arme Marcel! »Was machen wir denn jetzt? Keiner von uns hat hundert Mark. Und wenn Natalie René die Wahrheit sagt, wird der Kleine Furchtbares erleiden, dann zerbricht sein ganzes Leben.«

Die drei jungen Menschen starrten ratlos ins Leere.

Schließlich fiel Ida etwas ein. »Ich wüsste, wie wir zumindest Zeit gewinnen können.«

Denise und Lucien sahen sie fragend an.

»Du müsstest aber eine bittere Kröte dafür schlucken«, wandte sie sich an ihren Verlobten.

Er hob erstaunt eine Augenbraue. »Ich? Wieso?«

»Weil du dich in die Berger vergucken wirst«, sagte Ida. »Denise wird dir von Natalies Rückkehr erzählen, und du wirst so begeistert sein, dass du unbedingt ein Rendezvous mit ihr willst.«

»Niemals!«, rief Lucien aufgebracht.

Im Gegensatz zu ihrem Schwager hatte Denise Idas Plan bereits durchschaut. »Das ist eine raffinierte Idee. Das Problem ist nur, dass ich Natalie ja schon gesagt habe, dass Lucien verliebt und verlobt ist – und sie keine Chance hat.«

Ida winkte ab. »Ach, dann erklärst du ihr eben, dass eure ganze Familie gegen mich ist. Das kannst du ja ausschmücken – ohne lügen zu müssen.«

Lucien sah seine Verlobte bass erstaunt an. »Bist du denn

gar nicht eifersüchtig, wenn sich dein Zukünftiger mit einer anderen trifft?«

»Ach, weißt du, Eifersucht ist ja immer die Angst vor dem Vergleich«, meinte Ida. »Aber vor dem Vergleich mit einer derartigen Frau fürchte ich mich irgendwie nicht sonderlich. Außerdem weiß ich ja, wie sehr du mich liebst – und ich vertraue dir.«

Lucien küsste sie sanft auf den Mund. »Aber wie soll es dann weitergehen?«, fragte er. »Mehr als ein-, zweimal mit ihr treffen geht ja nicht – dann durchschaut sie doch, dass das Funkeln in meinen Augen in ihrem Fall keine Leidenschaft ist.«

»Wichtig ist weniger, was *sie* nach euren Treffen denkt«, erläuterte seine Verlobte. »Wichtig ist, was deine Familie denkt. Wenn Natalie in aller Öffentlichkeit mit dir angebandelt hat, das nicht klappt und sie dann behauptet, Marcel sei ihr Kind …«

»… wird jeder vermuten, sie wolle nur Geld herausschlagen«, vollendete Denise beeindruckt Idas Satz. »Und da ich eine Geburtsurkunde auf meinen Namen habe, würde René ihr wohl nicht glauben.«

Lucien sah die beiden erstaunt an. »Wenn man euch so hört, könnte man direkt Angst vor Frauen bekommen.«

»In Natalies Fall ist das sicher nicht das Verkehrteste«, entgegnete Ida mit einem freudlosen Lächeln.

»Bei mir ja auch. Ich schiebe meinem Mann ein fremdes Kind unter und bestehle seine Familie«, fügte Denise schuldbewusst hinzu.

»Zu beidem hat dich ja Natalie Berger überredet«, tröstete Ida. »Und sie hatte keine verarmte und lungenkranke Mutter als Entschuldigung. Diese angebliche Freundin interessiert sich nur für ihren eigenen Vorteil.«

»Ausgerechnet der Frau wollt ihr mich zum Fraß vorwerfen«, entgegnete Lucien ironisch. »Und ich muss auch noch Begeisterung heucheln. Hätte wohl öfter bei den Theateraufführungen in der Schule mitmachen sollen.«

»Du und René habt doch früher öfter gepokert«, fiel Denise ein. »Vielleicht hilft dir ja ein Pokergesicht.«

»Tja, auch da muss ich dich leider enttäuschen«, meinte Lucien. »Dein Gatte hat so gut wie jedes Spiel gegen mich gewonnen. Er konnte in meinem Gesicht nämlich lesen wie in einem Buch.«

»Ich liebe dich dafür, dass du so eine ehrliche Haut bist«, sagte Ida und küsste ihren Verlobten zärtlich auf die Wange. Nach ihrem Geständnis schien Denise von großer Anspannung befreit, sie wischte sich gerührt eine Träne aus dem Auge. »Es ist so schön, euch miteinander zu sehen«, sagte sie aufrichtig. »Ich werde euch nie vergessen, dass ihr mich nicht verraten habt und mir helft.«

»Dank mir lieber erst, wenn ich dieses Treffen mit Natalie nicht verpatze«, riet Lucien.

»Wir müssen uns noch überlegen, was aus Monsieur Fouché wird«, fiel Ida ein, als ihr Blick aus dem Schaufenster auf den Alten fiel. »Wir wissen ja nun, dass es keine weiteren Diebstähle mehr geben wird. Früher oder später wird dein Vater ihn also entlassen. Dann hat er keine Arbeit und keine Wohnung mehr.«

»In der Universitätsbibliothek wird eine Stelle frei«, verkündete Lucien. »Monsieur Bauby, der alte Bibliothekar, geht Ende Juni in den Ruhestand.«

»Ob er da eine Chance hätte?«, fragte Denise.

»Immerhin war er ja angeblich mal Professor dort«, meinte Lucien.

»Das war er wirklich«, bestätigte Ida. »Und er hat sogar beim Bau der Universität geholfen.«

»Dann besprechen wir die Bewerbung doch gleich mit ihm«, schlug Lucien vor.

Da klopfte jemand von außen gegen die Schaufensterscheibe, und die drei jungen Menschen zuckten erschrocken zusammen.

»Kurtle«, erkannte Ida und stieß erleichtert die Luft aus.

Der junge Bäcker bedeutete ihnen mit ernstem Gesichtsausdruck, dass sie ihn hereinlassen sollten.

»Kurtle, ist etwas passiert?«, fragte Ida, nachdem Lucien ihm aufgeschlossen hatte.

»Es hat mir keine Ruhe gelassen, Mademoiselle«, wandte er sich an Denise, und ihm war anzumerken, dass ihn ein schlechtes Gewissen quälte. »Habe ich Ihnen wirklich nicht wehgetan?«

»Machen Sie sich keine Sorgen, Herr Kurtle!«, beruhigte Luciens Schwägerin, nun wieder viel mehr sie selbst als kurz nach ihrer Enttarnung. »Es geht mir so gut wie lange nicht mehr. Sehr freundlich, dass Sie noch mal nachfragen.«

»Dann stelle ich Ihnen meine Schwägerin mal offiziell vor, vorhin kam ich ja nicht dazu«, erklärte Lucien. »Also, das ist die Frau meines Bruders: Denise Picard. Insofern durchaus eine Madame, nicht Mademoiselle. Und Sie haben sicher auch einen Nachnamen, Kurt.«

»Den habe ich, und ich kann nichts dafür: Teufel«, meinte Kurt mit verlegenem Lächeln, und seine Sommersprossen schienen in dem dunklen Café zu leuchten.

»Freut mich«, sagte Denise und reichte ihm die Rechte für einen Handkuss. »Für unsere Nachnamen können wir alle nichts. Bevor ich geheiratet habe, hieß ich Schneegans.«

Kurt musste lachen, und Denise stimmte mit ein.

»Da ist Teufel noch Gold dagegen, was?«, ulkte sie.

Ida bemerkte den Blick, mit dem Kurtle die schöne Denise

bedachte, und wurde von leichter Sorge erfasst. Hoffentlich verfing sich nicht noch jemand aus dem Hause Tritschler in eine hoffnungslose Liebe mit einem Mitglied der Familie Picard!

25

Gleich am Montag war es Lucien gelungen, Monsieur Fouché für den folgenden Tag ein Bewerbungsgespräch bei Universitätsrektor Wilhelm Nowak zu besorgen. Um zehn Uhr morgens, eine halbe Stunde vor dem verabredeten Zeitpunkt, suchte Idas Verlobter den Alten vor der Patisserie Goldschmidt auf, als dieser gerade in der Spiegelung der Schaufensterscheibe sein Aussehen überprüfte.

»Sie sehen bestens aus, keine Sorge!«, lobte Lucien den adrett zurechtgemachten Wächter lächelnd. »Sind Sie sehr aufgeregt?«

»Schon ein wenig«, gab Maximilien zu. »Hier zum Schutz der Patisserie zu arbeiten war eine Sache. Aber an der Universität … Dort gibt es so viele Erinnerungen. Gute wie schlechte!«

»Sie werden das mit Bravour meistern«, meinte der Biologiestudent zuversichtlich. »Genau wie das Gespräch mit meinem Vater seinerzeit. Ich drücke Ihnen jedenfalls die Daumen – und denke ganz fest an Sie.«

Maximilien Fouché sah dem jungen Mann bewegt in die Augen.

»Tausend Dank, Monsieur Picard – für alles!«, sagte er mit belegter Stimme. »Nachträglich muss man wohl sogar dankbar sein, dass mich diese drei grässlichen Studenten damals angegriffen haben.«

Lucien nickte nachdenklich. »Das stimmt, sonst hätte ich vielleicht auch meine Verlobte nie kennengelernt«, räumte er ein. »Na ja, einer von den dreien wurde inzwischen der Universität verwiesen. Vielleicht ist es den beiden anderen ja eine Lehre.«

Er wünschte Maximilien nochmals viel Erfolg, der Alte atmete tief durch und machte sich auf den Weg zur Universität. Lucien sah ihm nach. Er dachte daran, wie schön es war, dass dieser einst Obdachlose seiner Ida so wichtig war. Wie ihm selbst war ihr daran gelegen, dass jeder die Chance bekam, glücklich zu werden. In diesem Augenblick eilte seine Schwägerin auf die Patisserie zu.

»Sie hat angebissen«, raunte sie ihm aufgewühlt zu.

»Natalie?«, vergewisserte er sich.

Denise nickte. »Ich habe ihr von deiner angeblichen Begeisterung erzählt. Ihre Geldforderung hat sie sofort ausgesetzt. Sie war gleich bereit, sich nachher mit dir zu treffen.«

»Heute schon?« Lucien hätte dieses Rendezvous gern länger vor sich hergeschoben.

»Unbedingt heute«, bestätigte seine Schwägerin jedoch. »Du mögest ihr doch bitte mitteilen, wo sie wann sein soll.«

Lucien rieb sich nachdenklich das Kinn. »Hm, ich weiß nicht recht.«

»René hat sie ohnehin in einem Fremdenzimmer über der Weinstube *S'Burjerstuewel* einquartiert. Die ist gemütlich, aber nicht zu eng. Esst doch einfach dort!«, schlug Denise vor.

»Also gut, sagen wir halb eins?«, meinte er.

»Wunderbar«, entgegnete Denise strahlend, »ich sage ihr gleich Bescheid.«

Lucien seufzte. Wie sehr hatte er gehofft, dieser Kelch möge an ihm vorübergehen.

*

Für einen Dienstagvormittag hatte in der Patisserie Tritschler ungewöhnlich viel Betrieb geherrscht. Erst kurz vor der Mittagspause fand Ida Zeit, durchzuatmen und die Bestände des Gebäcks zu überprüfen. Als sie Kurt aus dem Hinterzimmer kommen sah, rief sie ihm zu: »Kurtle, kannst du in der Backstube Bescheid geben, dass die Brezeln aus sind?«

Sie stellte irritiert fest, dass der Bäcker gar nicht auf sie reagierte, sondern verzückt zur Ladentür starrte. Ida folgte seinem Blick und erkannte Denise Picard, die soeben den Verkaufsbereich betrat. Auch sie hatte Kurts erfreutes Lächeln in ihre Richtung bemerkt und grüßte ihn schmunzelnd: »Mahlzeit, Herr Teufel.«

»Mahlzeit, Frau Picard«, entgegnete er.

»Wolltest du nicht in die Backstube und neue Brezeln machen?«, erinnerte Ida ihn.

Kurt sah sie wie erwachend an. »Was? O ja … gewiss!«

Nicht ohne der jungen Madame Picard noch einmal zuzulächeln, verschwand er in der Backstube.

Ida wandte sich an die Schwägerin ihres Verlobten: »Was kann ich für dich tun?«

»Ich wollte dir nur sagen, dass sich Natalie und Lucien um halb eins im *Burjerstuewel* zum Mittagessen treffen«, flüsterte Denise, damit Verkäuferin Hélène sie nicht hören konnte.

»Oh, das ging schnell.« Ida stellte fest, dass es ihr nun doch einen Stich versetzte, sich ihren Verlobten mit der intriganten Natalie bei einem romantischen Mittagessen vorzustellen.

»Da würde ich ja zu gern Mäuschen spielen und lauschen«,

meinte Denise nun etwas lauter, da Hélène ins Café hinübergegangen war und sich dort angeregt mit Amélie unterhielt.

»Ich auch«, erwiderte Ida in vager Sorge.

»Dann tun wir das doch«, schlug Denise in verschwörerischem Tonfall vor. »Du hast ja gleich Mittagspause.«

Ida fand die Vorstellung zwar äußerst verlockend, das Rendezvous ihres Verlobten mit der Erpresserin sozusagen zu überwachen, hatte jedoch auch Bedenken: »Aber was ist, wenn uns Natalie sieht? Dann platzt vielleicht alles.«

Denise winkte ab. »Ich weiß ihre Tischnummer, ich kenne den Wirt Eugène Jacquemet und habe bei ihm für die beiden einen lauschigen Platz etwas abseits reserviert. Außerdem weiß Natalie doch ohnehin nicht, wie du aussiehst.«

»Aber dich kennt sie, und zwar mehr als gut«, hielt Ida dagegen.

»Ich habe doch das Treffen für sie organisiert. Ist also nichts dabei, wenn sie mich sieht«, fand Denise.

»Hm«, murmelte Ida zögerlich. »Also schön. Ich schließe nur noch kurz den Laden ab.«

*

Pünktlich um halb eins saß Lucien in der holzgetäfelten Gaststätte *S'Burjerstuewel* und blätterte nervös in der Speisekarte. Er wusste, dass der Besitzer Eugène Jacquemet die Weinstube, deren Name auf Deutsch Bürgerstube bedeutete, schon vor zwanzig Jahren eröffnet hatte. Das Lokal war inzwischen zum Treffpunkt bedeutender Persönlichkeiten Straßburgs avanciert. Hier in der geselligen Atmosphäre traf man sich, trank Wein, aß typisch elsässische Gerichte wie Eisbein, Presskopf, Zwiebelkuchen oder Heringsfilet und philosophierte über die Welt und das Leben. Doch Lucien und Natalie waren heute aus anderen Intentionen hier – auch wenn sie die seine hoffentlich nicht durchschauen würde. Leider konnte man von der Nische, die Denise reserviert hatte, den Eingang nicht sehen. So zuckte er denn auch erschrocken zusammen, als er von der Karte aufsah und plötzlich die breit lächelnde Natalie Berger vor ihm stand.

»Lucien, wie schön, dich wiederzusehen«, sagte sie.

Er stand mit innerem Widerwillen auf, um ihr einen angedeuteten Kuss auf die schmale behandschuhte Rechte zu geben. »Gut siehst du aus«, befand die Rothaarige, und er zog höflich den Stuhl für sie vom Tisch zurück, sodass sie sich bequem hinsetzen konnte.

»Was für ein schönes Kleid«, sagte er, um nicht lügen zu müssen. Er fand Natalie zwar leidlich hübsch zurechtgemacht, doch das innere Strahlen seiner Ida – wahre Schönheit – fehlte der Erpresserin vor ihm gänzlich. So erschien ihm ein Lob für das zugegebenermaßen atemberaubende Kleid ein guter Kompromiss zu sein. Es war von einem tiefen Weinrot. Der Rock bestand aus festem Taft, das Oberteil aus weichem Samt. Die Puffärmel, an deren Enden sich schwarze Spitzen befanden, standen in faszinierendem Gegensatz zu Natalies extrem schmaler Taille. »Das muss ja ein Vermögen gekostet haben, du hast einfach ein Auge für das … Wertvolle.« Er hoffte, dass sein sarkastischer Unterton nicht allzu deutlich herauszuhören war.

»Das habe ich …«, sagte Natalie zögerlich.

»Dass du dir so ein Kleid leisten kannst«, platzte Lucien heraus und spielte damit indirekt auf die Erpressung an. Gleich darauf biss er sich auf die Lippen. Er musste sich besser im Zaum halten, wenn ihr Spiel nicht sofort auffliegen sollte.

»Ich habe es von einer Freundin geschenkt bekommen«, behauptete sie.

»Schön, wenn man solche Freundschaften hat«, kommentierte Lucien und versuchte ein Lächeln, von dem er hoffte, dass es nicht zur Grimasse geriet.

»Auf jeden Fall haben wir beide uns viel zu lange nicht gesehen«, wechselte Natalie mit einem wesentlich professionelleren Lächeln das Thema.

»Ja, vier Jahre sind eine lange Zeit«, meinte Lucien vage.

Da ging sie auch schon in die Vollen: »Denise hat erzählt, dass deine Verlobung geplatzt ist?« Gespielt mitleidsvoll sah sie ihn an und hauchte: »Das tut mir so leid.«

Er würde schreien, wenn sie jetzt auch noch ihre Hand über den Tisch schieben würde, um die seine mitfühlend zu drücken, dachte Lucien – und just in diesem Augenblick tat sie eben dies.

Er seufzte, was sie aber nicht auf ihre Geste, sondern auf seine geplatzte Verlobung bezog.

»Tja, ich hatte mich ausgerechnet in die Tochter des Erzfeindes der Familie verliebt«, murmelte er.

»Wie bei Romeo und Julia. Zum Glück hast du dafür gesorgt, dass ihr nicht so geendet habt.«

»Nein, so schlimm ging es nicht aus. Obwohl die Schwierigkeiten schon ähnlich waren.«

»Du Armer«, sagte sie und drückte abermals seine Hand. Nur schwer konnte er den Impuls unterdrücken, sie ihr endlich zu entziehen, da sagte sie: »Aber wie heißt es so schön: Andere Mütter haben auch schöne Töchter.« Dann bedachte sie ihn mit einem übertrieben tiefen Blick.

Ich halte das nicht aus, dachte Lucien und stieß, um von sich abzulenken, hervor: »Wie geht es *dir* denn? Noch kein Heiratskandidat aufgetaucht?«

»Nein, bisher nicht«, behauptete sie und fügte mit einem süffisanten Lächeln hinzu: »Aber was nicht ist, kann ja noch werden.«

Lucien fragte sich, ob ein anderer Mann, der nicht das Hintergrundwissen über Natalie besaß wie er, auf ihre Darstellung der verliebten, keuschen Jungfrau hereingefallen wäre.

»Ich finde es so schön, dass du dich für den Richtigen aufsparst«, versuchte er nun, wie ein solcher Mann zu sprechen – und hoffte, dass es nicht ironisch klang.

»Ja, das ist für mich selbstverständlich«, behauptete Natalie und strich sich eine rote Locke aus dem Gesicht. »Ehe und Liebe gehören zusammen.«

»Ganz meine Meinung«, entgegnete Lucien und hatte nun weniger Hemmungen zu schauspielern. Er grinste sie vielversprechend an. »Die Geduld wird bestimmt belohnt.«

»Meinst du?« Natalie Berger lächelte zwar, aber das Versprechen körperlicher Leidenschaft im Falle einer Ehe war ihr – wie hätte es anders sein sollen? – nicht genug. Sie kam auf seine finanzielle Zukunft zu sprechen: »Denise hat erzählt, dass du in der Tat René bei der Patisserie den Vortritt gelassen hast. Du studierst jetzt Biologie?«

»Ja, dumm von mir, nicht wahr?«, erwiderte Lucien und konnte nicht umhin, erneut sarkastisch zu klingen. Zu oft hatte er diesen Vorwurf schon gehört. Doch sofort fiel er wieder zurück in seine Rolle und lockte: »Die Bäckereigeschäfte gehen so gut – wenn ich auf meinem Recht als Erstgeborener bestehen würde … Auf jeden Fall hätte es meine Frau dann besser, als wenn ich studiere.«

Natalie strahlte. Diese Idee schien ihr äußerst gut zu gefallen. Dann wäre sie anstelle von Denise die Frau des Juniorchefs. Ein Thema musste sie offenbar jedoch noch abhaken, bevor sie Lucien als Preis für das Ende der Erpressungsgelder akzeptieren würde: »Und Kinder?«

Er wusste, dass sein Bruder ihn unter anderem deshalb mit Natalie Berger hatte verkuppeln wollen, weil diese erklärtermaßen keinen Nachwuchs wünschte. Deshalb antwortete er strategisch: »Ich bin mir gar nicht sicher, ob ich welche zeugen sollte. Ich habe so viel über Biologie gelernt … das Beisammensein von Mann und Frau ist von ganz besonderem Zauber. Nach dem Jawort sollte es nicht nur der Fortpflanzung dienen.«

Diese Aussage war nun nicht wirklich im Sinne eines braven Christen, doch das schien Natalie keineswegs zu stören.

»Lucien, du Schelm!«, kiekste sie strahlend und streichelte bemüht erotisch seine Hand. »Ich werde ja ganz rot.«

Auch um sich ihr endlich zu entziehen, griff er nach der Speisekarte.

Zum Ausgleich für diese ablehnende Geste versuchte er nun, seinerseits frivol zu klingen, und fragte mit rauer Stimme: »Wollen wir uns dann mal was Schönes aussuchen?«

Natalie nickte entschlossen. »Ja, das will ich gern«, sagte sie und kicherte dann etwas zu hoch und etwas zu schrill. »Mir wäre sehr nach einem moussierenden Getränk, vielleicht ein Sekt der Witwe Cliquot?«

Lucien nickte. »Warum nicht?«

»Ich habe gehört, dass es nun auch Brausepulver in Tütchen geben soll«, fuhr Natalie fort und war offenbar stolz auf dieses Wissen. »Ist es nicht eine faszinierende Vorstellung, dass man nur ein solches Tütchen aufzureißen braucht, um ein so wunderbar prickelndes Getränk zu bekommen?«

»Ich finde das eher beunruhigend«, sagte Lucien und meinte damit nicht nur die Tatsache, dass sich diese Art von Gas nun, zu Pulver zerstampft, wohl bald in sämtlichen Hosentaschen befinden würde.

»Bleiben wir lieber beim Sekt«, empfahl er und zwang sich zu einem strahlenden Lächeln. »Das passt auch viel besser zu diesem … besonderen Anlass.«

Idas Herz schlug aufgeregt, als sie mit Luciens Schwägerin das Weinlokal *S'Burjerstuewel* betrat. Einerseits plagte sie die Sorge, ihr Verlobter und Natalie könnten sie erblicken, andererseits die Befürchtung, gleich Zeugin davon zu werden, dass die beiden sich besser verstanden als erwartet.

»Komm, wir setzen uns dort an die Trennwand«, raunte Denise ihr zu. »Die beiden sind direkt dahinter.«

Ida war erleichtert, dass man sie im Separee hinter der Wand wohl tatsächlich nicht herankommen sehen konnte. Es störte sie jedoch, wie lauschig es dort zu sein schien. Dort solltest *du* mit Lucien sitzen, nicht diese Erpresserin, rief es in ihr.

Kaum hatten die beiden jungen Frauen sich gesetzt, erkannte sie Natalies Stimme auf der anderen Seite der Trennwand: »Das Essen war wirklich köstlich! Und wie herrlich der Sekt auf meiner Zunge perlt.« Lucien und die Erpresserin schienen bereits am Ende der Mahlzeit angelangt zu sein.

»Wie wäre es mit einem Nachtisch?«, hörte sie die Erpresserin vorschlagen.

Und dann Luciens geliebte Stimme, die antwortete: »Gern. Aber hast du vielleicht Lust, den bei meiner Familie einzunehmen? Ich habe heute Morgen bei unserer Köchin Puits d'amour in Auftrag gegeben.«

Erneut wurde Ida von brennender Eifersucht gepackt – Puits d'amour waren *ihr* Gebäck!

»O ja, was für eine wunderbare Idee!«, rief Natalie und ließ ein albernes Kichern ertönen. Wobei Ida mutmaßte, dass sie sich weniger über die süßen Liebesbrunnen freute als über die Tatsache, dass Lucien sie gleich nach dem ersten Rendezvous zu seiner Familie mitnehmen wollte.

»Na, dann bringen wir es am besten hinter ... also gehen wir doch gleich los«, schlug Lucien vor.

Sein kleiner Versprecher freute Ida diebisch. Er schien es also nicht zu genießen – wie wunderbar!

Als Lucien und die Rothaarige um die Ecke kamen und den Ausgang ansteuerten, versank Ida in ihrem Stuhl und richtete den Blick mit gesenktem Haupt in die Speisekarte. Bitte dreh dich nicht um, dachte sie, bitte dreh dich nicht um!

Sie wurde erhört: Das Paar, das glücklicherweise keines war, verließ *S'Burjerstuewel,* ohne sie und Denise zu bemerken.

»Lucien will es wohl sehr schnell hinter sich bringen«, stellte nun auch seine Schwägerin fest. »René wird sich freuen wie ein Schneekönig, wenn sein Bruder mit Natalie bei uns auftaucht.«

»Und Luciens Vater ist bestimmt auch begeistert«, ergänzte Ida traurig. »Er wird denken, dass er mich endlich los ist.«

Da bemerkte sie zu ihrem Erstaunen, wie Frau Seefeldt, eine der Stammkundinnen der Patisserie, mit einem kleinen Reisetäschchen aus dem ersten Stock herunterkam, wo sich die Gästezimmer befanden. Ida wunderte sich. Die Seefeldts hatten doch ihr großes Haus im deutschen Viertel, warum stieg die Dame dann hier ab? Und wieso wich sie jetzt peinlich berührt Idas Blick aus, nachdem die ihr lächelnd zugewinkt hatte – und verließ mit gesenktem Haupt die Weinstube? Kurz nach ihr kam ein junger, schneidiger Geschäftsmann im Anzug aus dem ersten Stock; wie zuvor Frau Seefeldt sah er sich auf dem Weg durch die Weinstube nach draußen vorsichtig um. In Ida keimte ein Verdacht: Ob das ihr junger Liebhaber war, den ihr die Gerüchte unterstellten?

*

Ohne anzuklopfen stieß Lucien die Tür zum Salon auf, wo wie erwartet seine Mutter, sein Vater und René beim Nachtisch saßen.

»Guten Appetit zusammen!«, rief er ungewohnt zackig. »Da kommen wir ja offenbar noch gerade rechtzeitig für Madame Rollands legendäre Puits d'amour.«

René sprang begeistert auf und küsste der Rothaarigen an der Seite seines Bruders die Hand. »Natalie! Wie schön!«

»Papa, Maman, ihr erinnert euch noch an Mademoiselle Berger?«, erkundigte sich Lucien.

»Aber gewiss doch«, zeigte sich auch Jacques euphorisch. »Denises Gesellschafterin. Sie haben damals mit dafür gesorgt, dass sie mir einen gesunden Enkel geschenkt hat.«

Und wie sie dafür gesorgt hat, dachte Lucien bitter. Es war schwer für ihn, seine Wut darüber zu verbergen, dass seine gesamte Familie diese Erpresserin mit all jener Freundlichkeit und Höflichkeit behandelte, die sie seiner Ida versagten. Sein Vater erhob sich sogar und streckte der Rothaarigen seine unversehrte rechte Hand entgegen.

»Setzen Sie sich doch zu uns!«, bot Jacques an und wandte sich an den jungen Diener. »Rumann, zwei weitere Gedecke, und bitten Sie Madame Rolland um eine Extraportion Puits d'amour!«

René griente hochzufrieden. »Schön, dass ihr beide zusammen unterwegs seid. Das war sicher ein freudiges Wiedersehen.«

»Wir haben im *Burjerstuewel* zu Mittag gespeist. Es war äußerst schmackhaft«, sagte Natalie leise und mit gesenktem Blick.

Wie perfekt sie die Rolle der keusch-schüchternen Dame beherrschte, dachte Lucien bei sich.

»Es gibt noch bessere Restaurants in Straßburg, und wir

Picards kennen sie alle«, behauptete sein Bruder großspurig. »Lucien, du musst sie unbedingt mal in das Restaurant *Zum Baeckehiesel* ausführen. Ihr wollt euch doch bestimmt bald wieder treffen.«

Die Blicke Natalies und aller anderen am Tisch richteten sich erwartungsvoll auf Lucien.

»Nun ja, jetzt muss ich zunächst mal auf eine einwöchige Exkursion«, rettete sich der Biologiestudent aus der unangenehmen Situation. »Aber dann – wird unser Wiedersehen gewiss umso schöner, liebe Natalie.«

Nicht nur die strahlte auf seine Aussage hin erleichtert, auch Jacques, Claire und besonders René schienen hocherfreut. Wie gemein das seiner geliebten Ida gegenüber war!

26

Oskar befand sich auf dem Weg in seine Vorlesung *»über den gemeinen und Preußischen Civilprozeß«,* als er eine ihm wohlbekannte Frau erblickte, die einen Rollstuhl an den Passanten vorbeischob, in dem ein vollbärtiger Mann mit einer Kippa auf dem Kopf saß. Spontan ging er zu den beiden hinüber.

»Guten Morgen, Madame Picard«, grüßte er sie strahlend und stellte erneut fest, wie schön ihre geheimnisvollen dunklen Augen waren.

Claire Picard schien ihrerseits erfreut über seinen Anblick. »Oh, guten Morgen«, erwiderte sie Gruß und Lächeln. »Darf ich Ihnen meinen Vater vorstellen: Das ist Aaron Goldschmidt. Papa, das ist Oskar Tr…«

»Tritschler!«, fiel der Alte ihr grinsend ins Wort. »Sie müssen ein Sohn von Franz Tritschler sein. Sie sind sein Ebenbild aus alten Zeiten.«

Oskar ergriff Aaron Goldschmidts ausgestreckte Hand. »Ja, ich bin in der Tat sein erstgeborener und einziger Sohn. Es freut mich, Sie kennenzulernen.«

Der freundliche Pensionär schien in Plauderlaune. »Meine Tochter ist so liebenswürdig, mit mir zum Uhrmacher zu gehen. Die alte Taschenuhr ist wieder einmal stehen geblieben.

Ich hätte mir längst eine neue kaufen sollen, aber ich kann mich von ihr einfach nicht trennen. Vielleicht bekommt Monsieur Jacquot sie ja noch mal in Gang.«

»Dann wünsche ich Ihnen viel Glück«, sagte Oskar.

Aaron bedankte sich und wandte seinen Blick bereits wieder Claire zu.

»Wie nimmt Ihre Schwester es denn auf?«, fragte sie ihn mit verschwörerisch gedämpfter Stimme.

Oskar sah sie verwirrt an. »Was denn?«

»Na, dass mein Sohn jetzt mit seiner Jugendliebe Natalie zusammen ist«, entgegnete Luciens Mutter. »Die beiden waren gerade auf einen Nachtisch bei uns.«

»Was?«, rief Oskar schockiert – und etwas zu laut. »Davon höre ich zum ersten Mal.«

Claire senkte peinlich berührt den Blick. »Oh, ich hoffe, ich habe jetzt keinen Fehler begangen.«

Oskar war empört. Nachdem er sich von Claire und deren Vater verabschiedet hatte, beschloss er, zur Patisserie Goldschmidt hinüberzugehen, um Lucien zur Rede zu stellen.

*

Lucien hatte das Gefühl gehabt, dass das ihm äußerst unangenehme Essen mit seinen Eltern und Natalie einfach nicht enden würde. Zu seiner Erleichterung hatte seine Mutter irgendwann verkündet, sie müsse ihren Vater wegen eines Uhrmachertermins abholen. Lucien selbst hatte daraufhin die Gelegenheit genutzt, sich mit Nachmittagsvorlesungen zu entschuldigen und das Rendezvous mit Natalie offiziell zu beenden. Tatsächlich begann der Unterricht erst um vier Uhr nachmittags, aber das wussten die anderen ja nicht – und er hatte nicht länger heucheln wollen. René hatte zu Luciens Freude angeboten, die Erpresserin in ihr Hotel zu bringen.

Wahrscheinlich wollte er Natalie unterwegs Ratschläge geben, wie diese Lucien noch verliebter machen könne. Sie war von seinem Bruder ja schließlich überhaupt erst in die Stadt geholt worden, um Lucien von Ida abzulenken. Noch ahnte René nicht, dass dieses Unterfangen völlig hoffnungslos war, da Lucien Natalie in Wahrheit verachtete, seine Liebe zur Tochter des Konkurrenten hingegen täglich wuchs. Bevor er an die Universität musste, wollte er Ida in der Patisserie Tritschler aufsuchen, um ihr die Einzelheiten von Mittagessen und Familiengespräch zu erzählen.

Als er das Haus verließ, hörte er jemand brüllen: »Lucien! Stehen bleiben!«

Erschrocken fuhr er herum und sah zu seinem Erstaunen Oskar Tritschler mit zornesrotem Kopf auf sich zustürmen.

»Oskar, was …«, setzte er an, doch der fiel ihm sofort ins Wort: »Was fällt dir ein, derart mit den Gefühlen meiner Schwester zu spielen?«

»Was meinst du?«, fragte Lucien irritiert.

»Na, ich habe gerade deine Mutter getroffen«, berichtete Oskar aufgewühlt, »und die meinte, du hast jetzt eine Neue! Oder eine Alte: deine Jugendliebe!«

»Na, das spricht sich ja schnell rum«, ärgerte sich Lucien.

»Ist das deine einzige Sorge? Dass es sich *rumspricht?*«, empörte sich Oskar.

»Jetzt hör mir doch mal zu!«, rief Lucien und fuhr dann leise fort: »Es handelt sich bei der Dame um Natalie Berger, eine Freundin meiner Schwägerin. Ida weiß über unser Treffen Bescheid, genau genommen hat sie es sogar …«

»Monsieur Picard«, rief da plötzlich jemand.

Es war Maximilien, der auf die Patisserie zugeeilt kam, und sein fröhlicher Gesichtsausdruck weckte Hoffnung in Lucien.

»Monsieur Fouché! Wie ist es gelaufen?«, erkundigte er sich neugierig.

»Rektor Nowak hat mir direkt zugesagt«, verkündete der einstige Professor wie erhofft. »Stellen Sie sich vor, Lucien, ab dem 1. Juli bin ich für all diese wunderbaren Bücher zuständig. An der Universität, wo für mich alles hier in Straßburg begonnen hat.«

»Das freut mich«, erwiderte Lucien aufrichtig, »das freut mich so sehr.«

»Nun muss ich mir nur überlegen, wo ich wohnen soll, wenn ich bei Ihrer Familie aufhöre«, schränkte Maximilien Fouché ein.

»Ich werde mir mit meiner Verlobten etwas einfallen lassen«, schlug Lucien vor und streifte den ebenso verdutzt wie wütend dreinschauenden Oskar mit einem Blick. Gemeinsam mit seiner Ida hatte er schon so oft eine Lösung gefunden. »Ich wollte ohnehin gerade zu ihr in die Patisserie ihrer Eltern.«

Der angehende Bibliothekar lächelte. »Dann grüßen Sie sie recht herzlich von mir.«

Lucien wandte sich an Oskar, der während des Gesprächs mit Fouché etwas hilflos danebengestanden hatte: »Kommst du mit? Dann kannst du dich direkt überzeugen, dass bei deiner Schwester und mir alles in Ordnung ist. Und Ida kann dir selbst erzählen, was es mit dieser Natalie auf sich hat.«

Oskar schüttelte den Kopf, das alles klang wie immer bei den beiden irrsinnig kompliziert. Und nach kompliziert stand ihm der Sinn gerade überhaupt nicht. Aber seine Wut war verflogen, denn Lucien schien Ida wirklich nicht ausgetauscht zu haben. Die beiden würden das schon regeln, dachte er und brummte: »Muss jetzt zur Vorlesung.«

Die Patisserie Tritschler hatte noch geschlossen. Mittagsruhe. Ida versuchte vergeblich, sich auf die Einkaufslisten für den Backbetrieb zu konzentrieren, ständig schweiften ihre Gedanken ab. Wie weh es getan hatte, Lucien mit einer anderen zu sehen! Wie schmerzhaft es war, dass er nun mit Natalie bei seiner Familie saß! Und das, obwohl sie ihn selbst dazu überredet hatte!

Plötzlich wurde die Tür zum Hinterzimmer geöffnet, und ihr Großvater polterte herein.

»Idale, willst du mich morgen nach Zabern begleiten?«, fragte er mit verschwörerischem Tonfall.

»Nach Zabern? Was willst du denn dort?«, fragte sie.

Sie wusste aus der Zeitung, dass die Stadt Zabern, welche die Franzosen Saverne nannten, knapp vierzig Kilometer nordöstlich von Straßburg lag und dort zwei Bataillone des Oberrheinischen Infanterieregiments untergebracht waren. Ein Grund für touristisches Interesse an dem Ort war Ida nicht bekannt.

»Ich wollte dort das schöne Rohan-Schloss besichtigen«, behauptete der Großvater.

»Du und ein Schloss?«, fragte Ida skeptisch. »Erzähl mir keine Märchen, Großvater. Du hasst Besichtigungen. Dazu konnten wir dich schon in Stuttgart nie überreden.«

»Du kennst mich einfach zu gut«, brummte der Alte, und obwohl außer ihnen niemand im Laden war, senkte er seine Stimme noch weiter, um ihr zuzuraunen: »Deine Großmutter ist dort.«

Ida glaubte ihren Ohren nicht zu trauen. »Wirklich?«, wisperte sie überwältigt.

Albert nickte. »Sie hat in den letzten Jahren in Karlsruhe gelebt, und nach dem jüngsten Telegramm beschlossen wir, uns sozusagen in der Mitte zu treffen – in Zabern.«

»Wir treffen Großmutter?«, wiederholte Ida begeistert. »Selbstverständlich komme ich mit!«

»Pst«, machte der Alte. »Nicht so laut.«

»Hier ist doch sonst niemand«, beruhigte Ida ihn.

Doch das sollte sich in diesem Moment ändern: Jemand klopfte von außen gegen die Schaufensterscheibe.

»Lucien!«, rief Ida aufgeregt und eilte zur Tür, um ihm aufzuschließen. Sie war so froh, ihn zu sehen, aber auch ein wenig nervös. Was, wenn ihr Liebster doch Gefallen an der schönen Rothaarigen gefunden hatte?

»Wie war es?«, erkundigte sie sich ungeduldig.

»Ich glaube, ganz erfolgreich«, erwiderte er und küsste sie zärtlich auf den Mund, »aber auch grässlich.«

Grässlich! Ida seufzte innerlich erleichtert auf.

Inzwischen war Großvater Tritschler ebenfalls zum Eingang gekommen. »Idale, ist der schneidige Herr dein Verlobter?«, schloss er aus ihrer aufgeregten Reaktion auf die Ankunft des jungen Mannes.

»Äh, ja, das … das ist Lucien Picard«, stammelte Ida. »Lucien, das ist mein Großvater Albert Tritschler.«

»Freut mich«, sagte der Alte und streckte Lucien zackig die Hand entgegen, die dieser fest ergriff. »Sie wollen kein Bäcker werden, hört man.«

Lucien schüttelte lächelnd den Kopf. »Nein, eher Biologe.«

»Vielleicht ganz gescheit«, kommentierte Idas Großvater, »dann können Sie länger ausschlafen.«

Lucien schmunzelte. »Auch Biologen müssen manchmal früh aufstehen, um bestimmte Tiere zu beobachten. Schön, Sie kennenzulernen. Ida hat nur Gutes von Ihnen erzählt.«

»Von Ihnen ebenfalls«, erklärte der Ältere. »Aber auch, dass man allenthalben gegen Ihre Verbindung schießt.«

»Das ist leider wahr«, gab Lucien mit ernsterem Gesichtsausdruck zu.

»Was haben Sie denn morgen vor?«, fragte da der Großvater unvermittelt.

Ida sah ihn verblüfft an. Er würde doch nicht etwa …?

»Morgen?«, überlegte der Jüngere. »Noch nichts. Freitag muss ich auf eine Exkursion mit dem berühmten Entomologen Jean-Henri Fabre, aber …«

»Was ist denn ein Entomologe?« Ida war froh, dass ihr Großvater das fragte, sie wusste es nämlich auch nicht.

»Das ist ein Insektenforscher. Jean-Henri Fabre ist ein pensionierter Professor vom Lycée in Avignon und derzeit an unserer Universität zu Besuch. Da unsere Exkursion mit ihm erst Freitag losgeht, wäre ich davor verfügbar.«

»Gut. Meine Enkelin und ich fahren morgen nach Saverne«, weihte Albert Tritschler ihn ein.

»Ah, nach Zàwere«, sprach Lucien den Ort nun in der elsässischen Mundart aus, was in Idas Ohren wie »Dschahwere« klang. »Ich war dort schon mit meiner Tante. Sie hat die zwei hübschen Burgen gemalt, die da stehen – und die Schlossfassade ist, glaube ich, die längste in ganz Frankreich.«

»Genau«, bestätigte Idas Großvater und fügte dann hinzu: »Begleiten Sie uns doch. Wir treffen dort meine Gattin. Wenn wir ein Vieraugengespräch führen, hätte Ida eine schöne Ablenkung.«

Lucien sah seine Verlobte fragend an. Sie hatte ihm erzählt, dass ihre Großmutter väterlicherseits verschollen war. Offenbar gab es diesbezüglich neue Entwicklungen. »Gern, wenn Ida nichts dagegen hat …«

»Ganz im Gegenteil«, jubelte Ida. »Ich freue mich riesig.«

»Großartig«, brummte der Alte zufrieden. »Dann lasse ich

das junge Glück jetzt mal allein, bevor die Mittagspause zu Ende ist.«

Kaum hatte der Großvater die Tür zum Treppenhaus hinter sich geschlossen, zog Lucien sie in seine Arme und küsste sie sehnsüchtig. »Wie habe ich dich vermisst, meine Ida«, murmelte er an ihren Lippen.

»Und ich dich erst«, erwiderte sie und gestand ihm: »Ein bisschen eifersüchtig war ich ja schon.«

»Du musst wirklich keine Sekunde lang Angst vor dem Vergleich mit der haben«, erinnerte er sie an ihre eigenen Worte. Er zog sie fester in seine Arme. »Wir können das Ganze aber auch abblasen. Die Vorstellung, dass du leidest, ist für mich unerträglich.«

»Aber nein«, sagte Ida rasch und strich ihm über die Wange. »Wir können Marcel nicht die Zukunft ruinieren.« Und dann erzählte sie ihm: »Ich saß am Ende eures Gesprächs in der Weinstube nur eine Nische weiter. Denise hatte mich überredet, Mäuschen zu spielen. Mir war das eigentlich zu gefährlich, Natalie hätte uns ja sehen können.«

Lucien schüttelte den Kopf. »Denise und ihre Ideen …«

Da fiel ihm die Erwähnung der Gattin von Albert Tritschler wieder ein: »Und ihr habt deine Großmutter wiedergefunden?«

»Ja, meine Fragen zum Krieg müssen bei Opa alte Gefühle wiedererweckt haben«, mutmaßte Ida. »Er hat seinen Groll hinuntergeschluckt und ihr telegrafiert. Jetzt treffen wir sie, stell dir vor, ich freue mich so.«

»Wie schön! Es gibt übrigens noch eine weitere gute Nachricht: Monsieur Fouché ist ab Juli Universitätsbibliothekar.«

Ida klatschte vor Freude in die Hände. »Wie wunderbar!«

»Jetzt müsste man sich nur noch überlegen, wo er wohnen könnte, wenn er bei uns zu arbeiten aufhört«, sagte Lucien.

»Hm, bei uns im Haus geht es nicht«, meinte Ida bedauernd. »Seit Kurtle hier lebt, ist jede Kammer besetzt.«

Lucien nickte. »Schade, dass es an der Universität keine Wohnung für den Bücherwart gibt.«

Dieser Satz brachte Ida auf eine Idee. »Aber es gibt eine für den Münsterwart an der Kathedrale!«, stieß sie aufgeregt hervor. »Herr Busch hat dir doch kürzlich angeboten, bei ihm zu wohnen, falls der Ärger mit deinem Vater zu groß wird.«

»Stimmt, er hat betont, dass er genug Platz hat«, erinnerte sich nun auch Lucien. »Vielleicht wäre er auch bereit, Monsieur Fouché zumindest vorübergehend aufzunehmen.«

»Sollen wir gleich schauen, ob er zu Hause ist?«, schlug Ida vor.

»Großartige Idee«, rief er begeistert und küsste sie auf die Stirn. »Ich wusste, dass meiner klugen Verlobten wieder etwas einfällt.«

*

Der Küster war erstaunt, als er nach dem Läuten der Türglocke Ida und Lucien vor seiner Tür stehen sah. »Mademoiselle Tritschler, Monsieur Picard, was für eine angenehme Überraschung, treten Sie doch ein!«

Es roch in der ganzen Wohnung nach Bratfett. »Ich hatte gerade Strammen Max mit Hoppelpoppel, es ist noch etwas übrig«, erklärte der gebürtige Berliner. »Soll ich Ihnen das vielleicht aufbraten?«

»Nein, danke, nur keine Umstände, ich war gerade erst essen – für meine Begriffe ohnehin zu ausgiebig«, entgegnete Lucien, und Ida lehnte ebenfalls ab.

Sie nahmen im Wohnzimmer an einem für den großen Raum fast winzig wirkenden Tisch Platz, die Wände wurden dominiert von einem Gemälde, das Jesus mit seinen Jüngern im Kornfeld zeigte. Lucien erläuterte dem Münsterwart die Situation ihres gemeinsamen Bekannten Maximilien Fouché.

»Es wäre nicht für lange – wenn er erst mal eine Weile in der Bibliothek gearbeitet hat, findet er bestimmt rasch eine eigene Wohnung«, ergänzte Ida.

»Hm, nun ja, warum nicht? Schlimmer als das halbe Dutzend Katzen damals kann es wohl kaum werden«, meinte der Küster lächelnd. »Herr Fouché ist ja auch ein netter Kerl. Wir hätten es sicher gut in unserer Altherren-Wohngemeinschaft. Groß ist das Zimmer aber nicht, vielleicht möchten Sie es sich zur Sicherheit vorher kurz anschauen?«

»Gern«, sagte Ida. »Obwohl ich mir jetzt schon sicher bin, dass Monsieur Fouché völlig glücklich damit sein wird.«

»Entschuldigen Sie das Durcheinander, das würde ich natürlich noch aufräumen«, schob Herr Busch voraus, bevor er dem jungen Paar die Tür zu der Kammer öffnete. Sie war in der Tat nicht sonderlich geräumig, aber auch nicht kleiner als jene, die Monsieur Fouché unter dem Dach der Patisserie Goldschmidt bewohnte. Allerdings war der Raum wirklich vollkommen zugestellt. Ausgemusterte Möbel standen herum, auf dem Boden lag ein zusammengerollter Teppich, über den Ida fast gestolpert wäre, außerdem gab es noch eine stark beschädigte Engelsfigur. Auf einem alten Holztisch mit nur drei Beinen befand sich eine offene Kiste voller Fotografien, drei davon lagen direkt auf der Platte. Ida warf einen Blick darauf – es schien sich primär um Aufnahmen aus dem Krieg zu handeln. Sie sah einen jungen Soldaten, dessen Gesicht an das von Herrn Busch erinnerte – nur dass der kleine Mann seinerzeit noch schlanker gewesen war und blonde Locken auf dem Kopf hatte. Als Ida ein wenig genauer hinsah, erstarrte sie. Für einen Augenblick glaubte sie, ihren Bruder Oskar hinter der jüngeren Version des Küsters erkannt zu haben. Aber das konnte ja nicht sein – es musste sich also um ihren Vater handeln! Wieso besaß der alte Küster Kriegsfotografien von Franz Tritschler?

27

Das ist mein Vater«, sagte Ida aufgeregt und deutete auf den Mann im Hintergrund. »Haben Sie zusammen gedient?«

Der Blick des Küsters schien für einen Moment zu flackern, doch gleich darauf hatte er sich wieder gefangen. »Das kann ich Ihnen leider nicht sagen«, behauptete er. »Ich kenne nicht mehr alle Kameraden auf den Bildern beim Namen. Es waren chaotische Zeiten damals.«

Ida hätte die Fotografie zu gern ihrem Vater gezeigt, doch der Kirchenwart packte die Bilder hektisch in die Kiste und schloss mit einem Knall den Deckel. Offenbar wurde er nur ungern an diese Zeit erinnert.

»Ich werde das, wie gesagt, alles wegräumen«, wiederholte Wolfgang Busch seine Ankündigung. »Herr Fouché kann ja vielleicht selbst vorbeikommen und die Kammer besichtigen?«

»Ich sage es ihm gleich«, freute sich Lucien.

Ida konnte den Blick jedoch nicht von der Kiste mit den Fotografien wenden. Die ganze Generation, die den Krieg erlebt hatte, schien das Bedürfnis zu haben, die Gedanken daran wegzusperren. Und doch waren es ebenjene Erinnerungen, die ihr Glück mit Lucien verhinderten. Immerhin hatte ihr Großvater beschlossen, ihr einen Familientag mit ihrem

Verlobten zu schenken. Ihre Stimmung hellte sich auf. Zabern! Sie würde ihre Großmutter nach über neun Jahren wiedersehen!

*

Als Lucien bestens gelaunt nach Hause kam, um sich auf seine Exkursion mit dem berühmten Insektenforscher Jean-Henri Fabre vorzubereiten – morgen würde er wegen der Reise mit Ida und ihrem Großvater ja kaum dazu kommen –, schaute seine Schwägerin Denise erleichtert aus der Bibliothek heraus.

»Gut, dass du da bist«, zischte sie und winkte ihn verschwörerisch in den Raum. Nachdem sie die Tür hinter ihnen geschlossen hatte, fragte sie mit gedämpfter Stimme: »Kannst du morgen nach Marcel schauen? Madame Girod musste nach Guebwiller, ihrer Schwester helfen, die liegt dort in den Wehen. Und Natalie hat mich gefragt, ob ich den Tag mit ihr verbringe. Wir müssen sie ja bei Laune halten, bis du von deiner Expedition zurück bist. Zum Glück fährst du ja in Wirklichkeit erst am Wochenende ab, morgen bist du also noch da.«

Lucien seufzte. Seine Schwägerin hatte wirklich fast täglich ein neues Problem zu bieten. »Das schon, aber ich wollte morgen mit Ida und ihrem Großvater nach Saverne.«

Denise furchte die Stirn. »Hm, könnt ihr das nicht verschieben?«

Lucien schüttelte energisch den Kopf. »Das geht nicht, wir sind mit ihrer Großmutter verabredet, und die ist nur den einen Tag dort.«

Nach kurzem Überlegen schlug Denise strahlend vor: »Und wenn ihr Marcel einfach mitnehmt? Er macht doch so gern Ausflüge mit euch.«

»Er darf dann bloß niemandem davon erzählen. Sonst

platzt unsere Natalie-Geschichte ganz schnell«, gab Lucien zu bedenken. »Aber ansonsten ist es wohl in der Tat besser, er kommt mit uns, als dass ihn Natalie zu Gesicht bekommt. Nicht dass sie doch noch ihr Interesse an dem Kleinen entdeckt. Er hat schon viele Herzen erobert …«

*

Das nächste Herz, das Luciens kleiner Neffe eroberte, war das von Idas Großvater Albert. Schon kurz nach Antritt der gemeinsamen Reise nach Saverne saß der Knabe bei dem Alten auf dem Schoß und zeigte ihm stolz seine aus Holz geschnitzte Spielzeugkuh.

»Hast du denn auch Ferkel für deinen Bauernhof?«, erkundigte sich Albert.

»Noch nicht«, antwortete Marcel und schob die Unterlippe vor.

»Na, dann schauen wir mal, ob es in Zabern einen Spielzeugladen gibt«, schlug Albert vor, »damit wir dir ein paar Schweine kaufen können. Ansonsten schnitze ich dir welche.«

»Au ja, das ist eine gute Idee, Ida-Opi«, befand der Kleine.

Idas Geschenk für Marcel lag allerdings nicht erst in der Zukunft: »Ich habe neulich Bonbons für dich gemacht.« Sie überreichte ihm die Schachtel, die sie in ihrer Tasche transportiert hatte.

»Danke!«, rief Marcel begeistert. Ungeduldig pulten seine kleinen Fingerchen die Schleife von dem Paket, und er schob sich ein Bonbon in den Mund.

»Die sind aber lecker«, rief er strahlend und mit vollem Mund. »Danke, Ida!«

»Schön, dass sie dir schmecken«, freute sie sich.

»Ich will auch ständig was backen. Aber der Papa sagt immer, die Backstube ist nichts für Kinder.«

Trotz des Bonbons in seinem Mund blickte das kleine Kerlchen mit einem Mal ungemein traurig und verlassen drein.

»Dann komm doch einfach mal zu mir!«, lud Ida ihn spontan ein. »Unsere Backstube ist genauso groß. Da backen wir zusammen, willst du?«

»Au ja«, rief der Kleine. »Dann bin ich ein richtiger Bäcker.«

Lucien, der das Gespräch voller Zuneigung verfolgt hatte, stellte fest: »Ich glaube, wir sind da.«

Durch das kleine Fenster der Kutschkabine sah auch Ida, dass sie vor einem Hotel hielten, das in einem malerischen Fachwerkhaus beheimatet war. Der Großvater atmete tief durch. »Gut, dann würde ich vorschlagen, ich gehe kurz vor, spreche mit Großmutter und hole euch dann herein.«

»Mach das!«, sagte Ida und drückte ermutigend seine Hand. Es war nicht zu übersehen, wie aufgeregt der Großvater war.

Lucien hob seinen Neffen aus der Kutsche, und dann sahen sie Albert nach, wie er in dem Hotel verschwand.

»Warum hat der Ida-Opi die Ida-Omi so lange nicht mehr gesehen?«, fragte Marcel neugierig. Seine Stimme war gesenkt, der Kleine schien die plötzliche Ernsthaftigkeit der Erwachsenen zu erfassen.

»Sie hatten einen Streit und brauchten etwas Zeit für die Versöhnung«, erzählte Ida.

»Ich streite mich auch manchmal mit meinen Spielkameraden«, gab Marcel zu. »Aber nicht lange. Irgendwann spielen wir dann wieder zusammen. Das dauert keine neun Jahre.«

Lucien und Ida sahen sich an und schmunzelten.

»Dann hoffen wir mal, dass Idas Großeltern auch bald wieder miteinander spielen«, scherzte Lucien. »Du machst das schon ganz richtig, Marcel, lieber schnell versöhnen. Beleidigte Leberwurst sein ist Zeitverschwendung.«

In diesem Moment kam Albert wieder aus dem Hotel. Ein scheues Lächeln flog über sein Gesicht, als er sagte: »S' Rickele freut sich, euch zu sehen.«

Rickele – das war der Kosename, den er seiner Frau Ulrike einst gegeben hatte. Als sie das vergessene, aber vertraute Wort nun wieder hörte, musste Ida gegen Tränen der Rührung ankämpfen.

Nervös folgte sie ihrem Großvater ins Innere des Hotels. Lucien, der Marcel auf dem Arm trug, drückte ihre Hand. Durch einen niedrigen Korridor ging es in eine geräumige Gaststube. Und dort erblickte sie sie, in einem Ohrensessel sitzend: Großmutter Ulrike! Sie streckte beide Arme nach ihr aus. Und sie lächelte genauso lieb und vertraut wie früher!

»Oma«, hauchte Ida, und ihre Stimme brach.

Als sie der graublonden Frau in die Arme flog, fielen die Jahre von ihr ab. Sie war wieder das neunjährige Mädchen, das seine Oma nie verlieren wollte.

»Idale, bisch ja a richtige Dame gworra«, sagte die Großmutter mit tränennassen Augen.

Lange Zeit hielten die beiden Frauen sich in den Armen. Dann löste Ida sich von ihrer Großmutter und blickte sich nach Lucien um, der, den kleinen Marcel immer noch auf dem Arm haltend, neben Idas Großvater stand.

»Oma, das ist mein Verlobter, Lucien Picard«, sagte Ida glücklich, während sie ihrer Großmutter aus dem Sessel half.

»Ein Verlobter! Herrje …«, murmelte die alte Dame kopfschüttelnd. Dann fing sie sich wieder und reichte Lucien die Hand. »Entschuldigen Sie meine Reaktion, aber als ich das Idale zum letzten Mal gesehen habe, war es gerade mal neun.«

»Du hast dich überhaupt nicht verändert«, stellte Ida erleichtert fest.

»Und wer bist du, junger Mann?«, erkundigte sich Ulrike

Tritschler bei dem Knaben, der inzwischen auf dem Boden abgesetzt worden war und schüchtern Luciens linke Hand hielt.

»Ich bin der Marcel«, sagte er kleinlaut.

»Ah, der großartige Neffe. Idas Opa hat schon von dir geschwärmt.«

»Ich glaube, Lucien und ich gehen mal zusammen eine Zigarre paffen. Den Kleinen nehmen wir mit – dann könnt ihr Weibsleute ein bisschen tratschen«, bemühte sich der Großvater, gewohnt ruppig zu klingen, doch seine feuchten Augen verrieten ihn. Lucien war zwar jede Form des Rauchens zuwider, doch er verstand, dass der Alte Großmutter und Enkeltochter die Möglichkeit bieten wollte, einander auf den aktuellen Stand zu bringen.

Beim Hinausgehen erstand Albert für Marcel bei der Wirtin noch eine Laugenbrezel. Darauf kaute der Kleine vor dem Hotel herum, während Idas Großvater nervös versuchte, sich eine Zigarre anzuzünden. Lucien gab dem Streichholz mit den Händen Schutz, dann gelang es. Die kubanische Romeo y Julieta, die Idas Großvater ihm anbot, lehnte er jedoch dankend ab.

»Ich glaube, ich habe neun Jahre meines Lebens verschwendet«, sagte Albert, an der Zigarre ziehend. »Nur weil ich eine beleidigte Leberwurst war.«

Lucien schmunzelte. Offenbar hatte Tritschler senior den Ratschlag, den er vorhin Marcel gegeben hatte, noch mitbekommen.

»Seien Sie nie eine Leberwurst, Lucien!«, mahnte der Alte eindringlich. »Kämpfen Sie um Ihre Liebe zum Idale! Sie nimmt dafür so viel auf sich, das ist ein Geschenk.«

»Ich weiß«, sagte der Jüngere lächelnd.

Ida und ihre Großmutter waren inzwischen in der Gaststube des Hotels auf die schmerzhafte Trennung zu sprechen gekommen. »Als dein Großvater mich im Schlaf beinahe erwürgt hat – da bin ich zu meiner Schwester nach Karlsruhe geflohen«, erzählte Ulrike mit belegter Stimme. »Unser Hausarzt hatte mir das geraten. Wenn Angst dort wohnt, wo Liebe sein sollte, muss man gehen – zumindest vorübergehend. Eigentlich wollte ich zurückkommen.«

Ida schluckte. »Aber Großvater war zu wütend?«

Ulrike nickte. »Und dein Vater auch. Ich hatte Schande über die Bäckerei gebracht. Ich habe sehr gekämpft, dich und Oskar wiederzusehen, glaub mir! Aber sie haben es nicht zugelassen. Vor drei Jahren wollte deine Mutter ein heimliches Treffen mit euch organisieren, da waren die Männer auf einer Maschinenausstellung. Doch ausgerechnet dann erkrankte sie an der Russischen Grippe.«

»Ich erinnere mich«, sagte Ida betreten. Damals hatten sie befürchtet, ihre stark fiebernde Mutter könnte der schrecklichen Epidemie erliegen.

»Trotzdem habe ich einiges von euch mitbekommen«, berichtete Ulrike. »An beiden Konfirmationen habe ich mich ganz hinten in die Kirche geschlichen und für euch gebetet.«

Ida seufzte auf. »Da warst du dabei? Ich hatte es mir so gewünscht …«

Tatsächlich hatte sie anfangs vor jeder Familienfeier heimlich darauf gehofft, die geliebte Großmutter möge für diesen Anlass zu ihnen zurückkehren. Irgendwann hatte sie die Hoffnung jedoch aufgegeben.

»Es war schwer, meine Familie zu sehen und nicht zu euch zu können«, fuhr Ulrike mit bebender Stimme fort. »Man kann eine Mutter aus dem Leben ihrer Kinder drängen, aber nicht die Kinder aus ihrem Herzen.«

Ida griff nach ihrer Hand. »Dafür lasse ich dich jetzt nie mehr los.«

*

Der Tag war wunderschön gewesen. Ihre Großeltern beim gemeinsamen Mittagessen wieder zusammen lachen zu sehen – Ida hatte befürchtet, sie werde diesen Anblick nie mehr genießen. Am Spätnachmittag, als die Heimreise anstand, bat Albert seine Enkeltochter, ohne ihn zu fahren. »Rickele und ich haben so viel zu schwätzen und nachzuholen.«

»Oma, du musst versprechen, uns bald in Straßburg zu besuchen«, bat Ida. »Ich möchte dir dort alles zeigen.«

»Ja, du musst dir unbedingt meinen Spielzeugbauernhof anschauen«, pflichtete ihr der kleine Marcel bei.

Ulrike lachte herzlich. »Wenn das so ist, werden wir ganz schnell mit Idas Vater sprechen müssen, dass auch er mir die Rückkehr erlaubt.«

»Das wird er«, versprach Ida. »Dafür sorge ich schon.«

Kaum hatte sich die Kutsche in Richtung Straßburg in Bewegung gesetzt, war Donnergrollen zu hören.

»Hoffentlich gibt es nicht schon wieder ein Unwetter«, sagte Ida fröstelnd. »Amélie hat erzählt, dass die Bauern dieses Jahr sowieso schon schlimm unter den vielen Überschwemmungen gelitten haben.«

»Ich mag, wenn es donnert«, murmelte Marcel, der schon halb an Idas Schulter eingeschlafen war. »Der Kuschelonkel sagt, ich muss keine Angst vor Gewitter haben.«

»Na, wenn er sich da mal nicht täuscht«, kommentierte dieser seine eigenen Worte. Ida warf ihm einen beunruhigten Blick zu. Der aufkommende Sturm rüttelte derart heftig an dem Gefährt, dass sie fürchtete, es könne umfallen.

Sie waren schon eine Weile aus Saverne fort, als ein sintflutartiger Regen einsetzte. Zum Glück war Marcel inzwischen tief und fest eingeschlafen. So bekam der Knabe nicht mit, dass die immer schlammigere Landschaft im nächsten Moment von einem gleißenden Blitz hell erleuchtet wurde und dass der zeitgleich einsetzende Donner klang wie das Brechen eines Baumstammes. Ida unterdrückte mit Mühe einen Schrei, und auch Lucien zuckte zusammen. Das Pferd wieherte panisch, die Kutsche kam zum Stehen. »Wenn Blitz und Donner gleichzeitig ertönen, ist das Gewitter direkt über uns«, hatte sie als Kind von der geliebten Großmutter gelernt. Zu ihrer Beruhigung trug dieses Wissen nicht bei.

Xavier Castanet, der Hausdiener der Familie Tritschler, kam zum Kutschenfenster gehastet und teilte ihr mit: »So schaffen wir es nicht bis nach Straßburg, das Pferd geht mir sonst durch! Da vorne ist ein Bauernhof, ich würde dort das Unwetter abwarten.«

»Ja«, stimmte Ida zu, »tun Sie das.«

Castanet bog daraufhin mit der Kutsche auf den Weg zum Gehöft ab, doch dieser war noch schlammiger als die Landstraße nach Hause. Irgendwann steckte die Kutsche fest. Vergeblich zerrte das treue Pferd daran. Lucien sprang aus der Kabine und legte einen dicken Ast vor beide Räder. Er hoffte, das Fuhrwerk auf diese Art aus dem Matsch zu bekommen. Ida zögerte nicht lange, bevor sie ebenfalls in den sturzbachartigen Regen hinaussprang, um mit anzuschieben. Doch bereits auf dem Weg hinter die Kutsche versank sie mehrfach bis zu den Knöcheln im Morast. Gemeinsam mit Lucien drückte sie mit aller Kraft gegen die Kutsche.

»Das schaffen wir nic«, ächzte Ida, doch in diesem Moment löste sich das Fahrzeug mit einem Ruck endlich aus dem Schlamm. Mit einem spitzen Schrei fiel sie nach vorn in den Matsch, Sekundenbruchteile später landete ihr Verlobter mit einem schmatzenden Geräusch neben ihr. Sie halfen einander auf – und konnten bei ihrem Anblick nicht umhin loszulachen.

Dicht an dicht quetschten sie sich zum Diener der Tritschlers auf den Kutschbock, um nicht auch noch Marcel und die Kabine zu verdrecken. Vor dem Bauernhaus angekommen, öffnete ihnen erst auf ihr mehrmaliges Klopfen hin eine dürre Frau mit spitzer Nase.

»Was wollen Sie?«, fragte sie unfreundlich. Das Deutsche hatte man ihr nach dem Krieg offenbar aufgezwungen, sie sprach mit französischem Akzent.

Lucien übernahm daher das Gespräch in seiner Muttersprache und bat darum, das Unwetter bei ihr abwarten zu dürfen. Sie müssten heute Abend noch nach Straßburg zurück.

Die Bäuerin verschwand wortlos im Inneren und kam kurz darauf mit sauberer Kleidung zurück. »Sind für die Vogelscheuchen gedacht, dürften aber passen«, sagte sie knapp. »Können die Kutsche in der Scheune abstellen. Waschstube ist da an der Seite.«

Diener Castanet hatte zwar feuchte, aber noch saubere Kleidung, ihm erlaubte die wortkarge Bäuerin, den ebenfalls unbeschmutzten und immer noch schlummernden Knaben in die Wohnstube zu tragen.

Eine halbe Stunde später hatten sich Ida und Lucien ihrer klatschnassen und verdreckten Kleidung entledigt, sich gründlich gewaschen und versucht, die Vogelscheuchen-Kleidung anzuziehen.

In der Scheune setzten sie sich in die dort abgestellte Kutsche. Ida fand, dass sie in der alten Hose und dem viel zu großen Leinenhemd vollkommen lächerlich aussah, Lucien war das zweite Wams wiederum zu klein gewesen, daher trug er nur eine Hose.

»Die Dame ist ja nicht gerade gesprächig«, meinte Lucien.

»Na ja, immerhin hat sie uns nicht die Tür vor der Nase zugeknallt. Und trockene Sachen haben wir auch«, entgegnete Ida und bemerkte, dass ihre Zähne klapperten.

Das Unwetter hatte zu einer plötzlichen Abkühlung geführt, und Lucien legte fürsorglich seinen Arm um seine fröstelnde Verlobte.

Ihr war klar, dass er durch den Ausschnitt des zu weiten Hemdes ihre stattlichen Brüste sehen konnte. Sein Blick war zwar zurückhaltend, sodass er sie nicht in Verlegenheit brachte, doch sie erahnte die schmeichelhafte Sehnsucht darin. Sie selbst konnte ihrerseits nicht umhin, seinen muskulösen Oberkörper zu bewundern. Wie eine Marmorstatue war er gebaut. Sie schämte sich vor sich selbst, dass sie das Bedürfnis verspürte, seinen Brustkorb zu berühren und zu küssen. Wo immer sein Arm ihre Haut streifte, fühlte es sich stechend und himmlisch gleichermaßen an. Sie sah ihm in die glänzenden Augen, dann küsste sie ihn so leidenschaftlich wie noch nie. Ihre Zungen liebkosten sich sehnsüchtig, und als er seine Arme um sie schlang, sie seinen harten Körper spürte, ließ sie ihre Hände auf Wanderschaft gehen. Als er dasselbe tat, seufzte sie erregt auf, und nur entfernt hörte sie eine innere Stimme sagen: Wenn wir jetzt nicht aufhören, gibt es kein Zurück mehr. Doch dann wurde seine forschende Hand noch viel wagemutiger. Ida seufzte auf und war nicht mehr in der Lage, einen klaren Gedanken zu fassen.

28

Fräulein Ida?«, rief plötzlich eine Männerstimme, und die beiden Verlobten schreckten augenblicklich aus ihrem lustvollen Taumel.

Ida rückte panisch ihr Hemd zurecht und stieg aus der Kutsche. Lucien nutzte derweil die Gelegenheit, seine Hose wieder zu schließen.

Ida erblickte den Diener der Tritschlers am Scheunentor. »Ja, Monsieur Castanet?«

»Der Regen hat nachgelassen«, stellte er fest und senkte ob ihres kuriosen Aussehens den Blick. »Ich denke, wir können es riskieren, den Heimweg anzutreten.«

»Wunderbar«, rief Ida erfreut. »Wir warten hier in der Kutsche, bringen Sie Marcel mit?«

Castanet bejahte beflissen und eilte davon – offenbar war er froh, ihrem entwürdigenden Anblick entfliehen zu können.

»Das war knapp«, keuchte Ida erleichtert, als sie wieder zu Lucien in die Kutsche stieg.

Der nickte ernst. »Sehr knapp.« Um ein Haar wäre das geschehen, was doch für ihre Hochzeitsnacht vorgesehen war!

Wenig später verabschiedeten sie sich von der Bäuerin, nachdem ihr Lucien ein Entgelt für die Vogelscheuchen-Kleidung gegeben hatte. Sie zeigte Monsieur Castanet einen weniger verschlammten Weg, von dem aus er dann die Kutsche wieder auf die Straße in die Stadt lenkte. Es tröpfelte nur noch, an einigen Stellen öffnete sich die dicke Wolkendecke sogar und gab den Blick auf einen leuchtend blauen Himmel frei. Marcel war nur kurz aufgewacht und dann gleich wieder an Idas Schulter eingenickt. Sie beneidete den Knaben ein wenig darum, dass er so gut wie überall schlafen konnte.

»Wir müssen endlich heiraten«, brach Lucien schließlich das Schweigen in der Kutschkabine. »Ich habe solche Sehnsucht nach dir, will dir endlich ganz nahe sein.«

»Das will ich auch«, gestand Ida und griff nach seiner Hand.

»Nach meiner Exkursion sollten wir das angehen«, meinte ihr Verlobter. Die Berührung fachte ihre Sehnsucht sofort wieder an.

»Aber wie? Wenn wir dann gleich heiraten, dann bist du es, der vor deiner Familie unglaubwürdig ist, nicht Natalie«, gab Ida zu bedenken. »Du bringst dich nicht nur um das Erbe und dein Zuhause, auch Marcel hat dann gar nichts mehr. Er wird alles verlieren, Lucien. Das dürfen wir nicht zulassen.«

Sie strich voller Zuneigung eine Haarsträhne aus dem Gesicht des friedlich schlummernden Kindes.

»Du hast den Kleinen auch in dein Herz geschlossen«, stellte Lucien gerührt fest. Diese Tatsache machte seine Verlobte nur noch liebenswerter für ihn. »Irgendwie werden wir eine Lösung finden. Solange wir nur Zeit miteinander verbringen können.«

Ida nickte, und ihr Blick fiel aus dem kleinen Fenster der Kabine, durch das nun bereits die Innenstadt Straßburgs zu sehen war. »Oh, schau mal, da vorne ist Denise«, glaubte sie Luciens Schwägerin zu erkennen, die mit einem Regenschirm zum Münsterplatz eilte.

Er folgte dem Blick seiner Verlobten. »Ich sehe sie nicht. Eigentlich kann sie es auch nicht gewesen sein.«

»Wieso nicht?«, wunderte sich Ida.

»Sie wollte bis morgen mit Natalie verreisen«, erklärte er. »Deshalb haben wir doch Marcel mitgenommen.«

Ida war sich dennoch ziemlich sicher, dass es sich bei der Passantin um Denise gehandelt hatte. »Hoffentlich haben sie sich nicht zerstritten.«

»Ich frage sie, sobald sie nach Hause kommt«, beruhigte sie ihr Verlobter, während der Diener das Gefährt vor der Patisserie Goldschmidt zum Stehen brachte.

»Gute Nacht, mein Schatz«, sagte Lucien und küsste sie zärtlich auf den Mund. »Wir sehen uns Dienstag nach der Exkursion wieder.« Mit diesen Worten nahm er den immer noch schlafenden Marcel und seine schmutzige Kleidung auf den Arm und stieg aus der Kabine.

»Ich zähle die Stunden«, rief er von draußen.

»Ich auch«, wisperte Ida und sah ihm verträumt nach, wie er hastig im Hausgang des Picard-Gebäudes verschwand.

Als Castanet die Kutsche wenig später an der Patisserie Tritschler zum Stehen brachte, stieg Ida so rasch wie möglich aus der Kabine, schlüpfte ins Haus und eilte die Treppen hinauf. Sie wollte unbedingt verhindern, dass sie jemand mit der Vogelscheuchen-Kleidung und den zerzausten Haaren zu Gesicht bekam. Doch kaum hatte sie die Wohnung im ersten Stock betreten, öffnete sich die Wohnzimmertür, und ihr Bruder trat heraus. »Ida, ich habe mir schon Sorgen ge…«, begann er, verstummte dann aber beim Anblick seiner Schwester und starrte sie sprachlos an. »Wie siehst du denn aus?«, platzte er schließlich heraus.

»Ich habe mich nach der neuesten Pariser Mode gekleidet«, entgegnete sie genervt. Als sie Oskars verwirrten Blick sah, musste sie lachen. Er wirkte, als traue er den Modemachern der französischen Metropole in der Tat alles zu. »Nun schau doch nicht so«, sagte Ida. »Wir sind in ein Unwetter geraten.«

Er grinste und knuffte brüderlich ihren Arm. »Das mit dem Unwetter hat man hier auch mitbekommen. Genau deshalb habe ich mir ja Sorgen gemacht«, sagte er und fragte dann: »Und wo ist Großvater?«

»Er möchte noch in Zabern bleiben.«

»Wieso das denn?«

Sie zögerte zunächst. »Er … er hat dort Großmutter getroffen.«

Oskar sah sie verblüfft an. »Was?«

»Ja, aber sag Papa nichts! Das möchte ich selbst übernehmen«, bat Ida ihn eindringlich.

In diesem Moment öffnete Kurt die Wohnungstür, ein seliges Lächeln auf den Lippen.

»Guten Abend, Kurtle. Wie war dein freier Tag?«, erkundigte sich Ida.

»Sehr schön«, sagte der junge Bäcker, und sein Grinsen wurde noch breiter. Er war offenbar derart in angenehme Erinnerungen vertieft, dass er Idas merkwürdigen Aufzug gar nicht recht wahrzunehmen schien.

»Was hast du denn unternommen?«, wollte Oskar wissen.

»Ach, ich bin ein bisschen ins Grüne gefahren«, erwiderte Kurt vage.

»Du bist gar nicht nass geworden«, wunderte sich Ida. »Hat es da, wo du warst, nicht geregnet? Auf dem Weg von Zabern gab es ein riesiges Unwetter.«

Errötete Kurt etwa? »Doch, schon, aber ich …«, stammelte er, »ich konnte mich unterstellen.«

Nachdem Kurt sich entschuldigt hatte und mit der Erklärung, er wolle sich ein Brot schmieren, in der Küche verschwunden war, ging auch Ida endlich weiter zu ihrem Zimmer. Sie konnte es kaum erwarten, sich dieser furchtbaren Kleidung zu entledigen. Gleich anschließend wollte sie sich auf die Suche nach ihrem Vater machen.

Eine halbe Stunde später saß sie, in trockenen Kleidern und mit ordentlich frisierten Haaren, Franz am Schreibtisch in dessen Arbeitszimmer gegenüber. Zu Beginn des Gesprächs war Ida ziemlich nervös gewesen, aber ihr Vater schien über die Tatsache, dass seine Eltern wieder in Kontakt miteinander standen, zunächst eher überrascht als erbost zu sein.

»Er hat Mutter verziehen?«, staunte er und fügte dann doch mit einem unwilligen Unterton hinzu: »Sie hat uns damals allesamt bis auf die Knochen blamiert.«

»Aber was blieb ihr denn anderes übrig, als erst mal zu gehen?«, hakte seine Tochter nach. »Großväterle hat sie wegen seiner seelischen Wunden aus dem Krieg einmal im Schlaf um ein Haar erwürgt.«

»Was?« Franz wirkte schockiert. »Das wusste ich nicht. Mein Vater war nie gesprächig, was ihre Eheprobleme betrifft.«

»Ja, es war jahrelang sehr schwer für sie, mit ihm zusammenzuleben«, betonte Ida. »Sie hat es nur uns zuliebe ertragen. Aber dann musste sie um ihr Leben fürchten. Vor lauter Angst tat sie in der Nacht kein Auge zu. Hast du nie gemerkt, wie sie gelitten hat?«

Der leise Vorwurf in ihrer Stimme war beabsichtigt. Ida wollte Franz verdeutlichen, dass sie alle ein wenig Schuld hatten. Und sie einander verzeihen mussten.

»Als sie dann zurückkehren wollte, habt ihr sie nicht gelassen«, fügte sie noch hinzu. »Jetzt möchte Großvater das wiedergutmachen.«

»Ich hatte wirklich keine Ahnung«, murmelte Franz betreten. »Dieser verdammte Krieg.«

Bei dem Stichwort fiel Ida wieder die Fotografie in der Kammer des Küsters ein – und dessen merkwürdige Reaktion darauf. »Sag mal, Papa, erinnerst du dich an einen Wolfgang Busch, mit dem du gedient hast?«

Franz brauchte erstaunlich kurz, bis ihm einfiel: »Wolfi Busch, natürlich, wir waren im selben Regiment. So ein untersetzter Lockenkopf. Wie kommst du auf ihn?«

»Er ist inzwischen Küster im Münster hier und hat eine Glatze«, klärte Ida ihn auf. »Ich habe dich bei ihm auf einem Kriegsfoto entdeckt.«

»Wer hebt sich so was auf?«, fragte Franz verständnislos. »Die Zeit vergisst man doch besser.«

»Dein Name sagte ihm auch nichts mehr«, fügte sie hinzu.

»Erstaunlich, wir haben uns seinerzeit ganz gut verstanden«, meinte Franz. »Aber jeder geht wahrscheinlich auf andere Weise damit um.«

Ida nickte nachdenklich. Dieser Krieg schien tatsächlich an keinem, der ihn erlebt hatte, spurlos vorübergegangen zu sein.

*

Als Ida am Sonntag nach dem Kirchgang im Salon in einem Buch über die Vogesen blätterte – jener Region, in der sich ihr Verlobter noch bis morgen auf Exkursion befand –, läutete es an der Haustür.

»Ich gehe!«, hörte sie ihren Bruder rufen und kurz darauf: »Ida, Besuch für dich.«

Sie wunderte sich. Wer könnte das sein? Sie eilte auf den Flur hinaus und wunderte sich noch mehr, als sie Denise mit deren Sohn in der Tür stehen sah. Der Kleine eilte bei ihrem Anblick sogleich auf sie zu und umarmte fast Hilfe suchend ihre Beine.

»Guten Morgen«, murmelte Denise schüchtern.

»Ist etwas passiert?«, fragte Ida in vager Sorge um Lucien, während sie Marcels Kopf streichelte.

»Das nicht«, sagte Denise zu ihrer Erleichterung, »aber Mademoiselle Girod ist immer noch bei ihrer Schwester, die Geburt war wohl recht schwierig. Und Claire ist mit ihrem Vater nach Weghäusel ins Forsthaus gefahren. Nun möchte sich Natalie schon wieder mit mir treffen. Du weißt ja, wie wichtig es zurzeit ist, sie bei Laune zu halten. Deshalb wollte ich fragen, ob du noch einmal bereit wärst, etwas mit Marcel zu unternehmen. Ich wäre heute Abend um sieben wieder zurück.«

Dieser Vorschlag begeisterte Ida. Dann könnte sie endlich ihr Versprechen wahr machen, mit dem Kleinen zu backen. Zumal die Backstube bis heute Nacht um drei Uhr ohnehin verwaist sein würde. Sie hätten genug Platz zum Experimentieren.

»Hast du denn Lust, den Tag mit mir zu verbringen?«, wandte sie sich an den Knaben, und der nickte eifrig.

»Also gut, dann treffen wir uns um sieben Uhr wieder hier?«, schlug Ida vor.

Zu ihrem Erstaunen fiel ihr Denise vor Freude um den Hals und küsste sie auf die Wange. »Du bist ein Schatz, danke!«

Ida wunderte sich über diese körperliche Reaktion der sonst eher zurückhaltenden Frau. So verlockend konnte die Vorstellung, einen Tag mit dieser Natalie zu verbringen, ja auch nicht sein. Im nächsten Moment war Denise zur Tür hinaus. Sie schien es wirklich eilig zu haben.

»Na, Marcel?« Ida ging vor dem Kleinen, der inzwischen von Katerchen Astro entdeckt worden war, in die Knie. »Was wollen wir denn unternehmen? Hast du Lust, mit mir zu backen? So richtig in der Bäckerei?«

»Au ja!«, rief Marcel außer sich vor Freude.

Eine halbe Stunde später standen sie einträchtig nebeneinander in der Backstube, die der Knabe mit großen Augen betreten hatte. Elise, die von Marcel ebenso angetan war wie er von ihr, hatte sogar eine kleine Schürze von oben geholt, die einmal Ida gehört und die sie aus Sentimentalität aufgehoben hatte. Am liebsten wäre sie bei Ida und Marcel geblieben, fühlte sich, wie Ida ihr deutlich ansehen konnte, aber auch dazu verpflichtet, dem Vater Gesellschaft zu leisten, der gerade zu einem Spaziergang durch das deutsche Viertel aufbrechen wollte.

»Du darfst nachher probieren«, tröstete der Kleine.

»Darauf freue ich mich aber schon sehr. Es wird bestimmt köstlich schmecken«, erwiderte Elise und gab ihm einen Kuss.

Ida dachte gerührt, dass sie einmal eine ganz hervorragende Großmutter werden würde.

In der Backstube feuerte sie zunächst den Ofen an. »Das ist nichts für Kinder, da kannst du dir die Finger verbrennen. Den darfst du nie, nie, nie anfassen, in Ordnung?«

»Erst wenn ich groß bin?«, vergewisserte er sich.

»Ja, aber auch als Erwachsener muss man aufpassen«, mahnte Ida. »Der Ofen muss später, wenn wir mit unseren Vorbereitungen so weit sind, die richtige Temperatur haben. Er darf nicht zu heiß sein, die Eizuckermasse verbrennt nämlich leicht.«

Dann stellte sie sich zu Marcel an die Arbeitsplatte.

»Warum sind denn die Mandeln ganz nackig?«, rief der kleine Bäcker erstaunt.

Ida lachte. »Mit nackigen Mandeln wird der Teig heller, denn aus den Mandeln machen wir jetzt Mehl, und wenn wir eine angezogene Mandel verarbeiten würden, würde der Teig nicht so schön hell werden. Das Mandel-Mantel-Mehl würde ihn dunkel machen.«

Der Kleine nickte ernst. »Das verstehe ich.«

Die Mandeln müssten unbedingt trocken sein, bevor man sie zerstoße, hatte sie einst von ihrem Vater gelernt. Deshalb schälte man in der Konditorei Tritschler die Mandeln auch immer am Tag vor dem Backen, indem man sie in ein heißes Wasserbad legte, abschreckte, häutete und dann vierundzwanzig Stunden trocknen ließ. Sie musste also daran denken, am Ende des Backvorgangs neue Mandeln für morgen zu schälen.

»Jetzt kommt eine schöne Aufgabe für einen starken Jungen. Du bist doch stark, oder?«

»Und wie«, rief Marcel und spannte seinen Bizeps an. »Guck!«

»Hui«, staunte Ida und drückte den Oberarm des Kleinen. »Da haben wir ja Glück. Denn nun musst du die Mandeln in diesem Steinmörser zerstampfen, bis sie ganz klein sind. Kannst du das?«

»Na klar«, entgegnete Marcel, der auf einem kleinen Hocker stand, um besser an die Arbeitsplatte zu gelangen, und machte sich mit Feuereifer, die Zungenspitze zwischen die Zähnchen geklemmt, an seine Aufgabe.

Ida trennte inzwischen Eier und achtete streng darauf, dass nicht ein Tropfen Eigelb in das Eiweiß gelangte. Dann, so hatte Kurtle sie gelehrt, wäre der ganze Teig verdorben und die Macarons würden im Ofen in sich zusammenfallen.

»Schön machst du das«, lobte sie den Kleinen. »Nun darfst du dein Mandelmehl in diese Schüssel schütten.« Vorsichtig gab sie das Eiweiß darauf und erklärte: »Jetzt müssen wir das Eiweiß mit dem Mandelmehl verrühren.«

Als alle Mandeln zerkleinert und mit Eiweiß gemischt waren, wog Ida zwei Pfund Zucker ab, den sie zuvor ebenfalls im Mörser zu einer pudrigen Masse zerstampft hatte, und schüttete sie mit der abgeriebenen Schale zweier Zitronen hinzu. »Nun darfst du rühren. Aber vorsichtig!«

Marcel tat voller Konzentration, wie ihm geheißen.

»Gut machst du das. Wenn du magst, können wir auch Schokoladenmacarons zubereiten«, bot sie dem Kleinen an.

»Au ja, Schokolade!«, rief Marcel freudig.

»Weißt du, was?«, schlug Ida vor. »Die eine Sorte lassen wir hell, die andere machen wir dunkel. Dann haben wir zwei Sorten Macarons.«

Der Kleine nickte begeistert.

Ida legte ein Viertelpfund Schokolade auf eine Blechplatte.

»Die schmelzen wir jetzt über dem Feuer«, kündigte sie an.

Marcel sah fasziniert zu, wie die Süßigkeit sich verflüssigte. Sie goss die heiße Masse vorsichtig auf einen Teller und teilte den Teig in zwei Teile.

»Hier darfst du nun die Schokolade unterrühren«, sagte sie und schob ihm die eine Schüssel und den Teller mit der Schokolade zu. »Aber schön langsam und vorsichtig!«

Aus dem Augenwinkel sah sie, dass der Kleine verstohlen seinen Finger in die Schokolade tauchte und ableckte. Sie lächelte. So musste es sein. Wie oft war sie als Mädchen in die Backstube geschlichen, um von den süßen Zutaten zu naschen!

Marcel stellte sich geschickt an. Er rührte die flüssige Schokolade unter den hellen Teig, bis dieser zunächst meliert und schließlich ganz braun war.

»Fein machst du das«, lobte sie ihn wieder. »Und nun würzen wir das Ganze noch.« Sie gab je einen Teelöffel Zimt und einen Hauch Vanille hinzu.

»Das riecht gut«, stellte Marcel fest. »Wie Weihnachten.«

»Und das mitten im Sommer, da kannst du mal sehen«, sagte Ida. »Beim Backen kann man ganz andere Welten erschaffen. Gebackene Träume.«

»Gebackene Träume«, wiederholte Marcel verzaubert.

»Jetzt können wir die Macarons formen«, sagte Ida. »Ich zeige es dir.«

Mit einem Spatel nahm sie kleine Teigstückchen, setzte sie auf einen vorbereiteten Bogen Papier und formte mit dem Messer ein wenig nach.

»Jetzt du.«

Marcels Plätzchen gerieten etwas schief, aber das störte weder Ida noch den kleinen Bäcker. Nachdem sie die Temperatur überprüft hatte, schoben sie ihr Blech voller dunkler und heller Macarons in den Ofen.

»Das dauert jetzt fast eine Stunde, bis die fertig sind«, sagte Ida.

»Oh!«, rief Marcel enttäuscht. »So lange?«

»Wir können in der Zwischenzeit schon mal die Füllung zubereiten«, sagte Ida. »Die streichen wir dann auf die Unterseiten der Macarons und kleben immer zwei zusammen.«

»Auch schwarze und weiße gemischt?«, freute sich Marcel.

»Wenn du möchtest, auch schwarze und weiße gemischt«, bestätigte Ida.

Eine Stunde später probierte das junge Feinbäckerpaar sein Werk, und beide waren gleichermaßen begeistert.

»Jetzt haben wir fast zu viel gemacht«, stellte Ida kichernd fest. »Was meinst du, soll ich dir die riesige Uhr im Münster zeigen, unter der ich Astro damals gefunden habe? Da wohnen zwei Freunde von Kuschelonkel Lucien und mir, dann können wir die gleich von deinem Meisterwerk kosten lassen.«

Marcel platzte fast vor Stolz, als sie etwas später mit einem Korb voller Macarons und einem weiteren, in dem Astro saß, auf dem Weg zum Münster waren. Sie hatten die Backstube blitzsauber aufgeräumt, Mandeln für den nächsten Tag gehäutet und eine Kostprobe für Elise und Franz hingelegt.

Nach der Besichtigung der astronomischen Uhr saßen Ida, Marcel und Katerchen Astro in der karg eingerichteten Wohnstube bei Maximilien Fouché und Wolfgang Busch am Tisch und ließen sich die Macarons schmecken. Der Kleine wurde mit Lob überschüttet.

»Und die hast wirklich du gebacken?«, fragte Maximilien Fouché.

Marcel nickte heftig. »Wenn ich groß bin, werde ich Bäcker.«

»Donnerwetter!«, schwärmte auch der Küster. »Nie in meinem ganzen Leben habe ich so feine Macarons gegessen«

»Und dazu noch mein legendärer Kaffee …«, scherzte Fouché.

»Der Max ist ein sehr angenehmer Mitbewohner«, bestätigte der Küster zufrieden. »Wenn ich morgens aufwache, duftet es schon herrlich nach Kaffee. Manche behaupten ja, er schade der Gesundheit, aber das kann ich mir nicht vorstellen.«

Dazu kannte Max Fouché eine Anekdote, die er mit einem verschmitzten Lächeln zum Besten gab. »Man sagt, der schwedische König Gustav III. wollte vor über hundert Jahren beweisen, dass Kaffee giftig sei. Dazu hat er wohl zwei zum Tode verurteilte Häftlinge begnadigt; der eine Straftäter musste Tee trinken, der andere Kaffee, und zwar täglich. Die beiden sollen aber nicht nur die überwachenden Ärzte überlebt haben, sondern auch den König selbst.«

Alle lachten, der kleine Marcel allerdings gewiss eher aus Gemeinschaftssinn, als dass er die Geschichte wirklich verstanden hätte.

»Na, da schenk ich mir doch guten Gewissens noch mal nach«, meinte Wolfgang Busch grinsend, griff sich einen weiteren Macaron und erkundigte sich dann: »Und was habt ihr beide an eurem gemeinsamen Sonntag noch vor? Die astronomische Uhr kennt ihr ja nun.«

»Wir spielen den ganzen Tag mit Astro«, schlug Marcel vor. »Und wir essen alle Macarons auf.«

»Wenn euch das irgendwann zu langweilig wird, könntet ihr auch mit einem Boot los«, schlug Max grinsend vor. »Das Wetter ist ja endlich mal wieder bestens. Ein Freund von mir veranstaltet Fahrten auf der Ill.«

»Na, was meinst du, Marcel?«, wandte sich Ida an den Knaben. »Hast du Lust, mit einem Boot zu fahren?«

Der Kleine war begeistert. »Au ja!«

»Möchten Sie beide uns vielleicht begleiten?«, fragte Ida den Bibliothekar und den Küster.

»Ich muss leider hierbleiben, der Pfarrer wollte die Messe für morgen besprechen«, sagte Wolfgang Busch.

Max Fouché hingegen meinte: »Ich komme gern mit, wenn ich darf.«

Ida und Marcel waren gleichermaßen angetan von der Bootsfahrt.

»Wie schön die Stadt vom Fluss aus ist«, freute sich Ida, und der Knabe rief: »Guck mal, da vorne kaufen wir immer Äpfel!«

»Danke für diese wunderbare Idee, Monsieur Fouché«,

sagte sie, und er fragte schüchtern: »Möchten Sie mich Max nennen? Ich wollte das schon länger vorschlagen, dass Lucien und Sie mich duzen. Ich verdanke Ihnen beiden so viel.«

»Gern, Max.« Sie reichte dem Älteren lächelnd die Hand. »Ich bin die Ida.«

»Darf ich auch Max sagen?«, meldete sich da der kleine Junge zu Wort.

»Aber natürlich«, antwortete Max Fouché grinsend, »wenn ich Marcel sagen darf!«

Kurz vor Ende der Flussfahrt schmiegte sich Marcel, müde von den vielen Eindrücken des Tages, in Idas Schoß.

»Maman«, murmelte er und sah ihr hoffnungsvoll in die Augen.

»Aber ich bin nicht die Maman«, sagte Ida bestürzt. »Ich bin die Kuscheltante Ida, deine Maman ist doch die Denise.«

»Zu der darf ich auch nicht Maman sagen«, meinte der Kleine enttäuscht. »Ich soll Denise sagen.«

Ida war beim Verlassen des Bootes noch derart in ihre Sorgen um die Situation des kleinen Jungen vertieft, dass sie erschrocken zusammenzuckte, als von der Straße oberhalb der Anlegestelle plötzlich eine scharfe Stimme brüllte: »Monsieur Fouché!«

Sie sah hinauf und erblickte einen schneidigen jungen Mann in feinem Zwirn, der aufgebracht zum Anleger gestürmt kam – René Picard! Idas Atem stockte.

»Was machen Sie hier mit meinem Sohn?«, fuhr Luciens Bruder den armen Max an und deutete dann abfällig mit dem Kinn auf Ida: »Und mit der da?«

»Da kann er nichts dafür«, sprang Ida für Max in die Bresche. »Denise hatte mich gebeten, auf den Kleinen aufzupassen, denn sie wollte sich mit ihrer Freundin Natalie treffen.«

René sah sie hasserfüllt an. »Das ist ja seltsam, ich habe Natalie vorhin im Petit France gesehen – allein!«

Ehe Ida diese für sie überraschende Information verdauen konnte, schnauzte der Picard-Sprössling erneut Max an: »Monsieur Fouché, Sie können froh sein, dass Sie bereits gekündigt haben, spätestens jetzt wäre es das für Sie gewesen. Ich werde mit meinem Vater sprechen, dass Sie im Juni schon fortbleiben sollen.«

Dann winkte er seinen vermeintlichen Sohn mit einer barschen Handbewegung zu sich. »Marcel, komm sofort her!«

Doch der Kleine hielt sich ängstlich an Idas Bein fest. »Ich will aber mit der Ida in ihr Haus – auf Denise warten.«

»Du kommst jetzt!«, knurrte René und stürzte auf Ida und den Jungen zu. Für einen Moment befürchtete sie, er werde den Kleinen schlagen. Er packte das Kind am Arm und zog es mit sich fort. Dabei stolperte der ängstliche Marcel mehrfach und wurde dann von seinem angeblichen Vater an dessen Arm hängend weitergezerrt. Ida sah den beiden mit Tränen in den Augen nach. Warum hatte René nur gerade jetzt hier vorbeikommen müssen? Und was hatte Denise allein in der Stadt zu suchen? Schließlich wandte sie sich an den betreten dreinblickenden Fouché. »Es tut mir so leid, Monsieur … Max, jetzt bist du einen Monat lang arbeitslos.«

»Mach dir um mich keine Sorgen«, beruhigte sie der angehende Bibliothekar. »Ich habe ein bisschen gespart, das überbrücke ich schon. Aber der arme Kleine.«

Ida nickte traurig. »Ja, furchtbar – und auch Denise wird ein Donnerwetter erleben.«

29

Oskar war mit Étienne Loubet auf einem von der Kirchengemeinde organisierten Trödelmarkt unterwegs. Der Patissierssohn mutmaßte, dass sein Kommilitone sich allein aufgrund seines perfekten Französischs mit ihm abgab. Étienne gehörte nämlich einer französisch-nationalistischen Studentenverbindung an. Obwohl die meisten der Mitglieder nach dem Krieg – und somit als deutsche Reichsbürger – geboren waren, redeten sie untereinander Französisch, in der Sprache ihrer Eltern. Damit waren sie wirklich eine Ausnahme, denn gerade die jüngeren Einwohner Straßburgs, die meist keinen Kontakt mehr zu Frankreich hatten, verstanden sich inzwischen mit großer Selbstverständlichkeit als Deutsche.

Beim Stöbern stieß Oskar auf ein Buch über die Geschichte der Juden in Straßburg. »Seit wann interessiert sich ein Boche wie du für die Geschichte unserer Stadt?«, fragte Étienne mit einem spöttischen Grinsen unter seinem dürren Schnurrbart.

Der Begriff »Boche« wurde seit dem Krieg als herablassende Bezeichnung für Deutsche verwendet. Monsieur Leroc hatte Oskar einmal erzählt, das Wort komme wahrscheinlich von »alboche«, einer Zusammensetzung aus dem Präfix al-, einer Abkürzung für allemand »deutsch«, und boche, einem

Element des Worts caboche, was »Dickschädel« bedeutete. Die spielerische Beleidigung, er sei ein deutscher Dickschädel, überging Oskar geflissentlich, derlei war er von Étienne gewohnt. Er wusste aber auch, dass der junge Franzose, abgesehen von seinem Hass auf den Kaiser, ein musischer Mann war, der beispielsweise auch in einer studentischen Theatergruppe mitwirkte.

»Das Buch wäre etwas für eine Bekannte von mir«, erklärte er seinem Studienfreund, »das Thema betrifft sie direkt.«

»Dann ist sie selbst Jüdin?«, fragte der Franzose.

»Nein, inzwischen ist sie evangelisch«, stellte Oskar klar. »Aber ihr Vater ist noch praktizierender Jude. Ich werde ihr das Buch schenken. Entschuldige mich kurz, ich will es ihr rasch einwerfen, sie wohnt gleich drüben um die Ecke vom Münsterplatz.«

»Na, das muss ja eine ganz großartige Bekannte sein, wenn du es so eilig hast«, entgegnete Étienne spöttisch.

»Blödsinn!«, rief Oskar etwas zu hastig. »Sie ist die künftige Schwiegermutter meiner Schwester.«

»Dann mal los! Bei Schwiegermüttern macht man am besten immer gut Wetter«, riet sein Kommilitone. »Ich warte hier auf dich.«

Auf dem Weg zur Patisserie Goldschmidt fragte sich Oskar selbst, warum er es so eilig hatte, das Buch in den Briefkasten der Picards zu werfen. Dafür gab es nur eine Erklärung: Er spekulierte insgeheim darauf, Claire vor dem Gebäude anzutreffen. Aber auch wenn es höchst unwahrscheinlich war, dass sie sich ausgerechnet an einem Sonntagnachmittag vor ihrer Patisserie aufhalten würde, so war es doch ein schönes Gefühl, jener Welt nahe zu sein, in der diese faszinierende Frau lebte. Er hoffte wirklich, dass es mit der Ehe von Ida und Lucien noch klappen würde – natürlich den beiden zuliebe, aber auch weil er fand, Claire in der Familie zu haben wäre für alle ein großer Gewinn.

Er zuckte zusammen, als er beim Herannahen sah, wie eine Kutsche vor dem Picard-Gebäude zum Stehen kam. Während der Fahrer die Kabinentür öffnete, hielt Oskar den Atem an. Könnte es tatsächlich *sie* sein, die da just im rechten Augenblick ankam? Seine Wünsche wurden erhört: Luciens schöne Mutter entstieg dem Gefährt – und in ihrem waldgrünen Kleid, über dem sie einen eleganten braunen Mantel trug, sah sie schlichtweg atemberaubend aus.

Da bemerkte sie seinen Blick und erkannte ihn zunächst verblüfft, dann strahlend. »Ah, Herr Tritschler, was führt Sie hierher?«

Er näherte sich schüchtern und stellte verwundert fest, dass sein Herz hart gegen seine Brust hämmerte. Sein Kopf fühlte sich merkwürdig heiß an – er konnte nur hoffen, dass sie ihm seinen Zustand nicht anmerkte.

»Ich habe dieses Buch auf dem …«, begann er hastig, unterbrach sich dann aber. Nein, die Tatsache, dass er den Band vom Trödler hatte, war ihm nun doch zu peinlich vor einer Dame ihres Formats. »Also, ich habe es gekauft, weil ich dachte, es könnte Sie interessieren.«

Sie nahm das Buch mit einer erstaunt erhobenen Augenbraue entgegen, las den Umschlag und blätterte ein wenig darin.

»Das ist ja lieb«, kommentierte sie lächelnd. »Es ist in der Tat sehr interessant für mich – und auch für meinen Vater. Was möchten Sie dafür?«

»Natürlich nichts«, rief Oskar schnell. »Es ist ein Geschenk. Waren Sie verreist?«

»Nein, nein, nur ein kurzer Tagesausflug. Ich war mit meinem Vater bei meiner Schwägerin in Weghäusel.«

Plötzlich schien etwas in Oskars Rücken ihre Aufmerksamkeit zu erregen. Er drehte sich um und sah, wie auf der gegenüberliegenden Straßenseite eine junge Frau mit Kapuze vorbeihastete.

»Denise!«, rief Claire.

Die Dame zuckte wie ertappt zusammen und kam merklich unwillig heran. Es musste sich um Luciens Schwägerin handeln, dachte Oskar, seine Schwester und ihr Verlobter hatten den Namen öfter erwähnt.

»Wohin bist du denn unterwegs?«, erkundigte sich Luciens Mutter.

»Ich wollte noch zu einer Freundin«, behauptete Denise unbehaglich.

»Und wo ist Marcel?«, wunderte sich Claire.

Ehe die Jüngere antworten konnte, rief plötzlich noch jemand ihren Namen: »Denise!«

Ein junger Mann, etwa einen Kopf kleiner als Oskar, aber muskulös gebaut und elegant gekleidet, kam, einen verheult aussehenden Knaben auf dem Arm, auf sie zugestürmt. Wie unschwer zu übersehen war, war er außer sich vor Wut. Oskar mutmaßte, dass es sich um René, Luciens jüngeren Bruder, handelte.

»Was fällt dir ein, unseren Sohn in die Obhut eines Wachmannes und einer Tritschler zu geben?«, brüllte er seine Frau auf offener Straße an.

Die schien wie paralysiert und starrte ihn mit blankem Entsetzen im Gesicht an. Auch der Kleine war vollkommen eingeschüchtert, Tränen liefen ihm über das Gesichtchen, aber er machte keinen Mucks, sondern weinte ganz leise vor sich hin.

Oskar war erschüttert.

»Ich …«, stammelte Denise, wurde aber sofort von ihrem

Gatten unterbrochen: »Marcel wird jetzt in sein Zimmer gesperrt – und du auch! Fang endlich an, dich wie eine Mutter zu verhalten, verdammt!«

Er packte Denise grob mit seiner freien Hand am Arm und zerrte sie mit sich.

»René!«, rief seine Mutter empört, doch er fauchte sie nur an: »Halt du dich da raus, Maman!«

Als ihr wütender Sohn mit Frau und Kind im Picard-Haus verschwunden war, wandte Claire sich peinlich berührt an Oskar: »Es tut mir leid, dass Sie das mit ansehen mussten. Mein Jüngster ist leider bisweilen etwas … aufbrausend.«

Oskar nickte betreten, wusste nicht recht, was er darauf erwidern sollte. Aufbrausend schien ihm stark untertrieben zu sein. Schließlich sagte er: »Ich muss leider schon wieder gehen, mein Studienkollege wartet auf dem Trödelmarkt auf mich.«

Claire Picard gelang ein tapferes Lächeln, und sie deutete auf das Buch: »Vielen Dank dafür, Sie haben mir eine große Freude gemacht. Einen schönen Abend wünsche ich Ihnen.«

»Ihnen auch, au revoir«, sagte er mit einem angedeuteten Winken und machte sich auf den Rückweg zum Flohmarkt.

Plötzlich sprang ihn jemand von hinten an. Oskar, noch immer schockiert wegen der unerfreulichen Szene, deren Zeuge er soeben geworden war, keuchte erschrocken auf. Der Angreifer ließ von ihm ab, Oskar fuhr herum und starrte in das feixende Gesicht des Bäckers Kurt Teufel.

»Kurtle!«, rief er verstimmt. »Musst du mich so erschrecken?«

»Ach, hab dich nicht so«, meinte Kurt, ihn am Arm knuffend, und Oskar bereute es erstmals, ein solch kumpelhaftes Verhältnis zu dem einstigen Gesellen seines Vaters aufgebaut zu haben. Es fiel ihm schwer, sich in seine Rolle als Sohn des Chefs einzufinden und die Welt in Dienstboten und Herrschaften zu unterteilen. Seinem Vater ging es da nicht anders, zumal dieser ja, im Gegensatz zu Oskar, ganz unten angefangen hatte und selbst einmal ein einfacher Geselle gewesen war. Manchmal dachte Oskar, dass sein Vater sich wohl nie daran gewöhnen würde, nun dem Bürgertum anzugehören.

»Na, was hast du denn mit der Picard zu schaffen?«, begehrte Kurt zu wissen.

»Ich habe ihr bloß ein Buch über das Judentum in Straßburg gebracht«, antwortete Oskar unwillig.

»Ach, stimmt, sie war ja mal jüdisch«, meinte Kurt.

Oskar sah ihn misstrauisch an. »Woher weißt du das denn?«

Kurt errötete. »Das hab ich mal gehört«, murmelte er, nun wesentlich kleinlauter.

»Es gab gerade eine unangenehme Szene«, erzählte Oskar. »Der jüngere Sohn hat vor dem Laden seine Frau angeschrien. Er will sie und seinen Sohn einsperren, angeblich kümmert sich Denise Picard nicht genug um den Kleinen.«

»Einsperren?«, rief Kurt entsetzt. »Was für ein Ungeheuer dieser Dreckskerl ist!«

»Man könnte meinen, du kennst ihn«, sagte Oskar. Dann wechselte er zu einem etwas leichteren Thema: »Was hast du denn so den ganzen Tag gemacht?«

»Ich war …«, begann der junge Bäcker zögerlich, »etwas außerhalb der Stadt im Grünen.«

»Ohne dein geliebtes Velo?«, vergewisserte sich Idas Bruder erstaunt. Selbst gebrauchte Fahrräder waren teuer, und seit Franz Tritschler seinem jungen Bäcker eines zur Verfügung gestellt hatte, war der Drahtesel der ganze Stolz des jungen Mannes.

»Ja, diesmal zu Fuß«, nuschelte Kurt, und Oskar konnte sich des Eindrucks nicht erwehren, dass der junge Bäcker ihm etwas verschwieg.

Den ganzen Montag über hatte Ida immer wieder nervös auf die Uhr gesehen, die im Verkaufsraum der Patisserie Tritschler hing.

Ihrer Mutter Elise war dies nicht entgangen. »Na, kommt er heute endlich zurück?«, fragte sie schließlich schmunzelnd.

Ida nickte verlegen. »Ja, wir treffen uns gleich nach Ladenschluss im Münster. Ich muss ihm so viel erzählen.«

»Dann mach doch jetzt schon Feierabend!«, bot Elise an. »Bestimmt wartet dein Lucien auch schon früher dort.«

»Danke, Maman, du bist ein Schatz«, jubelte Ida. Sie fiel ihrer Mutter um den Hals und zog dann ihre Schürze aus. »Ich gehe mich rasch umziehen.«

»Muss Liebe schön sein«, kommentierte Oskar, der gerade den Raum betrat, um sich eine Brezel zu stibitzen.

Ein Bote kam in die Konditorei: »Ein Telegramm für Kurt Teufel!«

»Kurtle?«, rief die Mutter fragend in Richtung Backstube.

Der Rotschopf trat kurz darauf mit seinem Chef in den Laden hinaus.

»Ja?«

»Da ist eine Depesche für dich«, wies Elise zum Boten.

»Für mich?«, wunderte sich Kurt, und auch sein Vorgesetzter blickte erstaunt.

Der Jungbäcker überflog das Telegramm, und sein Gesichtsausdruck verdunkelte sich augenblicklich.

»Schlimme Nachrichten?«, fragte Oskar.

Doch Kurt schien zu durcheinander, um die Frage überhaupt wahrzunehmen. Er wandte sich mit belegter Stimme an Franz: »Ob ich heute wohl mal früher gehen dürfte, Meister?«

Der zuckte die Schultern. Um so etwas hatte Kurt noch nie gebeten. »Na, von mir aus«, sagte er jovial.

Kurt bedankte sich, hängte Mütze und Bäckerkittel in den

Schrank und stürzte, stellenweise immer noch voller Mehl, auf die Straße hinaus.

Oskar beschloss, ihm nachzugehen. Teils aus Neugierde, teils aus aufrichtiger Sorge.

»Ich mach mich dann auch mal auf den Weg«, verkündete er, verließ seinerseits den Laden und eilte dem Bäcker nach. Er wollte gerade zu ihm aufschließen, da stellte er verwundert fest, dass Kurtle direkt auf die Patisserie Goldschmidt zusteuerte. Oskar beschloss, ihm zunächst heimlich zu folgen. Kurt verschwand im Hausgang des Picard-Gebäudes, doch als sein Verfolger dort ankam, war der junge Bäcker spurlos verschwunden. Verwundert kratzte sich Oskar am Kopf. Hatte jemand Kurt in das Treppenhaus gelassen?

Ausgerechnet in diesem Moment kamen zwei Männer aus dem Eingang der Patisserie: René und Jacques Picard! Sie setzten sich an einen der freien Tische vor ihrem eigenen Café. Einem Impuls folgend versteckte sich Oskar hinter einer Säule der dem Haus gegenüberliegenden Arkade.

»Und dann legen wir das Geld gewinnbringend an«, sagte René eben zu seinem Vater. Oskar lauschte dem weiteren Gespräch, dicht an die Häuserwand gepresst. In diesem Moment kam Lucien mit einem kleinen Koffer herangeeilt, offenbar aus Richtung Bahnhof.

»Ah, der Herr Biologe, auch mal wieder im Lande?«, begrüßte René ihn spöttisch.

»Hier, bring den mal nach oben, René«, entgegnete Lucien statt einer Antwort und stellte seinen Koffer vor seinem jüngeren Bruder ab.

»Ich muss gleich wieder los, habe noch ein Rendezvous.«

»Na, das ist doch die Höhe! Ich bin doch nicht dein …«, setzte René empört an, doch Lucien hörte ihn schon nicht mehr. Er war bereits davongestürmt.

Oskar wollte gerade die Gelegenheit nutzen, aus seinem Versteck zu verschwinden, als eine rothaarige junge Frau aus ebenjener Richtung herbeieilte, aus der zuvor Lucien gekommen war. Sie schien es sehr eilig zu haben und hastete nun ihrerseits zum Münster weiter.

René schien die Dame zu erkennen. »Sieh an, die Berger«, sagte er grinsend. »Luciens Rendezvous.«

»Aber warum macht der Junge es denn so geheimnisvoll?«, wunderte sich Jacques Picard. »Er hätte uns doch ruhig sagen können, dass er sich mit der zauberhaften Natalie trifft.«

Natalie? Nun sah auch Oskar der Rothaarigen nach. Das war sie also, die »andere« Frau, von der Claire Picard ihm erzählt hatte. Die, mit der sich Lucien nun angeblich traf. Aber er hatte doch versichert, dass nichts zwischen ihm und dieser Natalie war.

»Entschuldige mich kurz, Papa«, bat René und erhob sich von seinem Stuhl. »Ich will mit Natalie sprechen. Die Tritschler-Tochter und unser Wachmann Fouché waren mit meinem Sohn unterwegs – angeblich, weil sich Denise mit Natalie getroffen hat. Aber die hatte ich vorher allein rumlaufen sehen. Vielleicht kann sie mir verraten, was Denise dann in Wirklichkeit getrieben hat.«

Mit diesen Worten eilte er in die Richtung, in der erst Lucien und dann Natalie verschwunden waren. Oskar nutzte die Ablenkung der Picards, um endlich sein Versteck zu verlassen. Wohin Kurt Teufel verschwunden war, wusste er nun allerdings noch immer nicht.

Kaum hatte Ida die Kathedrale betreten, da erblickte sie an der Treppe vorm Altar ihren Verlobten. Strahlend breitete Lucien die Arme aus, in die sie sich glücklich fallen ließ.

»Schatz, endlich!«, flüsterte er, und sie küssten sich zärtlich.

»Wie war es denn mit diesem berühmten Biologen? Wie hieß er noch? Faber?«, erkundigte sich Ida.

»Fabre. Es war sehr spannend. Ich kenne niemanden, der mehr über Insekten weiß als der alte Knabe. Ich habe seine Bücher schon als Kind verschlungen, sie sind so wunderbar lebendig geschrieben. Er ist schon neunundsechzig und trägt immer einen schwarzen Hut. Ich habe aber wohl auch ein bisschen Eindruck auf ihn gemacht, er hat mir nämlich am Ende angeboten, ihn auf eine viermonatige Forschungsreise zu begleiten. Ins südwestliche Zentralmassiv.«

Ida sah ihn erschrocken an. Sie wusste, dass dieser Teil Frankreichs fast tausend Kilometer von Straßburg entfernt war.

»Keine Angst, ich halte es ja nicht mal ein Wochenende ohne dich aus«, beruhigte er seine Verlobte lächelnd.

»Oh, Lucien, es ist so viel passiert.«

Sie wollte gerade beginnen, von den Problemen mit René und Marcel zu erzählen, da ertönte eine Frauenstimme so scharf und laut, dass sie im Gotteshaus widerhallte: »Lucien!«

Natalie ging auf das Paar zu, das eng umschlungen an der Treppe zum Altar stand, und blieb mit zornerfülltem Blick vor ihnen stehen.

Ihre Lippen bebten vor Wut. »Du siehst die Tritschler also doch noch?«

»Natürlich, das wird sich auch nicht ändern, ich liebe sie«, sagte Lucien, und dies auszusprechen fühlte sich für ihn an wie ein Befreiungsschlag.

»Und warum warst du dann mit mir essen?«, fauchte Natalie. »Hast mich deiner Familie vorgestellt? Das ist böse und gemein!«

»Weißt du, was ich böse und gemein finde?«, entgegnete er und konnte seine Wut nicht mehr im Zaum halten.

»Lucien, nicht!«, protestierte Ida leise, doch er war nicht mehr zu bremsen und beendete seinen Satz: »Böse und gemein ist es, Denise zu erpressen.«

Die Rothaarige lachte spöttisch auf. »Hat sie das behauptet?«

»Spar dir weitere Lügen!«, rief Lucien gereizt. »Wir wissen, dass sie ihr Kind verloren hat und du sie damals überredet hast, uns Marcel als ihr eigenes unterzujubeln. Aber dass der Kleine bei uns eine gute Zukunft bekam, war dir nicht genug. Du hast Denise gezwungen, ihren Verlobungsring als gestohlen zu deklarieren – damit du ihn verkaufen kannst.«

»Und das hat Ihnen immer noch nicht gereicht«, ließ Ida nun ihre Zurückhaltung fallen. Zwar war ihr ausgeklügelter Plan dahin, aber das ließ sich jetzt ja ohnehin nicht mehr ändern. »Aus lauter Gier haben Sie Denise gezwungen, ihre eigene Familie zu bestehlen.«

Natalies Gesicht wurde zur hasserfüllten Fratze. »Sie hat alles weitererzählt? Dann werde ich ihren Herrn Gatten mal darüber aufklären, dass sie ihm statt dem heiß ersehnten Thronfolger ein Kuckucksei ins Nest gelegt hat.«

»Wir werden nicht zulassen, dass du das Leben des kleinen Marcel ruinierst«, erklärte Lucien zornig. »Inzwischen hast du dich öffentlich mit mir gezeigt. Wolltest mir weismachen, du seist unberührt. Wenn du jetzt plötzlich behauptest, dass du Marcels Mutter bist, wird jeder denken, du willst nur Geld herausschlagen, weil es zwischen dir und mir nicht lief wie erhofft. Keiner in der Familie wird dir glauben.«

»Doch, ich«, ertönte plötzlich eine Stimme rechts von ihnen. Ein junger Herr im feinen Anzug trat hinter der Wendeltreppe zur Kanzel hervor.

»René!«, erkannte Lucien bestürzt.

Wie viel mochte er von ihrem Disput mit Natalie mitbekommen haben? So fassungslos vor Zorn, wie er die drei ansah – offenbar alles! Zu Idas Entsetzen hatte er sogar Tränen in den Augen. Erfahren zu müssen, dass sein vermeintlicher Sohn gar nicht von ihm war, das warf Renés Leben gewiss völlig durcheinander.

»Ich bringe sie um«, stieß er schließlich hervor und stürmte aus dem Münster.

»Hoffentlich hat er Erfolg«, giftete Natalie.

Doch Ida und Lucien beachteten sie gar nicht – sie wechselten nur einen entsetzten Blick. Denise schwebte nun vielleicht wirklich in Lebensgefahr! Und was sollte aus dem kleinen Marcel werden?

»Wir müssen hinterher«, rief Ida aufgelöst. »Sonst passiert ein schlimmes Unglück.«

30

Außer Atem standen Ida und Lucien wenig später vor der Wohnung der Picards im ersten Stock des Patisserie-Gebäudes. Die Tür war angelehnt, offenbar hatte René in seinem Zorn vergessen, sie zu schließen.

Ida zögerte, ihrem Verlobten in Innere zu folgen.

»Ist das wirklich klug, wenn ich mit reingehe?«, flüsterte sie. »Ich möchte ihn nicht noch mehr provozieren.«

»Ich brauche vielleicht eine Zeugin«, meinte Lucien, und so betraten sie die Wohnung gemeinsam. Sekunden später flog die Tür zur Kinderstube auf, und René schoss fluchend heraus. »Sie ist nicht da, das verdammte Miststück ist abgehauen!«, tobte er und stürzte in das Schlafzimmer, das er sich mit Denise geteilt hatte. Seinen Bruder und dessen Verlobte ignorierte er in seiner Raserei. Ida nutzte die Gelegenheit, ins Kinderzimmer zu huschen, um nach Marcel zu sehen. Wie befürchtet, kauerte er völlig verängstigt und mit rot geweintem Gesichtchen hinter seinem Bett. Ida eilte zu ihm, und er floh augenblicklich Schutz suchend in ihre Arme.

Draußen kam René inzwischen wieder aus seinem Schlafzimmer gestürmt.

»Madame Rolland«, brüllte er, und die dürre Köchin kam eingeschüchtert aus der Küche.

»Ja, gnädiger Herr?«

»Wer von Ihnen hat meiner Frau mit dem Gepäck geholfen?«

Sie stammelte: »Kei… keiner von uns, wir …«

»Es fehlen zwei große Koffer«, fiel ihr René ins Wort, »die hat sie nie im Leben allein tragen können. Und wer hat ihr überhaupt das Zimmer aufgeschlossen?«

»Schrei nicht so herum, verdammt!«, hörte Ida vom Kinderzimmer aus ihren Verlobten eingreifen. Sie wandte sich flüsternd an den Knaben, der immer noch Hilfe suchend die Ärmchen um sie schlang: »Marcel, weißt du, wie Denise hier herausgekommen ist?«

»Ein Mann hat die Tür aufgemacht«, wisperte der Kleine nun zu ihrem Erstaunen. »Und er hat gesagt, es muss schnell gehen. Mit den Kleidern und Koffern und so. Denise hat gesagt, sie verreist.«

»Wie sah denn der Mann aus?«, erkundigte sich Ida.

»Er hatte eine Hose an. Die war braun«, berichtete der Kleine, dann zeigte er mit seiner rechten Hand: »Und er war so groß.«

Trotz der schlimmen Situation musste Ida über diese Beschreibung schmunzeln. Durch den Türspalt wurde sie nun Zeugin von etwas Unerwartetem: René ließ sich auf den Rokokostuhl beim Garderobenspiegel fallen und vergrub die Hände im Gesicht. Ida war bestürzt, als sie glaubte, ihn nun schluchzen zu hören. Marcel hatte das Weinen seines Vaters wohl ebenfalls bemerkt, denn er löste seine Arme von Idas Hals und stapfte in Richtung Tür.

»Marcel, nicht!«, flüsterte Ida noch voller Angst, den Kleinen wieder in die Schusslinie des jähzornigen Mannes zu lassen. Doch der Junge war schon auf den Flur hinausgetreten und streichelte zaghaft die Hand des Mannes, von dem er glaubte, dass er sein Vater sei. »Papa, nicht weinen!«

René zuckte bei der Berührung zusammen und wich so abrupt angewidert zur Seite, dass der Knabe erschrocken zurücktaumelte.

»Fass mich nicht an! Fass mich nie wieder an!«, knurrte er.

Marcel blieb nun vollends verstört und wie gelähmt einen Schritt von seinem vermeintlichen Vater entfernt stehen. Lucien nahm das Kind behutsam auf den Arm, da wandte sich sein Bruder mit roten Augen und unangenehm laut an ihn: »Lucien, sorg dafür, dass der kleine Bastard aus unserem Haus verschwindet! Sonst garantiere ich für nichts.«

Der Ältere sah ihn vorwurfsvoll an. »Aber du kannst doch nicht einfach …«

»Ich werfe ihn sonst eigenhändig aus dem Fenster, das schwöre ich dir«, unterbrach ihn René drohend.

Ida stöhnte entsetzt auf und spürte nun ihrerseits Zorn in sich aufsteigen. Wie konnte man so eine ungeheuerliche Drohung einem hilflosen Kind gegenüber aussprechen?

Lucien schüttelte resigniert den Kopf, ging mit Marcel zu seiner Verlobten ins Kinderzimmer und schloss leise die Tür hinter ihnen.

Ida eilte ihnen entgegen und streichelte dem schockierten Knaben mitleidsvoll die Wange. Was mochte in dem armen Kind vorgehen? Der vermeintliche Vater drohte ihm plötzlich, es aus dem Fenster zu werfen, die angebliche Mutter war von jeher auf Abstand gegangen …

»Ich hab dich so lieb, Marcel«, brachte sie verzweifelt und mit versagender Stimme hervor.

»Was machen wir jetzt bloß?«, wandte sich Lucien hilflos an seine Verlobte.

Idas Gedanken rasten. Was würde dem Kleinen jetzt am meisten helfen?

»Wie wäre es, wenn wir erst mal nach Weghäusel fahren?«, fiel ihr schließlich ein.

»Gute Idee!«, meinte Lucien. »Vielleicht ist Denise ja ebenfalls dorthin geflohen.«

Ida wandte sich an seinen Neffen: »Marcel, hast du Lust, mit mir und Lucien deine Uroma Bernadette und Marie zu besuchen?«

»Kann der Astro mitkommen?«, bat das Kind mit brüchigem Stimmchen.

»Ja, den können wir gern mitnehmen«, stimmte sie sofort zu.

Sie war heilfroh, Marcel wenigstens eine kleine Freude machen zu können. Vielleicht würde der Ausflug den Jungen ein bisschen von seinem schlimmen Kummer ablenken.

Als Ida wenig später die Wohnung im ersten Stock der Patisserie Tritschler betrat, um Astro abzuholen, vernahm sie die Stimme ihres Vaters aus der angelehnten Wohnzimmertür: »Und du bist dir ganz sicher?«

»Ja, Meister«, hörte sie nun Kurtle sagen. »So schön es hier in Straßburg auch ist …«

Ida schob sich durch den Türspalt und betrat den Salon.

»Idale, stell dir vor, unser Kurtle will uns verlassen«, rief ihr Vater ihr entgegen. »Der will am 1. Juli nach Stuttgart zurück.«

»Was?«, entfuhr es Ida. »Gefällt es dir nicht mehr bei uns?«

»Doch, natürlich. Aber ich …«, stammelte Kurt und suchte hilflos nach den passenden Worten.

»Jetzt sag's ihr schon, Kurt!«, forderte Franz den jungen Bäcker auf, übernahm es dann aber doch selbst: »Der hat ein Liebchen in Stuttgart. Und er sehnt sich nach ihr.«

»Ach so?«, wunderte sich Ida. Es verletzte sie ein wenig,

dass er ihr davon nichts erzählt hatte. Und irgendwie beschlich sie auch das Gefühl, das etwas anderes dahintersteckte. Denn wo sollte die Herzensdame auf einmal herkommen? Schließlich war Kurt in letzter Zeit nicht in Stuttgart gewesen, und wenn er sie schon vor dem Umzug gehabt hätte, dann hätte er seine schwäbische Heimat doch gar nicht erst verlassen. Obendrein war er bis vor Kurzem noch unübersehbar in sie verliebt gewesen. Sosehr sie sich für ihn freute, dass er dies offenbar überwunden hatte, so verletzt war sie andererseits, weil er sich ihr nicht anvertraut hatte. Aber konnte sie es ihm verübeln? In letzter Zeit hatte sie ihn öfters als Leibwächter missbraucht, ohne ihn in die Dinge einzuweihen, die er dadurch mitbekommen hatte. War es da ein Wunder, dass er seinerseits Persönliches verschwieg? In jedem Fall gönnte sie ihm sein Glück.

»Natürlich kannst du bei uns im Stuttgarter Haus wohnen – aber statt einer Dachkammer bekommt ihr zwei, du und dein Liebchen«, erklärte der Vater gewohnt generös. »Wer weiß, wann es Nachwuchs gibt.«

Bei diesen Worten errötete der junge Bäcker noch mehr.

»Mein Vater ist wieder in Stuttgart. Ich werde ihm telegrafieren und alles mit ihm klären«, fügte Franz hinzu.

»Das freut mich für dich Kurtle, wirklich«, versicherte Ida.

Ihm mochte kein Lächeln gelingen, es schien, als sei ihm sein Umzugsplan und die Tatsache, dass er ein Liebchen hatte, peinlich. Hatte er das Gefühl, er lasse sie im Stich? »Danke, Fräulein Ida«, sagte er leise.

Ida beschloss, noch einmal mit ihm zu sprechen, wenn ihr Vater nicht dabei war. Doch nun musste sie erst mal Astro holen und mit Lucien und dem armen Marcel schnellstmöglich nach Weghäusel fahren.

Ida und Lucien saßen mit Marie und Bernadette Picard in der Wohnstube des Forsthauses, wo sie ihnen die dramatischen Vorfälle der letzten Stunden erzählt hatten – mit gedämpften Stimmen, da Marcel mit Astro vor dem Kachelofen spielte. Ida staunte, wie schnell der Kleine sich hier von dem Schrecken erholt zu haben schien. Doch er war auf der Fahrt von ihr und Lucien auch mit Zuneigung und Liebeserklärungen regelrecht überschüttet worden, und nach ihrer Ankunft hatte ihm seine Urgroßmutter eine Tasse Kakao und ein Stück Kuchen verabreicht.

»Man kann Denise fast verstehen«, resümierte Luciens Großmutter betreten. »René war ja ohnehin schon kurz davor, sie zu verlassen, als sie nicht schwanger wurde.«

Ihre Tochter Marie nickte. »Wenn sie das Kind verloren hätte, wäre sie wirklich arm dran gewesen – und ihre lungenkranke Mutter auch.«

»Eigentlich hatte ich gehofft, Denise sei hierhergeflohen«, offenbarte Lucien. »Können wir den Kleinen vorerst bei euch lassen?«

»Natürlich«, antwortete Bernadette sogleich. »Wir werden lieb zu ihm sein und ihn nach Strich und Faden verwöhnen.«

Lucien drückte dankbar ihre Hand. »Das weiß ich. Es gibt keinen Ort, an dem er es besser haben könnte als hier bei euch.«

»Ich werde Mademoiselle Girod kontaktieren«, meinte Marie. »Sie ist eine wichtige Bezugsperson für Marcel. René wird ihr gewiss sowieso kündigen, dann wohnt sie eben auch hier bei uns.«

»Das ist eine wunderbare Idee«, fand Ida.

Lucien wollte weiter an das Gute in seinem Bruder glauben. »Ich gebe die Hoffnung nicht auf, dass René Marcel doch noch als sein Kind annimmt, wenn sich der anfängliche Zorn erst einmal gelegt hat.«

Ida wusste nicht, ob sie darauf wirklich hoffen wollte. »Ich werde dem Kleinen meinen Kater hierlassen, wenn ihr es erlaubt«, schlug sie vor und sah zu den friedlich Spielenden hinüber. »Das tut ihm bestimmt gut.«

»Wie schön, das wird er lieben«, freute sich die Großmutter, und Marie ergänzte schmunzelnd: »Und du hast eine Ausrede, so oft wie möglich hier vorbeizukommen, wenn Astro hier ist.«

Ida stand auf und ging zum Kachelofen, wo sie bei dem Knaben und dem Katerchen niederkniete.

»Marcel, du siehst ja, dass es Astro hier auf dem Land viel besser geht als in der Stadtwohnung«, begann sie vorsichtig. »Würdest du auf ihn aufpassen, solange ich in der Bäckerei arbeiten muss? So ein richtig guter Kuschelpapa für ihn sein – traust du dir das zu?«

Der Kleine beruhigte sie: »Das kann ich gut, du musst dir keine Sorgen machen.«

Ida umarmte ihn rasch, damit er ihre Tränen nicht sah.

Während der Rückfahrt saß sie bei Lucien auf dem Kutschbock, die Fahrt verging größtenteils in einvernehmlichem Schweigen. Beide waren wegen der zurückliegenden Ereignisse müde und erschöpft und hingen ihren Gedanken nach.

Als Lucien die Kutsche der Picards vor der Patisserie angehalten hatte, wandte er sich verlegen lächelnd an seine Verlobte: »Es wird nicht einfacher mit mir, was?«

»Wirklich schwer wäre es nur ohne dich«, widersprach sie.

»Sollen wir morgen Abend nach deiner Arbeit nach Waghäusel rausfahren?«, schlug er vor.

»Das wäre schön!« Ida küsste ihn sanft auf die Wange und sprang von der Kutsche.

Am Montagmorgen saß Ida mit Oskar und ihrem Vater beim Frühstück. Ihre Mutter Elise war bereits mit Hélène im Verkaufsraum zugange, dafür hatte Franz wegen des bevorstehenden Abschieds seinen Jungbäcker Kurt Teufel mit an den Tisch gebeten – und der zeigte einen ausgezeichneten Appetit.

»Die alte Madame Martinet und die Bäckerinnung veranstalten einen Backkwettbewerb«, verkündete Idas Vater gut gelaunt. »Übernächsten Samstag sollen alle Konditoren, die mögen, im Kammerzellhüs ihre Torte einer Jury präsentieren.«

»Zum Glück bin ich noch da, um zu helfen«, entgegnete Kurt.

»Ja, wir werden dem Picard ein für alle Mal zeigen, wer der bessere Patissier ist«, meinte Franz.

Ida verdrehte die Augen. Nicht schon wieder diese alte Fehde!

Zum Glück wechselten die Männer bald das Thema und sprachen davon, wie laut Großvater Albert die Geschäfte im Stuttgarter Stammhaus und den dortigen Filialen liefen. Und wie schön es war, dass ihn Großmutter Rickele dorthin begleitet hatte. Ida bemerkte, dass Kurt, als er sich unbeobachtet wähnte, ein belegtes Brötchen und ein hart gekochtes Ei in seine Serviette wickelte. Verwundert hob sie die Brauen, sagte aber nichts. Ihr vages Gefühl, dass mit Kurtle etwas ganz und gar nicht stimmte und hinter seinem Abschied etwas anderes steckte als »nur« ein Liebchen in Stuttgart, verstärkte sich. Als der Vater das Frühstück für beendet erklärte und Kurt zur Planung des Wettbewerbsbeitrags in sein Arbeitszimmer bat, sah Ida, wie Kurt bemüht unauffällig Brötchen und Ei in seiner Jackentasche verschwinden ließ.

Kaum waren er und Franz aus dem Raum, wandte sich

Oskar flüsternd an seine Schwester: »Sag mal, ist dir auch aufgefallen, dass Kurtle Essen stibitzt hat?«

»Ja, seltsam. Er kann doch jederzeit in die Küche gehen, wenn er Hunger hat«, wunderte sich Ida.

»Gestern beim Abendessen habe ich auch schon gesehen, wie er sich ein Stück Kuchen in die Jacke gesteckt hat«, berichtete Oskar.

Da fiel es Ida wie Schuppen von den Augen. »Ich habe einen Verdacht«, flüsterte sie ihrem Bruder zu. »Ich würde zu gern mal in sein Zimmer sehen.«

»Na, dann tun wir das eben«, meinte Oskar.

»Das schickt sich doch nicht«, gab Ida zu bedenken.

»Ach, wenn er uns erwischt, sage ich einfach, ich wollte zu Leroc, sei aber zu tollpatschig gewesen«, winkte ihr Bruder grinsend ab. »Mir glaubt man das sofort.«

Kurz darauf stand das Geschwisterpaar vor dem Zimmer des Bäckers im Dachgeschoss des Hauses, und Ida klopfte vorsichtig an. Keine Antwort. Das war auch nicht zu erwarten gewesen, da Kurt ja mit dem Vater den Beitrag zum Kuchenwettbewerb besprechen sollte. Der Dienerschaft war es nicht gestattet, ihre Kammern abzuschließen, daher konnte Oskar die Tür einfach öffnen. Als sie in das Zimmer sahen, bemerkte Ida einen Schatten hinter der Tür. Da sie damit gerechnet hatte und auch ahnte, zu wem er gehörte, hatte sie keine Angst. Sie ging um die Tür herum und starrte der Person, die dort an die Wand gepresst stand, ins Gesicht.

31

Denise!«

Nun reimte sich auch Oskar die Fakten zusammen, die Ida bereits erahnt hatte. »Luciens Schwägerin! Sie sind Kurtles heimliches Liebchen! Mit Ihnen war er an seinen freien Tagen unterwegs.«

Denise nickte betreten. »Wir waren einander vom ersten Augenblick an gewogen.«

»Dann hat *er* dich aus dem Zimmer befreit und dir mit den Koffern geholfen?«, mutmaßte Ida.

»Ich habe Madame Rolland anflehen müssen, mein Telegramm an ihn abzuschicken und ihn dann in die Wohnung zu lassen«, gab Denise kleinlaut zu.

»Aber was hast du denn jetzt vor? Willst du Kurtle wirklich da mit hereinziehen? Du bist ja noch verheiratet – wenn René davon erfährt …«, erwiderte Ida zutiefst besorgt.

»Sie zieht mich in nichts hinein«, ertönte da eine Stimme hinter ihnen.

Ida und Oskar fuhren erschrocken herum und sahen in das ungewohnt entschlossene Gesicht von Kurt Teufel. »Es war meine Idee, Denise in Stuttgart in Sicherheit zu bringen.«

Und mit neuem Selbstbewusstsein, das Ida verblüffte, fügte

er hinzu: »Ich liebe sie und werde nicht zulassen, dass dieser Mann noch einmal auch nur in ihre Nähe kommt.«

Ein zärtliches Lächeln erhellte Denises Gesicht. Zaghaft schob sie sich an Ida vorbei und nahm Kurts Hand.

»Er hat sogar dafür gesorgt, dass wir meine kranke Mutter mit nach Stuttgart nehmen können«, berichtete sie bewegt.

»Aber was wird dann aus Marcel?«, rief Ida. »Ihr könnt den Jungen doch nicht von allem fortreißen, was er liebt!«

»Natürlich nicht. Zu mir hat der Kleine ja auch gar keinen Bezug. Und ich weiß, das ist meine Schuld«, gab Denise zu. »Aber er ist so unfassbar klug. Er hat sich seine Eltern doch längst selbst ausgesucht.«

Mit diesen Worten sah Luciens Schwägerin seiner Verlobten flehend in die Augen.

»Aber … aber wie soll das gehen?«, stammelte Ida, der angesichts der vielen neuen Entwicklungen der Kopf schwirrte.

»Wenn ihr endlich heiratet, könntet ihr ihn offiziell adoptieren«, erinnerte Denise sie. »Es gibt keine besseren Eltern für den Kleinen. Wenn du auf dein Herz hörst, weißt du, dass auch du genau das willst. Und Lucien sowieso.«

»Eine Adoption …«, murmelte Ida, und Denise nickte eifrig. »Laut Geburtsurkunde sind weiterhin René und ich die Eltern. Ich werde schriftlich zustimmen. Und Lucien schafft es bestimmt, seinen Bruder zu überzeugen, das ebenfalls zu tun – wenn der sich erst einmal ein wenig beruhigt hat.«

Ida versuchte, all die neuen Enthüllungen zu verarbeiten. Sie und ihr Verlobter als Eltern?

»Ich muss mit Lucien sprechen. Sofort!«

Je näher sie der Patisserie Goldschmidt kam, desto besser gefiel Ida der Gedanke, gemeinsam mit Lucien den kleinen Marcel zu adoptieren. Sie ging schnurstracks in die Verkaufsräume, ihre Wut auf den Bruder ihres Verlobten hatte ihre Angst, das Gebäude zu betreten, verdrängt. Wie konnte man ein Kind nur so ängstigen!

»Ich möchte Herrn Lucien Picard sprechen«, wandte sie sich mit selbstbewusster Stimme an die ihr unbekannte Bedienung hinter dem Tresen.

Die junge Frau sah sie pikiert an und entgegnete gestelzt: »Er ist nicht mehr zugegen, und sein Aufenthaltsort ist mir nicht bekannt.«

Doch Ida hatte Glück: Hinter ihr war Bertrand Strohmeier, Bäckermeister der Picards und Freund ihres Vaters, aufgetaucht.

»Guten Morgen, Ida«, sagte er merklich erfreut über ihren Anblick. »Ich kann dir sagen, wo Lucien ist. Herr Fouché hat sich heute verabschiedet. Er beginnt seine neue Arbeit schon früher. Lucien begleitet ihn, er will sich Fouchés Bibliothek anschauen. Wenn du dich beeilst, erwischst du die beiden vielleicht noch, sie sind gerade erst los.«

Das ließ sich Ida nicht zweimal sagen. Sie bedankte sich hastig, rauschte hinaus und eilte in Richtung Universität.

Ein wenig außer Atem kam sie schließlich im Universitätsgarten an – und da waren sie: Lucien und Max standen neben einer kleinen Büste und waren in ein angeregtes Gespräch vertieft. Ida freute sich über den Anblick. Freundschaft kannte keinen Altersunterschied.

Der Ältere bemerkte Ida zuerst und machte Lucien lächelnd auf sie aufmerksam. Der strahlte bei ihrem Anblick und küsste sie zur Begrüßung.

»Ma chère, was für eine schöne Überraschung!«, sagte er. »Max zeigt mir gerade seine neue Wirkungsstätte.«

»Guten Morgen, Max«, grüßte Ida und deutete dann auf die kleine Büste neben dem angehenden Bibliothekar.

»Das ist ja Goethe«, stellte sie erstaunt fest.

»Ja«, bestätigte Max Fouché. »Die haben sie vor sechs Jahren hier aufgestellt.«

»Auf dem Münsterturm hat er sich ja auch verewigt«, erinnerte sich Ida an ihren gemeinsamen ersten Ausflug mit Lucien.

»Das war vor gut hundertzwanzig Jahren und Goethe seinerzeit noch ein junger Kerl«, berichtete Max. »Damals hat er ein Semester lang in unserer schönen Stadt studiert.«

»Er soll hier unter anderem sogar seinen Faust geplant haben«, ergänzte Lucien. »Und außerdem setzt er Straßburg auch in seinem autobiografischen Werk *Dichtung und Wahrheit* ein Denkmal. Ich finde es beeindruckend, dass er auch ein ganzheitlicher Naturforscher war.«

Ida dachte an ihr Lieblingsgedicht aus Goethes Feder und zitierte spontan:

»Der Liebende wird nicht irre gehn,
Wär's um ihn her auch noch so trübe.
Sollten Leila und Medschnun auferstehn,
Von mir erführen sie den Weg der Liebe.
Ists möglich, daß ich, Liebchen, dich kose,
Vernehme der göttlichen Stimme Schall!
Unmöglich scheint immer die Rose,
Unbegreiflich die Nachtigall.«

Aus Luciens gerührtem Gesichtsausdruck schloss Ida, dass auch er das Gedicht auf ihre eigene Situation bezog. Eigentlich wäre jetzt ein guter Zeitpunkt gewesen, ihm von Denises Idee mit der baldigen Hochzeit und Adoption zu erzählen, doch sie wollte Max nicht um seine Führung bringen – er schien so stolz, alles zeigen zu können. So beschloss sie, die beiden zunächst zu begleiten und Lucien später unter vier Augen von ihrem Plan zu berichten.

»Die Neugründung der Universität sollte damals ein Neuanfang sein«, sagte Maximilien, während sie durch die Gänge zu »seiner« Bibliothek gingen. »Die meisten Elsässer, vor allem die Bildungselite, wollten mit der neuen Obrigkeit aber nichts zu tun haben. Die meisten französischen Professoren gingen an die Universität in Nancy.«

»Stimmt, das hat mir mein Professor erzählt, dass die französische Regierung Nancy zu einer Art Straßburger Exil-Universität gemacht hat«, erinnerte sich Lucien.

»Und ich wäre beinahe mitgegangen«, erzählte Max. »All die getöteten Zivilisten, furchtbar ... Wie barbarisch Menschen sein können, zeigt sich auch, wenn sie sich gegenseitig ihr kulturelles Erbe zerstören. Straßburg war ja die Stadt des Buchdrucks«, erzählte der Bibliothekar gepresst. »Während meines eigenen Studiums habe ich oft die Bibliothek in der ehemaligen Dominikanerkirche besucht, da gab es unglaubliche Schätze. Unter anderem die erste Handschrift, die je eine Frau geschrieben hat. Der *Hortus Deliciarum* von der Äbtissin Herrad von Landsberg. Eine Enzyklopädie über das Wissen der Klosterfrauen, über siebenhundert Jahre alt; sie umfasste mehr als dreihundert Pergamentblätter und war mit wunderschönen Miniaturen verziert. Und dann wurde das Gebäude bei der preußischen Bombardierung getroffen. Es ist alles verbrannt. Alles. Die größte und älteste humanistische Bibliothek Europas lag in Schutt und Asche. Der Anblick der verkohlten Ruine hat mir das Herz gebrochen.«

Inzwischen waren sie in Maximiliens neuer Wirkungsstätte angekommen. Es gab eine beeindruckende Sammlung von Büchern, die Regale reichten bis zur hohen Decke. Ida und ihr Verlobter sahen sich beeindruckt um, und der Bibliothekar lächelte stolz.

»Wie gut, dass es Menschen wie dich gab«, sagte Lucien anerkennend. »Du bist nach dem Krieg zurückgekehrt und hast beim Wiederaufbau geholfen.«

»Ach, ich war ja nicht der Einzige«, sagte Max und senkte, verlegen über das Kompliment, den Kopf. »Immerhin waren anfangs noch vierzehn der insgesamt neunundfünfzig Lehrer aus dem Elsass geblieben. Und nicht alle unsere neuen deutschen Herren behandelten mich schlecht. Viele haben sich wirklich Mühe gegeben und für die Eröffnung im August '71 eine kolossale Anzahl wertvoller Bücher im ganzen Reich für uns gesammelt, um die Bibliothek wiederaufzubauen. Allein aus dem Preußischen Staatsarchiv in Königsberg kamen siebzigtausend Bücher.«

Liebevoll streifte sein Blick über die Buchrücken. »Das ist zu einem Ort der deutsch-französischen Versöhnung geworden. Und ich darf nun hier arbeiten.«

»Ich finde es großartig, dass hier jemand mit Liebe all das viele Wissen verwaltet«, fasste Ida zusammen. »Ich glaube, je mehr sich die Menschen ihre Geschichte und Geschichten erzählen, desto eher können weitere Kriege verhindert werden.«

»Und ich werde meine Geschichte nie vergessen«, entgegnete der einst Obdachlose feierlich. »Wem ich meine Rückkehr an diesen Ort verdanke.«

Als die Verlobten das Gebäude wieder verließen, erzählte Ida Lucien endlich von Denises Einfall. Zu ihrer Beunruhigung wirkte er weniger begeistert als erhofft.

»Hm …«, brummte er.

»Gefällt dir die Idee nicht?«, fragte sie enttäuscht.

»Dich zu heiraten und für Marcel zu sorgen?«, wiederholte er. »Natürlich würde ich das lieben! Ich könnte mir kein größeres Glück vorstellen.«

Ida stieß erleichtert die Luft aus, doch was Lucien dann sagte, war ernüchternd: »Ich glaube nur nicht, dass die Zustimmung von Denise und René für Marcels Sicherheit ausreichen wird.«

»Wie meinst du das?«, fragte Ida.

»Wir haben dann die Bestätigung von den angeblichen Eltern auf Marcels Geburtsurkunde. Aber nicht die seiner leiblichen Mutter. Und Natalie hat schon mal bewiesen, dass sie bereit ist, mit dieser Wahrheit Leben zu ruinieren.«

Dem konnte Ida leider nichts entgegensetzen. »Was schlägst du vor?«

»Am liebsten würde ich mit ihr sprechen. Sie eine eidesstattliche Erklärung unterzeichnen lassen. Dass ihre Behauptung, die Mutter von Marcel zu sein, eine Lüge ist.«

»So etwas würde sie sich aber etwas kosten lassen«, befürchtete Ida.

»Dann bezahle ich es ihr eben«, meinte Lucien resigniert. »Ich opfere gern meine Ersparnisse, wenn wir dann für immer Ruhe vor dieser Hexe haben.«

»Vielleicht ist sie ja noch im *Burjerstuewel,* Denise meinte, René habe Natalie dort für länger einquartiert«, fiel Ida ein.

»Ja, komm, lass es uns hinter uns bringen, solange sie noch da ist«, schlug Lucien seufzend vor. »Dann wissen wir jedenfalls, um wie viel sie mich schröpfen will.«

Wenig später standen Ida und Lucien an der Rezeption des *Burjerstuewel,* hinter der heute sogar Wirt Eugène Jacquemet persönlich Dienst tat.

»Ja, Ihre Bekannte ist noch bei uns«, bestätigte er lächelnd. »Ich hoffe, das Mittagessen am Dienstag hat Ihnen beiden geschmeckt.«

Lucien hob erstaunt die Augenbraue. Jacquemet schien seinem Ruf, immer ganz genau zu wissen, wer bei ihm verkehrte, in der Tat gerecht zu werden.

»Ja, es war köstlich«, erwiderte er schnell. »Ob ich wohl kurz zu ihr hinaufgehen dürfte? Es soll eine Überraschung für Mademoiselle Berger werden.«

»Gewiss«, entgegnete Jacquemet. »Zimmer drei gleich links im ersten Stock.«

»Soll ich hier warten?«, flüsterte Ida.

Lucien überlegte kurz, dann bejahte er. »Vielleicht besser so, dann beginnt sie zumindest keine Stutenbeißerei, und ich kann schneller zum Punkt kommen.«

Schweren Herzens ließ Ida ihren Verlobten die Treppe hinaufgehen, doch kaum waren zwei Minuten verstrichen, wurde sie zu unruhig. Sie beschloss, Lucien doch zu folgen. Zu ihrem Erstaunen stand im ersten Stock die Tür zu Zimmer drei offen. Ida sah hinein – und stieß einen markerschütternden Schrei aus. Ihr Verlobter kniete neben der auf dem Boden liegenden Natalie, seine Hand an ihrem Hals. Sie war seltsam blass, ihre Augen blickten starr ins Leere.

Lucien fuhr auf Idas Schrei hin herum. In seinem Gesicht stand die nackte Panik geschrieben.

»Ida, sie ist tot«, bestätigte er ihre schreckliche Befürchtung.

Ihr Atem ging so schnell, dass sie kaum sprechen konnte. »Was ist passiert?«, brachte sie keuchend hervor.

»Sie hat nicht aufs Klopfen reagiert, da habe ich gemerkt, dass die Tür nur angelehnt ist. Also bin ich hinein – und da lag sie so auf dem Boden. Ich habe ihren Puls gefühlt. Da ist nichts, Ida, da ist nichts. Aber sie ist noch warm!«

Sie stieß scharf die Luft aus. Deshalb also seine Hand an ihrem Hals. Wie hatte sie auch nur einen Augenblick an ihm zweifeln können!

In diesem Moment tauchte, wohl angelockt von Idas Schrei, Jacquemet mit einer jungen Bedienung am Treppenabsatz auf. Diese riss bei Natalies Anblick mit einem entsetzten Keuchen die Hände vor den Mund.

»Was ist denn hier los?«, fragte der Wirt. »Ist sie …?«

Ida nickte stumm.

Schon wenige Minuten später traf Oberwachtmeister Breinlinger mit zwei Schutzmännern ein.

»Ich will den Kollegen nicht vorgreifen«, erklärte er Ida und Lucien bei deren erster Vernehmung auf dem Flur. »Aber es sieht so aus, als sei Frau Berger rückwärts mit dem Kopf gegen die Kante des Nachtschranks gefallen. Die Frage ist nur – weshalb? Das alles lässt doch sehr auf Fremdeinwirkung schließen.«

Ida sah offenbar so bemitleidenswert aus, dass Breinlinger fragte: »Brauchen Sie ein Glas Wasser, Fräulein Tritschler?«

Sie nickte benommen, und der Oberwachtmeister ging zu der Bedienung hinüber, die gerade von einem Schutzmann befragt wurde. Ida bemerkte voller Beunruhigung, dass zunächst der Schutzmann und dann auch die junge Angestellte auf Breinlinger einredeten – und immer wieder zu ihnen hinübersahen.

»Diese Frau hat Natalie und mich letzte Woche hier bedient«, flüsterte Lucien, was Ida noch mehr beunruhigte.

Ohne das angekündigte Glas Wasser für Ida kam Breinlinger nun zurück und wandte sich, wesentlich kühler als zuvor, an Lucien: »Was wollten Sie bei Fräulein Berger?«

»Sie ist die beste Freundin meiner Schwägerin. Wir wollten uns mit ihr unterhalten.«

»Ja, Ihr Bruder René Picard hat Fräulein Bergers Zimmer für zwei Wochen im Voraus bezahlt. Sehr großzügig.«

René! War er etwa kurz vor ihnen bei Natalie gewesen? War

er für ihren Tod verantwortlich? Immerhin hatte er gestern erfahren, dass sie hinter der Idee steckte, ihm ihr Kind als das seine unterzujubeln. Und davon, wie jähzornig der Bruder ihres Verlobten war, hatte sich Ida mehr als einmal ein Bild machen können.

Nun ließ der Beamte die Katze aus dem Sack: »Herr Jacquemets Bedienung, Fräulein Schmidt, hat uns gerade mitgeteilt, dass Sie hier am Dienstag voriger Woche mit Fräulein Berger essen waren, Herr Picard?«

»Ja«, bestätigte Lucien benommen, »das ist richtig.«

»Und Sie haben mit ihr über eine mögliche Ehe gesprochen und dass Sie beide keine Kinder wollen?«, fuhr Breinlinger mit strenger Stimme fort.

»Ja, aber …«, stammelte Lucien.

»Und zum Nachtisch haben Sie sie zu Ihrer Familie eingeladen?«

»Natürlich, ich …«

»Fräulein Schmidt hat gehört, wie Sie Fräulein Berger gegenüber behauptet haben, Sie seien von Ihrer Verlobten getrennt? Streiten Sie das ab?«

»Nein«, sagte Lucien tonlos.

O Gott, dachte Ida in Panik, nun rächte es sich, dass er Natalie angelogen hatte – auf ihr Anraten hin!

Breinlinger fixierte Lucien weiterhin eindringlich. »Waren Sie denn letzte Woche Dienstag von Ihrer Verlobten getrennt?«

Er schüttelte den Kopf. »Nein.«

»Warum haben Sie Fräulein Berger angelogen, Herr Picard?«, wollte der Oberwachtmeister wissen.

»Ich … ich kann es nicht sagen.« Lucien war völlig verzweifelt. Wenn er die ganze Wahrheit sagen würde, käme Marcel wohl sofort ins Kinderheim, und die Zukunft des Knaben wäre ruiniert.

»Und warum waren Sie heute hier?«, fragte Breinlinger erneut.

»Ich … wir … wollten nur mit ihr sprechen.«

»Worüber?«

Die Fragen droschen auf ihn ein wie Peitschenhiebe.

»Dass wir heiraten wollen, Fräulein Tritschler und ich«, antwortete Lucien – das war zwar nur ein Teil der Wahrheit, aber immerhin keine Lüge.

»Und das hat ihr missfallen?«, mutmaßte der Oberwachtmeister.

»Ja … ich meine, nein, nicht heute«, geriet Lucien erneut ins Stammeln. »Als ich hereinkam, war sie doch schon tot.«

»Herr Picard, ich verhafte Sie wegen dringenden Tatverdachts im Mordfall Natalie Berger.«

Breinlinger rief einen der Schutzmänner herbei. Der zückte eine Kette, um damit Luciens Hände zusammenzubinden.

Lucien war kreidebleich, Ida wurde schwindelig. Sie dachte an Madame Lerocs Erzählung über den Mörder, der vor zwei Jahren mit dem Fallbeil hingerichtet worden war – und dann stürzte ihr der Teppich entgegen.

32

Sie war nicht völlig bewusstlos gewesen. Wie durch einen Schleier dichten Nebels hatte Ida mitbekommen, dass die Räumung des ersten Stocks angeordnet worden war und der Wirt gebeten hatte, den Betrieb unten dennoch weiterführen zu dürfen. Ida war dann von Eugène Jacquemet und einem Kellner auf einen Stuhl im Erdgeschoss verfrachtet worden. Eine junge Bedienung hatte ihr Tee eingeflößt – während Lucien abgeführt worden war. O Gott, sie hatten Lucien verhaftet!

Jetzt zuckte Ida zusammen und erwachte aus ihrem Dämmerzustand.

»Fräulein Tritschler«, rief die hübsche Bedienung, die Ida kannte. Sie hieß Minna Hoffmann und hatte schon des Öfteren bei ihr in der Bäckerei eingekauft.

»Lucien! Haben sie ihn mitgenommen?«

Die junge Frau nickte.

Verzweifelt schlug Ida die Hände vors Gesicht und schluchzte auf. Immer mehr Tränen strömten ihre Wangen hinab.

»Soll ich jemanden benachrichtigen?«, fragte Minna Hoffmann voller Sorge.

Ida wollte gerade zu einer Erwiderung ansetzen, da sah sie

eine Dame mit kastanienbraunen Kräusellocken von oben aus dem Bereich mit den Fremdenzimmern kommen.

»Frau Seefeldt!«, erkannte Ida die mutmaßliche Ehebrecherin. Wahrscheinlich hatte sie hier wieder ihren jungen Liebhaber getroffen. Ida erhob sich mit noch wackeligen Knien und ging, so rasch es ihre schwachen Beine zuließen, zu ihr hinüber.

»Fräulein Tritschler«, wisperte diese ertappt.

»Sie waren doch oben bei den Gästezimmern. Haben Sie vielleicht etwas Verdächtiges gehört?«, haspelte Ida aufgeregt. »Oder jemanden gesehen, der die Dame in Zimmer drei aufgesucht hat?«

Frau Seefeldt sah sich panisch um und murmelte: »Nein, ich war im zweiten Stock, ich habe nichts gehört.«

»Sind Sie wirklich sicher? Bitte denken Sie noch mal nach!«, flehte Ida verzweifelt. »Mein Verlobter hat eine Leiche entdeckt, nun verdächtigen sie ihn. Ihm droht die Guillotine!«

Frau Seefeldt starrte sie für einen Augenblick entsetzt an. Dann fing sie sich wieder und drängte sich an Ida vorbei, um die Weinstube zu verlassen. »Bitte entschuldigen Sie mich, ich dürfte gar nicht hier sein.«

Ida ließ sich schluchzend wieder auf den Stuhl sinken. Lucien würde die ihn rettende Wahrheit nicht sagen, um Marcels Zukunft nicht zu ruinieren. Sollte sie es selbst tun? In jedem Fall würde sie einen verlieren – entweder Lucien oder Marcel. Zudem machte es Lucien vielleicht nicht weniger verdächtig, wenn klar würde, dass der Streit mit Natalie um ein Kind gegangen war, das er liebte.

»Fräulein Tritschler?«

Ida zuckte zusammen. Sie erkannte die Stimme, noch bevor sie aufsah: Frau Seefeldt war zurückgekehrt! Hatte das schlechte Gewissen sie zu sehr geplagt?

»Ich habe in der Tat einen lauten Streit aus dem Zimmer unter uns gehört, es ist ja alles viel zu hellhörig da oben«, gab die Gattin des Seifenfabrikanten zu, nachdem sie sich zu Ida gesetzt hatte. »Ein Mann rief, die Dame darin sei dumm, sie müsse mehr Geld aus der Sache herausschlagen.«

Wie elektrisiert beugte sich Ida vor. »Hat er gesagt, um was für eine Sache es ging?«

Frau Seefeldt schüttelte den Kopf. »Das weiß ich nicht so genau. Er sagte aber etwas davon, sie hätte damals auf ihn hören und zur Engelmacherin gehen sollen, wenn ihnen das Balg nun nichts mehr nutze.«

Ida hielt den Atem an. Bei dem Kerl hatte es sich wohl um Marcels leiblichen Vater gehandelt!

»Wissen Sie, wie der Mann aussah?«, fragte sie ohne große Hoffnung, doch Frau Seefeldt nickte.

»Ich habe ihn in der Tat hineingehen sehen, als ich auf dem Weg nach oben war. Er mochte wohl dreißig …«

Plötzlich hielt sie inne, mit weit aufgerissenen Augen in Richtung des Aufgangs zu den Fremdenzimmern starrend.

»Das ist er«, flüsterte sie aufgeregt. »Der ist vor einer Stunde in Zimmer Nummer drei gegangen.«

Ida fuhr es in den Magen, als nun auch sie den etwa dreißigjährigen, braunhaarigen Mann in etwas schäbigem Anzug sah, der gerade den Ausgang des Weinlokals ansteuerte.

»O Gott, er hat sich die ganze Zeit noch irgendwo oben versteckt«, mutmaßte sie. »Natalies Körper war ja noch warm.«

Frau Seefeldt presste entsetzt die Hand auf den Mund. »Was sollen wir tun?«

Es waren nur noch Sekunden, bis der Mann, der aller Wahrscheinlichkeit nach für Natalies Tod verantwortlich war, den Ausgang erreicht haben würde.

»Wir müssen ihn aufhalten!«, beschloss Ida. »Bitte sagen Sie dem Hotelbesitzer, dass es der mutmaßliche Mörder ist, mit dem ich spreche – und dass er nach der Polizei schicken soll!«

»Sie können doch nicht mit ihm reden!«, warnte Frau Seefeldt noch voller Angst, da hatte Ida den Mann auch schon erreicht und verstellte ihm den Weg.

»Karl-Heinz! Bleib stehen!«, kiekste sie so laut, dass wohl alle Gäste sogleich aufmerksam wurden.

»Lassen Sie mich in Ruhe, ich heiße nicht Karl-Heinz, Sie verwechseln mich«, knurrte er und sah sich in einer Mischung aus Panik und Zorn in der Weinstube um. Er wollte an ihr vorbeigehen, doch sie klammerte sich an ihm fest.

»Warum bist du zu dieser anderen? Ich liebe dich!«, schrie sie.

»Verdammt noch mal, verschwinde endlich!«, rief er wütend und befreite sich grob von ihr. Sie wäre dadurch beinahe gestürzt, woraufhin ein junges Paar in der Nähe erschrocken aufstöhnte.

Mit gespieltem Weinen klammerte Ida sich nur noch fester an ihn. »Nein! Bleib bei mir!«

Daraufhin schlug er ihr mit derartiger Vehemenz ins Gesicht, dass sie Sterne sah und zu Boden ging. Ein Pfeifen ertönte nach der Wucht der Backpfeife in ihren Ohren. Minna Hoffmann schrie auf und ließ vor Schreck ein Kännchen Kaffee fallen. Zu Idas großer Erleichterung waren im Nu ein Kellner und Eugène Jacquemet bei ihnen und hielten den Mann fest.

»Lassen Sie ihn nicht los!«, wies Frau Seefeldt den Kellner und den Restaurantbesitzer an. »Er ist der Mörder.«

Jacquemet sah sie verblüfft an, packte jedoch fester zu und forderte Minna auf, erneut die Polizei zu rufen.

Frau Seefeldt kniete derweil bei Ida nieder. »Alles in Ordnung, Fräulein Tritschler?«

»Bitte sagen Sie für Lucien Picard aus!«, flehte die Jüngere. »Ich überlege mir etwas, das Ihrem Mann Ihre Anwesenheit hier erklärt.«

»Das müssen Sie nicht. Ich werde ihn ohnehin verlassen«, sagte Frau Seefeldt entschlossen.

Und mit diesen Worten half sie Ida auf die Beine.

*

Lucien Picard saß in der kargen, nach Schimmel riechenden Zelle und starrte auf eine Küchenschabe, die an der Wand der Zelle entlangkrabbelte. *Blattella germanica,* fiel dem Biologiestudenten die lateinische Bezeichnung ein. Das Insekt kannte gewiss einen Weg nach draußen, doch der war freilich zu klein für Lucien. Für ihn gab es kaum noch Hoffnung auf Freiheit, ganz gleich, welche Anstrengungen er unternahm. Er war derart in sein Lügengerüst verstrickt, dass wahrscheinlich keine nachträglich offenbarte Tatsache glaubhaft erscheinen würde. Und selbst wenn: Würde er die Wahrheit sagen, wäre Marcel verloren.

Ohne jede Hoffnung sah er sich in seiner Zelle um. Schmerzhaft wurde ihm bewusst, dass dies hier vielleicht der letzte Ort seines Lebens war, bevor er zur Guillotine geführt und hingerichtet würde. War er auf dem Weg in das Nichts? Würde man es noch spüren, wenn das Fallbeil den Hals traf? Lucien hatte das Gefühl, vor lauter Angst keine Luft mehr zu bekommen, als ihn ein Geräusch an der Zellentür aus seinen düsteren Gedanken schreckte. Mit einem hässlichen Kreischen öffnete sich die Tür – und da stand sie neben dem finster dreinblickenden Wärter: Ida. Seine schöne Ida. Wie war sie hier hereingekommen? Und weshalb strahlte sie so glücklich?

»Es wird Zeit fürs Abendessen, mon chéri«, sagte sie und streckte ihm die Hand entgegen.

Selten hatte Lucien Sonnenschein und Frühlingsluft so intensiv wahrgenommen wie jetzt, als er mit Ida auf die Straße vor der Polizeistation hinaustrat.

»Ida, meine Ida, wie hast du das nur geschafft?«, fragte er beseelt vor Erleichterung.

»Ach, es ist, wie meine Mutter immer sagt: Sei nett zu den Menschen, dann sind sie auch nett zu dir«, antwortete seine Verlobte lächelnd. »Wir haben deine Rettung einer mutigen Kundin von uns zu verdanken.«

*

Ida, Lucien, Denise und ihr Schwarm Kurt waren die einzigen Trauergäste bei der Beerdigung von Natalie Berger. Denise hatte gleich nach der Todesnachricht unter Tränen den dringenden Wunsch geäußert, bei der Bestattung ihrer einstigen Freundin aus den Tagen im Kinderheim dabei zu sein, selbst wenn diese an ihrem Lebensende so gemein zu ihr gewesen war. Doch das war natürlich nicht ungefährlich für sie: Die Gefahr der Entdeckung war viel zu groß. Deshalb hatte Lucien zuvor überprüft, dass weder seine Eltern noch René auf den Friedhof kommen würden.

Der Pfarrer predigte über ein Gleichnis von zwei Jüngern auf dem Weg von Jerusalem nach Emmaus, die nach Karfreitag all ihre Hoffnungen hatten begraben müssen, dann aber Trost im Gespräch mit einem Fremden fanden.

Als der Geistliche gegangen war, standen die beiden jungen Paare noch eine Weile betreten schweigend an Natalies Grab.

»Was geschieht wohl nun mit ihrem Geliebten?«, brach Kurt schließlich das Schweigen.

»Laut Oberwachtmeister Breinlinger behauptet er, es sei ein Unfall gewesen und Natalie wäre bei dem Gerangel unglücklich gestürzt«, erklärte Lucien, der inzwischen auch den Namen des Mannes kannte: Friedrich Bredow.

»So viele Männer wollen immer Macht über den Körper der Frau. Wollen sagen, wann sie zur Engelmacherin soll – und wann nicht«, stieß Denise hervor. »Wann sie willig zu sein hat und wann nicht. Diese Macht üben sie gern bis zum bitteren Ende aus.«

»Nicht in unserem Fall«, versuchte Kurt, sie zu trösten. »Du hast genauso viel Macht über mich. Und das fühlt sich sehr schön an.«

Denise küsste den jungen Bäcker liebevoll auf die Wange. »Womit hab ich dich bloß verdient?«

»Das hat meine Mutter auch immer gesagt«, scherzte Kurt. »Nur ist sie dabei schreiend aus dem Raum gerannt.«

»Meinst du, dieser Bredow war auch der Drahtzieher hinter den Erpressungen?«, wandte sich Ida an Lucien.

»Ja. Auf jeden Fall hat er gut daran verdient, sein Lohn als Hausmeister eines Waisenhauses reichte ihm wohl nicht. Und dieser üble Zeitgenosse ist der Vater von Marcel – gruselig. Zum Glück musste der Kleine den nie kennenlernen.«

»Er mag sein biologischer Erzeuger sein, ein *Vater* war er Marcel noch nie«, widersprach Ida. »Aber der Kleine bekommt bald den besten Kuschelpapa der Welt.«

Mit diesen Worten schmiegte sie sich enger in seinen Arm.

»Ja, ich werde es nicht eine Sekunde länger hinauszögern«, verkündete Lucien mit entschlossenem Gesichtsausdruck. »Wenn mir eine Sache im Gefängnis und beim Gedanken an die Guillotine klar geworden ist: Die Dinge können sich jederzeit auf furchtbare Weise ändern. Man muss *jetzt* das Leben genießen. Ich will diese Unterschrift von René. Und ich werde dich heiraten. Noch diesen Monat! Soll mein Vater mich doch enterben, Großmutter und Tante Marie werden zu uns halten.«

*

Lucien hielt Wort: Noch am selben Abend stand er mit einer zwar eingeschüchterten, aber dennoch entschlossenen Ida vor seiner Familie, die er zum Gespräch in die Bibliothek gebeten hatte.

»Vater, Mutter, René, Ida und ich haben euch etwas mitzuteilen«, begann Lucien.

Sein Bruder wollte ihm ins Wort fallen. »Das ist mir völlig gleich, was …«, doch Lucien unterbrach ihn sofort mit harter, lauter Stimme: »Von dir will ich nur eines wissen: Wirst du den kleinen Marcel wieder in dein Leben lassen? Du hast ihn zu Tode geängstigt.«

René verschränkte die Arme vor der Brust und wiederholte mit eisigem Blick seine frühere Aussage: »Ich will den Bastard nie wiedersehen. Und daran wird sich niemals etwas ändern, vorher friert die Hölle zu.«

Claire schien die Situation am unangenehmsten zu sein. »René, bitte …«

»Halt dich da raus, Maman!«, fauchte ihr jüngerer Sohn.

»Gut, dann wirst du Ida und mir schriftlich die Adoption genehmigen«, wandte sich Lucien wieder an seinen Bruder. »Denise hat bereits unterschrieben.«

»Du weißt, wo dieses Lügenflittchen ist?«, hakte René zornig nach. »Was hat dich ihre Unterschrift gekostet?«

»Gar nichts«, klärte sein Bruder ihn auf. »Sie sorgt sich lediglich um eine gute Zukunft für den Kleinen. Und das solltet ihr alle auch tun!«

Er sah seinen zornigen Vater und die kreidebleiche Mutter an.

»Das ist doch alles Unfug«, rief Jacques schließlich aufgebracht. »Wie sollen zwei Unverheiratete ein Kind adoptieren?«

»Oh, wir werden verheiratet sein«, entgegnete Lucien. »Das Aufgebot ist für Dienstag gestellt.«

Dass Vater und Bruder ihres Verlobten auf diese Ankündigung wütend reagierten, hatte Ida erwartet. Mit Claires Reaktion hätte sie hingegen nicht gerechnet. Sie stöhnte schockiert auf, wurde schneeweiß und begann am ganzen Körper zu zittern.

Jacques bemerkte den Zustand seiner Frau gar nicht. Er hatte nur seinen Erstgeborenen im Visier und fixierte ihn mit zorniger Miene. »Du weißt, was das bedeutet!«

Lucien nickte und sagte ernst: »Ja, das bedeutet, du kannst beweisen, ob du Menschen eine Chance geben möchtest, die dir nur Gutes wollen – oder weiter in der Vergangenheit und im Krieg verharren willst.«

Zu Idas Erleichterung wurde Picards Gesichtsausdruck auf diese eindringlichen Worte seines Erstgeborenen hin weicher.

Doch da stieß Claire hervor: »Ihr *könnt* aber nicht heiraten!«

Lucien sah sie enttäuscht an. Von seiner Mutter hätte er sich gerade jetzt mehr Unterstützung erhofft. »Und wieso nicht?«

»Weil ihr Geschwister seid!«

Ida erfasste die Bedeutung dieser Aussage nicht sofort. Sie lag im Raum wie eine gezündete Handgranate, die noch etwas Zeit brauchte, ihre volle Wirkung zu entfalten. Aber als die Worte eingesickert waren und ihr Gift entfalteten, wurde Ida augenblicklich von schrecklicher Übelkeit erfasst. Sie sah den

Schock in Luciens Gesicht, das Gesicht ihres … – nein, das konnte, das *durfte* nicht wahr sein. Doch Claire fuhr nun fort, jede Hoffnung zu zerstören.

»Lucien, dein Vater ist nicht Jacques, sondern Franz Tritschler.«

33

Gewohnheitsgemäß wollte Ida – wie immer bei schlimmen Nachrichten – nach der Hand ihres Verlobten greifen, doch sie zog sie rasch und mit einem grässlichen Gefühl des unerträglichen Verlusts wieder fort. Ihr Verlobter! Mein Gott, sie hatte sich mit ihrem Halbbruder verlobt!

René fand als Erster seine Sprache wieder. Doch seine Worte kamen gepresst, erstickt von Schmerz und kaum zu bändigendem Zorn. »Hast du den Verstand verloren, Maman? Wie kannst du so einen Unfug erzählen?«

»Es stimmt«, sagte Claire mit leerem Blick und tonloser Stimme. »Kurz bevor ich mit eurem Vater zusammenkam, hat mich Franz noch einmal besucht und um eine Wiederaufnahme unserer Verbindung gebeten. Er war stark angetrunken und erinnert sich deshalb nicht mehr, was geschah …«

Man sah Renés hasserfülltem Blick an, dass ihm schreckliche Beschimpfungen auf der Zunge lagen. »Du … du …«

»René, hüte deine Zunge!«, rief sein Vater, der bisher erstaunlich gefasst geblieben war, warnend.

»Wie kannst du so ruhig bleiben?«, beklagte sich sein Sohn mit brüchig wirkender Stimme. »Sie hat dir deinen Erstgeborenen genommen. Und mir den Bruder. Sie hat unser ganzes Leben zerstört. Die Weiber sind alle gleich!«

Der Vater sah ihn nur wortlos an. Und da wurde René klar, was auch Ida bereits aus der gefassten Reaktion Jacques Picards auf das Geständnis seiner Frau geschlossen hatte: »Du *wusstest* es?«

Nach kurzem Zögern und fragendem Blick in Richtung seiner Frau nickte Jacques. »Sie … hat mich gewarnt, eine Weile, nachdem Tritschler wieder hier in Straßburg aufgetaucht ist. Und sie hat angekündigt, sie würde es auch euch notfalls sagen – wenn Lucien auf der Hochzeit mit … mit ihr besteht.«

Zum ersten Mal mischte sich Lucien ins Gespräch. Leise und mit flehendem Blick sagte er an seine Mutter gewandt: »Kann es nicht sein, dass du dich verrechnest?«

»Das habe ich all die Jahre«, erwiderte Claire bedrückt. »Doch als du mit Franz Tritschlers Tochter zusammenkamst, war ich erstmals gezwungen, genau nachzurechnen.«

Idas Knie wurden weich. Sie begann zu taumeln, musste sich am Kaminsims abstützen.

»Ida, ma chère …«, rief Lucien erschrocken, reflexartig wollte er sie abstützen, zögerte dann aber. Durfte er das überhaupt noch? Andererseits war sie ja … seine Halbschwester. Die durfte er vielleicht sogar stützen. Doch jede Berührung würde die Wunde aufs Neue aufreißen.

»Ich … ich möchte gehen, bitte«, murmelte Ida benommen. »Ich bekomme so schlecht Luft hier drinnen.«

Draußen vor der Haustür brach es aus ihr hervor: »Ich halte das nicht aus. Wenn ich dich nicht in den Arm nehmen darf, tut es weh. Und wenn ich es täte, wäre es noch schlimmer. Ich … muss nach Hause.«

»Ich bringe dich«, sagte Lucien sofort – aus tiefer Sorge und Gewohnheit. Aber jetzt war alles anders. Deshalb vergewisserte er sich: »Darf ich das?«

Ida nickte stumm. In betretenem Schweigen gingen sie langsam nebeneinander her. Einander so unendlich vertraut und durch die schrecklichen neuen Erkenntnisse mit einem Mal zugleich so fremd. Den Trost, den sie beide so dringend brauchten, hätten sie nur beieinander finden können. Aber jede Nähe, jede beruhigende Umarmung blieb ihnen verwehrt. Lucien beschloss, sie nur im Notfall zu stützen. Als sie endlich vor dem Eingang der Patisserie Tritschler angekommen waren, wurde der Schmerz noch größer: Wie viele zärtliche Abschiede, wie viele mehr oder weniger heimlich getauschte Küsse hatte es hier gegeben! Damit war es nun für immer vorbei!

Mit versagender Stimme murmelte Lucien: »Bis bald, mein … bis bald, Ida.«

Die nickte mit gesenktem Blick und wisperte nur: »Gute Nacht.«

Es dauerte viele Minuten, bis sich Ida, seelisch völlig erschöpft, in die Wohnung im ersten Stock geschleppt hatte. Sie wollte nur noch allein sein und hoffte, ungesehen in ihr Zimmer zu gelangen, doch sie hatte Pech: Als sie sich mit gesenktem Blick an der offenen Salontür vorbeischleichen wollte, rief ihr Vater: »Idale, du kommst genau recht. Kannst dir anhören, was ich mir mit Kurt und Oskar für Samstag überlegt habe. Das ist eine kolossal gute Idee!«

»Mir ist nicht wohl, ich lege mich hin«, erwiderte Ida schwach. Dann fiel ihr ein: »Die Kuchenidee – ich höre sie mir morgen an.«

Kaum hatte sie sich auf ihr Bett fallen lassen, kam Oskar mit ernster Miene in ihr Schlafzimmer.

»Ida, was ist los mit dir?«, fragte er. »Irgendwas Schreckliches ist passiert, das merk ich doch.«

Ein Kloß im Hals hinderte Ida zu sprechen. »Ich … ich kann nicht«, presste sie hervor.

»Gab es wieder Ärger mit Luciens Familie?«, mutmaßte ihr Bruder. »Was war es diesmal? Es scheint schlimm zu sein …«

Ida bemühte sich, die Fakten aufzuzählen, als gingen sie diese nichts an, als gehörten sie zu einem anderen Leben. »Nachdem Claire mit Papa Schluss gemacht hat, ist er noch einmal zu ihr hin. Er war sehr betrunken. Deshalb erinnert er sich wohl nicht mehr … aber sie schon.«

Ihr Bruder verstand sofort, obwohl er das nicht wollte. »Was? Jetzt sag nicht …«

Doch Ida nickte. »Papa ist Luciens Vater.«

In Oskars Kopf raste es. »Aber das heißt ja …«

»Lucien ist unser Halbbruder, genau«, bestätigte seine Schwester und schluchzte auf. »Wir werden nie heiraten. Und wir müssen unsere Liebe zerstören.«

»O Gott.« Schweigend setzte er sich neben sie, nahm hilflos ihre Hand. Es gab keinen Trost, das war ihm klar.

»Papa weiß nichts davon?«, hakte Oskar nach. »Sicher?«

»Noch nicht«, meinte Ida. »Ich kann es nicht für immer verschweigen. Aber ich will Maman auch nicht wehtun. Auf keinen Fall erzähle ich es ihnen vor dem Kuchenwettbewerb. Papa freut sich doch so darauf.«

Oskar wurde von einer unbändigen Welle des Hasses auf Claire Picard überrollt, die er sich selbst kaum erklären konnte. »Dieses Flittchen! Wegen ihrer frivolen Art ist alles zerstört.«

Er ging in Richtung Flur.

»Wo willst du hin?«, fragte Ida besorgt.

»Ich muss ihr die Meinung sagen …«, presste Oskar hervor. »Sonst platze ich.«

»Bitte! Mach nicht alles noch schlimmer!«, flehte Ida, doch da stürmte er bereits hinaus.

»Oskar!«, rief sie ihm hilflos nach.

Aber ihr Bruder hörte sie nicht mehr. Die Wohnungstür war hinter ihm ins Schloss gefallen.

Sie hielt diesen Schmerz einfach nicht mehr aus. Sie musste ihn irgendwie betäuben, sonst würde sie verrückt werden. Ohne recht zu wissen, wie sie dort hingekommen war, stand sie wenige Minuten später im Arbeitszimmer ihres Vaters vor dessen Alkoholschrank. Sie goss ein schön verziertes Glas, das ihr Vater einst aus der Glasbläserstadt Lauscha in Thüringen mitgebracht hatte, mit einer bernsteinfarbenen Flüssigkeit voll und nahm einen großen Schluck, der wie Feuer in ihren Eingeweiden brannte. Doch alles war besser als der Schmerz darüber, nie mit Lucien glücklich werden zu können. Nach dem zweiten Schluck hielt sie inne. Plötzlich machten ihr die trügerisch hübsch verzierten Alkoholflaschen in dem Schränkchen Angst. Sie wirkten auf sie wie die Boten einer noch viel schlimmeren Zukunft. Sie musste an Maximilien Fouché denken – und wie der Teufel Alkohol einst dessen Leben zerstört hatte.

»Max!«

Als Ida eine halbe Stunde später kreidebleich in der Bibliothek auftauchte, bemerkte Max Fouché sofort, dass etwas mit ihr nicht stimmte.

»Ja, Ida. Was ist denn mit dir los?«, fragte er fürsorglich.

Sie stürzte auf ihn zu und griff Hilfe suchend nach seiner Hand. »Ich habe solche Angst, Max.«

»Aber wieso denn, Kind?«, fragte er mitleidsvoll.

Und dann sprudelte alles aus ihr heraus. Dem Bibliothekar erzählte Ida die furchtbaren Entwicklungen und die folgenreiche Enthüllung wesentlich genauer als zuvor ihrem Bruder.

Auch von ihrem beunruhigenden Wunsch, den Schmerz zu

ertränken, berichtete Ida schließlich. »Und jetzt hab ich Angst, dass ich es nüchtern nie werde ertragen können.«

»Ihn zu sehen?«, präzisierte Max.

»Ja – und ihn nie wieder küssen zu dürfen«, ergänzte sie. »Und genauso schlimm ist, dass Marcel nun ohne Eltern aufwachsen muss.«

Ihre Stimme versagte endgültig, und sie warf sich schluchzend in die Arme des väterlichen Freundes.

»Ja, weine dich nur aus, Kind«, brummelte Max fürsorglich, aber auch deutlich erschüttert. »Das tut gut.«

Nachdem sie sich etwas beruhigt und er ihr sein Taschentuch gereicht hatte, meinte der Bibliothekar: »Glaub mir, irgendwann wird es weniger wehtun. Und du bist stärker, als du denkst, du schaffst es ohne Alkohol.«

Schniefend vergewisserte sich Ida: »So wie du?«

Max schüttelte mit einem freudlosen Lächeln den Kopf. »O nein, ich war nicht stark. Mich hat damals der Alkohol besiegt. Und ich habe der verbotenen Liebe nachgegeben – bis sie mich zerstört hat.«

»Die gab es auch bei dir?« Davon hörte Ida zum ersten Mal.

»Erzählst du mir davon?«

Er begann zögerlich zu sprechen und schaute dabei ins Leere, als ziehe dort, vor der holzgetäfelten Wand, seine Vergangenheit vorbei. »Ich hatte alles. 1872 habe ich eine nette Lehrerin kennengelernt und geheiratet. Wir waren im siebten Himmel. Ich hatte meine Professur, wir lebten in meiner feudalen Wohnung in der Neustadt. Das Einzige, was uns zum perfekten Glück gefehlt hat, war ein Kind. Doch es wollte nicht klappen. Irgendwann fanden wir uns damit ab, dass wir uns selbst genügen mussten. Zehn Jahre später verliebte sich jemand anderes in mich. Eine junge Frau, die allen Hindernissen zum Trotz den Schneid hatte zu studieren. Erst widerstand ich. Es ging ja um meine Ehe und meine Karriere. Sich mit einer Studentin einzulassen war als Professor natürlich tabu – zumal wenn man wie ich verheiratet war. Doch ich fühlte mich langsam alt, so, als falle der Sand in meiner Lebensuhr immer schneller. Und dann habe ich der Versuchung nachgegeben. Erst war es himmlisch. Irgendwann hat mich das Lügen krank gemacht. Alles begann aufzufliegen. Und dann hat es meine Frau erfahren.«

Seine Stimme stockte, und Ida drückte tröstend seine Hand. »Sie war so verletzt, es war entsetzlich, das mit anzusehen. Auf einmal ging es ihr furchtbar schlecht – sie verlor unser erstes Kind, von dem wir noch gar nichts gewusst hatten. Sie war im dritten Monat schwanger. Es hat mir das Herz zerrissen. Als ich mich dann mit schlechtem Gewissen von meiner Geliebten losgesagt habe, endete das arme Mädchen nach einem Selbstmordversuch mit Laudanum in einem Sanatorium. Ich betäubte den Schmerz mithilfe vom Teufel Alkohol. Oft stand ich sturzbetrunken vor meinen Studenten. Ich lallte, vergaß, was ich hatte sagen wollen. Ich verlor schließlich meine Arbeit, meine Frau … den Rest kennst du ja: Vor sieben Jahren landete ich dann buchstäblich in der Gosse.«

»Und deine Geliebte hast du nie wieder getroffen?«, vergewisserte sich Ida.

»Doch, eines Abends, als ich letzten Monat vor dem Haus der Picards Wache schob, habe ich sie mit einem jungen Mann und einem Kleinkind vorbeigehen sehen. Sie hat mich gar nicht bemerkt.«

»Tat es sehr weh?«, erkundigte sich Ida voller Mitleid.

Nun lächelte Max und wirkte etwas entspannter. »Nein, ich war erleichtert, dass sie wieder glücklich war. Ich habe es also wohl überwunden.«

Ida musste daran denken, wie es für sie wäre, Lucien einst mit einer anderen Frau zu begegnen, womöglich mit Kind. Und schon waren ihre Magenschmerzen zurück, schlimmer denn je.

*

»Ich will Claire Picard sprechen«, wandte Oskar sich kurz vor Ladenschluss mit entschlossener Stimme an die Bedienung hinter der Verkaufstheke der Patisserie Goldschmidt.

Die junge Frau schien von seinem Anblick merklich angetan und sagte bedauernd: »Ich befürchte, heute ist es ungünstig.«

Ohne sie weiter zu beachten und ohne anzuklopfen betrat Oskar die Backstube und fand zu seiner Überraschung und Erleichterung denjenigen, den er suchte: Bertrand Strohmeier. So kurz vor Ladenschluss waren Bäckermeister für gewöhnlich zu Hause, denn sie mussten ja gegen Mitternacht mit dem Backen beginnen. Doch Bertrand räumte offensichtlich gerade die Backstube um. Er stutzte, als er den Sohn der Konkurrenz an seinem Arbeitsplatz erblickte. »Oskar, was machst du denn hier?«

»Ich muss Claire Picard sprechen.«

»Das geht heute wirklich nicht«, flüsterte Bertrand und nahm den Jüngeren zur Seite. »Es muss etwas Schreckliches passiert sein. Man hat Türenschlagen gehört, und beide Söhne haben sich wohl betrunken. Am meisten René. Er ist mit der Kutsche davon – in seinem Zustand. Wahrscheinlich will er sich irgendwo noch mehr volllaufen lassen. Und sein Vater hat sich eine Droschke nach Weghäusel bestellt, er möchte einen klaren Kopf bekommen, hat er gesagt, deshalb besucht er seine Mutter und seine Schwester.«

»Aber Claire ist jetzt oben?«, hakte Oskar nach.

»Ja, sie kümmert sich um Lucien«, bestätigte Bertrand. »Der hat auch getrunken. Und da er das sonst nie tut, ist es ihm übel bekommen. Besser, du kommst ein anderes Mal wieder.«

Oskar nickte schweigend, ließ Bertrand Strohmeier stehen und ging zurück in den Cafébereich. Als er die Patisserie gerade verlassen wollte, kam ein Dienstmädchen durch die Tür zum Treppenhaus in den Laden. »Madame Picard wünscht ein paar Brezeln«, erklärte sie der Verkäuferin.

Oskar nutzte den unbeobachteten Moment und schlüpfte durch die nun offen stehende Tür ins Treppenhaus. Auch die Wohnungstür im ersten Stock war nur angelehnt. Sein Herz hämmerte aufgeregt, und er betrat die Wohnung, als ziehe ihn ein riesiger Magnet ins Innere. Er sah sich im Flur um. Kein Mensch war zu sehen. Zögernd ging er auf eine weitere angelehnte Tür zu und linste hinein. Und an einem der Regale der Hausbibliothek stand sie – die Frau, auf die sich all seine Wut richtete, die Ida ins Unglück gestürzt hatte und die auch seiner Mutter unermessliches Leid zufügen würde, wenn diese von all dem erführe: Claire Picard.

»Oskar!«, rief sie bei seinem Anblick. Ihr Atem ging stoßweise, und ihr Gesicht wies eine ungesunde Farbe auf. »Was machen Sie denn hier?«

»Ich wollte zu Ihnen«, knurrte er und betrat unaufgefordert den Raum. Sie schloss, ängstlich in den Flur sehend, die Tür hinter ihm.

»Wer hat Sie hereingelassen?«, erkundigte sie sich beunruhigt.

»Niemand. Es war offen«, sagte er. War das ihre einzige Sorge? »Warum konnten Sie es nicht für sich behalten, dass Sie mit meinem Vater … zusammen waren?«, fragte er nun mit Schmerz in der Stimme – und etwas zu laut.

Sie legte mahnend den Finger auf den Mund und flüsterte: »Ich hatte keine Wahl. Sonst hätte mein Sohn Ihre Schwester geheiratet – *seine* Schwester geheiratet.«

Er nickte wie betäubt. »Mein Halbbruder …«

Da klopfte es an der Tür der Bibliothek. Claire zuckte erschrocken zusammen und wies Oskar mit einer Geste an, sich neben den Kamin zu stellen, der von der Tür aus nicht zu sehen war. Sie öffnete nur einen Spaltbreit, und Oskar hörte die Dienerin sagen: »Ihre Brezeln, Madame.«

»Bringen Sie die bitte meinem Sohn Lucien«, ordnete Claire an. »Fragen Sie ihn, ob er Butter darauf möchte. Er muss dringend essen, damit die Wirkung des Alkohols nachlässt. Und sagen Sie den anderen, ich möchte heute nicht mehr gestört werden.«

»Sehr wohl, Madame«, antwortete das Hausmädchen beflissen.

Diesmal schloss Claire die Bibliothekstür zur Sicherheit ab. Sogleich konfrontierte Oskar sie wieder mit Vorwürfen. »Haben Sie eine Ahnung, wie es Ida jetzt geht? Sie und mein Vater! Es wird auch meiner Mutter das Herz brechen.«

»Es war vor ihrer Zeit«, erinnerte ihn Claire. »Und ich war auch noch nicht mit Jacques verlobt. Ich befürchte, der Gedanke von mir und Ihrem Vater im Bett nagt aus einem anderen Grund an Ihnen, Oskar.«

Sie sah ihn eindringlich an.

»Aha, und was ist das Ihrer Meinung nach für ein Grund?«, wollte er wissen.

»Es verletzt Sie, weil Sie es nicht sein konnten – der Mann in meinem Bett. Und dieses Gefühl macht Ihnen Angst.«

Oskar war schockiert. Er ahnte, dass sie recht hatte, doch das durfte nicht sein. »Woher wollen Sie das wissen?«

»Weil ich an genau dieser Angst selbst auch leide«, sagte sie zu seiner Bestürzung, und es klang sehr verletzlich. »Wenn ich ganz ehrlich zu mir bin, habe ich von der Nacht mit Ihrem Vater nicht nur erzählt, um einen Inzest zu verhindern.«

»Warum denn noch?«

»Damit Ihre Familie aus unserem Leben verschwindet. Ich hatte Angst, Sie immer wiedersehen zu müssen, wenn die beiden heiraten.«

»Angst – meinetwegen?« Oskar ahnte zwar die Antwort, fragte jedoch: »Weshalb?«

Claire sah in seine Augen. Wie wunderschön sie in ihrer Zerbrechlichkeit aussah. Er ahnte, dass ihr Herz genauso raste wie das seine. Er sah, wie sich ihr perfekt geformter Busen hob und senkte. Der Blick auf ihren Ausschnitt raubte ihm fast die Sinne. Ihr Körper schien nach ihm zu rufen, und was sie nun sagte, untermauerte seine Hoffnung: »Weil du wie Franz in jung aussiehst. Nur dass du noch gutmütiger und gleichzeitig forscher bist. Aber ich bin sechzehn Jahre älter als du. Und verheiratet. Es würde uns zerstören.«

Das würde es. Was sie gesagt hatte, bedeutete eine schreckliche Erkenntnis – und die schönste. Vergangenheit und Zukunft waren ausgelöscht. Es gab nur noch eines. Und es gab nur noch eines zu tun. Endlich.

»Ich hasse dich …«, sagte er noch hilflos, doch wie von selbst ging er die zwei Schritte auf sie zu, riss sie an sich, und ihre Lippen suchten sehnsüchtig die seinen. Als er sie leidenschaftlicher küsste als irgendjemand zuvor, seufzte sie glücklich auf. Oskar wusste: Sie würden sich lieben. Hier und jetzt!

34

Eine Stunde später lagen Claire und Oskar eng umschlungen und mit glühender Haut auf der Chaiselongue. Sie zögerten noch, sich voneinander zu lösen, denn nach der Welle der alle Zweifel verdrängenden Lust sickerten nun allmählich Scham und Angst zurück in ihren Geist. Wenn sie sich jetzt aus ihrer Umarmung entließen, könnte es für immer sein, das wussten sie beide.

»Ich hätte das nicht tun dürfen«, sagte Oskar mit belegter Stimme, als er sich schließlich doch ein wenig von ihr entfernt hatte.

Voller Bestürzung sah er jetzt ihren nackten Leib in seiner ganzen Schönheit vor sich auf dem samtbezogenen Liegemöbel. Ihre dunklen Locken umflossen ihr rot geküsstes Gesicht. Wie unfassbar anziehend sie war! Sofort begann sein Körper wieder zu reagieren, und er griff rasch nach Unterhose und Hose, um seine Erregung zu verbergen.

Er zog sich an, und Claire sah ihm mit liebevollem Blick zu. »Wir wollten es nun mal beide«, sagte sie. »Sehr!«

»Ja«, gab er zu und fuhr fort, sich anzuziehen. Dann hielt er inne und beobachtete hingerissen, wie ihre schön geformten Brüste wippten, als sie sich von der Chaiselongue erhob. Er rang nach Worten. »Aber ich glaube, wir können das unmöglich …«

Sie nickte, und es wirkte enttäuscht. »Ich weiß.«

Er konnte nicht anders, er musste ihre Wange streicheln. »Es … war … schön.«

Sie küsste seine Hand. »Für mich auch«, bestätigte sie. »So wie noch nie.«

Sie betrachtete seine gewölbten Brustmuskeln, und er badete sich – zum vielleicht letzten Mal – in dem Gefühl, begehrt zu werden von der Person, die er selbst am meisten begehrte.

»Pass auf dich auf!«, sagte sie zärtlich.

Irgendetwas schnürte ihm die Kehle zu, und er brachte seine Worte nur mit Mühe hervor: »Und du auf dich.«

Als sie beide wieder vollständig angekleidet waren, nahm er sie für einen letzten Abschiedskuss in den Arm. Er dauerte viel zu lang – und war viel zu kurz. Seine Erregung drohte alles zu sprengen, war schmerzhaft, und aus ihrem wohligen Seufzen schloss er, dass es ihr ebenso ging. Schritte auf dem Flur weckten beide aus ihrem Taumel, und schweren Herzens trennten sie sich nun endgültig. Er lauschte an der Bibliothekstür und schloss diese dann vorsichtig auf. Ohne sich noch einmal umzudrehen, trat er auf den Gang hinaus und zog die Tür hinter sich zu.

»Oskar, was machst du denn hier?«

Er zuckte erschrocken zusammen und fuhr herum. Zum Glück war es nur Lucien.

»Ich … hab nach dir gesucht«, behauptete Oskar.

Er bemerkte, wie zerzaust und müde Claires Sohn aussah. »Jetzt sind wir also Halbbrüder.«

Lucien nickte freudlos. »Schwager wäre mir lieber gewesen.«

»Mir auch«, bestätigte Oskar ernst.

»Und was wolltest du mir sagen?«, erkundigte sich Lucien. »Dass ich mich jetzt von Ida fernhalten muss?«

»Ich denke, das weißt du selbst.«

Luciens Stimme versagte. »Es ist so schwer …« Zu Oskars Bestürzung stiegen seinem Halbbruder die Tränen in die Augen. Verlegen wandte er sich ab. So viel Nähe konnte er nicht ertragen. Nicht jetzt – und nicht von ihm. Dabei konnte er Lucien so gut verstehen! »Ich weiß. Das Schicksal ist gemein. Man hat endlich den Menschen gefunden, mit dem man sein Leben verbringen will – aber es wird einem verwehrt.«

»Und was rätst du mir?«

Ja, was sollte Oskar seinem Halbbruder raten? Und was sich selbst? »Du musst jetzt für euch beide denken. Ida ist völlig am Boden zerstört.«

»Das bin ich auch«, murmelte Lucien.

»Ja, aber wir Männer müssen ja irgendwann wieder einen kühlen Kopf bekommen«, brummte Oskar und versuchte vergeblich, den Gedanken an Claires nackten Körper zu verdrängen. An ihre weichen Lippen … »Das kann doch so nicht weitergehen.«

»Danke, Oskar«, sagte Lucien mit feuchten Augen und streckte die Rechte aus. »Du wärst ein famoser Schwager geworden.«

»Du auch«, murmelte Oskar, erwiderte den Händedruck – und fragte sich, ob Lucien noch so empfinden würde, wenn er wüsste, was sein frischgebackener Halbbruder da gerade in der Bibliothek mit seiner Mutter getrieben hatte.

*

Als Oskar nach Hause kam, hastete ihm seine Schwester aufgeregt auf dem Flur entgegen.

»Da bist du ja endlich«, flüsterte sie. »Hast du eine Szene gemacht?«

Eine Szene? Er schüttelte den Kopf. Skandalös wäre ihr

Aufeinandertreffen jedoch in der Tat gewesen – wenn jemand davon erführe. »Claire hat es nicht aus Boshaftigkeit erzählt. Sie hatte einfach Angst zuzulassen, dass du und Lucien euch unwissentlich in euer Unglück stürzt.«

»Du warst lange dort«, wunderte sich Ida.

Hoffentlich sah sie im Halbdunkel nicht, wie er errötete. »Ich habe noch mit Lucien gesprochen.« Das war zumindest nicht gelogen.

Bei der Erwähnung seines Namens zuckte Ida zusammen. »Wie geht es ihm?«

»Na, was denkst du denn?«

»Leidet er sehr?«

»Er wird versuchen, vernünftig zu sein«, hoffte Oskar.

Seine Schwester senkte den Blick. »Ich habe kurz mit dem Gedanken gespielt, am Montag mit Kurt und Denise nach Stuttgart zurückzukehren. Aber den kleinen Marcel kann ich nicht auch noch im Stich lassen.«

»Adoptieren könnt ihr ihn nun auf keinen Fall«, gab ihr Bruder zu bedenken.

»Aus seinem Leben drängen lasse ich mich trotzdem nicht mehr«, stellte Ida entschlossen fest.

Daraufhin schwiegen die beiden Geschwister ratlos.

»Gestern vor zwei Monaten hatten Lucien und ich unser erstes Rendezvous«, murmelte Ida schließlich. »Was inzwischen alles passiert ist …«

»Wer sagt es Vater und Mutter?«, erinnerte Oskar sie an die unangenehme Aufgabe, die sie bisher verdrängt hatten.

»Müssen wir es denn sagen?«, fragte Ida mehr sich selbst.

»Werden Sie es sonst nicht von jemand anderem erfahren?«, befürchtete Oskar.

»Von wem sollten sie?«

Oskar nickte nachdenklich. »Claire hat es nur ihrer Familie und dir erzählt. Und von den anderen hat auch keiner einen Grund, damit hausieren zu gehen.«

»Wieso nennst du sie eigentlich Claire?«, wunderte sich Ida.

Ertappt! Oskar rang fieberhaft um eine Erklärung, dann fing er sich: »Na ja, Madame Picard trifft doch auch auf Denise zu. Noch. Sie wird sich aber wohl früher oder später scheiden lassen.«

»Eine Ehe aufzulösen, das wird nicht einfach«, ahnte Ida, und Angst klumpte sich in ihrem Magen zusammen. Was, wenn auch die Ehe ihrer Eltern diese Offenbarung nicht überstehen würde? Das durfte nicht passieren! So entschlossen sie zuvor gewesen war, Vater und Mutter mit der Wahrheit zu konfrontieren, so entschlossen war sie nun, sie zu beschützen. Es genügte, wenn sie und Lucien litten. »Lass uns Maman und Papa nichts von Lucien sagen!«, bat sie ihren Bruder. »Wenn sie sich auch noch trennen, halte ich es nicht aus.«

Oskar musste sich eingestehen, dass auch er dies in seinem jetzigen Zustand nicht würde ertragen können. »Gut«, sagte er nur.

Er strich seiner Schwester liebevoll übers Haar. »Schlaf schön, Idale.«

»Du auch, Brüderle.«

An der Tür flüsterte er noch: »Es tut mir so leid.«

*

Ida erwachte am folgenden Morgen mit dem unbestimmten Gefühl, dass sich am Vortag etwas Schreckliches ereignet hatte. Stöhnend richtete sie sich auf, und sofort prasselte die furchtbare Wahrheit mit voller Wucht auf sie ein: Lucien ist dein Halbbruder, ihr seid kein Paar mehr. Der Schmerz war kaum zu ertragen. Und er war noch stärker als am Vortag, als sie alles wie durch einen schützenden Nebel wahrgenommen hatte. Nun aber war sie ganz klar. Und diese Klarheit raubte ihr fast den Verstand.

Stöhnend quälte sie sich aus dem Bett und griff mit schweren Bewegungen nach ihren Kleidern. Ihr ganzer Körper schmerzte, als habe gestern jemand mit dem Hammer auf sie eingedroschen. Es dauerte lange, bis sie sich angezogen und zum Frühstück in den Salon geschleppt hatte.

»Guten Morgen, Idale, du warst früh im Bett gestern, ich hab dich gar nicht mehr gesehen«, sagte Elise, die, frisch wie ein Frühlingsmorgen und nichts vom Leid ihrer Tochter ahnend ins Zimmer wehte.

Ida zwang sich zu einem Lächeln und hoffte inständig, dass die Mutter ihren Zustand nicht bemerkte.

»Ja, tut mir leid, ich war furchtbar müde«, erklärte Ida und fragte dann: »Maman, wäre es in Ordnung, wenn ich heute schon nach der Mittagspause gehe? Ich würde gern Marcel und Astro in Weghäusel besuchen.«

Der Kleine sollte so wenig wie möglich unter der geänderten Situation leiden, hatte Ida beschlossen. Sein Leben war nach dem hässlichen Ausbruch seines Vaters ja schon genug aus den Fugen. Und ihr würde die Flucht guttun!

»Natürlich, Hélène und ich bekommen das schon hin«, sagte Elise mit ihrem milden Lächeln. »Schön, dass dich zumindest diese Hälfte der Familie so schätzt. Der Vater gibt bestimmt auch irgendwann nach, wirst schon sehen.«

Die liebevollen und wohlgemeinten Worte trafen Ida wie ein Peitschenhieb, und es fiel ihr schwer, die Fassung zu wahren. Wenn ihre Mutter wüsste! Wie gern hätte sie sich ihr in die Arme geworfen und ihren Tränen freien Lauf gelassen. Es gab niemanden, der besser trösten konnte als Elise, diese warmherzige Frau, die immer ein offenes Ohr für alle hatte und ihre Familie über alles liebte. Aber genau deshalb durfte sie ihr nichts erzählen.

Mit aller Kraft kämpfte Ida die Tränen nieder und sagte: »Danke, Maman. Es wird sicher alles gut.«

*

Ida starrte aus der Kabine der Kutsche und ließ ihren Blick über die Landschaft schweifen, die ihr inzwischen schon so vertraut war. Das letzte Mal war sie auf diesem Weg neben Lucien gesessen, zwar vollkommen paralysiert wegen der Ereignisse um den kleinen Marcel, aber zugleich voller Hoffnung bezüglich der gemeinsamen Zukunft. Auf dem Rückweg waren sie in ein Gewitter geraten und dann … Ida keuchte auf, als die Erinnerung zurückkam. Weil sie sich so nach seiner Nähe sehnte, aber auch weil ihr jetzt erst bewusst wurde, dass sie um ein Haar mit ihrem Halbbruder geschlafen hätte! Und weil sich durch diese Erkenntnis die wunderbare Vertrautheit, die zwischen ihnen herrschte, mit einem Mal schmutzig anfühlte. Tränen rannen über ihr Gesicht, während sie erneut hinaussah, um gleich darauf erschrocken zusammenzuzucken: Kurz vor dem Forsthaus von Weghäusel kam ihnen eine offene Droschke entgegen, und darin saß Jacques Picard. Zum Glück schien er derart in Gedanken versunken zu sein, dass er nicht zu ihr hinübersah. Bei der Vorstellung, dass sie ihn beinahe im Forsthaus angetroffen hätte, wurde ihr übel. Hoffentlich hatte Picard den kleinen Marcel nicht verschreckt.

35

Das Forsthaus lag friedlich, sonnenbeschienen und idyllisch inmitten des blühenden Gartens, und schon der Anblick wirkte beruhigend auf Ida. Inmitten all der Blütenpracht stand Großmutter Bernadette, einen alten Strohhut auf dem Kopf und einen mächtigen Strauß in der Hand, und lächelte ihr liebevoll entgegen.

Beim Aussteigen wandte Ida sich an Xavier Castanet, den Diener und Kutscher ihrer Familie. »Wenn Sie Hunger bekommen, melden Sie sich bei uns«, sagte sie fürsorglich. Dann ging sie langsam auf Bernadette zu, und auf einmal fielen ihr selbst diese Schritte schwer. Ob Luciens Großmutter, die streng genommen gar nicht seine Großmutter war, schon alles wusste?

»Bonjour, Bernadette«, sagte sie zurückhaltender als sonst.

Die Alte umarmte sie gewohnt herzlich, und Ida atmete erleichtert auf. »Bonjour, Ida, du hast Glück. Mein Sohn Jacques ist gerade erst abgefahren.«

»Ich habe ihn gesehen, ja.«

Nun schwand das Lächeln aus Bernadettes Gesicht. »Er hat erzählt, du und Lucien hättet euch endgültig getrennt, stimmt das?«

»Hat er keinen Grund dafür genannt?«, erkundigte sich Ida vorsichtig.

»Er meinte, es liege an der Unstetigkeit der Jugend«, erzählte die Alte. »Ihr hättet es euch einfach anders überlegt.« Sie sah Ida vorwurfsvoll an.

»Ich … nein …«, stammelte diese. Was sollte sie nur sagen – ohne zu lügen?

Da kam ein hochgewachsener Mann mit Mütze auf einem Velo des Weges.

»Lucien«, erkannte Ida, und ihr Magen brannte gleich wieder wie Feuer.

Die Begrüßung war so seltsam hölzern. Nur ein Nicken und ein sehnsüchtiger, schmerzerfüllter Blick.

»Was ist los bei euch?«, verlangte Bernadette zu wissen. »Dein Vater hat gesagt, Ida und du hättet euch getrennt. Aber man sieht sofort, wie sehr ihr darunter leidet – und wie sehr ihr euch noch liebt.«

»Er hat ihr keinen Grund dafür genannt. Meinte, wir hätten es uns einfach von selbst anders überlegt«, murmelte Ida, ohne ihm in die Augen zu sehen.

Lucien hob erstaunt eine Augenbraue. »Ach so?«

Er wandte sich wieder an Bernadette. »Er hat hier übernachtet, nicht wahr?«

»Ja, ihm war nicht so gut. Da ist er geblieben.«

»Hat er mit Marcel gespielt?«, wollte Lucien wissen.

»Nein. Er hat dem Kleinen immerhin erklärt, dass er ihn nicht mit seiner Übelkeit anstecken wolle. So fühlte er sich nicht auch noch von seinem Großvater zurückgesetzt, Gott sei Dank. Aber er hat uns Vorwürfe gemacht, der Kleine könne doch nicht auf Dauer bei uns leben«, erzählte sie und fügte trotzig hinzu: »Da habe ich mich aber auf keine Diskussion eingelassen.«

Lucien sah Ida an. »Kann ich dich kurz unter vier Augen sprechen?«

Sie zögerte. Ihr Herz raste. Sie könnte es nicht ertragen, mit ihm allein zu sein. Seine Nähe war zu schmerzhaft. Doch gleichzeitig war es unmöglich, ihm den Wunsch abzuschlagen. Also stimmte sie mit gesenktem Blick zu.

Kurz darauf gingen die beiden nebeneinander am Waldrand entlang.

»Du bist auch hier, um nach dem Kleinen zu sehen?«, mutmaßte Lucien.

Ida hatte Schwierigkeiten zu sprechen, daher nickte sie nur stumm.

»Dann sind wir also mal wieder zur selben Zeit auf denselben Gedanken gekommen«, sagte er wehmütig.

Ida starrte auf den Waldrand, dachte an den schönen Abend, als sie hier mit Marcel nach Rehen Ausschau gehalten hatten.

»Was sagen wir denn jetzt deiner Großmutter und Marie?«, brachte sie schließlich mühevoll hervor. »Und Marcel? Dein Vater hat ihnen die Enthüllung deiner Mutter ja verschwiegen.«

»Wahrscheinlich wollen er und Maman mit der Geheimniskrämerei weitermachen«, meinte Lucien abfällig. »Ich verstehe nicht, warum man jetzt noch lügen muss.«

Ida ahnte den Grund. »Ich nehme an, aus Rücksicht auf deine Großmutter. Sie hat gerade erfahren, dass ihr kleiner Urenkel nicht ihr Urenkel ist. Es würde ihr doch das Herz zerreißen, dich auch noch zu verlieren.«

»Sie verliert mich ja nicht«, widersprach Lucien. »Weißt du noch, was du darüber gesagt hast, dass wirkliche Vaterschaft nicht unbedingt etwas Biologisches ist?«

Ida nickte. Das war in einem anderen Leben gewesen. Als

noch Hoffnung bestanden hatte, dass Lucien, Marcel und sie eine Familie werden würden.

»Das war sehr weise«, sagte Lucien liebevoll. »Bernadette ist weiterhin meine Grand-mère, und ich bleibe im Herzen ihr Enkel. Mein Vater sieht das erstaunlicherweise auch so. Bevor er gestern hierhergefahren ist, hat er mir versichert, dass ich nach wie vor sein Sohn sei. Er wird mein Studium weiterbezahlen und mich auch beim Erbe berücksichtigen. Das hat mich zwar gewundert, aber natürlich auch gefreut.«

Ida war erleichtert, dass Lucien nun doch nicht alles verlieren würde. Da fragte er: »Weiß dein Vater denn von seinem neuen Erstgeborenen?«

Sie schüttelte ein wenig beschämt den Kopf. »Oskar und ich haben nichts gesagt, wir haben es bisher einfach noch nicht übers Herz gebracht. Meine Mutter und er sind gerade so glücklich miteinander, und wenn nun auch noch ihre Ehe zerbräche, könnte ich das nicht ertragen.«

»Das kann ich verstehen«, meinte Lucien ernst.

»Aber deiner Großmutter und Marie willst du die Wahrheit sagen?«, vergewisserte sich Ida.

»Ich finde, sie haben das Recht darauf«, entgegnete Lucien. »Ich glaube, am Ende ist selbst die schlimmste Wahrheit besser als eine Lüge. Außerdem müssen sie sich ja bereit erklären, dass Marcel dauerhaft hierbleibt. Aus der Adoption wird ja nun schließlich nichts mehr.«

Ida nickte traurig. »Ja, daraus wird nichts.«

Instinktiv hob er die Hand, um sie zu trösten, ließ sie dann aber resigniert wieder sinken. Er wusste nur zu gut, was jede Berührung in ihnen auslösen würde. »Es ist Folter, dich zu sehen. Und dich nicht küssen zu dürfen«, presste er hervor.

»Mir geht es genauso«, gestand sie mit belegter Stimme.

Lucien dachte an Oskars Worte. Er musste für sie beide

denken. »Vielleicht wäre es vernünftig, wir sprechen uns bezüglich unserer Besuche hier ab? Dann tut es uns nicht immer wieder weh, einander zu sehen. Für dich wäre es ja bestimmt gut, sonntags zu kommen, dann verpasst du nichts in der Patisserie.«

»Ja, wenn wir das berücksichtigen, wären Sonntag, Montag und Mittwoch für mich am besten«, schlug Ida vor.

»Dann übernehme ich Donnerstag, Freitag und Samstag«, sagte Lucien.

Ida lächelte freudlos. »Dienstags haben deine Großmutter und Marie den Kleinen dann für sich allein.«

»Das klingt nach einem guten Plan«, sagte Lucien traurig und sah ihr voller Sehnsucht in die Augen. »Vielleicht tut es irgendwann weniger weh …«

»Heute ist Donnerstag – dein Tag«, stellte Ida fest.

»Ich kann diesmal auch für dich zurücktreten«, bot Lucien an.

Doch Ida schüttelte den Kopf. »Du bist extra hier herausgeradelt. Das fangen wir auch besser gar nicht erst an. Marcel sollte zumindest eine Form von Beständigkeit bekommen.«

»Gut, ist vielleicht besser so«, räumte Lucien ein. »Ich werde Großmutter und Tante Marie dann jetzt reinen Wein einschenken. So kannst du am Sonntag ganz offen mit ihnen sein.«

»Danke«, sagte Ida, »dann fahre ich zurück, mein Vater wird sich freuen. Der will unbedingt noch über den Wettbewerb übermorgen mit mir sprechen.«

»Ja, diese Veranstaltung hat sogar René nach dessen Sauftour wieder aus seiner Lethargie geholt«, erzählte Lucien. »Mein Bruder klammert sich in all dem Chaos ans Geschäftliche, will aller Welt zeigen, dass unsere Patisserie die beste ist.«

»Wirst du auch dort sein?«, erkundigte sich Ida und wusste nicht, auf welche Antwort sie hoffen sollte.

Lucien schüttelte den Kopf. »Nein, keine Angst. Das erwartet auch keiner von mir. René und Papa ... Jacques haben sich schon länger dran gewöhnt, dass mich der Backzauber nicht so furchtbar interessiert.« Inzwischen waren sie wieder am Forsthaus angekommen. »Dann ... gehe ich mal rein.«

Ida nickte beklommen. »Ja. Au re... Adieu.«

»Adieu«, erwiderte Lucien und sah seiner einstigen Verlobten nach, wie sie mit hängenden Schultern zur Kutsche der Tritschlers ging.

*

Das Kammerzellhaus war zum Bersten voll. Bis auf den Münsterplatz hinaus standen die Menschen Schlange, um zu erfahren, welcher Konditorbetrieb als Sieger aus dem Wettbewerb hervorgehen würde. Die Spannung stieg ins Unermessliche, als sich die Mitglieder der Jury, bestehend aus der alten Madame Martinet und drei hohen Herren, zur Beratung zurückzogen. Zuvor waren die verschiedenen, allesamt äußerst verführerisch aussehenden Leckereien ausführlich von ihnen gekostet worden: Es gab sahnige Erdbeer-Biskuitrollen, Orangenkuchen, Eiskuchen mit fruchtigem Glace de Saisons, glasierte Biscuit Entremets und vieles mehr. Wie so oft in den letzten Tagen hatte Ida das meiste um sich herum kaum wirklich mitbekommen. Mal wieder war sie in Gedanken bei Lucien und Marcel gewesen. Zumindest den Kleinen würde sie morgen wiedersehen. Seufzend sah sie auf – und direkt in die hasserfüllten Augen von René, der zu ihrer Familie und Kurt hinüberstarrte.

»Wenn der Picard weiter so herüberglotzt, hau ich ihm eine runter«, knurrte der junge Bäcker gereizt.

»Das hast du nicht nötig, Kurtle«, flüsterte Ida ihm zu. »Übermorgen seid ihr in Stuttgart, und er wird Denise nie wiedersehen.«

Am Stand der Picards befanden sich außer dem ehrgeizigen Sohn noch Patriarch Jacques, der die Tritschlers mit stoischer Missachtung strafte, und Bäckermeister Bertrand Strohmeier. Dieser lächelte etwas hilflos, aber freundlich zu ihnen hinüber.

Schließlich wurde die alte Madame Martinet von einem weiteren Jurymitglied ans Sprecherpodium geführt und verkündete: »Wir küren die Nummer elf zum besten Kuchen des Jahres.«

Ein graubärtiger Herr sah daraufhin in einer Liste nach und rief laut: »Das ist die Torte der Patisserie Tritschler.«

Die Familie und Kurt jubelten. Der Jungbäcker durfte Franz und seinen Sohn zum Podium begleiten, wo sie den Pokal entgegennahmen. Der Applaus war besonders groß, alle waren schon voller Vorfreude, denn traditionellerweise würden die Teilnehmer nun gleich selbst von den Kuchen der Konkurrenten kosten können.

Die drei Männer waren gerade freudestrahlend zu ihrem Stand zurückgekehrt, als René Picard auf sie zugeschossen kam. Der Hass in seinem Gesicht war nicht zu übersehen.

»Gratulation, Tritschler«, rief er mit spöttischem Lachen und feuchten Augen. »Jetzt haben Sie nicht nur den neuen Sohn, sondern auch noch einen Pokal.«

Ida taumelte. Bitte nicht, flehte sie stumm.

»Was reden Sie für einen Unfug, Picard?«, fragte Idas Vater verstimmt. »Was für ein neuer Sohn?«

René sah Ida an und begann zu verstehen. »Ach, dann hat Ihnen Ihr Töchterchen noch gar nicht verraten, warum Lucien mit ihr Schluss gemacht hat.«

»Was?«, rief Idas Mutter bestürzt.

»Sie sind der Vater von Lucien«, sagte René erbarmungslos zu Franz. Er sprach so laut, dass auch die Menschen an den umliegenden Ständen es hören mussten. Die Gespräche verstummten, alle starrten zu ihnen hinüber. »Unsere Mutter hat es gestanden, um einen Inzest zu verhindern«, rief René. »Als guter Verlierer gratuliere ich Ihnen also nicht nur zum Pokal, sondern auch zum neuen Erstgeborenen.«

Mit diesen Worten kehrte er der entsetzten Familie Tritschler den Rücken zu und stapfte davon.

Ida und Oskar warfen sich einen erschrockenen Blick zu – was ihrer Mutter nicht verborgen blieb.

»Ihr wusstet beide davon«, brachte sie mit Mühe hervor.

Obwohl ihm klar war, dass er Elise damit vollends das Herz brach, nickte Oskar resigniert.

In diesem Augenblick kam peinlich berührt Bäckermeister Bertrand Strohmeier zu ihnen herüber. Nachdem er ihnen gratuliert und sich für den Auftritt seines Arbeitgebers entschuldigt hatte, wandte er sich an Ida. »Den soll ich dir von Lucien geben.« Mit diesen Worten drückte er ihr einen Brief in die Hand. Sie begann augenblicklich zu zittern. Hastig öffnete sie den Umschlag, holte das Schreiben hervor und begann zu lesen:

Straßburg, den 16. Juni 1893

Meine liebe Ida,
diese Zeilen zu schreiben fällt mir unsagbar schwer. Wenn Du sie liest, bin ich schon auf dem Weg ins Aubrac. Ich habe mich entschieden, Insektenforscher Jean-Henri Fabre doch als Assistent auf seine viermonatige Exkursion durch das südwestliche Zentralmassiv zu begleiten. Ich hoffe, ich mache es uns damit leichter, unsere Gefühle

füreinander abkühlen zu lassen. Es war so unfassbar schwer, Dich leiden zu sehen. Zu wissen, dass es mein Anblick ist, der dies in Dir auslöst. Dein Bruder, unser Bruder, hat mir geraten, nun für uns beide zu denken. Und das versuche ich jetzt.
Im Oktober wird die Welt eine andere sein. Unserem Marcel habe ich es schon gestanden. Ich musste ihm versprechen, ihm ganz viel mitzubringen, aber er ist einverstanden mit meiner Reise. Und er freut sich schon sehr, Dich am Sonntag wiederzusehen.
Nun würde ich eigentlich schreiben: »In Liebe«. Doch ich weiß, ich muss versprechen, Dich nicht mehr zu lieben. Zumindest nicht mehr wie bisher. Dich nur noch angemessen zu lieben – wie eine Schwester. Noch kann ich es nicht. Aber ich werde mich bemühen.
Verzeih mir!
Lucien

Ida starrte wieder und wieder auf den Brief. Sie wollte es nicht glauben. Das konnte, das durfte nicht wahr sein!

TEIL II

September 1893

36

Ida saß mit Madame Leroc in der Familienkutsche der Tritschlers, die deren Gatte nach Weghäusel lenkte.

»Jetzt haben wir schon September, und es ist immer noch so warm«, beklagte sich die Haushälterin. »Zum Glück ist es hier am Nachtwald immer etwas weniger stickig.«

»Ihr Vater freut sich bestimmt schon, dass Sie das Wochenende bei ihm verbringen«, meinte Ida lächelnd.

»Er hat angekündigt, dass er uns etwas Erfreuliches mitteilen will«, erklärte Madame Leroc. »Ich vermute, es hat etwas mit Bernadette Picard zu tun. Alors, spätestens heute Abend werden wir es erfahren.«

Ida hatte ebenfalls bereits mitbekommen, dass sich Madame Lerocs Vater und die Großmutter ihres einstigen Verlobten immer besser verstanden. Letztere feierte heute ihren fünfundsechzigsten Geburtstag, und sie hatte Ida versichert, dass für sie keinerlei Gefahr bestand, Jacques oder René Picard auf dem Fest zu treffen: »Mein Sohn hat schon telegrafiert, dass er nicht kommen kann, weil er geschäftlich unterwegs ist; und mein Enkel war seit seinem fünfzehnten Lebensjahr nicht mehr hier.«

Ida hatte ein ganz besonderes Geschenk für die gutmütige alte Dame besorgt. Bei der Arbeit in ihrem schönen Garten hatte Bernadette öfter von einem bestimmten Pflanzenbuch erzählt, das sie in ihrer Jugend besessen hatte. In den letzten Wochen war es Ida gelungen, der Försterwitwe unauffällig weitere Einzelheiten über den alten Band zu entlocken – und so den exakten Titel und den Autor zu erfahren: *Fleurs dessinées d'après nature* von Gerard van Spaendonck. Gemeinsam mit Max Fouché hatte sie Antiquariate durchstöbert und vorgestern das Buch tatsächlich gerade noch rechtzeitig gefunden. Sie konnte es kaum erwarten, bis Luciens Großmutter … Lucien! Es verging noch immer keine Stunde, in der Ida nicht an ihn dachte. Aber in den zweieinhalb Monaten seiner Abwesenheit war es ihr zumindest gelungen, nicht mehr täglich seinetwegen zu weinen. Irgendwann hatte sie Madame Leroc und deren Mann gebeten, nicht länger ständig ihr Bedauern darüber auszudrücken, dass aus ihr und Lucien nichts geworden war. Den wirklichen Grund kannten im Hause Tritschler nur Idas Bruder und ihre Eltern.

»Ich schwöre dir bei allem, was mir heilig ist, ich wusste nichts von Claire Goldschmidts Schwangerschaft«, hatte Franz nach der Enthüllung durch René bei der Preisverleihung beteuert. Er habe nicht mal mitbekommen, je mit ihr intim gewesen zu sein. Als er sie nach der Trennung ein letztes Mal aufgesucht habe, sei er so sturzbetrunken gewesen, dass er nie damit gerechnet hätte, noch einen Beischlaf hinzubekommen – und er schwor, sich an einen solchen auch nicht zu erinnern.

Zu Idas und Oskars Erleichterung war ihnen allen von ihrer Mutter verziehen worden. »Das alles war ja vor meiner Zeit.« Typisch für ihr gutmütiges Wesen hatte sie sich, nach Verarbeiten des ersten Schocks, sofort Sorgen um die anderen gemacht. Vor allem wegen Idas Situation war die großherzige

Schwäbin bekümmert und versuchte, ihr jeden Wunsch von den Augen abzulesen. Was nur leider nichts half, denn Idas Herzenswunsch, Claire Picards Enthüllung ungeschehen zu machen, konnte ihre Mutter ihr nicht erfüllen. Aber auch ihrem Stiefsohn Lucien galt Elises Sorge: Der habe ja nun seinen bisherigen Vater verloren, argumentierte sie. Ob Franz »den armen Jungen« nicht zu einem Gespräch einladen müsse? Doch Lucien war ja bereits abgereist.

Wenigstens hatte sich Idas Befürchtung, dass die neuen Erkenntnisse zu einer Trennung ihrer Eltern führen würden, nicht bewahrheitet. Im Gegenteil: Franz hatte sich derart erleichtert gezeigt, seine Elise nicht verloren zu haben, dass er ihr die Welt zu Füßen legen wollte. Seit einer Woche waren die Eltern nun auf einer sehr verspäteten Hochzeitsreise auf der diesjährigen Weltausstellung im amerikanischen Chicago. Natürlich hatte Elise zunächst abgelehnt und erklärt, dass das viel zu teuer sei und sie die Patisserie nicht allein lassen könnten. Doch der Vater hatte keines ihrer Argumente gelten lassen: »Du meinst es immer so gut mit allen, jetzt wird es *dir* einmal gut gehen. Punkt.«

Inzwischen hatte die Kutsche der Tritschlers Weghäusel erreicht.

»Bis heute Abend«, verabschiedete sich Ida bei Madame Leroc und kletterte aus dem Gefährt.

Die Sonne brannte heiß vom blauen Himmel, und Ida traf die Hausherrin in ihrem atemberaubend schönen Blumengarten an.

»Meine liebe Bernadette, alles Gute zum Geburtstag«, gratulierte sie der strahlenden alten Dame, die sie vor zwei Wochen gebeten hatte, sie endlich zu duzen.

»Danke, Ida«, sagte sie. »Fünfundsechzig Jahre – wo ist nur all die Zeit geblieben?«

Sie nahm das noch verhüllte Buch entgegen. »Darf ich es gleich auspacken?«

Die Jüngere lächelte. »Natürlich.«

Als Bernadette den Buchumschlag erkannte, schlug sie fassungslos die Hand vor den Mund. »O Gott, Kind! Ich habe es seit bestimmt dreißig Jahren nicht mehr gesehen.«

»Ist es das richtige?«

Die Ältere nickte mit feuchten Augen. »Ja, genau das richtige!«

Sie blätterte gerührt in dem Pflanzenbuch, das zahllose farbige und naturgetreue Zeichnungen enthielt. »Schau dir nur all diese schönen Bilder an! Genau so habe ich sie in Erinnerung.«

Lucien schien seine Begeisterung für die Natur von seiner Stiefgroßmutter geerbt zu haben, dachte Ida.

»Maman!«, ertönte die Stimme des kleinen Marcel, der nun aus dem Forsthaus gerannt kam.

Ida ging in die Knie, damit der Knabe ihr um den Hals fallen konnte. Dagegen, dass er sie beharrlich Maman nannte, wehrte sie sich immer seltener. »Na, mein Schatz, was hast du heute schon alles gemacht?«

»Ich hab mit der Uroma Haselnüsse vom Baum geholt«, plapperte Marcel fröhlich drauflos. »Bald gibt es Nusskuchen. Aber in der Geburtstagstorte heute sind Kirschen.«

»Da kommt noch eine Kutsche«, wunderte sich Bernadette. »Wer könnte das sein? Jacques hat doch betont, dass er heute nicht dabei sein kann.«

»Ich bringe den Kleinen mal sicherheitshalber ins Haus«, sagte Ida in vager Sorge. »Marcel, willst du mir die Torte mit den Kirschen zeigen?«

Der Knabe nahm sie bei der Hand. »Au ja, komm mit, Maman!«

Ida sah durch die kleine Scheibe in der Haustür nach draußen. Sie wollte unbedingt wissen, um wen es sich bei dem unangekündigten Gast handelte. »Geh doch rasch nach Astro suchen«, schlug sie Marcel vor. »Ich möchte ihn unbedingt begrüßen. Und dann zeigen wir ihm den Kuchen mit den Kirschen.«

Schließlich entstieg der unbekannte Gast der Kutsche, und Ida ächzte entsetzt auf. Es war ein Mensch, von dem sie gehofft hatte, ihn nie wiederzusehen: René Picard! Er schien blendend gelaunt, in der Hand hielt er eine Flasche mit dottergelbem Inhalt, um deren Hals jemand eine Schleife gebunden hatte.

Ida kannte Bernadette gut genug, um zu erkennen, dass diese eher erstaunt als erfreut über den Anblick ihres Enkels war. »René, du warst ja ewig nicht mehr hier.«

»Du bist ja auch bisher noch nie fünfundsechzig geworden, liebste Großmutter«, scherzte er, und als sein Blick zufällig in Richtung des Forsthauses ging, wich Ida erschrocken von der Tür mit dem kleinen Fensterchen zurück. »Alles erdenklich Gute wünsche ich dir. Hier, ich habe etwas von deinem Lieblingseierlikör mitgebracht.«

Ehe Ida es verhindern konnte, riss Marcel, der offenbar die Stimme seines vermeintlichen Vaters erkannt hatte, die Tür auf und rannte hinaus. »Papa! Bist du nicht mehr böse?«

René starrte das erwartungsfrohe Kind an, als habe er eine Spinne entdeckt.

»Was macht der hier?«, wandte er sich an seine Großmutter und Tante Marie, die gerade aus ihrem Atelier gekommen war und Marcel schützend auf den Arm nahm.

»Er lebt hier bei uns«, antwortete Bernadette kühl.

»Wie kannst du einen Bastard in Großvaters Forsthaus aufziehen?«, empörte sich René. »Gibst du auf deine alten Tage noch mal die Mutter, oder was?«

»Die Oma ist doch meine *Groß*mutter«, klärte Marcel ihn auf. »Meine Maman ist jetzt die Ida.«

»Ida? Etwa Ida Tritschler?«, vergewisserte sich René argwöhnisch. »Verkehrt ihr immer noch mit der?«

»Warum sollten wir nicht?«, entgegnete Marie herausfordernd und drückte Marcel noch enger an sich. »Sie hat niemandem etwas getan.«

»Ihr könnt verkehren, mit wem ihr wollt«, meinte ihr Neffe spöttisch. »Aber es wird höchste Zeit, dass ich Marcel bei den Behörden als das melde, was er ist. Von mir wird er nichts erben, dafür sorge ich. Dann feiert noch schön!«

Mit diesen Worten machte er sich auf den Rückweg zur Kutsche.

»Was ist erben?«, erkundigte sich Marcel eingeschüchtert, als das Gefährt verschwunden war und Ida sich mit betretener Miene aus dem Haus wagte.

In diesem Augenblick entdeckte der Knabe den Kater am Johannisbeerstrauch und signalisierte Marie, dass er vom Arm gelassen werden wollte. »Astro!«, rief er und rannte hinüber. »Wir zeigen dir den Kirschkuchen.«

Die drei Frauen sahen sich indes betreten an. »Was für ein Auftritt«, kommentierte Marie den Besuch ihres Neffen. »Und das an deinem Geburtstag, es tut mir so leid, Maman.«

»Ach, der Geburtstag ist nicht so wichtig«, winkte Bernadette ab. »Viel bedeutender ist doch die Frage, wie wir verhindern, dass René den Behörden verrät, wer die wahren Eltern des Kleinen sind.«

»Dann wäre Marcel Halbwaise und sein Vater ein Totschläger«, fasste Ida erschaudernd zusammen.

»Ich werde mit meinem Sohn sprechen«, kündigte die Großmutter mit entschlossenem Gesichtsausdruck an. »Jacques soll seinen René zur Vernunft bringen.«

Ida bezweifelte, dass Bernadettes Einfluss dafür ausreichen würde. Aber was blieb ihnen anders übrig, als sich an jeden Strohhalm zu klammern, der sich ihnen bot?

*

Der Tag war für Oskar bereits am Vormittag ruiniert. Um kurz vor zehn Uhr hatte er sie von Weitem vor einem Schmuckgeschäft gesehen – die Frau, mit der er seit zweieinhalb Monaten nicht mehr gesprochen hatte, nach der er sich jedoch mit jeder Faser seines Körpers und seiner Seele heimlich verzehrte und von der er nachts so häufig erotische Träume hatte: Claire Picard.

Auch sie hatte ihn erkannt, wehmütig gelächelt und ein Winken angedeutet. Es hatte ihn all seine Willenskraft gekostet, nicht zu ihr hinüberzugehen. Sie war nicht geschieden und sechzehn Jahre älter als er. Unerreichbar, unmöglich!

Oskar war sich vollkommen darüber im Klaren, dass ihn die flüchtige Begegnung und Claires bezaubernder Anblick nun bis in die Nacht und darüber hinaus plagen würden. Er wusste hinterher kaum, wie er in die Rechtsabteilung der Universitätsbibliothek gekommen war, so sehr war er nach dem Aufeinandertreffen in Gedanken versunken gewesen. Jetzt nach Büchern für seine Hausaufgabe zu suchen schien ihm mit einem Mal das Ödeste der Welt. Da fiel ihm Max Fouché auf, der, an eine Wand gepresst, neben dem Geländer der Empore stand und zu lauschen schien.

»Monsieur Fouché, was machen Sie …«, setzte Oskar an, doch der Alte fuchtelte mit den Händen, um ihm zu signalisieren, nicht so laut zu sein.

»Was ist denn los?«, flüsterte Oskar daher, als er bei Max angekommen war. Nun sah er, dass unterhalb der Empore sein Kommilitone Étienne Loubet mit drei Freunden aus dessen französisch-nationalistischer Studentenverbindung beisammensaß.

»Ich habe Angst, dass Ihr Studienkollege und seine Kumpane morgen zum Sedantag eine Dummheit planen«, raunte der Bibliothekar Oskar zu.

Der Sedantag wurde seit zweiundzwanzig Jahren jährlich am 2. September begangen. Oskar hatte in der Schule gelernt, dass dieser Gedenktag an die Kapitulation der französischen Armee nach der Schlacht bei Sedan an diesem Datum im Jahr 1870 erinnerte. Damals hatten preußische, bayerische, württembergische und sächsische Truppen nahe der französischen Stadt Sedan den entscheidenden Sieg im Deutsch-Französischen Krieg errungen. Nach der Kapitulation seiner Armee war der französische Kaiser Napoleon III. in persönliche Gefangenschaft beim preußischen König Wilhelm I. geraten. Im ganzen Deutschen Kaiserreich hatte man über die letzten zwei Jahrzehnte verteilt an diversen zentralen Plätzen Siegesdenkmäler errichtet, die meist mit feierlichen Zeremonien am Vortag des Sedantags eingeweiht worden waren.

»Hier im Reichsland Elsaß-Lothringen hält man die Feierlichkeiten ja ohnehin schon kleiner als im restlichen Reich – aus Rücksichtnahme auf den französischen Bevölkerungsanteil. Aber das scheint den Kerlen da unten nicht zu reichen«, wisperte Fouché. »Wegen des Sieges von Sedan werden morgen ab neun Uhr in der Früh für eine Stunde die Glocken auf dem Münster geläutet.«

Oskar hatte bereits davon gehört. Zur Zeit des Kulturkampfes zwischen Papst und Kaiser wäre das nicht möglich gewesen. Kriegervereine, deren Mitglieder mehrheitlich katholisch waren, hatten seinerzeit die Teilnahme an den Kaisergeburtstagsfesten und dem Sedanfest noch rigoros abgelehnt. Erst müsse der Kaiser vor ihrem Papst auf die Knie gehen! Dass jetzt im katholischen Münster die Glocken läuten sollten, war also ein Zeichen für eine Annäherung der Katholiken an den Kaiser.

Max fügte hinzu: »Ich habe gehört, dass die Kerle da unten das irgendwie verhindern wollen.«

»Das passt«, seufzte Oskar. »Die mit ihrem Nationalisten-Blödsinn. Was tun wir dagegen?«

»Meinen lieben Herrn Mitbewohner, den Küster, habe ich schon gewarnt. Aber natürlich kann er auch nicht Tag und Nacht alles bewachen. Ich wüsste also zu gern, wann die Burschen zuschlagen wollen. Leider hört man von hier oben zu wenig.«

»Ich versuche, das für Sie herauszubekommen, Monsieur Fouché«, bot Oskar an. »Étienne mag mich ganz gern – wahrscheinlich, weil ich so gut Französisch spreche. Vielleicht erfahre ich mehr.«

Max klopfte ihm dankbar auf die Schulter. »Das wäre großartig, mein Junge.«

Kurz darauf schlenderte Oskar bemüht beiläufig auf die vier Nationalisten zu.

»Salut, Étienne.« In perfektem Französisch fragte er, ob Loubet abends mit ihm etwas trinken gehen wolle.

»Heute geht es nicht, Tritschler«, erklärte Étienne. »Morgen wieder, d'accord?«

»D'accord.«

Oskar tat, als gehe er davon, doch in Wahrheit bog er gleich nach dem übernächsten Bücherbord ab und näherte sich den vier Kommilitonen erneut, nur diesmal verdeckt von einem Regal. Nun konnte er sie gut hören, ohne dass sie ihn bemerkten.

»Dann treffen wir uns morgen um sieben Uhr in der Früh und sperren den Kerl mit dem Ding in seiner Wohnung ein«, schlug Loubet seinen Kumpanen soeben vor. »Zwei von uns bewachen den Aufgang zum Glockenturm, damit nicht jemand anderes auf die Idee kommt, doch noch zu läuten.«

Oskar hatte genug gehört. Um nicht entdeckt zu werden, schlich er vorsichtig davon.

Wenig später erzählte er dem Bibliothekar in dessen Arbeitszimmer, was er soeben in Erfahrung gebracht hatte.

»Sollten wir die Polizei rufen?«, fragte dieser unsicher.

»Das möchte ich gern vermeiden«, meinte der Jüngere. »Ich meine, ich würde den Kerlen schon gern eins auswischen. Aber ich will nicht zulassen, dass sie sich wegen so eines Dummejungenstreichs die Zukunft ruinieren.«

Fouché nickte. »Was sollen wir tun?«

Oskar grübelte eine Weile, dann verkündete er grinsend: »Ich habe eine Idee.«

*

Am Samstagmorgen in aller Herrgottsfrühe kauerte Oskar hinter einem Blumenkübel gegenüber dem Eingang zu jener Wohnung am Münster, die sich Küster Busch und Bibliothekar Fouché seit fast drei Monaten teilten. Da sah er zwei seiner vier französisch-nationalistisch orientierten Studienfreunde ein Pferdefuhrwerk mit Mist herankarren. Sie versperrten damit die Tür zur Küsterwohnung, machten das Pferd los und führten es fort. Oskar konnte nicht umhin zu schmunzeln. Humor hatte Loubet ja. Den Küster mit einem Haufen Mist am Glockengeläut für den Kaiser zu hindern war als politische Aussage wunderbar ironisch. Was der Frankophile und seine Kumpane nicht ahnten: Wolfgang Busch war längst nicht mehr in seiner Wohnung, er hatte vorsichtshalber im Glockenturm übernachtet. Da der Küster alle Eingänge des Münsters verschlossen hatte, schien der Plan der Nationalisten also schon jetzt vereitelt. Pünktlich um neun Uhr würden zur Erinnerung an den Sieg in Sedan die Münsterglocken eine Stunde lang für den deutschen Kaiser läuten. Oskar, der gestern Nacht von Busch einen Schlüssel für den Vorraum zum Turmaufgang erhalten hatte, wollte gerade darauf zugehen, als er an der Schulter gepackt wurde. Erschrocken fuhr er herum. Zu seiner Erleichterung stand nur seine Schwester hinter ihm.

»Warum gehst du schon in aller Herrgottsfrühe aus dem Haus?«, wollte sie wissen.

Er sah sich hektisch um. »Bist du mir etwa gefolgt? Geh heim, das ist zu gefährlich für dich.«

»Erst wenn du mir sagst, was du vorhast«, beharrte Ida, die besorgt um ihren Bruder war.

»Also gut, komm mit!«, seufzte Oskar gereizt.

Er schloss die Seitentür des Münsters auf und schob seine Schwester in den Vorraum.

Nachdem er den Eingang wieder verschlossen hatte, ging er schulterzuckend auf Max Fouché zu, der am Aufgang zum Glockenturm wachte.

»Ida hat mich verfolgt«, erklärte Oskar resigniert.

»Erzählt mir jetzt vielleicht mal einer, was ihr vorhabt?«, begehrte die junge Frau auf.

Abwechselnd berichteten Oskar und Max vom Plan der nationalistischen Studenten – und ihren Gegenmaßnahmen.

»Das ist ja schön, dass Herr Busch alles abgeschlossen hat, aber was ist, wenn sich einige der Studenten schon vorher, schon gestern Abend, hier drin versteckt haben?«, gab Ida zu bedenken.

»Dann wären sie eingesperrt und müssten immer noch da sein«, beruhigte Oskar sie.

»Ganz genau«, ertönte plötzlich eine Stimme hinter ihnen. »Dann wären wir die ganze Nacht schon hier gewesen.«

»Étienne«, erkannte Oskar seinen Kommilitonen, der mit einem weiteren Studenten hinter einem Schrank hervorgetreten war. Loubet zog eine Pistole und richtete sie auf Fouché, Oskar und dessen Schwester.

37

Die Tritschler-Geschwister und der Bibliothekar starrten entsetzt in die Mündung der Waffe.

»François«, wandte sich Étienne Loubet an seinen rundlichen Begleiter, ohne den Blick von Maximilien und den Geschwistern zu lassen, »geh hoch und hindere den Küster daran zu bimmeln!«

»Jungs, ihr handelt euch massiven Ärger ein«, warnte Fouché.

»Halt's Maul!«, brüllte Loubet den Alten an. Dann wandte er sich erneut seinem Kumpan zu, der in der Bewegung innegehalten hatte. »Na mach schon! Was stehst du hier noch herum?«

Der Dicke trollte sich in Richtung der Wendeltreppe.

»Monsieur Fouché hat recht«, bestätigte Oskar. »Was schert euch das Glockenläuten, Étienne?«

»Dass du das nicht verstehst, war klar, Boche«, entgegnete der Franzose spöttisch und richtete die Waffe noch ein bisschen bedrohlicher auf Oskar. »Aber wir machen es uns jetzt hier hübsch gemütlich bis zehn Uhr.«

Oskar sah die Pistole genauer an und begann plötzlich zu lachen.

»Was tust du?«, rief Ida erschrocken, als ihr Bruder in aller Seelenruhe in Richtung des Aufgangs zum Turm ging.

»He, was soll das werden, Boche?«, rief Étienne wütend. »Komm sofort zurück!«

»Ich hole jetzt den Dicken wieder her, weit ist der sicher noch nicht gekommen. Dann kann der Küster in aller Ruhe ›bimmeln‹, wie du es nennst«, entgegnete Oskar grinsend. »Und bevor du mir weiter drohst – ich habe die Pistole aus eurer Theatergruppe wiedererkannt.«

Ida und Max sahen sich verblüfft an.

»Ist das sicher?«, rief der Bibliothekar Oskar noch nach, und der, inzwischen bereits im Aufgang, erwiderte: »Hundert Prozent.«

»Na denn«, brummte Max, erhob sich, ging ruhig auf Loubet zu und nahm ihm den Requisitenrevolver einfach aus der Hand. Er klopfte dem plötzlich ganz eingeschüchtert wirkenden jungen Mann auf die Schulter.

»Weißt du, ich bin auch nicht begeistert, dass wir für den Preußen-Kaiser läuten«, gab der Alte zu. »Die zu feiern, die unsere schöne Stadt damals in Schutt und Asche bombardiert haben. Aber inzwischen arbeiten wir zusammen. Solange wir hier sind, haben wir einen Kaiser – zumindest zurzeit. Und wenn wir lieber unter Premierminister Dupuy leben wollen, können wir nach Paris oder sonst wohin in der französischen Republik umziehen – wir sind immerhin frei. Das war nicht immer so, auch wenn du es nicht erlebt hast, Junge. Es war schlimmer als dieses Läuten, das wir gleich hören werden, glaub mir.«

Loubet starrte betreten zu Boden und wusste offenbar nicht, was er erwidern sollte. In diesem Augenblick kam Oskar, seinen übergewichtigen Kommilitonen am Kragen haltend, die Wendeltreppe hinunter. »Wie ich mir dachte, er war noch nicht weit«, erklärte er.

»Ihr schafft jetzt den Mist vor unserer Wohnung weg«, verlangte Fouché von Étienne. »Sonst sehe ich mich gezwungen, die Schutzmänner zu holen und euch anzuzeigen.«

Eine knappe Stunde später saß Ida mit einer Tasse Kaffee bei Fouché in der Küsterwohnung. Draußen beaufsichtigte Oskar das Entfernen des Mistkarrens, von oben läuteten die Glocken.

»Alles in Ordnung mit dir, Kind?«, wandte sich Max schließlich an Ida.

Daraufhin berichtete die Tritschler-Tochter von ihrer Angst um den kleinen Marcel und von der Hoffnung seiner Urgroßmutter, sie könne Jacques Picard überreden, dessen Sohn René zur Vernunft zu bringen. »Ich befürchte, Marcel muss jetzt darunter leiden, dass sein Großvater meine Familie so sehr hasst.«

Fouché nickte ernst. »Das Gift des Krieges wirkt lange nach. Ich höre meinen Mitbewohner oft nachts schreien. Wolfgang hat Albträume von seiner Zeit als preußischer Soldat gegen uns Franzosen.«

»Schade, dass er nicht über den Krieg sprechen will«, meinte Ida. »Immerhin hatte er Dienst an der Seite meines Vaters. Möglicherweise fällt ihm ein Detail ein, das klarmacht, ob mein Vater wirklich die Kanone bedient hat, die Monsieur Picard den linken Arm gekostet hat. Er selbst erinnert sich nicht.«

»Vielleicht solltest du ihn mehr drängen«, schlug Max lächelnd vor. »Manchmal kommt man mit Rücksicht und Freundlichkeit nicht weiter.«

Schließlich betrat Wolfgang Busch mit einem zufriedenen Grinsen die Wohnstube. »Denen habe ich hübsch die Leviten gelesen«, meinte er. »Der Mist vor unserer Tür ist weg.«

Maximilien stieß Ida ermutigend an. Die holte tief Luft

und tat dann endlich, was sie schon so lange vorgehabt hatte: Sie fragte den Küster nach seinen Kriegserlebnissen mit ihrem Vater. »Jede Einzelheit könnte von Bedeutung und hilfreich sein. Bitte denken Sie nach! Wenn mein Vater damals doch nicht die Kanone bedient hat, könnte das vielleicht eine Familienfehde beenden.«

»Ich habe Ihnen aber alles gesagt, was ich weiß«, fuhr der Küster Ida daraufhin so ungewohnt harsch an, dass diese erschrocken zusammenzuckte. »Und ich werde mich bestimmt nicht länger in diesen schrecklichen Erinnerungen suhlen.«

Damit wandte er Ida und Max den Rücken zu und verließ das Zimmer.

»Ich spreche nachher noch mal mit ihm«, bot Fouché Ida an.

Sie nickte und starrte betrübt in ihre halb leere Tasse. Gestern Renés Feindseligkeit gegen Marcel, heute der Franzose mit der Waffe – und nun auch noch der barsche Tonfall des sonst so freundlichen Herrn Busch. Zwar wollten Marie und Bernadette Picard ihr heute um drei Uhr den kleinen Marcel vorbeibringen, damit die beiden in Ruhe mit Jacques sprechen konnten, doch Ida hatte nicht allzu viel Hoffnung, dass irgendwer René zur Raison bringen konnte. Sie fühlte sich dünnhäutig und kämpfte mit den Tränen. An Tagen wie diesen fehlte ihr Lucien am meisten. Wie es ihm wohl gehen mochte im über achthundert Kilometer entfernten südwestlichen Zentralmassiv Frankreichs?

*

Die Libelle schimmerte in glänzenden Blau- und Grüntönen. Sie saß ganz ruhig in dem Glasröhrchen, in dem Lucien sie eingesperrt hatte, um sie zu zeichnen. Die Namen für das Fluginsekt waren zahlreich, Libellule und Demoiselle auf

Französisch, zu Deutsch Wasserjungfer, auf Lateinisch Zygoptera. Als er die Zeichnung fertiggestellt hatte, öffnete Lucien die Glasphiole und redete dem Libellchen gut zu. »Na, raus mit Ihnen, Mademoiselle Zygoptera, ab in die Freiheit!«

Er kippte das Rohr leicht, das Insekt rutschte hinaus und schwirrte schließlich mit seinem eigentümlichen Brummen davon. Lucien atmete tief durch und sah sich in der kargen Landschaft um. Das Aubrac, wo er sich seit ein paar Wochen mit dem bekannten Insektenforscher Fabre aufhielt, war ein Hochplateau vulkanischen Ursprungs mit einer Durchschnittshöhe von ungefähr tausend Metern. Hauptmerkmal der hiesigen Landschaft war eine beinahe baumlose, leicht gewellte basaltische Hochebene, die einer Prärie glich und für Frankreich eher untypisch war. Sie erinnerte Lucien an die Landschaftsbeschreibungen der Romane des deutschen Schriftstellers Karl May, die er als Jugendlicher verschlungen hatte. Die fremdartig wirkende Umgebung half ihm, zumindest für einige Augenblicke Ida und den kleinen Marcel zu vergessen. Andererseits ließ einem die Einsamkeit hier zu viel Zeit zum Grübeln. Das Aubrac war sehr dünn besiedelt; Ackerbau war in der hoch gelegenen und eher feuchten Region kaum möglich, das Land wurde nahezu ausschließlich zur Rinderzucht verwendet.

»Lucien!«, hörte er nun die knarzende Stimme seines alten Lehrmeisters rufen.

Und da stapfte Jean-Henri Fabre auch bereits durch die Prärie auf ihn zu. Der Neunundsechzigjährige hatte sein schwarzgraues, schulterlanges Haar zurückgekämmt, darauf trug er den für ihn obligatorischen schwarzen Hut, der ihm das Aussehen eines Desperados aus dem Wilden Westen verlieh. Das Gesicht des Alten war wettergegerbt und wies mehr Linien auf als eine Landkarte. Neben ihm ging ein Lucien unbekannter dunkelhaariger Mann mit Kinnbart, der kaum älter als zwanzig sein konnte.

»Der junge Herr hier ist Paul Arnal aus Florac«, erklärte Fabre. »Er studiert protestantische Theologie, ein rechter Christenmensch also.«

Lucien wusste, dass Fabre selbst überzeugter Christ war. Deshalb sah er die 1858 veröffentlichte Evolutionstheorie seines vor fünfzehn Jahren verstorbenen Kollegen und Brieffreundes Charles Darwin auch ein wenig skeptisch. Dabei hatte der berühmte Darwin sich zu Lebzeiten lobend über Fabres eigene Schriften geäußert. Von dem zweiundzwanzigjährigen Mann neben ihm schien der Alte jedoch restlos begeistert. »Arnal ist aber auch Speläologe, er hat soeben hier ganz in der Nähe in Rocaysou eine große neue Grotte entdeckt.«

Lucien schüttelte dem jungen Mann die Hand. »Ich habe noch nie einen Höhlenforscher kennengelernt. Lucien Picard, zweites Semester Biologie.«

»Freut mich«, sagte Paul Arnal mit freundlichem Lächeln.

»Und jetzt rate mal, Lucien, was Pauls Eltern von Beruf sind!«, forderte ihn Fabre triumphierend auf.

»Bäcker«, löste Arnal das Rätsel sogleich auf. »Monsieur Fabre hat mir schon gesagt, dass Ihr Vater und Ihr Bruder Patissiers sind.«

Lucien grinste. »Ja, was für ein Zufall.«

»Man könnte meinen, Backstubenduft weckt in kleinen Jungen den Wissensdurst«, scherzte Fabre. »Der arme Paul hier hat übrigens ganz durchgelatschte Schuhe. Sein Pferd ist ihm fortgerannt, und er ist ewig weit gelaufen, um Hilfe zu suchen.«

»Es wäre ganz wunderbar, wenn Sie mich nach Mende bringen könnten«, bat Paul Arnal. »Ich muss die Entdeckung der Grotte nämlich schnellstmöglich offiziell melden, sonst kommt mir noch jemand zuvor.«

Lucien nickte verständnisvoll. »Na, das wollen wir natürlich verhindern.«

*

Oskar bemerkte stets, wenn seine Schwester ihm etwas verheimlichte. So auch an diesem Samstagnachmittag. Als sie sich ausgehfertig gemacht hatte, war sie seiner Frage ausgewichen, was sie denn vorhabe. »Einfach ein bisschen spazieren gehen, um den Kopf frei zu bekommen.« Und dann hatte sie rasch hinzugefügt: »Mal allein sein und nachdenken. Nach all der Aufregung um das Glockenläuten.« So, als wolle sie von vorneherein verhindern, dass Oskar anbot, sie zu begleiten.

Er wusste, dass seine Schwester nicht der Typ Frau war, der gern allein spazieren ging. Außerdem würde er das nicht zulassen. Kurtle hatte ihm nämlich bei seinem Abschied im Juni unter dem Siegel der Verschwiegenheit anvertraut, dass Ida kurz zuvor überfallen worden war. »Sie hat mir das Versprechen abgenommen, es niemandem aus der Familie zu sagen«, hatte der Bäcker verraten. »Aber jetzt bin ich ja nicht mehr als Begleitschutz für sie da. Pass du also bitte immer gut auf sie auf.«

Genau das hatte Oskar vor, und deshalb folgte er nun seiner Schwester, als diese um kurz vor drei Uhr das Haus verließ.

Wenige Meter von der Patisserie entfernt erblickte er zwei Damen mit einem etwa vierjährigen Knaben, auf die Ida zuging. Es handelte sich um Claires Schwägerin Marie Picard und deren Mutter, die er auf der Hochzeit der Lerocs in Weghäusel kennengelernt hatte. Er verbarg sich hastig hinter einer mit Hundsrosen überwachsenen Trennwand vor ihrem Café.

Der kleine Junge, bei dem es sich um Luciens Neffen handelte, lief Ida entgegen und rief zu Oskars Erstaunen: »Maman!«

»Marcel, mein süßer Marcel«, freute sich Ida.

Oskar in seinem Versteck wunderte sich. Wieso nannte der Kleine seine Schwester Maman?

»So, nun ist es also so weit«, erklärte Marie. »Wir werden meinem Bruder Jacques die Meinung sagen. Er soll René gefälligst endlich zur Vernunft bringen.«

Ida wirkte skeptisch. »Meint ihr denn, dass das helfen wird?«

»Das wird es«, sagte die alte Bernadette im Brustton der Überzeugung. »Es kommt zwar selten vor, dass ich richtig wütend werde, aber mein Herr Sohn hat es bereits erlebt. Und das möchte er bestimmt nicht noch mal.«

»Einfach wird es dennoch nicht«, räumte Marie ein. »Madame Rolland hat mir verraten, dass Jacques' Frau vor Kurzem aus dem gemeinsamen Schlafzimmer ausgezogen ist. Claire wohnt inzwischen im Gästezimmer. Das wird seine Laune natürlich nicht gerade angehoben haben.«

Oskars Herz begann zu rasen. Was bedeutete es, dass Claire nicht länger das Schlafzimmer mit ihrem Mann teilen wollte? Hatte es mit ihm zu tun?

»Und es ist wirklich in Ordnung, dass wir Marcel so lange in deiner Obhut lassen?«, vergewisserte sich Marie bei Ida.

»Natürlich«, beeilte diese sich zu sagen. »Der Kleine soll einfach nicht noch mal böse Worte anhören müssen.«

»Aber ist die Gefahr nicht zu groß, dass René euer Gespräch mitbekommt?«, gab Ida zu bedenken.

Marie schüttelte den Kopf. »Nein, wir sind mit Jacques nicht in der Patisserie verabredet, sondern bei unserer Freundin Joséphine Martinet. Sie hat einen großen Einfluss auf meinen Bruder – und ist bezüglich des Kleinen unserer Meinung.«

»Ja, Madame Martinet wird auf Marcels Seite sein, da bin ich mir sicher«, freute sich Ida. »Ich kenne sie. Sie war auch die Mentorin meines Vaters.«

Da kam ihr eine Idee. »Ich könnte mit Marcel doch während eures Gesprächs dort in der Nähe spazieren gehen. Sie wohnt ja ausgesprochen schön, direkt gegenüber vom Maison des Tanneurs. Und dann muss ich nicht so lange warten, bis ihr mir erzählen könnt, wie es bei euch gelaufen ist.«

Marie schmunzelte. »Gute Idee.«

»Was meinst du, Marcel«, wandte sich Ida an das Kind, »soll ich dir den Fluss und die schönen Blumen am Gerberhaus zeigen, während die Uroma und Tante Marie ihre Besprechung haben?«

Der Kleine stimmte begeistert zu, und die drei Frauen verschwanden mit ihm aus Oskars Hörweite. Der war hinter seiner mit Rosen überwucherten Wand jedoch ohnehin in Gedanken ganz bei Claire Picard – er kam einfach nicht dagegen an.

*

Eine Gefahr hatten Ida und ihre Freundinnen aus der Familie Picard nicht bedacht. Was wäre, wenn Jacques ebenfalls auf die Idee kommen würde, Madame Martinet schon vor dem verabredeten Gesprächstermin zu besuchen – und wenn sie ihm dann zusammen mit dem kleinen Marcel mitten im malerischen Petit France in die Arme laufen würden? Genau das geschah – und Ida blieb fast das Herz stehen. Instinktiv nahm sie Marcel, der begeistert auf seinen Großvater zustürmen wollte, bei der Hand.

»Was macht sie denn hier?«, wollte Jacques wütend wissen,

den Jungen, den er so lange für seinen Enkel gehalten hatte, missachtend.

»Sie passt auf den Kleinen auf«, erklärte Marie. Die schien ihrerseits verstimmt, dass der mühevoll ausgeklügelte Plan jetzt verpatzt war. »Wolltest du nicht erst um halb vier kommen?«

»Ich kann Madame Martinet doch besuchen, wann ich will«, schnauzte Luciens Vater. »Geht es bei dem Gespräch etwa um den kleinen Bastard? Das könnt ihr vergessen!«

»Der Kleine vermisst seinen Großvater, verdammt. Die Eltern und seinen Kuschelonkel hat man ihm doch schon genommen«, erinnerte Bernadette wütend.

Verbittert erwiderte Jacques: »René hat vollkommen recht. Wir Picard-Männer lassen uns nicht länger als Goldesel missbrauchen.«

Ida wich angewidert einen Schritt zurück – da bemerkte sie erschrocken, dass Marcel nicht mehr an ihrer Hand war. Als sie sah, dass der Kleine unten direkt am Ufer der Ill weinend davonlief, geriet sie in Panik. »Marcel, komm zurück!«, schrie sie.

Es fühlte sich an wie in einem schrecklichen Albtraum, als der Junge nun stolperte, über die steinerne Uferbefestigung kippte und in den Fluss stürzte. Ein kleines Stück wurde das Körperchen weggetrieben, dann versank der Knabe, der nicht schwimmen konnte, in der dunklen Tiefe.

38

Mende war eine französische Gemeinde am Ufer des Flusses Lot mit knapp achttausend Einwohnern. Der Ort verfügte über einen mittelalterlichen Stadtkern. Es gab eine gotische Kathedrale aus dem vierzehnten und eine Brücke aus dem dreizehnten Jahrhundert. Vor einer Taverne saßen Lucien Picard und der Insektenexperte Jean-Paul Fabre mit dem jungen Höhlenwissenschaftler Paul Arnal unter einem Sonnenschirm und feierten die Entdeckung der Grotte von Rocaysou.

»Nettes Städtchen«, befand Lucien und sah hinauf zum Mont Mimat, der das siebenhundert Meter über dem Meeresspiegel gelegene Mende um dreihundert weitere Meter überragte. »Viel alte Bausubstanz.«

»Die Gegend hier war bereits in der Bronzezeit besiedelt«, bestätigte Paul, der wie Fabre aus der hiesigen Region stammte, und nahm einen Schluck Wein. »Meine Verlobte arbeitet als Gehilfin eines Archäologen und hat hier mit ihm schon spannende Ausgrabungen mitgemacht.«

»Vielleicht kann Mademoiselle uns ja mal eine Führung geben«, schlug der alte Fabre halb im Scherz vor.

»Daraus wird wohl leider nichts«, meinte Paul Arnal seufzend. »Sie hilft seit einem Monat bei einer Ausgrabung in

Griechenland und bleibt gewiss auch noch bis Ende November dort.«

»Dann vermissen Sie sie bestimmt furchtbar«, mutmaßte Lucien.

»Das kann man wohl sagen«, bestätigte der Theologiestudent und Höhlenforscher.

»Geht unserem Lucien hier nicht anders«, verriet Fabre und klopfte seinem Schüler aufmunternd auf die Schulter. Der hatte dem Insektenforscher auf dessen Drängen hin bereits zu Beginn ihrer Reise den Grund für seine häufige Traurigkeit offenbart.

»Bei mir ist es leider etwas komplizierter, eine lange Geschichte«, umriss Lucien nun vage.

»Ach, ich habe Zeit, meine Entdeckung ist ja jetzt gemeldet«, grinste Arnal, der offenbar neugierig geworden war.

Während Lucien nun also die Geschichte der unglücklichen Liebe zu Ida Tritschler erzählte, sorgte der alte Fabre dafür, dass sein Schüler bei seinem Bericht keine traurige Einzelheit ausließ.

»Ich wollte es Ida leichter machen, mich zu vergessen«, resümierte Lucien schließlich. »Aber falls sie im Verdrängen der Gefühle so schlecht ist wie ich, hat die bisherige Trennungszeit wenig genutzt. Und Marcel …« Seine Stimme stockte. »Er wird mich auch schrecklich vermissen. Gestern Nacht habe ich geträumt, dass er von einer dunklen Gestalt entführt worden sei.«

»Wenn Sie Ihren Neffen so vermissen, warum brechen Sie die Exkursion nicht einfach ab?«, wollte Fabre wissen.

Sein Schüler sah ihn erstaunt an. »Ich kann Sie doch nicht im Stich lassen.«

»Ach, Lucien, glauben Sie nicht, dass ich nach fünf Jahrzehnten voller Exkursionen diese hier auch allein zu Ende bekomme? Außerdem sitzen Sie einem Kindernarren gegenüber«, betonte der achtfache Vater. »Sie wissen doch, wie das Buch heißt, das ich letztes Jahr veröffentlicht habe!«

»*La Plante: leçons à mon fils sur la botanique*«, bestätigte Lucien lächelnd – *Die Pflanze: Lehrstunden in Botanik für meinen Sohn.* Der Titel ließ in der Tat darauf schließen, wie sehr der bekannte Biologe seinen jüngsten Sohn und gewiss auch alle anderen sieben Kinder liebte. Außerdem wusste Lucien, dass Fabre seine Sorgen um Marcel aus einem ganz bestimmten Grund bestens nachvollziehen konnte: Eigentlich hätte der berühmte Biologe nicht nur acht Sprösslinge gehabt, sondern zehn – zwei von den sieben aus erster Ehe hatten das Kindesalter jedoch nicht überlebt.

»Überraschen Sie den Kleinen, und kommen Sie einfach eineinhalb Monate früher als geplant zu ihm zurück«, beharrte Fabre.

Paul Arnal mutmaßte: »Ihre Ex-Verlobte wird Ihnen alles verzeihen, was dem Kleinen nutzt.«

»Und einen neuen Lebenspartner finden Sie beide auch irgendwann«, versuchte Fabre, Zuversicht zu vermitteln. »1885 starb meine geliebte Frau Marie-Césarine nach elf Ehejahren und sieben Geburten, da dachte ich auch, ich würde niemals wieder Liebe erfahren. Aber was soll ich sagen? Zwei Jahre später heiratete ich meine Haushälterin Marie-Joséphine. Sie war damals erst vierundzwanzig, und ich hätte nie zu hoffen gewagt, dass sie mich alten Esel erhört. Doch sie schenkte mir noch drei weitere Kinder, und wir sind bis heute glücklich miteinander.«

Lucien sah seinen Lehrmeister und den jungen Höhlenforscher gerührt an. »Danke.«

»Na, dann wäre das geklärt. Sie reisen morgen ab, mein lieber Lucien«, bestimmte der alte Jean-Henri. »Aber nach dieser kleinen Feier lassen wir uns von Paul heute noch seine Grotte zeigen.«

Die drei Forscher stießen erneut miteinander an, und ganz langsam sickerte bei Lucien die Vorfreude auf die baldige Heimkehr nach Straßburg durch. Spätestens in drei Tagen würde er Marcel wiedersehen! Und bis dahin wäre der bei Bernadette, Marie und Ida in den allerbesten Händen. Der Kleine war in Sicherheit. Es gab keine dunklen Gestalten, die ihn entführen wollten!

*

Ida war in ihrem ganzen Leben noch nie derart in Panik gewesen. Sie rannte zum Ufer, so schnell ihre eleganten, aber unbequemen Schuhe, das Korsett und das voluminöse Kleid es zuließen. All das würde ihr das Schwimmen und Tauchen sehr schwer machen, wenn nicht vereiteln, doch für solche Bedenken war jetzt keine Zeit. Sie hörte zwar noch eine vertraute männliche Stimme rufen: »Ida, nein!«, doch da sprang sie bereits in die Ill. Das aufgebauschte Kleid hielt sie wie ein Ballon an der Oberfläche, Tauchen schien zunächst unmöglich. Da schlug neben ihr jemand im Wasser auf. Sie erkannte Jacques Picard. Er gab sein Bestes, wirkte aber eher wie ein hilflos paddelnder Hund als wie ein Lebensretter. Erneut versuchte Ida vergeblich zu tauchen. Marcel würde elendig ertrinken, wenn sie ihn nicht sofort zu fassen bekäme!

Während Oskar zum Ufer rannte, ärgerte er sich über seine Schwester. Konnte dieser Trotzkopf nicht ein einziges Mal auf ihn hören? Es war doch logisch, dass man in dem Aufzug nicht tauchen konnte. Zum Glück hatte er belauscht, wo die Damen mit dem Kind hinwollten, und war ihnen schließlich gefolgt. Beherzt sprang er ins Wasser, mit ein paar raschen Zügen war er an der Stelle, an der der Knabe versunken war. Unten sah er ihn im trüben Wasser zappeln. Er lebte also noch! Oskar packte das um sich schlagende Bündel und brachte es an die Oberfläche.

Als Ida Marcel im Arm ihres nach Luft schnappenden Bruders husten hörte, begann sie vor Erleichterung zu weinen. Doch es blieb ihr keine Zeit, sich zu entspannen, denn der nächste Notfall war bereits eingetreten: Jacques Picard hatte offensichtlich seine Fähigkeit, mit der Armprothese zu schwimmen, überschätzt. Er wedelte hilflos mit dem intakten Arm, ging immer wieder unter, die blanke Todesangst stand ihm ins Gesicht geschrieben. Während Oskar den wie Espenlaub zitternden Jungen an dessen Großtante Marie übergab, griff Ida von hinten nach dem Patriarchen. »Bitte, Monsieur Picard, halten Sie still, ich ziehe Sie zum Ufer!«

Ihr Kleid hatte sich inzwischen derart mit Wasser vollgesogen, dass sie Zweifel daran bekam, dieses Versprechen halten zu können. Immer wieder wurde sie mit ungeheurer Kraft in Richtung Grund gezogen.

Nur mit äußerster Anstrengung erreichten sie die Steinwand, wo glücklicherweise sogleich hilfreiche Hände an Jacques Picard zerrten und ihn aus dem Fluss hievten. Er blieb keuchend und Wasser spuckend auf dem Uferweg liegen, während sich nun auch Ida hinaufhelfen ließ. Ihr Kleid zerrte dabei an ihr wie ein riesiger nasser Sack.

Immer noch schien ihnen keine Erleichterung vergönnt, denn nun rief Marie: »Es geht Marcel nicht gut. Er ist halb bewusstlos und hat ein ganz heißes Köpfchen.«

*

Keiner sagte ein Wort. Madame Rolland reichte Ida stumm eine dampfende Tasse Kakao. Sie saß in trockener Unterwäsche und einem Morgenmantel in der Bibliothek der Picards. Die notdürftige Kleidung war eine Leihgabe von Claire.

Neben Ida am Kamin, der trotz der sommerlichen Wärme angezündet worden war, saß Jacques und starrte besorgt vor sich hin. Er hatte vorgeschlagen, dass sie sich alle in sein Haus begeben sollten, und Marie war losgerannt, um den Hausarzt der Familie, den alten Docteur Philippe Montiage, zu rufen. Der untersuchte den Kleinen, der zum ersten Mal seit knapp zwei Monaten in seinem alten Kinderbettchen lag, nun bereits seit einer Viertelstunde. Marie war bei den beiden geblieben.

Oskar, der am Fenster stand, hatte Kleidung aus Luciens Schrank zur Verfügung gestellt bekommen, deren Ärmel und Hosenbeine etwas zu lang waren – doch wen scherte das in so einer Situation? Er und Claire, die an einem der Bücherregale stand, warfen sich bisweilen verstohlene und unsichere Blicke zu.

Großmutter Bernadette ging nervös an der Tür auf und ab. Eine Sitzgelegenheit hatte sie genauso hartnäckig abgelehnt wie ein Getränk oder einen Imbiss.

Da wurde die Tür geöffnet, und alle Anwesenden starrten dorthin. Doch zu ihrer Enttäuschung war es nur René, der die Bibliothek betrat.

»Was ist denn hier für ein Auflauf?«, fragte er viel zu laut, und dann fügte er mit wütender Stimme hinzu: »Und was machen die gottverdammten Tritschlers hier?«

»Hüte deine Zunge!«, warnte seine Großmutter mit gefährlich leiser Stimme. »Der kleine Marcel hat hohes Fieber.«

»Was erwartet ihr denn? In den Kreisen, aus denen der stammt, werden die Leute häufig krank. Kein Grund für so eine Trauerversammlung. Der kleine Bastard wird schon überle… «

KLATSCH! Bernadette hatte für ihre Ohrfeige so weit ausgeholt, dass René zwei Schritte zur Seite stolperte. Er rieb sich die gerötete Wange und sah seine Großmutter fassungslos an. Ehe er etwas antworten konnte, betraten mit ernster Miene Marie Picard und Docteur Montiage den Raum.

»Der Knabe hat sehr hohes Fieber. Es mag an dem großen Schrecken liegen oder an Bakterien, die er mit dem Flusswasser geschluckt hat«, erklärte der weißhaarige Hausarzt ernst. »Die heutige Nacht wird entscheiden, ob er überlebt. Sollte das Fieber nicht bis zum Morgen sinken, rufen Sie mich bitte erneut. Wir müssten uns dann auch rechtzeitig um einen Priester kümmern.«

Eine Welle des Entsetzens erfasste die Menschen in der Bibliothek. Gesichter wurden in Händen vergraben, Schluchzer ertönten.

Ida hingegen stand regungslos da, starrte den Arzt an. Unfähig, den Sinn der Worte, die der Mediziner gesprochen hatte, mit ihrem lieben kleinen Marcel in Verbindung zu bringen. Es konnte doch nicht sein, dass ein unschuldiger Vierjähriger starb!

Claire begann zu taumeln, und Oskar war sofort an ihrer Seite, um sie zu stützen.

Eine Stunde später, Ida hatte sich weitere Kleidung von Luciens Mutter geliehen, um nach Hause zu können und sich umzuziehen, betrat sie das Münster, wo sie für Marcels Überleben beten wollte. Sie hatte immer wenig mit den Predigten der Priester anfangen können, doch die Vorstellung, dass ein liebevolles, väterliches und allmächtiges Wesen sich ihre Sorgen anhören würde, war eine tröstliche.

Sie ging zum Altar und erblickte erschrocken Jacques Picard, der wie ein Häufchen Elend in der ersten Bankreihe saß.

Als er sie bemerkte, sagte er beruhigend: »Setzen Sie sich ruhig her, Ida, Sie müssen keine Angst vor mir haben.«

Zögernd kam sie seinem Angebot nach.

»Danke, dass Sie mich aus der Ill gezogen haben«, brachte er schließlich hervor. »Verdient habe ich es nicht. Ich habe mich schwer versündigt an dem Kleinen.«

»Er muss einfach überleben«, wisperte Ida.

Picard atmete tief ein und nickte ernst.

Idas Blick fiel auf seine Prothese. »Monsieur Picard, würden Sie mir einen Gefallen tun? Erzählen Sie mir von der Belagerung? Wie haben Sie Ihren Arm verloren?«

»Darüber spreche ich nicht gern«, wehrte er ab.

Ida dachte an Max Fouchés Worte, sich nicht zu schnell abwimmeln zu lassen, und insistierte: »Ich würde aber Ihren Zorn auf meinen Vater wirklich gern besser nachvollziehen können.«

Jacques sah zuerst sie an, dann das Altarkreuz. »Es war ja nicht nur Ihr Vater … «, murmelte er. »Werders Streitmacht hatte schon zu Beginn vierzigtausend Soldaten aus Württemberg und Baden. Später stießen sogar noch weitere zehntausend dazu. Die Festung Straßburg stand unter dem Kommando von General Jean-Jacques Uhrich, der war damals schon an die siebzig. Zur besten Zeit standen ihm nicht mal halb so viele Männer zur Verfügung wie dem Preußen von Werder, und selbst die hatten zum Teil nur geringe Kampfkraft.«

»Trotzdem hat Straßburg ja fast zwei Monate durchgehalten«, erinnerte sich Ida an die Aussage ihres Großvaters.

»Am 12. August 1870 hatten die ersten Truppenteile die nähere Umgebung erreicht und die dortigen Dörfer eingenommen«, berichtete Picard. »Natürlich auch Weghäusel. Man zwang alle arbeitsfähigen Männer zum Ausheben von Gräben, die später zur Bestürmung Straßburgs dienen sollten. Auch meinen Vater. Das war entwürdigend, aber immerhin befand er sich selbst nicht in der Schusslinie. Und meine Mutter und Marie waren im Forsthaus im Nachtwald ebenfalls sicher vor Bombardierungen. Straßburg war aber bald von allen Seiten eingekesselt und von der Außenwelt abgeschnitten, die haben die Eisenbahn- und Telegrafenverbindungen gekappt. Es gab Gerüchte, die Metzer oder die Lyoner Armee würde uns bald zu Hilfe eilen und für unseren Entsatz sorgen«, erinnerte sich Jacques voller Bitterkeit. »Aber niemand kam, wir erhielten nicht mal mehr Nachrichten aus Innerfrankreich. Manchmal glaubten wir, die französische Führung hätte Straßburg schon aufgegeben. Aber obwohl wir täglich übel bombardiert wurden, gaben wir nicht auf. Hundertzwei Matrosen aus Marseille waren mit einem Kanonenboot gekommen, aber die Preußen hatten sie zuvor gehindert, das Gefährt ausreichend zu bewaffnen. Da sie mit dem schlachtuntauglichen Boot nicht wie geplant auf dem Rhein kämpfen konnten, halfen uns die Marseiller stattdessen beim Bau von Betten.«

»Betten?«, wunderte sich Ida.

Picard nickte. »Die waren für die Truppen, die im Güterbahnhof untergebracht werden sollten. Später bedienten sie dann Geschütze auf den Wällen rund um unsere Stadt.«

Was für eine merkwürdige Vorstellung, dachte Ida, Matrosen in Straßburg, die zum Kämpfen auf Schutzwälle klettern mussten, während ihr nutzloses Boot verwaist im Fluss lag.

»Unsere Festungsartillerie hatte aber kaum achthundert Geschütze und war größtenteils völlig veraltet. Außerdem wurde die Munition streng rationiert«, kommentierte Jacques verbittert. »Eine Woche später ließ von Werder dann das Feuer auf die Innenstadt eröffnen. Unter anderem wurde das

Münster getroffen. Der Bischof von Straßburg bat vergeblich darum, den Beschuss einzustellen. Ich entging so oft allen möglichen Treffern, dass ich schon glaubte, Gott habe vorgesehen, mir dürfe einfach nichts geschehen.«

Er rieb sich die Stirn und schwieg.

Ida wagte kaum zu atmen und fürchtete schon, er könne seinen Erzählfluss beenden, bevor er zu der Stelle gekommen war, die sie besonders interessierte. Doch kurz darauf sprach er zu ihrer Erleichterung weiter: »Es war auf den Tag genau morgen vor dreiundzwanzig Jahren … In der Nacht auf den 3. September versuchte der Feind an mehreren Stellen zugleich den Sturm, wurde aber zurückgeschlagen – unter großen Verlusten. Dreiundvierzig unserer hundertzwei Matrosen aus Marseille waren tot oder zu schwer verwundet, um weiterzukämpfen. Meine Claire erzählte mir später, dass damals auch ihr erster Verlobter gestorben ist. Um acht Uhr abends hielt ich mit mehreren Mietern unten vor dem Haus Wache, in dem ich als Bäckerlehrling wohnte. Da ist eine Bombe mit fürchterlichem Krachen wenige Schritte vor uns niedergefallen und explodiert. Sie hat meinen besten Freund, Édouard Bour, getötet. Er war erst siebzehn. Die ganze Nachbarschaft hat um diesen reizenden Menschen getrauert. Das Schlimme war: Meine Schwester hatte sich vor der Belagerung mit Édouard verlobt. Und nun konnte ich ihr nicht mal mitteilen, dass er gestorben war …«

Täuschte Ida sich oder zitterte die Stimme des sonst so strengen Patriarchen etwas? Unter gesenkten Lidern sah sie ihn vorsichtig von der Seite an – und tatsächlich: Jacques Picard wischte sich eine Träne aus dem Augenwinkel. Er blinzelte heftig, bevor er weitersprach: »Am nächsten Tag begab ich mich um vier Uhr nachmittags zu Édouards Beerdigung. Wir waren allerdings trotz seiner Beliebtheit nur zu neunt.

Das feindliche Feuer war so mörderisch, dass sich niemand hinauswagte. Nach der Leichenfeier, die der Priester in der Kirche statt am Grab abhalten wollte, sind wir zum Botanischen Garten aufgebrochen. Dort nahm man in der Zeit des schweren Beschusses die Beerdigungen vor. Das feindliche Feuer war an diesem Tag heftiger denn je, deshalb hat sich der Priester ausdrücklich geweigert, Édouards Sarg zu begleiten. Eigentlich sollten doch gerade die Pfaffen in solch unglückseligen Umständen ein Vorbild sein. Aber nein, ausgerechnet der gab ein Beispiel für größte Feigheit.«

Seine Stimme stockte.

Ida rang beklommen nach Worten. Wenn Jacques schon jetzt so aufgewühlt durch seine Erinnerungen war, wie sollte es erst werden, wenn er auf seine schwere Verwundung zu sprechen kommen würde?

*

Lucien und sein alter Mentor Jean-Henri Fabre drängten sich vorn auf einem Pferdefuhrwerk, das Paul Arnal in Richtung Rocaysou lenkte, wo er jüngst die Grotte entdeckt und erforscht hatte.

»Sie ist bestimmt zwanzig Hektar groß«, berichtete der junge Höhlenforscher, »und es wimmelt dort nur so von Fledermäusen.«

»Na wunderbar«, freute sich Fabre.

Lucien hingegen sah vage besorgt nach links. Auf dieser Seite des Weges ging es ganz schön steil hinunter. Im nächsten Moment fuhr er erschrocken zusammen: Steine und Felsbrocken polterten etwa fünf Meter vor ihnen den Hang hinunter.

»Steinschlag«, rief Arnal warnend und versuchte, das Pferd zum Stehen zu bringen. Das Tier wurde jedoch Sekunden später von einem kleinen Stein am Maul getroffen und bäumte sich panisch wiehernd auf. Das angehängte Gefährt stellte sich durch das abrupte Bremsen quer und kippte leicht nach links. Vergeblich versuchte Lucien, sich festzuhalten, er stürzte in die Tiefe, schlug hart auf, wurde von Schmerz erfasst, der quälender war als alles, was er bisher gefühlt hatte und ihm den Atem und beinahe die Sinne raubte. Waren all seine Knochen gebrochen? Er spürte, dass er erneut stürzte – und dann gab es nur noch gnädige Schwärze.

39

Benommen war Oskar nach Hause zurückgegangen. Vor lauter Sorge um Claires kleinen Enkel vergaß er, dass er sich eigentlich hatte umziehen wollen. Stattdessen ließ er sich auf einen der Stühle im Außenbereich des Cafés fallen. Es war kurz vor Feierabend, und im Inneren sah er Amélie und Hélène schon aufstuhlen. Die beiden lachten zusammen, ahnten wohl nichts von den Ereignissen der letzten Stunde. Amélie hatte offenbar einen ihrer Scherze gemacht. Die beiden jungen Frauen schienen ihn nicht bemerkt zu haben, denn nun küssten sie einander zärtlich. Plötzlich wandte Amélie den Kopf und sah ihm direkt ins Gesicht. Rasch senkte er den Blick, beschämt, sie in einem solch vertraulichen Moment beobachtet zu haben. Doch Amélie kam auf ihn zu und lächelte ihn an.

»Oskar, alles in Ordnung mit dir?«

Er schüttelte betrübt den Kopf. »Ida ist in der Kirche und betet …«

Amélie sah ihn besorgt an. »Was ist passiert?«

Sie setzte sich zu ihm und ließ sich den genauen Verlauf der Tragödie an der Ill erzählen.

»Schrecklich«, kommentierte sie schließlich.

»Unerträglich, dass man gar nichts tun kann – außer abzuwarten«, brachte Oskar mit belegter Stimme hervor. Er fühlte sich so hilflos wie zuletzt als kleiner Junge.

»Es tut mir wirklich leid.« Amélie drückte tröstend seine Hand. Dann sagte sie: »Wenn ich mir etwas sehr wünsche, bestelle ich es mir beim Universum. Das hat schon öfter geklappt.«

Er sah sie fragend an. »Betest du nicht zu Gott?«

Sie schüttelte den Kopf. »Wenn ich ganz ehrlich bin, nein. Ein Gott, der angeblich so viel verdammt, was er doch selbst so geschaffen hat … Das klingt mir zu sehr, als ob ein paar Menschen aus purem Eigennutz etwas hinzugedichtet haben, um andere zu beherrschen.«

Ihre Offenheit machte es Oskar leichter, sie zu fragen: »Du und Hélène … ihr …?«

Die schöne junge Frau, nach der er sich im Frühjahr so verzehrt hatte, nickte. »Ja, ich konnte leider nicht auf dich hören. Wir werden zusammen eine Wohnung suchen. Du hast natürlich recht, dass wir damit einiges riskieren. Aber ich möchte einfach mit Hélène glücklich sein. Und wenn ich es allen recht machen will, bin ich ein Leben lang beschäftigt – mit Dingen, die weder Hélène noch mich glücklich machen.«

Einerseits bewunderte Oskar Amélies Haltung, andererseits sorgte er sich um die Freundin. »Aber – habt ihr keine Angst vor dem Spott der Gesellschaft?«

»Schon, aber nicht genug, um deshalb auf unser gemeinsames Glück zu verzichten«, antwortete Amélie. »Dann haben ja die gewonnen, die unsere Liebe hassen.«

Oskar kamen seine eigenen Gefühle für die sechzehn Jahre ältere Claire in den Sinn. Was würde sie wohl von Amélies Worten halten?

*

Schließlich war Jacques Picard in seiner Erzählung am 27. September 1870 angelangt – jenem Tag, der ihn seinen linken Arm gekostet hatte. »Es gab Gerüchte, dass unser General Uhrich endlich in Kapitulationsverhandlungen eingetreten sei. Die Festung Straßburg ließ sich nicht länger halten, und angeblich wollte er blutige Straßenkämpfe vermeiden. Viele Leute sind auf die Wälle geklettert, da schon behauptet wurde, es herrsche Waffenstillstand. Und da wurde ich so neugierig, dass ich mir ebenfalls einen Überblick verschaffen wollte. Ihr Herr Vater meinte aber, jetzt noch schießen zu müssen. Ich wurde getroffen und durch die Luft geschleudert – mein linker Arm war nur noch blutiger Matsch.«

Ida versuchte, Ekel und Mitleid zu verdrängen, und fragte: »Konnten Sie meinen Vater denn so deutlich sehen?«

»Natürlich nicht. Wer da während der Kapitulationsverhandlungen noch geschossen hat, bekam ich erst später heraus. Als man mir im Gefangenenlazarett den Arm amputiert hatte, lag ich im Fieber, und dann begann ich plötzlich schlimm zu bluten. Ein preußischer Soldat hat den Arzt darauf hingewiesen. Der stellte einen schweren Blutsturz fest! Ohne den Hinweis des Preußen hätte ich es nicht geschafft. Er war es auch, der mir verraten hat, wer die Kanone …«

»Guten Abend«, ertönte es plötzlich hinter ihnen.

Sie fuhren herum und sahen in das seltsam bleiche Gesicht von Wolfgang Busch. Da er ja von der Fehde wusste, war er sichtlich verblüfft, seinen Freund hier im friedlichen Gespräch mit der Tochter des Erzfeindes zu sehen.

»Wie kommt es, dass ihr beide hier zusammensitzt?«

»Durch den Zwist unserer Familien ist nun ein Kind in Lebensgefahr«, gab Jacques zu, und sein schlechtes Gewissen war deutlich herauszuhören.

»Der kleine Marcel?«, vergewisserte sich der Kirchenwart entsetzt.

Jacques setzte ihm auseinander, was geschehen war.

»Sagt ihr mir Bescheid, wenn ihr etwas Neues wisst?«, bat Wolfgang Busch mit schwacher Stimme.

»Ja, das tun wir«, versprach Ida, und der Küster verließ wie in Trance die Kirche.

»Es nimmt ihn mehr mit, als ich gedacht hätte …«, wunderte sich Jacques.

»Aber er wirkte schon so merkwürdig, als er uns begrüßt hat«, murmelte Ida nachdenklich.

Jacques zuckte mit den Schultern. »Na, egal. Wo waren wir stehen geblieben?«

»Ein deutscher Soldat hat Ihren Blutsturz gemeldet und Sie damit gerettet«, erinnerte ihn Ida. »Es war Herr Busch. Das hat mir Ihre Schwester Marie kürzlich anvertraut.«

»Ja, er wurde der erste und einzige preußische Soldat, mit dem ich mich angefreundet habe«, bestätigte der Patissier. »Ich habe ihn so lange gelöchert, bis er mir schließlich verraten hat, wer an dem Nachmittag die Kanone bedient hat an der Stelle, wo es mich erwischt hat.«

»Franz Tritschler?«, fragte Ida, obwohl sie die Antwort kannte.

»Genau«, bestätigte Jacques. »Als er mir den Namen verriet, rechnete Wolfgang wohl nicht damit, dass ich Ihren Herrn Vater je aufspüren würde. Doch ich fand schließlich heraus, dass er noch in Straßburg war. Ich beschaffte mir eine Waffe und lauerte ihm auf – fest entschlossen, ihm zumindest in den Arm zu schießen.«

Ida erschauderte bei dem Gedanken. »Warum haben Sie es dann nicht getan?«

Da lächelte Jacques wehmütig. »Wegen der jungen Dame,

die an dem Tag mit ihm Schluss machte. Schließlich ließ der Idiot diese Traumfrau vor dem Münster stehen. Als ich sah, dass Claire Goldschmidt weinte, konnte ich Tritschler nicht hinterher, alle Rache war vergessen. Ich wollte nur noch diese Frau glücklich machen.«

»Und das haben Sie ja auch«, sagte Ida mit belegter Stimme.

»Zumindest eine Zeit lang«, murmelte Picard. »Aber jetzt hat uns ein Geheimnis auseinandergebracht, das wir miteinander teilen.«

Ida sah ihn neugierig an. »Was ist das für ein Geheimnis?«

Picard blickte ihr in die Augen, dann nickte er ernst. »Ich sollte es Ihnen endlich offenbaren. Selbst der gnädigste Gott würde das verlangen, bevor er meine Gebete für Marcel erhört.«

»Was meinen Sie?«, fragte sie verwirrt.

Da bemerkten sie, wie von hinten jemand mit hastigem Schritt zum Altar kam.

»Marie!«, erkannte Jacques Picard seine Schwester und sprang auf.

Mit Entsetzen bemerkte Ida, wie bleich und außer Atem die Künstlerin war. Das konnte nur schlimme Nachrichten bedeuten – die schlimmsten überhaupt …

»Was ist geschehen?«, brachte sie zitternd hervor.

*

Oskar hatte Amélie und ihre Hélène in den Feierabend entlassen und trug nun selbst die Außenmöbel ins Innere des Cafés. Er war froh, etwas zu tun zu haben. Gerade wollte er den letzten Tisch holen, da stand plötzlich die Person vor ihm, an die er gerade gedacht hatte.

»Claire«, sagte er heiser. »Gibt es Neuigkeiten von Marcel?«

»Ich weiß es nicht, ich war gerade kurz bei Madame Martinet, um sie über Marcels Zustand zu unterrichten. Dann bin ich direkt hierhergekommen.«

Oskar lächelte. Wenn es nicht um Marcel ging, konnte Claires Anwesenheit nur einen Grund haben. »Komm doch mit rein, da ist es sicherer.«

Als sie im Inneren des Cafés zwischen den Außenmöbeln und den aufgestuhlten Tischen standen, musste er sich zurückhalten, nicht ihre Wange zu streicheln. »Gut, dass du da bist. Ich wollte dich auch aufsuchen und mit dir sprechen. Ich habe gehört, dass du und dein Mann jetzt getrennte Zimmer habt?«

»Ja, wir haben schlimme Dinge getan, um unsere Welt zu schützen«, gestand Claire. »Dabei wurde uns klar, dass es nichts mehr zu schützen gibt. Wir haben uns in Frieden getrennt und wollen nun versuchen, all das wiedergutzumachen, was wir angerichtet haben.«

Sie sah Oskar in die Augen, und einmal mehr beschleunigte sich sein Puls.

»Was wolltest du mir denn sagen?«, fragte sie ihn.

»Eine Freundin von mir hat endlich ihr Glück gefunden. Aber nur, weil sie so mutig ist, zu ihrer Liebe zu stehen«, vertraute ihr Oskar an. »Eine Liebe, für die sie verlacht und verurteilt werden wird. Doch sie will trotzdem nicht auf das gemeinsame Glück verzichten.«

Claire nickte ernst. »Und du meinst, man wird auch dich verurteilen, wenn du dich für eine Frau entscheidest, die sechzehn Jahre älter ist als du.«

Oskar schmunzelte. »Sie sieht zwar jünger aus, aber ja. Es wäre mir egal, wenn sie mich verspotten. Ich weiß, dass ich mich glücklich schätzen kann – wenn sie den Spott gegen sie bereit ist zu ertragen, versteht sich.«

»Sie ist bereit«, sagte Claire und erwiderte sein Lächeln. »Wozu einen älteren, weniger schönen Mann suchen, den ich nicht liebe. Selbst wenn ich das täte, fände bestimmt irgendwer trotzdem ein Haar in der Suppe.«

Er zog sie an sich und sprach nun ganz nahe an ihrem Gesicht: »Ich bin so froh, dass du gekommen bist.«

»Wenn ich ehrlich bin, wollte ich eigentlich zu Ida«, gab sie zu. »Ich muss ihr etwas gestehen – und das könnte auch deine Gefühle für mich verändern …«

Ehe Oskar fragen konnte, was sie denn meine, ertönte plötzlich eine scharfe Stimme, die die beiden zusammenzucken ließ: »Lass sofort meine Mutter los, du Dreckskerl!«

René! Oskar verfluchte sich selbst dafür, dass er Claire zwar ins Café gebeten, in seiner Ungeduld aber nicht die Tür abgeschlossen hatte.

Claire sah ihren Sohn ängstlich an.

»Was tust du da? Du bist so widerwärtig«, schnauzte er sie an. »Hat es dir nicht gereicht, was du mit dem älteren Tritschler angerichtet hast? Du elendes Flittchen!«

»Oskar!«, rief Claire noch. Doch es war zu spät. Eine solche Beleidigung gegen die Frau, die er liebte, ließ den jungen Tritschler in rasenden Zorn verfallen. Er schlug so heftig mit der Faust zu, dass René zur Seite geschleudert wurde. Dieser war nur kurz benommen, stürzte sich dann seinerseits auf Oskar, und der nun folgende Kampf ging um Leben und Tod. Tische fielen um, Geschirr ging zu Bruch. Vergeblich schrie Claire die beiden jungen Männer an, verlangte, dass sie aufhörten. Auch die Flasche mit dem Petroleum für die Lampen war umgefallen. Die Kämpfenden rutschten beide des Öfteren auf der Lache aus, die sich am Boden von Café und Bäckerei gebildet hatte. Schließlich versuchte Renés Mutter, zwischen die Kämpfenden zu gehen, was zur Folge hatte, dass ihr Sohn sie versehentlich mit der Faust erwischte. Mit einem dumpfen Schrei fiel Claire in die Petroleumlache. Oskar wollte zu ihr eilen, doch René ließ ihm in seiner Raserei keine Ruhe. Schließlich krachte die einzige bereits leuchtende Lampe zu Boden. Café und Verkaufsbereich verwandelten sich erschreckend schnell in ein Flammenmeer.

*

Ida und Jacques Picard sahen Marie starr vor Angst an.

»Marcel!«, brachte die mollige Frau außer Atem hervor. »Sein Fieber ist gesunken. Er verlangt nach Kirschtorte!«

Als sie nun lächelte, schossen Ida Tränen der Erleichterung in die Augen.

»Dann wird ihm sein Großvater mal sagen, dass er für immer sein Großvater bleibt«, verkündete Jacques strahlend, und auch seine Augen waren feucht. »Kommen Sie mit, Ida?«

Sie sah ihn in tiefer Dankbarkeit an. »Danke, ich komme sofort nach. Ich möchte nur rasch zu Herrn Busch und ihm die gute Nachricht überbringen, er hat sich so große Sorgen gemacht.«

»Gute Idee«, befand Jacques, »dann bis gleich.«

Kurz darauf stand Ida vor der Tür der Küsterwohnung. Auf ihr Klopfen hin öffnete ihr der alte Fouché.

»Max, ist dein Mitbewohner da?«, fragte Ida aufgeregt.

»Nein, er ist oben auf der Aussichtsplattform«, erklärte der Bibliothekar. »Er wollte ausgerechnet dort für euren Kleinen beten.«

»Das ist es ja: Es geht Marcel wieder besser, das Fieber ist gesunken«, haspelte Ida. »Ich gehe schnell hoch.«

Auf dem Weg nach oben dachte sie an ihren ersten Ausflug mit Lucien vor fast fünf Monaten zurück, als er sie auf den

Münsterturm geführt hatte. Was war seither alles geschehen! Diesmal rannte sie so schnell, dass ihr schließlich die Lunge schmerzte. Auf der Aussichtsplattform schlug ihr wie beim letzten Mal scharfer Wind entgegen. Als sie den Küster erblickte, schrie sie erschrocken auf. Er stand auf einer Zinne und sah aus, als wolle er sich jeden Augenblick in die Tiefe stürzen.

»Herr Busch!«, rief sie schrill. »Was machen Sie denn da?«

»Ida, geh weg!«, keuchte er.

Warum in aller Welt wollte der Küster nur sein Leben wegwerfen? Hatte ihn das kranke Kind derart mitgenommen? Das ergab keinen Sinn, aber in ihrer Ratlosigkeit klammerte sich Ida an jeden Strohhalm und schrie ihm zu: »Es geht Marcel besser.«

»Das ist egal«, schluchzte der Kirchenwart auf. »Ich habe zu viele Leben zerstört. Und es muss endlich aufhören. Ich habe alles in dem Brief dort aufgeschrieben.«

Er deutete auf einen Umschlag, den er mit einem Stein beschwert hatte – vermutlich, damit er nicht vom Wind davongeweht wurde.

»Sie kommen sofort da runter, oder ich springe mit Ihnen!«, kreischte Ida, nun richtig wütend.

»Lesen Sie den Brief!«, forderte er sie auf.

»Ich lese jetzt keinen verdammten Brief, Sie sagen selbst, was Sie zu sagen haben!«

Als er nicht reagierte, kletterte sie ihrerseits auf eine Zinne. Als sie kurz in die Tiefe sah, bereute sie ihren Leichtsinn augenblicklich. Was, wenn sie stolpern würde? Dann wäre in ihrer Romeo-und-Julia-Geschichte mit Lucien diesmal nur die Julia gestorben. Sie wurde von Schwindel erfasst.

40

Ida hatte sich zwar selbst in Gefahr gebracht, erreichte dafür aber schließlich, was sie wollte: Offensichtlich aus Sorge um sie stieg der Küster hastig von der Zinne, kam zu ihr und streckte seine zitternden Wurstfinger aus. Ida ergriff sie und sprang auf die Aussichtsplattform zurück. Dort atmete sie erleichtert aus.

»Ida, Gott, Ida, Sie haben mir so einen Schrecken eingejagt«, jammerte Wolfgang Busch.

»Sie mir auch«, entgegnete sie verstimmt. Sie hatte längst bei Marcel sein wollen! »Erzählen Sie mir jetzt, was Sie da auf den First getrieben hat?«

Er hob den Stein an und reichte ihr den Umschlag. »Hier, lesen Sie!«, forderte er sie mit belegter Stimme auf.

»Herrn Franz Tritschler, wichtig!« stand darauf.

»An meinen Vater?«, wunderte sich Ida und holte den Brief heraus. Sie las:

Straßburg, den 2. September
Anno Domini 1893

Verehrter Kamerad Franz,
seit Du zurück bist in Straßburg, bin ich Dir ausgewichen. Ich hätte es nicht ertragen, Dir in die Augen zu sehen. Meine unverzeihliche Lebenslüge hat unendliches

Leid über zwei Familien gebracht – und nun straft Gott mich womöglich sogar mit dem Tod eines unschuldigen Kindes. Ich werde es auf dem Gewissen haben, denn ich bin schuld an der Fehde der Tritschlers und Picards. Es gab einen Grund dafür, dass ich nach der Eroberung Straßburgs im Lazarett an Jacques Picards Seite wachte. Ich hatte ein schlechtes Gewissen ihm gegenüber, weil in Wahrheit ich es war, der so kurz vor dem Waffenstillstand die Kanone abfeuerte, wegen der er seinen Arm verlor. Ich war es allerdings nicht, der seinen Blutsturz rechtzeitig bemerkte und ihm dadurch das Leben rettete. Das warst Du, Franz Tritschler, als Du Deinen Vater besuchtest, der ja im Lazarett als Sanitäter arbeitete.

Ida fiel es wie Schuppen von den Augen. Großvater Albert hatte ihr doch damals davon erzählt, wie ihn sein Sohn bei der Arbeit im Lazarett besucht und bei einem Kriegsversehrten den Blutsturz bemerkt hatte. Ihr Vater hatte nie auf Jacques Picard geschossen! Vielmehr hatte er verhindert, dass er von Ärzten und Sanitätern unbemerkt verblutete – und somit dessen Leben gerettet! Mit zitternden Fingern las sie die weiteren Worte des Küsters, der schamvoll den Blick gesenkt hatte.

Ich schmückte mich mit fremden Lorbeeren, um mir Jacques Picard gewogen zu machen. Als er mich löcherte, ob ich herausfinden könnte, wer die Kanone bedient hatte, die ihn so schwer verletzt hatte, wusste ich: Er würde keine Ruhe geben, bis er einen Namen hatte. Und irgendwann würde er auf mich kommen. Daher nannte ich ihm den nächstbesten Namen, der mir einfiel: Franz Tritschler. Ausgerechnet jener Mann, der seinen Blutsturz erkannt und den Ärzten mitgeteilt hatte. Mir hattest Du gesagt,

Du wolltest rasch zu Deiner Mutter nach Stuttgart zurück, daher rechnete ich nicht damit, dass Ihr Euch je wiedersehen würdet. Ich hatte keine Ahnung, dass ich eine jahrzehntelange Fehde auslösen würde. Doch inzwischen weiß ich es, ich habe aus Feigheit viel zu viele Gelegenheiten verstreichen lassen, all den zerstörerischen Zwistigkeiten mit einem Geständnis ein Ende zu setzen – und weiteres Leid zu verhindern. Lieber, verehrter Franz, ich weiß, meine Untaten sind unverzeihlich, aber lass zumindest meinen Tod nicht umsonst sein! Nimm diesen Brief und gib ihn auch Picard zum Lesen! Jacques, verzeih mir, ich war es nie wert, dass Du mich Freund nennst.
Versöhnt Euch und lebt wohl!
Euer nichtswürdiger
Wolfgang Busch

Ida sah den glatzköpfigen Mann, der wie ein Häufchen Elend dastand, entschlossen an. »Jetzt ist Schluss mit der Feigheit! Sie sagen das alles meinem Vater persönlich! Kommen Sie, ich begleite Sie.«

Nach kurzem Zögern nickte Wolfgang Busch ernst, und dann machten die beiden sich an den Abstieg.

*

Ida unterdrückte mit Mühe einen Schrei, als sie und der Küster um das Münster gegangen waren und die Patisserie Tritschler in ihr Sichtfeld kam. Das Café und der Verkaufsbereich brannten lichterloh! Sie rannte, so schnell sie konnte. Vor dem Gebäude lag Oskar am Boden, Claire Picard im Arm. Die Kleidung der beiden war angebrannt, die Gesichter rot und verrußt, ihre Haare zerzaust und zum Teil versengt. Beide husteten.

»Oskar, ist noch jemand oben?«, schrie Ida in Panik. Das Feuer im Erdgeschoss wütete derartig – gewiss stiegen Rauch und Flammen bald in die oberen Stockwerke hinauf.

»Leroc«, brachte ihr Bruder keuchend hervor. Seine Augenlider flackerten. Er schien einer Ohnmacht nahe.

Da schob jemand mit dem Rücken die Tür zum Treppenhaus auf, aus dem sogleich ein Schwall dichten schwarzen Rauchs quoll.

»Madame Leroc«, rief Ida und eilte zu der Haushälterin.

Sie war völlig außer Atem und hatte in einer Decke etwas Schweres aus dem Haus gezerrt. Erst jetzt erkannte Ida, dass sich darin der leblose Körper ihres Gatten befand.

Hier an der frischeren Luft öffnete Gaston Leroc schließlich die Augen. Er hustete pfeifend. »Mein Rücken tut weh«, fiepte er und fragte seine Antoinette: »Hast du mich etwa in der Decke die ganze Treppe runtergeschleift?«

»Wenn du glaubst, ich warte Jahrzehnte auf deinen Antrag und lass dich dann kurz nach der Hochzeit ersticken, hast du dich geirrt«, sagte Antoinette Leroc und küsste ihren Mann unter Tränen.

»Ist niemand mehr in der Wohnung?«, vergewisserte sich Ida.

»Nein«, erwiderte die Hausdame. »Xavier Castanet hat seinen freien Tag, eure Eltern sind ja noch in Amerika, und Astro ist in Weghäusel.«

»René liegt noch im Café«, wimmerte nun Claire kaum hörbar. »Bitte … mein Sohn!«

»Nein!«, rief Madame Leroc noch, doch Ida lief durch die offene Tür direkt ins Flammenmeer.

Sie konnte in der Gluthitze nur schwer die Augen offen halten, und der beißende Rauch ließ sie kaum atmen. Da lag er! Ein heruntergefallener Balken hatte René Picards Hüften unter sich begraben. Ida hatte keine Ahnung, ob Luciens Bruder noch lebte. Sie zerrte an ihm, doch allein würde sie es nicht schaffen. Wahrscheinlich war Oskar deshalb nur mit Claire aus den Flammen gekommen. Sie spürte, dass sie das Gebäude schnellstens verlassen musste, die Sinne schwanden ihr bereits. Aber man konnte doch einen Menschen nicht einfach verbrennen lassen! Plötzlich war eine Gestalt neben ihr. Wolfgang Busch! Der kleine Mann zerrte an dem Balken, sie eilte ihm zu Hilfe – und mit vereinten Kräften schafften sie es schließlich: Renés Körper war befreit. Erleichtert sah Ida noch, wie der Küster Luciens Bruder ins Freie schleifte, da krachte es über ihr – und etwas Hartes und unglaublich Heißes traf sie am Hinterkopf. Sie spürte, dass sie das Bewusstsein verlor, alles wurde schwarz.

*

Es roch scharf und unangenehm. War das Jod? Aber in all der Schwärze endlich überhaupt einmal wieder etwas anderes zu riechen außer beißenden Rauch war ein Fortschritt. Und das Atmen tat nicht mehr so schrecklich weh. Also wagte Ida es, wach zu bleiben – und ganz vorsichtig die Augen zu öffnen.

Das Erste, was sie in ihrem zweiten Leben sah, war das schöne, aber verweinte Gesicht von Claire Picard.

»Gott sei Dank«, sagte sie und streichelte vorsichtig die Wange der Erwachenden.

»Ich …« Weiter kam Ida nicht, ihre Stimme war nur ein heiseres Krächzen.

»Sie haben meinen Sohn gerettet«, brachte Claire mit zitternder Stimme hervor. »Das werde ich Ihnen nie vergessen. Und ich habe es gewiss nicht verdient.«

Ida wollte sie beruhigen, aber ihre verdammte Stimme gehorchte ihr nicht. »Doch«, keuchte sie daher nur.

»Hören Sie mir zu, Ida!«, sagte Claire nun ernst. »Sie werden mich jetzt gewiss hassen. Aber bevor Herr Busch die Fehde beendet hat, war ich schon zu Ihrem Haus gegangen, um Ihnen ein Geständnis zu machen. Jacques und ich wollten beide Ihre Familie aus unserem Leben drängen. Er, weil er ja irrtümlich dachte, Ihr Vater sei schuld an seiner Versehrung. Und ich … weil ich mich heimlich in Ihren Bruder zu verlieben begann.«

Also doch! »Das habe ich gemerkt«, wisperte Ida.

Claire nickte und wischte sich die Augen. »So erdachte ich einen widerwärtigen Plan, in den ich nur Jacques einweihte. Ich würde behaupten, Sie und unser Lucien seien Geschwister.«

Behaupten? Ida befürchtete, ihr Herz würde aussetzen. Sie räusperte sich und hauchte dann: »Sind wir das denn nicht?«

Claire schüttelte den Kopf, und Ida spürte Tränen unter ihren Augen kitzeln. »Ihr Vater kam damals betrunken zu mir, das stimmt. Er bat mich, dass ich es mir noch einmal überlege. Dass ich auf mein Herz höre. Ihn erwähle statt Jacques. Franz schlief dann bei mir, aber auch nur das. Er hatte viel zu viel Alkohol intus. Am nächsten Morgen machte ich uns ein Abschiedsfrühstück, und das war es. Ich weiß, meine furchtbare Lüge ist unverzeihlich. Aber vielleicht ist es ja noch nicht zu spät für Sie und Lucien.«

Ida fühlte sich in ihrem geschwächten Körper plötzlich wie in einem Gefängnis. Ich muss ganz wach werden!, dachte sie. Lucien! Lucien! Er ist nicht mein Bruder. Die Verlobung gilt!

In diesem Moment betrat Marie Picard das Zimmer und wandte sich an ihre Schwägerin: »Hier bist du, Claire. Endlich.«

Ida sah in Maries Gesicht, dass etwas nicht stimmte.

»Marie. Was ist … passiert?«

Luciens Tante erschrak. »Ida! Du bist ja wach.« Kurz wirkte sie erleichtert, doch dann erfasste gleich wieder Trauer ihr Gesicht. »Mach dir keine Sorgen, ruh dich erst mal aus!«, riet sie, mied aber den Blick der Verletzten.

Ida wusste, dass sie etwas verschwieg. Sie packte Marie am Handgelenk und wunderte sich selbst über die Kraft, mit der sie zudrückte.

»Wahrheit!«

»Ich … ich habe schlimme Nachrichten«, stammelte die Kunstmalerin bedrückt.

Wäre ich doch nicht aufgewacht, dachte Ida für einen Moment. »Marcel?«

Marie schüttelte den Kopf. »Es hat einen Unfall gegeben in der Nähe von Mende im südlichen Zentralmassiv. Nach einem Steinschlag ist unser Lucien aus einem Fuhrwerk gefallen und in die Tiefe gestürzt …«

Das Letzte, was Ida vor ihrer Ohnmacht hörte, war Claires schmerzerfüllter Schrei.

*

Ida führte den kleinen Marcel an der Hand über den Friedhof. Es war ein schwerer Gang, aber es musste sein. Schließlich waren sie an dem mit frischen Blumen geschmückten Grab angekommen. Wie an allen neuen letzten Ruhestätten gab es bisher nur ein Holzkreuz und noch keinen Stein.

»Da liegt jemand drin, der tot ist – der ist jetzt im Himmel«, flüsterte Marcel mit instinktivem Respekt. »So wie der Förster-Uropa.«

Ida nickte mit feuchten Augen. »Ja, ganz genau, im Himmel.«

»Wer ist es?«, fragte der Kleine.

Ida holte tief Luft und erklärte dann: »Deine wirkliche

Maman. Die Frau, bei der du im Bauch warst. Sie hieß Natalie. Leider war sie sehr arm und konnte sich nicht um dich kümmern. Deshalb haben das eine Weile lang Denise und René getan.«

»Und du und der Kuschelonkel Lucien.«

Augenblicklich schossen Ida Tränen in die Augen. »Richtig, Lucien. Ich wollte dich jetzt fragen: Auch wenn du nicht in meinem Bauch warst – möchtest du, dass ich für immer deine Maman werde? Dein Va... René wäre einverstanden damit.«

Der Kleine nickte ganz ernst.

Sie umarmte den Knaben gerührt, nahm ihn bei der Hand und führte ihn zur Kutsche, die vor dem Kirchhof wartete. Bevor es zurück nach Weghäusel ging, würden sie noch zur Patisserie Goldschmidt fahren. Jacques, der vor Sorge um seinen Sohn Lucien ganz krank war, hatte gebeten, den Jungen sehen zu dürfen. »Ich habe viel wiedergutzumachen an Marcel«, hatte er unter Tränen gemurmelt. Dem Patriarchen war durch den Beweis für Franz Tritschlers Unschuld an seiner Kriegsverletzung endlich klar geworden, dass jahrelanger Hass nur sinnloses Leid brachte. Sobald Idas Eltern aus Chicago zurück sein würden, so hatte Jacques angekündigt, werde er sich mit Franz versöhnen. Auch seinem Freund Wolfgang Busch hatte er verziehen. »Als du seinerzeit auf mich geschossen hast, kanntest du mich ja noch nicht. Außerdem hast du meinen Sohn René gerettet«, hatte er geknurrt, und der Küster war vor Erleichterung in Tränen ausgebrochen. Welch grausame Ironie des Schicksals, dass diese Entwicklungen für Lucien wohl zu spät kamen.

Kurz vor der Ankunft an der Patisserie wandte sich Marcel an Ida: »Wenn du meine Maman bist – wird der Kuschelonkel Lucien dann mein Papa?«

»Das … das wird vielleicht nicht gehen«, begann Ida und hoffte, dass ihre Stimme vor dem Kind nicht völlig versagte. »Lucien ist ganz weit weg von hier von einem Berg gefallen.«

Der Junge sah sie fragend an. »Ist er jetzt auch im Himmel?«

»Sie suchen bereits eine Weile nach ihm, aber es kann schon sein, dass er im Himmel ist«, erwiderte Ida mit zitternder Stimme.

»Nein, das kann nicht sein«, widersprach da der Kleine gelassen.

Ida sah durch ihre tränenverschleierten Augen zu ihm hinüber. »Wieso?«

»Der Onkel Lucien kann nicht im Himmel sein«, insistierte Marcel. »Weil er da sitzt.«

Ida folgte seinem Blick durch das Fenster der anhaltenden Kutsche und atmete erschrocken auf, als sie einen hochgewachsenen jungen Herrn in der Sonne vor der Patisserie an einem der Außentische sitzen sah: Lucien Picard, ihr Lucien. Gesund und munter – und vor Glück strahlend. Er erhob sich von seinem Stuhl, Ida riss die Tür der Kutsche auf. Und dann rannte sie einfach auf dieses schöne Trugbild zu.

Doch die Umarmung fühlte sich so echt an. Und die Lippen, oh, diese Lippen!

»Ich wollte zurückkommen und mich mit dir als brüderlicher Freund um Marcel kümmern«, raunte ihr der Mann zu, der nun nicht mehr ihr Halbbruder, sondern wieder ihr Verlobter war. »Aber nun habe ich mit meiner Mutter gesprochen. Sie hat mir alles erzählt. So ist es schöner. Viel schöner.«

»Wie …?« Ihre Stimme versagte.

»Ich hatte nach dem Sturz zwei Finger gebrochen und eine Gehirnerschütterung«, erklärte Lucien. »Wäre ich einfach unten liegen geblieben, hätten sie mich wahrscheinlich noch in derselben Nacht gefunden. Aber ich war so durcheinander, dass ich umhergeirrt bin. Zum Glück hat der alte Fabre die Suche auch am nächsten Tag nicht aufgegeben. Dann bin ich heimgekehrt und habe als Erstes meinen Bruder angetroffen. Er sagte mir, dass du mit dem kleinen Marcel unterwegs bist. Was hast du nur mit René gemacht? Der ist ja wie verwandelt. Und damit meine ich nicht seine verkohlten Haare, die sehen recht dämlich aus.«

Da spürte er, wie Marcel ihn am Hosenbein zog, der inzwischen aus der Kutsche geklettert war. »Ich will auch kuscheln!«

Sie nahmen das Kind zu sich hoch, und die kleine Familie lag sich vor den Blicken der milde lächelnden Patisserie-Gäste in den Armen, als wollten sie einander nie mehr loslassen.

EPILOG

Dezember 1893

Es hatte die ganze Nacht und den halben Tag geschneit. Straßburg sah an diesem 5. Dezember 1893 aus, als sei es mit Puderzucker bestäubt. In der Vorweihnachtszeit hüllte sich die Stadt stets in ihr schönstes Gewand. Die Gassen und Fachwerkhäuser, Kirchenfassaden, Fenster und Balkone erstrahlten im Schein von Tausenden Lichtern.

So, wie im Märchen Hänsel und Gretel vom Backwerk am Hexenhaus angelockt wurden, sah der vierjährige Marcel Picard nun fasziniert durch die Schaufensterscheibe auf die Leckereien, die dahinter ausgestellt waren. Deren Namen hatten ihm seine beiden Großväter Jacques und Franz beigebracht: Kougelhopfs, Anisbredle, Berewecke, Vacherin glacé, Bienenstich, Lebkueche, Schnekekueche, jede Menge Tartes – Heidelbeerkuchen, Käsküche, Rhabarberkuchen, Quetschelkueche –, Laugenbrezeln, Bettelmann, Wihnachtsbredle und vieles mehr. Der Knabe fuhr sich beim Anblick all der Köstlichkeiten mit der Zunge über die Lippen.

Hinter ihm tauchten nun, wie ihr angehender Adoptivsohn in warme Winterkleidung verpackt, Ida und Lucien auf.

»Da fehlen aber die Puits d'amour«, beklagte sich Lucien mit gespielter Empörung.

»Du bekommst dein Liebesbrünnlein schon noch«, versprach ihm seine Wiederverlobte lächelnd. »Spätestens morgen zur Wiedereröffnung.«

Drei Monate lang hatten alle mit angepackt, um aus der Brandruine wieder die Patisserie der süßen Träume zu machen. Zu aller Erstaunen hatte sich insbesondere René Picard ins Zeug gelegt – sowohl finanziell als auch mit eigenen Händen. Beinahe im Feuer zu sterben und ausgerechnet von der Frau gerettet zu werden, der er so übel mitgespielt hatte, schien so etwas wie ein Weckruf für ihn gewesen zu sein. Und Claires Schwur, dass Jacques ohne jeden Zweifel Luciens Vater war, schien ebenfalls zu seiner Veränderung beigetragen zu haben. Er hatte sofort die Adoptionsbewilligung unterschrieben und sich dann sogar liebevoll mit Marcel unterhalten. Ihm erklärt, dass jetzt einfach getauscht werde: Lucien werde Marcels neuer Vater, und er selbst sei in Zukunft der Kuschelonkel.

René hatte auf Jacques' Drängen hin sogar seiner Mutter verziehen, dass sie die Familie verlassen und zu ihrem Vater Aaron ins deutsche Viertel gezogen war.

Idas Bruder Oskar beschäftigte sich seit einiger Zeit intensiv mit Ehetrennungsrecht – damit sich das Ehepaar Picard senior eventuell bald legal scheiden lassen konnte. René hatte diese Bemühungen des Tritschler-Sohns mitbekommen und erstaunlich entspannt, ja fast interessiert reagiert. Er wusste zwar, dass Oskar zum Thema Scheidung recherchierte, um irgendwann Renés Mutter heiraten zu können, aber vielleicht, so dachte Ida, spekulierte Luciens Bruder heimlich auf die Möglichkeit einer offiziellen Scheidung von Denise. Wenn es dazu käme – nun, Kurtle würde es gewiss freuen!

Ida kniete bei ihrem zukünftigen Adoptivsohn nieder, der immer noch fasziniert durch das Schaufenster sah.

»Na, gefällt es dir, Marcel?«, fragte sie.

Der Kleine nickte. »Ja, das ist so schön. Alles wie Weihnachten. Da freut sich Sankt Nikolaus. Es ist gar nichts mehr kaputt.«

»Das haben deine beiden Opas zusammen repariert«, berichtete Ida. »Mit dem Onkel René. Die wollten damit zeigen, dass mit der Streiterei endgültig Schluss ist.«

»Streiten ist doof«, sagte Marcel streng. »Das machen nur dumme Kinder.«

Lucien lächelte und streichelte ihm über den Kopf. »Ganz genau.« Er nahm den Kleinen auf den Arm, und Ida erhob sich.

»Na, Marcel, was meinst du, soll ich einmal in meinem Leben auch was backen?«, fragte der Biologiestudent.

Der Kleine sah ihn neugierig an. »Was denn?«

Lucien grinste. »Eine Hochzeitstorte.«

»Au ja«, rief Marcel und klatschte begeistert.

»Der Onkel René meint, es ist immerhin die Hochzeit seiner Lebensretterin, deshalb möchte er zu gern mein Trauzeuge sein«, erzählte Lucien. »Aber ich habe mich für einen alten Insektenforscher entschieden.«

Der Knabe wandte sich an Ida. »Hast du auch einen Tauzeugen, Maman?«

Sie nickte. »Ja, den Onkel Max. Der hat mir beigebracht, dass ich alles über den Krieg rausfinden soll, auch wenn die Leute erst nicht mit mir darüber sprechen wollten.«

»Wenn man heiratet, kriegt man Kinder«, fiel Marcel ein. »Bekomm ich dann ein Geschwisterchen?«

Lucien zwinkerte seiner Verlobten zu. »Ich denke, das lässt sich einrichten.«

»Ich denke, das ist schon seit drei Monaten eingerichtet«, korrigierte ihn Ida lächelnd, und er sah sie fassungslos an. »Tja, wir leben also bis zur Hochzeit mal wieder in Sünde.«

Da stieß Lucien einen Freudenschrei aus und wirbelte seine Braut überschwänglich durch die herabtänzelnden Schneeflocken. Dann küsste er sie glücklich. Eine brandneue Patisserie, und die einst verfeindeten Konkurrenten erwarteten gemeinsamen Familiennachwuchs – was für ein Zeitenwandel!

ENDE

DANKSAGUNG

Dieser Roman entstand während des Beginns der Corona-Krise. Dass wir dennoch weiterschreiben konnten, verdanken wir hysteriefreien, hoffnungsvollen Nachrichten und bestimmten Menschen.

Für Eva-Maria Bast waren die größte Stütze und Freude auch dieses Mal wieder insbesondere ihre fünf wunderbaren Kinder, Christian Schuchardt und ihre Eltern Lena und Alfred Bast. Jørn Precht erhielt »Rückendeckung« von Erika Precht, Elias Konradi, Familie Sturm sowie Andreas Bühler, Matthias Schmidt, Maskenbildnerin Lotte Fleck und virtuell von der Mahnerin der Freiheit, Kim Schicklang.

Feedback und viele schöne Anregungen gab es von Marita Grimke, Martina Resch, Katia Tenholt, Tara Claußen, Elias Konradi und Jana Scheunert. Ganz besonders inspirierend war für uns erneut der Input von »Recherche-Genie« Melanie Kunze. Sie hat so manche Nachtschicht eingelegt, so manches Wochenende geopfert, um den Roman mit geschichtlichen Faktenchecks und großartigen Spuren der Vergangenheit zu bereichern. Merci beaucoup!

Erneut freuen wir uns auch über die Covergestaltung von Johannes Wiebel, der den Geist des Buches genau erspürt und eingefangen hat. Ein wahrer Künstler!

Dasselbe gilt für Sprecherin Uta Simone und Tontechniker Left Engelmann mit ihrer Adaption als Hörbuch. Dank ihnen sowie dem Team von »Steinbach Sprechende Bücher« und Egmont/Saga können (nicht nur) wir uns unsere Geschichten bei langen Autofahrten oder gemütlich zu Hause noch einmal gefühlvoll vorlesen lassen. Wunderschön!

Und schließlich danken wir einmal mehr von ganzem Herzen unserer wunderbaren Agentin Anna Mechler, den Lektorinnen Greta Frank und Kerstin von Dobschütz sowie der Programmleiterin des Piper Verlags, Andrea Müller.

Zu guter Letzt schulden wir *Ihnen* Dank, liebe Leserinnen und Leser! Ihre Treue hat dieses Buch ermöglicht. Wir wünschen Ihnen viel Vergnügen bei der Zeitreise ins Elsass.

Herzlichst,
Eva-Maria Bast und Jørn Precht
alias Charlotte Jacobi

QUELLEN- UND LITERATURVERZEICHNIS

Bleibtreu, Carl: *Belagerung von Straßburg vom 15. August bis 28. September 1870,* Stuttgart 1910, Reprint Bad Langensalza 2009.

Busch, Wilhelm: *Maler Klecksel,* München 1884. URL: https://www.projekt-gutenberg.org/wbusch/klecksel/klecksel.html.

Goethe, Johann Wolfgang: *Der Liebende wird nicht irre gehen, 1749–1832. West-östlicher Divan.* Stuttgart 1819. URL: https://www.kristinakral.blog/gedicht-johann-wolfgang-von-goethe-der-liebende-wird-nicht-irre-gehn/.

Isphording, Eduard: *Kräuter und Blumen, Botanische Bücher bis 1850 im Germanischen Nationalmuseum,* Nürnberg 2008, S. 101. URL: https://books.ub.uni-heidelberg.de/arthistoricum/reader/download/412/412-16-82313-2-10-20180912.pdf.

Jäger, August: »Familienfeste im Elsaß«, in: *Die Gartenlaube, Heft 41,* S. 658–662, Leipzig 1874. Scans bei Commons: Reisebericht aus der Artikelserie Land und Leute, Nr. 37. URL: https://de.wikisource.org/wiki/Land_und_Leute/Nr._37._Familienfeste_im_Elsaß

Maurice, H.: *Die Belagerung von Straßburg, aus dem Manuskript übersetzt von Fritz Bronner,* Frankfurt 1926.

Precht, Jørn: »Ordenskette«, in: Bast, Eva-Maria/Precht, Jørn: *Stuttgarter Geheimnisse – 50 spannende Geschichten aus der Schwaben-Metropole,* Überlingen 2016, S. 41–44.

Schwabe: »Raubmord (Fall Ludwig, Chemnitz)«, in: *Archiv für Kriminal-Anthropologie u. Kriminalistik*. X. Band, 3. Heft, 22. Dezember 1902, S. 263–278.

Werner, H. G. C: *Der vollkommene Kunstbäcker und Conditor. Oder gründliche Anweisung, alle Arten Torten, Küchen und feines Backwerk sowie Macaronen, Dragees, Pastillen, Marcipan, Conserven, Marmeladen, Compots, Gelées, Morsellen, Fruchtsäfte, Gefrorenes, Tafelauffätze etc. zu verfertigen. und alle Sorten feiner Liqueurs, Cremes, huiles und Ratafia's zu destilliren.* Quedlinburg u. Leipzig, Basse, 1833.

VoyageMedia Reiseführer-Verlag: *Elsässische Gastronomie – Kulinarische Spezialitäten aus dem Elsass,* Le Barcares 2019. Auf www.elsass-netz.de. URL: https://www.elsass-netz.de/168/Kueche-Elsass/Spezialitaeten-Elsass-A-Z.html.

Hamburg zu Beginn des Jahres 1933: Das politische Klima verschärft sich zusehends, und die Hetze der Nationalsozialisten macht auch vor der alteingesessenen Reedereifamilie Nieland nicht halt.

ISBN 978-3-492-31489-3
10,00 € (D), 10,30 € (A)

Anfang der 60er Jahre, ein Land im Wirtschaftswunder! Dabei wurden die dunklen Geheimnisse und Verluste des Zweiten Weltkriegs allenthalben nur notdürftig unter den Teppich gekehrt ...

ISBN 978-3-492-31525-8
10,00 € (D), 10,30 € (A)

Weitere Titel finden Sie unter **piper.de/buecher/belletristik**

piper.de

Willkommen in der Zauberwelt der Düfte

*Cover- und Preisänderungen vorbehalten

Charlotte Jacobi

Die Douglas-Schwestern

Roman

Piper Taschenbuch, 464 Seiten
€ 10,00 [D], € 10,30 [A]*
ISBN 978-3-492-31647-7

Wunderschöne Flakons und betörende Düfte! Schon als kleines Mädchen ist Maria Carstens fasziniert von den Parfüms der feinen Hamburger Damen. Und so versprechen sie und ihre Schwester Anna einander, eines Tages ihre eigene Parfümerie zu eröffnen. Doch als sich der Traum der Schwestern schließlich erfüllt und sie 1910 am Neuen Wall mit der »Parfümerie Douglas« eine Welt der Düfte erschaffen, fängt das große Abenteuer erst an!

PIPER

Leseproben, E-Books und mehr unter www.piper.de